GOLDMANN

Buch

Los Angeles: die Welt der Reichen und Schönen, der ehrgeizigen Yuppies und Aufsteiger. Hier lernt Vega Johnson, eine attraktive und erfolgreiche Finanzberaterin, auf einer Party Paul Lattimer kennen und verliebt sich in ihn. Sie fühlt sich auf Anhieb zu diesem Mann, der voller Rätsel und Geheimnisse ist, hingezogen, ohne auch nur im geringsten erahnen zu können, daß Paul ihr Leben verändern und ihre Gefühle auf den Kopf stellen wird.

Was Vega an Paul fasziniert, ist seine Leidenschaft. Er ist der perfekte, einfühlsame Lover, der sie eine Welt entdecken läßt, die ihr bislang verschlossen war. Vega beginnt, ihre kühnsten Phantasien, ihre verborgenen Wünsche und Sehnsüchte auszuleben und bisher gültige Spielregeln und Tabus zu brechen – im Bett ebenso wie im Beruf. Nach kurzer Zeit läßt sie sich zu unrechtmäßigen Geldtransfers überreden und verstrickt sich immer tiefer im Dschungel des Verbotenen. Bis eines Tages eine Vermutung zur schmerzhaften Gewißheit wird.

Autorin

Sherry Sonnett studierte an der Harvard University Theologie und lebt heute in Los Angeles. »Vergiftete Unschuld« ist ihr erster Roman, mit dem ihr in den USA auf Anhieb ein sensationeller Erfolg gelang.

SHERRY
SONNETT

Vergiftete Unschuld

Roman

Deutsch von
Antonia Franke

GOLDMANN VERLAG

Die amerikanische Originalausgabe erschien 1995 unter dem Titel
»Restraint« bei Simon & Schuster, New York

Der Goldmann Verlag
ist ein Unternehmen der Verlagsgruppe Bertelsmann

Deutsche Erstausgabe 10/95

Umschlaggestaltung: Design Team München
Umschlagfoto: Gentl & Hyers/Arts Counsel Inc.
Satz: deutsch-türkischer fotosatz, Berlin
Druck: Elsnerdruck, Berlin
Verlagsnummer: 42754
Lektorat: Martina Klüver
Redaktion: Tina Schreck
Herstellung: Heidrun Nawrot
Made in Germany
ISBN 3-442-42754-1

1 3 5 7 9 10 8 6 4 2

Für M. H. P.
Gib es weiter

Dichter gelber Staub hing in der Luft, und das Tal nahm kein Ende. Meile für Meile zog sich die Straße über das Land, eine zusammengerollte Schlange, die irgend jemand weggeworfen hatte. Neben der Straße erstreckten sich, soweit das Auge reichte, leicht abfallende, staubige Felder und verschwanden schließlich im Dunst, der die aus der Talsohle aufragenden Berge umhüllte. Die Sonne brannte so heiß und grell, daß sie wie ein Fleck wirkte, ein Riß im Himmel.

Ich hatte die Fenster heruntergedreht und erschauerte im Wind, einem heißen, trockenen, unnatürlichen Wind, der einen nicht liebkoste, sondern bedrängte. San Joaquin ..., hier auf den Nebenstraßen zeigte das Valley sein wahres Gesicht: schlampig an schiefe Pfosten genagelter, verrosteter Stacheldraht, verdorrte, braune Blätter an Orten, wo das von Menschen herbeigeschaffte Wasser nicht hinkam. Krähen pickten auf kahlen Feldern herum, aber ich hörte sie nicht krächzen. Ich hatte Durst. Was suchte ich hier? Ganz einfach. Ich verfolgte einen Mann, von dem ich im ersten Moment, als ich ihn sah, wußte: Er hatte, was ich wollte. Die Art, wie sich der Stoff des Hemdes über seiner Brust spannte, wie er die Hand anwinkelte, wenn er eine Zigarette hielt, sein Tonfall, wenn er das Wort »nein« aussprach. Wenn mir vor drei Monaten jemand gesagt hätte, daß ich das tun würde, was ich getan habe, und es dann wagen würde, ihn zu verfolgen, hätte ich das als unmöglich von mir gewiesen. Ausgeschlossen ...

Tatsächlich? Ich befand mich damals an einem Punkt in

meinem Leben, wo allzuviel unter Kontrolle war. Ich verspürte Sehnsucht, schmeckte sie jeden Abend, wenn ich ins Bett ging. Ich war mir sicher, daß das noch nicht alles war, und ich wartete darauf, sehnte mich nach einer Explosion im Zentrum meines Lebens. Ich war bereit – mehr als bereit.

Dann kreuzte er meinen Weg. Und heute ist mir klar, daß es immer so geschieht. Das Stichwort fällt – und man handelt.

TEIL I

1

Es begann auf einer Party, von der ich nie erfahren hätte, wenn ich nicht länger als gewöhnlich in meinem Büro geblieben und noch dort gewesen wäre, als Don anrief. Don ist mein Ex-Mann, und daß er ein paar Tage nach meinem Geburtstag anrief, den ich zu ignorieren versucht hatte und den er seinerseits ignorierte, war völlig normal. Er hat so eine Art bequemer Nachlässigkeit, die es ihm erlaubt, jeden Anlaß aus seinem Gedächtnis zu streichen, an dem er – sei es emotional oder finanziell – aufgefordert wird, etwas zu geben. Das klingt verbittert, ist es aber nicht, denn was immer ihn auch derart unverbindlich sein läßt, ich spüre es gleichermaßen in mir. Hört sich das seltsam an? Nun, Los Angeles ist voll von Menschen wie Don und mir: gesellig, höflich, aber irgendwie unverbindlich, beziehungsunfähig. Jedenfalls gehören Don und ich zum selben Schlag; zwischen uns ging es vermutlich nie tief genug, um in dieser Art von Zerwürfnis zu enden, die unüberwindliche Mauern hinterläßt. Ich wußte bereits damals, daß wir in wenigen Jahren einander so schätzen würden, wie wir es als Verliebte nie getan hatten, einfach weil wir eine gemeinsame Geschichte haben, die lange zurückreicht: wir kannten uns schon ewig. Mein Gott, würden wir dann zueinander sagen, das kann doch keine zwanzig Jahre her sein, oder: Weißt du noch, damals in Mexiko ...? Statt Wahrheit würden wir beim anderen Kontinuität suchen, und vielleicht wären wir nicht mehr in der Lage, zwischen Tatsachen und den trügerischen Phantasien zweier einsamer Menschen zu unterscheiden.

Wir waren gemeinsam nach Los Angeles gezogen, gerade ein halbes Jahr verheiratet, nachdem wir auf einem College in der Prärie unsere Abschlüsse gemacht hatten. Es hatte nicht viel Überwindung gekostet, wegzugehen. Wir mußten diese landumschlossene Ebene einfach hinter uns lassen, und wir wollten das haben, was Kalifornien versprach – Sonne, glitzernde Autos und Häuser, die hinter weiß verputzten Mauern auf Hügeln lagen. Wir wollten die Hitze und die Brandung, die Palmen, den Eukalyptus und die Kleeblätter der Freeways. Wir machten keinen Hehl daraus, daß wir zu einer Welt gehören wollten, die von Geld, Mode und einer gewissen erotischen Lässigkeit bestimmt wurde. Film und Rockmusik – die vordergründigen Attraktionen – reizten uns nur am Rande; uns zog der Pazifik an, das kristallklare Blau hinter und unter einem Dutzend Fernsehdetektiven, die Wellen, die sich am Strand von Malibu brachen, wo laut *People* ein mittlerweile trockener, prominenter Alkoholiker spazierenging; und wir waren neugierig auf die Kurven und Krümmungen des Mulholland Drive, die durch hundert filmische Verfolgungsjagden berühmt geworden waren. Wir kannten das Licht, das hart und intensiv Entfernungen und Umrisse skizzierte, das Gewirr von L.A. Nach unserer Ankunft taten wir das Übliche: Wir suchten uns Jobs, kauften eine Eigentumswohnung, schlossen Bekanntschaften und fuhren an der Küste spazieren. Nach einiger Zeit verdienten wir mehr Geld, lernten unterschiedliche Leute kennen und trieben in verschiedene Richtungen wie zwei Blätter in einem schnell fließenden Bach. Das ist der Vorteil von fehlender Leidenschaft: Es gibt keinen Grund, den Kontakt abzubrechen.

Ich wollte gerade gehen, als er anrief. Mein Büro ist klein und liegt am Beverly Boulevard, nur ein paar Blocks von der Fairfax Avenue entfernt. Alles in allem besteht es aus drei, zu einem Innenhof gelegenen Räumen. Ich hatte es gemietet, weil gerade Mai war und ein Jacarandabusch in einem samtig-violetten Regen seine Blüten verstreute. Die Räume sind groß und weißgestrichen, eine Billigausgabe dessen, was man modisch nennt, und bieten mehr als genug Platz für mich und eine Sekretärin, im Moment eine junge Frau namens Holly, die in jedem Ohr sechs Ohrringe trägt. Vega Johnson: Anlage- und Vermögensberatung. Klein, aber mein. Ich kann gut mit Geld umgehen, kann es aufspüren und wachsen lassen, was ziemlich überraschend ist, da ich aus einer Familie stamme, die ständig zwei Schritte hinter oder vielmehr vor dem Gerichtsvollzieher herstolperte, gefesselt an einen Mann, nämlich meinen verwirrten Vater, der einen braunen Filzhut trug und dem alles Geld zwischen den Fingern zerrann. Mein Talent offenbarte sich, als ich zufällig einen Job bei einem Börsenmakler bekam. Dort merkte ich, daß mir die Arbeit gefiel, und es stellte sich heraus, daß ich sie auch gut machte. Ich stieg von der Sekretärin zur Assistentin auf und erhielt eine Konzession. Erstaunlich schnell bekam ich Großaufträge. Doch nach einiger Zeit wurde mir klar, daß ich nicht weiter aufsteigen würde, weil ich eine Frau bin, und so ging ich ein berechenbares Risiko ein, kaufte ein Modem, nahm ein paar meiner Kunden mit und machte mich selbständig. Inzwischen investiere ich für eine kleine, aber ziemlich solvente Personengruppe, aus der Ihnen vielleicht ein paar Namen bekannt sein könnten. Ich kümmere mich um sämtliche ungelösten Finanzfragen und habe einen guten Ruf. Ich habe mehr als genug zu tun. Eine Frau, die mit Geld umgehen kann und darüber hinaus in einem engen, weißen Kostüm und Acht-Zentimeter-Absätzen gut aussieht, wirkt sexy. Eine unwiderstehliche Kombination, hat einmal jemand gesagt. Natürlich arbeite ich damit. Es verschafft mir, was ich will: Freiheit.

Don sagte, daß in einem neuen Restaurant am Wilshire

Boulevard in Beverly Hills eine Party stattfände. Restauranteröffnungen zu besuchen, gehörte zu seinem Job: Er war stellvertretender Direktor einer Public-Relations-Agentur, die auf Geschäfts- und Firmenetats spezialisiert war. Er bat mich oft, ihn zu begleiten. Ich glaube, es gefiel ihm, wie andere darauf reagierten, wenn er mich als seine Ex-Frau vorstellte. Doch heute abend war ich müde, und er spürte, daß ich zögerte. Auch seine Stimme klang mit einem Mal erschöpft.

»Bitte, komm mit«, sagte er. »Ich brauche ein vertrautes Gesicht in meiner Nähe.«

»Was ist denn los?«

»Nichts. Nichts Besonders. Ich stecke nur in einem dieser vielzitierten Löcher.« Das paßte nicht zu ihm. Früher nannte ich ihn immer Mr. Ausgeglichen.

»Möchtest du darüber sprechen?«

»Vielleicht hinterher. Wir könnten an den Strand fahren und ein bißchen Luft schnappen. Was hältst du davon?«

Ich hätte nein sagen können. Nach Hause fahren, ein Bad nehmen und mit einem guten Buch früh zu Bett gehen können. Ich hätte alles andere tun können als das, was ich im Endeffekt tat. Noch heute kann ich kaum glauben, daß alles an einer so harmlosen Entscheidung hing. Vielleicht war es auch nicht so. Vielleicht kommt das Schicksal und reißt einen mit, egal, wo man steht. Man weiß ja nie, was die Zukunft bringt. Bereue ich es nun, da ich weiß, wozu ich fähig bin? Das ist das Komische daran: nein. Überhaupt nicht. Nicht daß die Wahrheit schön wäre. Aber sie hat mich ein für allemal befreit.

Das Restaurant hatte man in eine Lücke gequetscht, die zuvor eine pleite gegangene Bausparkasse ausgefüllt hatte. Der Architekt muß noch jung gewesen sein und bestrebt, sich einen Namen zu machen, denn das gutbesuchte Lokal war überladen dekoriert, und überall hingen fragwürdige Gegenstände von Gitterkonstruktionen und Raumteilern, um die sich Menschentrauben scharten. Auf den ersten Blick machte es den Eindruck eines provisorischen Flugzeughangars, und nach einer Weile wurde mir klar, daß genau das die beabsichtigte Wirkung war. Es hieß »Aeropostale«, und ich gab ihm drei Monate.

Der erste, dem ich begegnete, war Marty Toward. Wir hatten Marty in unserem ersten Jahr in L.A. kennengelernt. Inzwischen ist er Herstellungsleiter, der Mann fürs Praktische, der für Filmproduzenten, die zu »kreativ« oder zu abgehoben sind, die tatsächlichen Kosten im Auge behält. Damals versuchte er noch, sich als Produktionsleiter durchzuschlagen, und nahm jeden Auftrag an, den er kriegen konnte, indem er die ganze Stadt abklapperte und sich so viele Beziehungen aufbaute wie sonst keiner meiner Bekannten. Er behauptete, er könne uns Jobs besorgen, aber nur Don war daran interessiert. Es ist nie wirklich etwas daraus geworden, was typisch für Hollywood ist, aber seitdem überlegte Don, ob nicht der Film die Branche war, in die er eigentlich gehörte. Was nicht viel heißt, außer daß er nicht glücklich war.

Marty war mit seiner Frau Olga da, die ich bereits flüchtig kannte. Don hatte uns miteinander bekannt gemacht, doch ich war erstaunt, da Marty meist mit anderen Frauen unterwegs ist. Er ist ein furchtbarer Schürzenjäger und versucht das in keiner Weise geheimzuhalten. Don behauptet sogar, daß Marty sich vermutlich die Mühe mit den anderen Frauen gar nicht machen würde, wenn nicht alle Welt von ihnen wüßte. Es gehört nicht viel dazu zu verstehen, warum. Er ist dick und sieht nach nichts aus: Er hat eine Art Kugelfischgesicht wie mein Onkel Jerry, schütter werdendes Haar und einen entsetzlichen Geschmack, was Kleidung angeht – völlig stillos und nicht einmal flippig. Aber Marty besitzt das, was man früher einmal Persönlichkeit nannte, und diese äußert sich in einem nicht abreißenden Strom von Anekdoten, Klatsch, Tatsachen und Meinungen, die witzig oder interessant, verblüffend oder provokant und manchmal sogar zartfühlend sind. Er ist ständig in Bewegung, ganz anders als andere fettleibige Männer. Er zappelt auf seinem Stuhl herum, wenn er etwas zu sagen hat, und gestikuliert so heftig, daß man auf die Wassergläser aufpassen muß. Sein ganzer Körper schwankt unaufhörlich zwischen Zucken und Tanzen; er schiebt die Hände in die Taschen und zieht sie wieder heraus, rückt seine Krawatte gerade, reibt sich über seine beginnende Glatze, schlägt jemandem auf den Rücken, und sein Lieblingswort ist ein herzhaftes »Klar!« Und so ist es ihm ein leichtes, Frauen an Land zu ziehen, junge, hübsche karrierebewußte Frauen, und jeder weiß es und weiß, daß seine Frau es weiß und trotzdem bei ihm bleibt, obwohl ich von Don gehört habe, daß es sie kränkt und sie meistens verkniffen, angespannt und hektisch wirkt.

»He, Süße«, brüllte Marty über die Menschenmenge hinweg, und ich konnte in Olgas Augen die Erleichterung darüber erkennen, daß nur ich es war. Plötzlich bekam ich ein schlechtes Gewissen, weil ich so viel über die Dinge weiß, die sie zu verbergen sucht. Ich habe immer ein schlechtes Gewissen, wenn ich etwas über Leute weiß, das sie mir nicht selbst erzählt haben oder das ich nicht selbst gesehen habe. Ich bekomme dann Schuldgefühle und werde manchmal zornig, da ich mich der Möglichkeit beraubt sehe, etwas selbst zu entdecken, Schlüsse zu ziehen oder zu ergänzen. Vermutlich ist das arrogant. Natürlich liebe ich Klatsch, und einige der interessantesten Dinge, die ich über andere weiß, haben mir Dritte berichtet; natürlich halte ich es auch für einen Vorteil, so viele Fakten wie möglich zu kennen. Es ist ja mein Job, Fakten zu sammeln, bevor ich einen Abschluß tätige. Aber ich habe festgestellt, daß es keine Wahrheit gibt, wenn es sich um

Menschen handelt; man setzt nicht alle Einzelteile zusammen und erhält so ein Ganzes. Warum sollte ich also nicht aufgrund meiner eigenen Erfahrungen Schlüsse ziehen und mir die Welt nach und nach selbst zusammenbauen dürfen? Wen kümmert es schon, daß ich mich manchmal irre? Ich bin bereit, den Preis zu bezahlen. *La vida es* wirklich *sueño.* Arrogant hin oder her – der Kopf, den ich am besten kenne, ist mein eigener.

»Hast du Don gesehen?« fragte ich, und Marty zeigte ans andere Ende des Raums.

»Er sieht entsetzlich aus«, sagte Marty und fing unvermittelt zu lachen an. »Vermutlich weil er mir Geld schuldet.«

Das überraschte mich. Ich wußte, daß es Don zuwider war, andere anzupumpen, ebenso wie Marty es verabscheute, Geld zu verleihen. Ich wollte ihn noch weiter ausfragen, aber jemand zog ihn weg, und so blieb mir nichts anderes übrig, als mit Olga Konversation zu machen – heitere, lächelnde, komplett verlogene Konversation –, wobei ich es schaffte, Wein auf einen Ärmel ihres Kleides zu schütten. Es war mir äußerst peinlich. Schließlich begegnet mir Marty immer wieder in Begleitung anderer Frauen, und Olga weiß das. Später sah ich, wie sie die Party allein verließ, während Marty noch blieb und angeregt mit einer jungen Frau plauderte, die aussah, als käme sie direkt von den Dreharbeiten zu einer Spätabendserie, aber wahrscheinlich Werbeminuten beim Lokalfernsehen verkaufte. Wie stand Olga das mit nichts weiter als einem verkniffenen Gesicht durch?

Schließlich fand ich Don im Gedränge an der Bar. Marty stand neben ihm, und ich ging auf die beiden zu. Don brüllte Marty etwas ins Ohr und winkte, als er mich sah. Sein Gesicht war gerötet und wirkte abgespannt, und mir fiel auf, daß er nicht mehr jung wirkte, sondern sich in jemanden verwandelt hatte, den Parkwächter mit »Sir« ansprechen. Wann war das passiert? Und wie stand es um mich?

»Hallo, Baby«, sagte er. »Tolles Lokal, was? Ich gebe ihm drei Monate.«

Marty befand sich schon wieder auf dem Rückzug.

»Geh noch nicht«, sagte Don und streckte die Hand nach ihm aus.

Marty drehte sich nicht mehr um. »Hör zu, ich habe gesagt, ich rufe ihn an, also rufe ich ihn an.« Sein Ärger blieb zurück.

»Worum geht es denn?« wollte ich wissen.

Don schüttelte den Kopf. »Um nichts. Du kennst doch Marty.«

»Er sagt, du seist ihm Geld schuldig.«

Er sah mich an. In seinen Augen entdeckte ich etwas Neues, einen Anflug von Angst, als säße er in der Falle wie eine Wespe, die in der Kaffeebüchse summt und hinauswill.

»Was ist denn los?« fragte ich. »Ist irgend etwas passiert?«

»Nein, nein, ich bin nur ein bißchen überlastet. Die Firma will Stellen streichen. Ich glaube zwar, daß sie mich behalten werden, aber mir graut vor der Vorstellung, mir einen anderen Job zu suchen. Und die Frau, mit der ich eine Zeitlang zusammen war, die Rothaarige, weißt du noch? Sie hat mich sitzenlassen, einfach so, auf und davon. Und letzte Woche habe ich einen Artikel entdeckt – ich habe ihn sogar ganz gelesen – über Männer, die sich liften lassen. Aber sonst geht's mir prima.«

»Ich kann dir Geld leihen.«

Er lächelte und schüttelte den Kopf. »Tu mir lieber einen anderen Gefallen. Ich möchte dich mit jemandem bekannt machen. Er muß hier irgendwo sein.«

Don nahm mich beim Arm, und wir drängten uns durch die Menge. »Mit wem? Und warum?«

»Er hat Geld. Schwimmt darin.«

»A-ha. Der letzte, den du mir geschickt hast, hat sich als paranoid entpuppt – er vermutete, ich würde sein Geld an die

CIA weiterleiten. Ich hätte fast die Polizei rufen müssen, um ihn loszuwerden. Erinnerst du dich noch?«

»Da ist er. Da drüben.«

Ich drehte mich um und folgte seiner Geste. Der Mann stand in meine Richtung gewandt, hielt einen Drink in der Hand und sprach mit einer Frau mit unglaublich seidigem, blondem Haar. Ich konnte ihr Gesicht nicht sehen, nahm aber an, daß sie mit ihm flirtete, da er auf eine Art lächelte, die die Spannung erahnen ließ. Er sah auf, bemerkte erst Don und dann mich. Das Lächeln wurde breiter anstatt zu verschwinden. Irgend etwas in mir wurde unwiderstehlich angezogen. Ich war perplex. Ich merkte, wie ich mich aus der Wachsamkeit heraus, die aufkommt, wenn plötzlich etwas auf dem Spiel steht, automatisch anspannte.

»Wer ist das?« Doch es war zu spät – Don stellte uns bereits einander vor.

Er hieß Paul. Paul Lattimer. Er fiel einem nicht sofort auf, wenn man sich im Raum umsah, doch hatte man ihn einmal ins Auge gefaßt, konnte man den Blick nicht mehr abwenden. Er hatte nichts Jungenhaftes oder Hübsches an sich. Das Wort, das mir in den Sinn kam, war »gutaussehend«. Groß, was ich mag, mit dichtem, dunklem Haar, das er seitlich gescheitelt trug und das ihm in einer geschwungenen Linie in die Stirn fiel. Später sollte ich unendlich viel Zeit haben, um sämtliche Einzelheiten zu studieren: das allmähliche Ansteigen seiner Wangenknochen, das winzige Fleckchen unbehaarter Haut an seinem Kinn und die goldenen Tupfen in seinen braunen Augen. Er trug Braun, ein lässiges Leinensakko und ein teures Seidenhemd, das sich über seiner Brust spannte. Aus irgendeinem Grund fielen mir seine Schuhe auf. Auch sie waren braun, weiche Ledermokassins, und plötzlich mußte ich an das Wort »hineinschlüpfen« denken. Völlig unerwartet regte sich etwas in mir. Es war schon sehr lange her, daß jemand solche Gefühle in mir ausgelöst hatte.

Ich lächelte und nickte, die rituellen Gesten, die man automatisch macht, doch dabei beobachtete ich ihn die ganze Zeit, schon ganz von ihm eingenommen, und es kam mir so vor, als wüßte er, was ich dachte und dächte das gleiche, als warteten wir beide nur noch ab. Ich drehte mich um, aber Don hatte bereits den Rückzug angetreten.

»Ich muß ein bißchen mit dem Chef des Hauses plaudern«, sagte er. »Dauert nicht lange.«

Und schon war die Frau mit dem seidigen Haar verschwunden, als hätte es sie nie gegeben. Plötzlich fuhr ich zusammen – was, wenn die ganze Elektrisierung nur meinerseits war? Wenn ich etwas hasse, dann ist es das, eine lächerliche Figur abzugeben.

»Sind Sie auch in der Öffentlichkeitsarbeit tätig?« hörte ich mich fragen und haßte den Klang meiner Stimme, die sich so oberflächlich und dumm anhörte.

Er schüttelte den Kopf. »Nein. Ich habe absolut kein Interesse daran, in der Öffentlichkeit zu arbeiten.«

Ich war erleichtert. Mir war der Gedanke gekommen, daß er Schauspieler sein könnte, und die hatte ich schon lange als potentielle Partner abgeschrieben. Mit einem Schauspieler allein zu sein heißt allein sein oder sich in ständiger Bewunderung des anderen zu ergehen. Außerdem kann ich Leute nicht ertragen, die dermaßen von der Meinung anderer abhängig sind.

»Was machen Sie dann?«

»Ich bringe verschiedene Seiten zusammen. Personen. Geschäfte …«

»Ah. Sie sind Vermittler?«

»Nein. Es ist ein bißchen … raffinierter.«

Ich lächelte. »So etwas wie ein – was? – ein Koordinator?«

»Ja, so kann man es sagen.« Es entstand eine kurze Pause, und seine Stimme senkte sich, wurde eindringlicher. »Ich wäre sogar froh, wenn Sie es sagen würden, weil mir Ihre Stimme gefällt.«

Erstaunt sah ich ihn an. Der direkte Weg hat etwas sehr Erotisches, ich weiß jedoch aus Erfahrung, daß die meisten Männer, die ihn beschreiten, nicht diejenigen sind, die mich interessieren. Alles, was in meinen Phantasien flüssig und gekonnt aussieht, entpuppt sich in der Realität als plump und abstoßend. Aber dieser Mann mit seinem wissenden Lächeln zog mich nur noch stärker in seinen Bann.

»Flirten Sie immer so?« fragte ich, unfähig, das Leuchten in meinen Augen zu verbergen. Mir war klar, daß jeder, der uns beziehungsweise mich ansah, wußte, was ich im Sinn hatte.

»Ja«, antwortete Paul. »Mir ist überhaupt nicht zu trauen.«

Sein Lächeln war so beständig, so offen und selbstsicher, daß ich sofort spürte, daß genau das Gegenteil zutraf. Aber seine Selbstsicherheit schüchterte mich ein, und ich mußte wegsehen.

Ich spürte einen seiner Finger auf meinem Handgelenk.

»Sollen wir irgendwohin essen gehen – Sie und ich?«

Ich versuchte, in seinen Augen zu lesen. Ich wußte, was er dachte, war mir aber immer noch nicht im klaren über ihn.

»Don und ich haben überlegt, ob wir an den Strand fahren sollen.«

»Oh. Sie und Don sind – zusammen?«

Ich lächelte. »Er ist mein Ex-Mann.«

Ich sah, wie er nachdachte.

»Tja, möchten Sie das gerne – mit Ihrem Ex-Mann an den Strand fahren?«

»Im Moment nicht.«

»Gut.«

Er nahm mich am Arm, und ich wehrte mich nicht. Ich glaube, ich wußte in diesem Moment, daß er gefährlich war, daß ich jemanden kennengelernt hatte, der mein Innerstes nach außen kehren konnte. Aber das muß es gewesen sein, was ich wollte, denn ich entzog mich nicht.

Als ich Don gefunden hatte, um ihm zu sagen, daß ich ginge, klebte er an zwei grell aufgemachten jungen Dingern und schien sich nicht daran zu stören. Ich sagte, ich würde ihn am nächsten Morgen anrufen, und wir könnten ja dann reden. Er fragte mich weder, warum ich ginge, noch mit wem, und ich sagte es ihm nicht. Was auch immer ihm Kopfzerbrechen bereitete, es würde warten müssen.

Wir gingen in ein indisches Restaurant auf dem Pico Boulevard westlich von Century City. Falls ich dabei mehr über ihn erfuhr, so weiß ich es nicht mehr. Ich sehe lediglich seine Augen vor mir, direkt, offen, einladend, dieses Lächeln, das unzählige Schichten verborgener Bedeutungen barg, und spüre meinen Atem, flach, aufgeregt, fast nach Luft ringend.

Er kam mit mir nach Hause; in meinem Rückspiegel sah ich seine Scheinwerfer, während wir die Hügel hinauffuhren. Kühle Luft umströmte mich, und die Feuchtigkeit der Nacht ließ die dunklen, grauen Scheiben anlaufen. Ich spürte seine Gegenwart so intensiv, daß ich beinahe erwartete, ihn auf den Sitz neben mir gleiten zu sehen, jegliche Distanz wie weggeblasen. Doch als ich an einer roten Ampel stand, war mein eigenes Atmen das einzige Geräusch. Sie wurde grün, und wir fuhren weiter.

Er stand dicht hinter mir, als ich den Schlüssel ins Schloß steckte, und blieb ganz ruhig stehen, so ruhig, daß ich kein Wort herausbrachte und hörte, wie Metall in Metall griff und sich miteinander verband. Die Tür schwang auf, aber ich bewegte mich nicht. Das Verlangen machte mich wachsam. Ich konnte den Rauch aus dem Restaurant an seinem Sakko riechen und spürte bei jedem Atemzug, wie sich sein Brustkorb hob und wieder senkte. Ich war zu allem bereit, und ich glaube, daß er das wußte, doch er griff lediglich an mir vorbei und stieß die Tür weiter auf. Zusammen gingen wir hinein.

Ich schloß die Tür und ließ das Schloß einschnappen. Dann sah ich ihm zu, wie er durch den Raum schritt. Manche Menschen kümmern sich nicht um ihre Umgebung, aber er gehörte nicht zu ihnen. Ich konnte sehen, wie er den Raum betrachtete, seine Proportionen, die Möbel und den Lichtschein der Lampen, die ich einschaltete. Er betrachtete die Wüstenlandschaften, die ich an die verputzte Wand gehängt hatte. Ich wünschte mir, daß sie ihm gefielen und er in ihnen dasselbe sah wie ich, das Versprechen von grenzenlosem Raum.

»Es ist die Stille«, sagte ich und stellte mich hinter ihn. »Jedesmal, wenn man hinausgeht. Man bleibt stehen und wartet, und schon bald ist es, als sähe man nach oben und verstünde, wie die Wolken dahinziehen. Sich auf die Stille einlassen.«

Unerklärlicherweise wurde ich rot, als er sich zu mir umdrehte. Meine Angst vor seinem Urteil hatte mich verwundbar gemacht. Doch Paul lächelte angesichts dieser Einladung in einen kleinen Kreis von zwei Personen, da er davon ausging, daß wir ihn bereits betreten hatten.

»Du bist unwiderstehlich«, stieß ich hervor.

Er lachte. »Warte, bis du mich kennst.«

»Werde ich das? Dich kennenlernen?«

»O ja, ich glaube schon. Du nicht?«

Ich nickte und sehnte mich nach dem Versprechen, daß noch mehr kommen würde. Es war noch zu früh, um zu wissen, ob er mehr für mich werden würde als ein Durchreisender, aber in diesem Moment wollte ich an die Intensität glauben, an Romantik und den neuen Mann in meinem Haus.

»Möchtest du einen Drink?«

Er nickte. »Scotch. Irgendwas.«

Als ich aus der Küche zurückkam, stand er bei den Glastüren, die in den Garten hinausführten. Er starrte auf den Pool, der im Mondlicht türkisfarben schimmerte.

»Möchtest du schwimmen?«

Ich machte die Tür auf, und wir nahmen unsere Drinks mit nach draußen. Ich kam überhaupt nicht auf die Idee, mir einen Badeanzug zu holen. Der Verkehrslärm drang gedämpft aus der Ferne herüber, aber die Geräusche der Nacht übertönten ihn, die Grillen, das Bellen eines Hundes, ein Zweig in der Nähe, der im warmen Nachtwind knackte. Ich zog mich rasch aus, scheu und verlegen, und ließ mich ins Wasser gleiten. Ich war nicht verborgen – die Scheinwerfer im Becken beleuchteten mich von unten und machten mich mitten in der Schwärze der Nacht sichtbar. Ich schaute zu ihm. Er war bereits nackt und beugte sich zum betonierten Rand des Pools hinunter. Feine Schatten in der Dunkelheit; vor dem Mondlicht hinter seinem Rücken sah ich seinen steifen, harten Schwanz. Er stieg ins Wasser und schloß mich von hinten in die Arme. Das Wasser umspülte uns, während er meine Brüste umfaßte. Ich lehnte mich zurück und spürte seine fest angespannten Beinmuskeln, während er nach einem Halt suchte, um uns abzustützen. Er atmete in meinen Nacken. Dann drehte er mich zu sich um. Ich spürte seine Lippen, und mit einem Mal mußte ich unbedingt seine Zunge schmecken, ihn in meinem Mund haben. Er ließ sich küssen, und als ich mich von ihm löste, warf ich den Kopf nach hinten und holte mehrmals tief Luft. Der Duft nachtblütigen Jasmins hing in der Luft, schwer und doch kaum greifbar. Er ließ seine Zunge über meine Kehle spielen, und schon fühlte ich, wie seine Hände meinen Hintern umfaßten, mich an sich zogen, und auch ich zog ihn an mich, schlang die Beine um ihn und stieg langsam auf seinen Schwanz, die Arme um seinen Hals, festgehalten, gewiegt, endlich in Sicherheit und zu Hause. Er war tief in mir und bewegte sich langsam, um uns herum das Wasser. Ich spürte sein Seufzen. Was für ein Vergnügen empfand er bei dieser sachten, bedächtigen Reibung? Plötzlich wollte ich es wissen, wollte ihm nicht nur Vergnügen bereiten, sondern auch mit an seinem Vergnügen teilhaben, in ihm sein, genauso wie er in mir war, so tief in ihm sein, daß ich das Blut war, das durch ihn strömte und sich gegen seine brennende Haut preßte, ihn größer machte, pulsieren und anschwellen ließ, bis wir schließlich alle Fesseln sprengten und uns verströmten.

Später, im Bett, fragte er mich, was ich mochte.

»Alles. Alles mögliche.«

Er lachte. »Das ist keine Antwort.«

Ich zögerte. »Tja, ich lasse mich gern reizen.«

Er sah mich an und grinste. »Verkopfte Spielchen ...«

Ich wurde plötzlich so verlegen, als hätte es mir mitten auf einer belebten Straße den Rock hochgeweht. Er merkte es und strich mir über die Wange.

»Nein, so ist es am besten. Zwei Menschen, die bereit sind zu spielen, die sich verstehen und sich einlassen können.«

»Verstehen wir uns?«

Irgendwie wußte ich, daß es nicht das war, was ich fragen wollte. Ob er mich haben wollte; das wollte ich wissen. Noch einmal oder morgen wieder ... würde er eine Zeitlang bei mir bleiben?

»Ich verstehe dich«, sagte er und zog mich an sich.

Heute weiß ich, daß ich ängstlich war und voller Widersprüche, denn merkwürdigerweise wurde ich ganz starr. Verstanden sein heißt erkannt sein, und erkannt sein heißt Eigentum sein. Ich sah den Blick in seinen Augen, diese anmaßende Gewißheit, eine typisch männliche Selbstsicherheit, die mich regelmäßig aufbrachte. Er dachte, er hätte mich in der Hand. Ich spürte, wie ich mich in gewohnter Weise entziehen wollte, doch etwas in mir hielt mich zurück. Und wenn er wirklich dachte, er hätte mich in der Hand? Hatte ich ihn nicht genauso? Warum nicht einfach mitmachen, spielen, sich treiben lassen? Er ist ein Irrweg, dachte ich, ein trunkenes Intermezzo in einer Phase der Enthaltsamkeit. Ich entspannte mich, spürte, wie seine Hand über mich strich und sah ihm dabei zu, wie er mit tastenden Fingern meine Brustwarzen liebkoste. Spiele, Gedankenflüge ... warum nicht mitmachen? Was habe ich schon zu verlieren?

Kurz vor Tagesanbruch wachte ich auf. Er war nicht im Bett, und ich fürchtete schon, er wäre gegangen. Doch ich fand ihn im Wohnzimmer beim Telefonieren. Er lächelte, als er mich sah und legte rasch auf. »New York«, sagte er. »Dort arbeiten sie schon.«

Ich bewegte mich nicht. Er saß in einem Stuhl vor der Fensterfront. Es war noch dunkel, doch der Himmel war schon hell genug geworden, um die Umrisse der Bäume erkennen zu können, und die ersten Vögel gaben bereits ein Ständchen. Er war nackt. Er streckte mir eine Hand entgegen und machte eine einladende Geste. Als ich mich vor ihn auf den Fußboden setzte, öffnete er die Beine, so daß ich den Kopf auf seinen Schenkel legen konnte. Ich spürte, wie er mir mit der Hand das Haar zurückstrich und mit den Fingern meinen Hals liebkoste. Meine Wange ruhte auf seiner weichen Haut, und ich konnte meine Hände nicht davon abhalten, immer wieder über die Rundung seiner Waden zu gleiten. Seine Finger auf meinem Hals schienen mich zu beruhigen, und wir verharrten lange in dieser Stellung und sahen dem Sonnenaufgang dabei zu, wie er alles enthüllte, was verborgen gewesen war.

Später liebten wir uns noch einmal. Danach lag ich im Bett und lauschte dem laufenden Wasser, während er duschte. Es war Monate her, seit ich das letzte Mal die Geräusche eines anderen Menschen aus meinem Badezimmer vernommen hatte, und ich wollte, daß es nie wieder aufhörte. Als er mich zum Abschied küßte, streifte sein nasses Haar meine Wange und kühlte mich mit der Feuchtigkeit, die an der trockenen Luft verdunstete.

»Was machst du heute abend?« fragte er.

»Was immer du willst.«

Ich hing bereits an der Angel.

2

Ich kam zehn Minuten zu spät zu einer Frühstücksverabredung mit Bobby Melner, dem einzigen meiner Klienten, der versucht hatte, mehr aus unserer Bekanntschaft zu machen, und den Anstand besessen hatte, die Geschäftsbeziehung beizubehalten, nachdem ich ihm einen Korb gegeben hatte. Er war kein übler Typ, aber er war ein bißchen einfältig, hatte eine feuchte, nasale Aussprache und eine vier oder fünf Zentimeter zu hoch sitzende Taille. Immerhin trug er die richtige Kleidung (maßgeschneidert oder von The Gap), fuhr das richtige Auto (einen viertürigen Range Rover) und besaß das richtige Haus (dezentes Kunstgewerbe); die Frauen umschwärmten ihn. Warum auch nicht – Geld ist eine starke Droge. Hollywood war voll von Leuten wie Bobby, Erben von Treuhandvermögen, die für mich Geldaristokraten waren. Mein Klient Bobby Melner, der Erbe von Melner Toys. Sukie Billings von Billings Lebensmittel. Jordan Meyerowitz von M&W-Hausbau. Sie stammten aus alteingesessenen Familien mit Namen, die ihre Vorfahren notfalls durch Zahlung hoher Summen aus den Zeitungen herausgehalten hatten, und das Geld hatte sich, gut gehütet, durch fünf Generationen weitervererbt. Es gab Kennedys und Fields und Tisches und eine Reihe kleinerer Lichter, allesamt angezogen von der Sehnsucht, bei eben diesem Spiel mitzuspielen: die Medien, der Glanz, der Ruhm und die Ferraris. Wenn man es in diesem Spiel schaffte, war man mehr als erfolgreich, man war *gesegnet,* auserwählt, gesalbt durch die Prominenz. Es war so gut wie Papst zu sein – ja, sogar noch besser, da man wirkliche Macht besaß. Es war besser, da man genau wußte, daß die langweilige, einfallslose Familie zu Hause von Neid zerfressen wurde, wenn man einen Sonntag nachmittag am Pool von Kevin, Warren oder Lew verbrachte. Die Verwandtschaft würde Gift und Galle spucken. Vielleicht gierten die Bobby Melners deswegen derart nach jedem Zentimeter Grund, jeder Nuance des Machtspielchens. Sie übernahmen ihre Rolle in den in ihrer Kindheit verfaßten und nie überarbeiteten Psychodramen, trotz der Heerscharen von Psychiatern und Channeling-Experten und Stunden von Shiatsu-Massagen.

Bobby wollte mich sprechen, da es mit seinem Vermögen nicht zum besten stand. Seit Monaten predigte ich ihm schon, überwiegend ohne Erfolg, daß er sich zu freizügig aus seinem flüssigen Kapital bediente. Angesichts der Summe, die ihm zur Verfügung stand, war das nicht einfach, doch er kämpfte immer verzweifelter darum, mitzuhalten. Wenn er weiterhin die besten Tische der Stadt bekommen wollte, mußte er in der Projektentwicklung bleiben, was hieß, daß er Optionen auf Drehbücher erwerben und Autoren bezahlen mußte, alles in der Hoffnung, daß er eines seiner Projekte bei einem Studio unterbringen konnte und seine Vorleistungen zurückerstattet bekäme. In den vergangenen sechs Jahren hatte das nur zweimal geklappt, und beide Drehbücher waren schließlich auf Eis gelegt worden, was lediglich eine höflichere Formulierung dafür ist, daß man sie abgelehnt hatte. Dennoch würde deshalb noch lange niemand in Hollywood Bobby von seiner Liste streichen, solange er weiterhin gute Verbindungen besaß. Und so warf er hemmungslos mit Geld um sich. Warum auch nicht? Die Söhne anderer reicher Männer gaben alles für alte Meister, Kokain oder leichte Mädchen aus. Wer also wollte es Bobby zum Vorwurf machen, wenn er sein Geld lebenden und meist am Hungertuch nagenden Künstlern gab – falls man die Schmierer und Schreiberlinge, die sich in der Traumfabrik anboten, überhaupt so nennen konnte? Natürlich hätte man ihm einen besseren Geschmack und gelungenere Ideen wünschen können, vor allem wenn man sich darum bemühte, seinen Kontostand aufzubessern, aber ich werde dafür bezahlt, daß ich mein Bestes tue, nicht dafür, Wunder zu wirken.

Er saß an einem Tisch und sprach in sein Handy, als ich das Restaurant betrat. Es war ein Deli auf dem Ventura Freeway im Valley. Das Essen war nichtssagend, aber das Lokal lag in der Nähe der Studios, worauf seine Beliebtheit ebenso zurückzuführen war wie auf die Tatsache, daß an anderen Tischen mindestens sechs weitere Personen telefonierten und den Eindruck erweckten, als brächen sie unmittelbar nach ihren Bagels mit Lachs zu gewichtigen Besprechungen auf. Die Bagels mit Lachs verliehen dem Lokal ihrerseits eine gewisse Existenzberechtigung; das Showgeschäft ist eine Branche, in der Abschlüsse dauernd in Delis oder zumindest von Leuten getätigt wurden, die in Delis zu Hause sind, egal, wieviel sie verdienen, und so stellte Bobbys Frühstück ihn in einen historischen Zusammenhang. Ein kleines Detail, das ihm nie auffallen würde.

Er winkte mir und legte auf, als ich mich setzte. Er lächelte mich an.

»Bist du dir sicher? Bist du dir absolut sicher?«

Das war sein Standard-Begrüßungssatz mir gegenüber, der zum Ausdruck bringen sollte, daß er selbstbewußt genug war, um meine unerklärliche Zurückweisung anzusprechen, und keinen Groll hegte. Er gab mir somit zu verstehen, daß ich die einzige gewesen war, die ihn je abgewiesen hatte. Soweit ich weiß, stimmte das sogar. Wie gesagt, Geld ist eine starke Droge.

Ich lächelte freundlich und schüttelte erstaunt den Kopf, als hätte Bobby soeben eine überaus geistreiche Bemerkung gemacht. Du alter Lump, teilte ich ihm durch Blicke mit, vielleicht habe ich ja doch einen Fehler gemacht ... Frauen zahlen diesen Preis andauernd, wenn sie im Geschäft bleiben wollen. Bei mir löst das weniger Wut aus als vielmehr eine Tiefe und unerschütterliche Verachtung für diese lächerlichen, winzigen Egos, die sich derart aufblasen müssen. Männer haben ganz recht, wenn sie Frauen fürchten: Hinter unseren lächelnden Gesichtern versteckt sich häufig Zorn.

Bei der dritten Tasse Kaffee versuchte ich immer noch, Bobby beizubringen, warum er mit seinem flüssigen Kapital etwas vorsichtiger umgehen mußte, wenigstens die nächsten drei Monate. Davon wollte er nichts wissen.

»Ich muß das Geld haben.«

»Geht es um ein Drehbuch?«

Er schüttelte den Kopf. Ich merkte, daß er es mir nicht sagen wollte; er hatte diese Böser-Junge-Miene aufgesetzt, bei der ich mir immer vorkam wie die Schuldirektorin.

»Es geht um Land«, sagte er schließlich. »Oben bei Ventura. Zum Meer hin gelegen.«

»Du hast doch schon ein schönes Haus. Und die Hütte in Aspen.«

»Ich weiß. Aber Susan und ich ...«

»Wer ist Susan?«

»Ratelsky. Susan Ratelsky.«

Er lehnte sich zurück, um mir Gelegenheit zu geben, beeindruckt zu sein. Susan Ratelsky war den Klatschspalten zufolge das Mädchen des Tages. Ihr Vater hatte ein Verfahren erfunden, das einen Durchbruch in der Raumfahrt bedeutete, und Susan pendelte mit der Regelmäßigkeit eines von Menschenhand erschaffenen Himmelskörpers zwischen Houston und L.A. hin und her und sah hochnäsig und mager aus. Was fing sie wohl mit Bobby an?

»Wir haben uns das Grundstück letzte Woche angesehen. Zwölftausend Quadratmeter. Zwei Komma fünf.«

»Ohne Haus?« Er nickte. »Fast geschenkt. Schau mal, du hast Susan Ratelsky. Wozu brauchst du das Grundstück?«

»Um sie zu halten.«

Ich habe nie begriffen, wie diese Frauen das machen, reiche Männer an sich zu binden und sie dazu zu bringen, ihr Geld zu verschleudern. Wie sie sich von Männern aushalten lassen, fordernd, nicht abhängig.

»Du hast das Geld nicht«, sagte ich und genoß es ganz besonders, Susan etwas zu verweigern. Allerdings nahm ich an, daß sie nicht mit der Wimper zucken, sondern schlicht zum nächsten beflissenen Geldgeber weiterziehen würde.

»Ich weiß, daß ich das Geld momentan nicht flüssig habe. Aber was ist mit dem Treuhandvermögen?«

Bobby hatte ein halbes Dutzend Treuhandkonten geerbt, die er nach und nach aufgearbeitet hatte, aber das, von dem er – wie ich genau wußte – jetzt sprach und welches bei weitem das üppigste war, warf lediglich Zinsen ab. Es war in dieser Form eingerichtet worden, damit er das Kapital nicht anrühren konnte.

»Was ist damit?«

»Kannst du dir nicht etwas einfallen lassen? Könnte ich die zweieinhalb Millionen nicht ›borgen‹, nur für eine Weile?«

Seine Frage klang nicht besonders energisch, weil er wußte,

daß sein Großvater das Treuhandvermögen genau aus diesem Grund unantastbar angelegt hatte. Entweder kannte der alte Herr seine Familie ziemlich gut, oder er stand der menschlichen Natur etwas zynisch gegenüber. Das Frühstück endete damit, daß ich Bobby zum dritten Mal sagte, ich könne nichts tun.

Doch das war nicht die ganze Wahrheit. Vor ein paar Monaten war etwas geschehen, das mich vermuten ließ, daß das Geld doch zugänglich sein könnte. Ich hatte drei Millionen aus diesem Vermögen auf ein neues Konto bei einem anderen Geldinstitut transferiert, zusammen mit einem Konto aus flüssigen Reserven, die Bobby für ein anderes Geschäft brauchen würde. Als ich dort auf elektronischem Weg Bargeld abheben wollte, dachte der oder die Angestellte des Geldinstituts, ich wollte Geld vom Treuhandkonto haben und stellte keinerlei Rückfragen; er oder sie verlangte lediglich eine Bestätigung über die Höhe der von mir angeforderten Summe. Normalerweise hätte ich bei einem derart kapitalen Irrtum Krach geschlagen, doch statt dessen korrigierte ich die Anforderung nur hinsichtlich des Kontos mit den Bargeldreserven. Und ich notierte mir den Namen des oder der Angestellten. Ich weiß noch, wie mir das Herz raste, als hätte ich etwas Illegales getan, und ich glaube, in gewissem Sinne habe ich das auch. Ich weiß nicht, was mich schweigen hieß, aber ich wollte es nicht allzu genau ergründen. Vermutlich bedeutete es nichts. Aber ich würde diese Information gewiß nicht an Bobby weitergeben.

Sowie ich ins Büro kam, rief ich Don an. Ich wollte alles in Erfahrung bringen, was er über Paul wußte, aber Don war noch nicht im Haus. Ich ließ ihm ausrichten, er möge mich zurückrufen, aber er war bekannt dafür, daß er nicht zurückrief; ich wußte, daß ich es selbst wieder versuchen mußte.

Der Rest des Tages verstrich in einem Nebel des Verlangens, diesem trägen, fließenden Zustand, wie glatte Schenkel in Seide, die sich kreuzen und wieder teilen. Ich dachte an Paul, an das Mondlicht auf seiner Haut, an seinen Blick, wenn er mich nach unten zog. Ich war ruhelos, sehnsüchtig und verblüffte Holly dadurch, daß ich zum Mittagessen das Büro verließ, was ich nur selten tat. Ich ging hinüber zur Melrose Avenue, wo die Modegeschäfte lagen. Ich wollte etwas Neues, Schickes, eine Vierhundert-Dollar-Untertreibung, deren Schnitt zwar die Haut bedeckte, aber die Figur komplett zur Geltung brachte. Nicht, daß mir meine besonders gefallen hätte. Wie die meisten Frauen warf ich mir ständig vor, daß ich irgendeinem unerreichbaren Ideal nicht entsprach, obwohl eines meiner Geheimnisse eine gewisse Freude an meinen Brüsten ist. Hört sich das seltsam an?

In einem Sommer vor ein paar Jahren bekam eine Freundin von mir dafür, daß sie auf zwei riesige russische Wolfshunde aufpaßte und sie fütterte, ein Strandhaus zur Verfügung gestellt. Sie lud mich und vier andere Frauen über ein Wochenende dorthin ein. Es war ein schönes Haus mit gräßlichen Möbeln, das ganz einsam an einem Steilufer direkt am Meer lag. Am zweiten Nachmittag gingen wir nach einem trägen Mittagessen mit gekühltem Weißwein mit den Hunden hinunter an den Strand. Außer uns war niemand da, wir waren ganz unter uns, und so breiteten wir unsere Handtücher aus, zogen die Badeanzüge aus und legten uns nackt in die Sonne. Es war ein herrliches Gefühl, völlig natürlich und zwanglos; über den warmen Sand wehte ein sanfter Wind, das weiße Sonnenlicht fiel aufs Wasser, und überall auf meinem Körper spürte ich Luft und Licht. Die Sonne und der Wein hatten uns schläfrig gemacht, wir sprachen nicht viel, und ein paar von uns dösten. Ich träumte davon, wie die ersten majestätischen Geschöpfe aus dem Meer gestiegen kamen und glitzerndes, flüssiges Geschmeide im Licht hinter sich herzogen, tapfere, neue Wesen, zum Überleben bestimmt. Nach wenigen Minuten wachte ich wieder auf und betrachtete, auf einen Ellbogen gestützt, die Körper der ruhenden Frauen, von denen manche auf dem Rücken und andere auf dem Bauch lagen. Zwischen ihnen strichen die Hunde herum. In meiner Erinnerung an diesen Moment herrscht absolute Stille, der Wind hat aufgehört zu wehen, und die See liegt schweigend da, eine feste Platte aus atmendem Glas. Ich sehe nur das weiße Licht und die russischen Wolfshunde auf ihren langen, dünnen Beinen vor mir, wie sie sich zwischen den weichen Leibern vorsichtig einen Weg bahnen und dabei mit ihren langen, spitzen Schnauzen sanft gegen Arme, Brüste, Hüften und Schenkel stoßen und gestreichelt werden wollen. Es ist vollkommen still, nur die Hunde laufen herum und reiben die Schnauzen an weichem Fleisch.

An diesem Abend sagte meine Freundin Diana zu mir: »Du hast die schönsten Brüste von uns allen. Sie sind herrlich.«

»Wirklich?« fragte ich verblüfft und wurde vor Freude rot.

»Ja. Ganz bestimmt.«

Als ich später allein war, musterte ich meine Brüste im Spiegel. Männer hatten mir schon immer gesagt, daß sie schön seien, aber deren Urteil zählte natürlich nicht. Sie sprachen ja quasi aus reinem Eigennutz. Dianas Bemerkung, von der ich wußte, daß sie als objektives, ästhetisches Urteil gemeint war, ließ mich überlegen. Ich dachte an die Brüste anderer Frauen, die ich gesehen hatte, studierte intensiv meine eigenen und erkannte, daß Diana recht hatte. Ich hatte wirklich hübsche, vielleicht sogar schöne Brüste, und von diesem Moment an war ich gewissermaßen stolz auf sie. Das liegt natürlich schon einige Jahre zurück, und obwohl ich noch relativ jung bin, sind sie mittlerweile schlaffer geworden, so daß ich nur wenige Jahre lang finden konnte, daß sie schön waren. Ich akzeptiere das: Es wäre dumm, es zu leugnen, wo es doch so interessant ist, seinen Körper altern zu sehen, die Veränderungen zu beobachten, zu begreifen, was sie bedeuten, und eine gewisse Neugier zu empfinden, ein bittersüßes Staunen im Verein mit Resignation, nostalgischen Gefühlen für die eigene Fassade.

Ich fand das richtige Kleid. Es war in einem intensiv rostroten, fast braunen Farbton, aber ganz anders als das Braun, das Paul am Abend zuvor getragen hatte. Als ich später zu Hause hineinschlüpfte und mir vorstellte, wie es heruntergerissen und auf dem Fußboden zusammengeknüllt und zerdrückt wurde, begriff ich, daß ich zu allem bereit war.

Ich wußte wirklich nicht viel über ihn. Er bat mich, ihn in einem Bürogebäude am Sunset Boulevard abzuholen, aber als ich fragte, ob dort sein Büro wäre, verneinte er.

»Und wo ist dein Büro?«

»Warum? Möchtest du mir Rosen schicken?«

»Faxe. Obszöne Faxe.«

»Was würden die anderen dazu sagen?«

Schlagartig war es mir peinlich.

»Du sagst es mir einfach«, unterbrach er mein Schweigen. »Später.«

Keine Frage.

Ich hielt vor dem Gebäude und wartete im Wagen auf ihn. Sorglos und dessen gewiß, was kommen würde, empfand ich den Luxus der Geduld, eine anhaltende Vorfreude. Er konnte von weiß Gott woher kommen, verheiratet sein und Kinder haben, obwohl ich das nicht annahm – ich war mir seines Verlangens nach mir sicher, und das nahm mir jede Furcht. Hieß das, daß es um Sex ging beziehungsweise nur um Sex? Würde er morgen verschwinden, oder würde ich die Lust verlieren? Es kümmerte mich nicht. Entweder hatte er mir ein Signal gegeben, oder es war etwas, das er in mir auslöste, etwas, das von uns beiden gemeinsam kam, und es forderte mich auf, mich hineinzustürzen. Völlig ohne Angst.

Plötzlich war er da, schritt quer durch das erleuchtete Foyer, kam durch die schweren Glastüren auf mich zu und ging über den Gehsteig zum Wagen. Sein Gesicht wirkte im Licht zuerst verschwommen und verschwand dann im Dunkeln, aber sein Körper und seine Bewegungen – sein Gang, der Schwung seiner Schultern, die Umrisse seines dichten, dunklen Haars – waren mir bereits vertraut. Ich hatte das Gefühl, ihn schon lange zu kennen. Vielleicht war es gar nicht er, der mir vertraut war, sondern das Gefühl, das er in mir auslöste, etwas, das schon sehr lange darauf wartete, hervorzubrechen und ausgelebt zu werden.

Er wollte an einer Bar irgendwo im Osten, auf der anderen Seite der Highland Avenue vorbeifahren. Er sagte, ich könne im Wagen warten; da mich aber alles an ihm brennend interessierte, ging ich mit hinein und blieb neben dem Eingang stehen, während er nach hinten ging und mit einem Mann in einem leuchtend blauen Anzug sprach. Ich konnte ihn nicht hören, aber ich nahm den Nachdruck in Pauls geflüsterten Worten wahr und sah deutlich die Angst in den Augen des Mannes. Ich wußte nicht, worum es ging. Wer war Paul, daß er diesen Blick auf dem schweißbedeckten Gesicht des Mannes auslösen konnte? Würde ich gleich mit einem Mafioso oder Killer oder gar dem Schläger von nebenan nach Hause gehen? Nein, natürlich nicht. Er war zu elegant und zu höflich, um sich sein Geld auf diese Weise zu verdienen. Jedenfalls nicht direkt. Aber ich begann langsam zu begreifen, daß er in etwas verstrickt war, daß er seine Geschäfte, worin sie auch bestehen mochten, auf unübliche Art zu tätigen pflegte. Und die Wahrheit ist: Es gefiel mir. Es gefiel mir, daß er womöglich zwielichtig, kriminell und anders als alle anderen war, die ich kannte. Ich wollte ihn als jemanden sehen, der nach anderen Regeln spielte, in einem anderen Spiel, der keine Angst vor Macht hatte, eine gespannte Feder, bereit hervorzuschnellen. Es erregte mich, und im grellen Licht dieser Erregung fand ich dasselbe auch in mir. Ich war ein Dornröschen, das nicht am Ende einer Geschichte aufwachte, sondern am Anfang: Ich war bereit, alles zu riskieren, verspürte das wachsende Verlangen, einen gefährlichen Kurs einzuschlagen und die Wirklichkeit bewußt in zwei Teile zu spalten. Meine Augen öffneten sich, und ich konnte es deutlich sehen: Ich hatte lange auf jemanden wie ihn gewartet, der mir den Weg zeigte.

Als ich die Drinks ins Schlafzimmer brachte, war er bereits nackt. Er stand mit dem Rücken zu mir – und durchforschte meinen Wandschrank. Normalerweise hätte ich das als massive Verletzung meiner Privatsphäre empfunden und wäre wütend geworden oder hätte mich dafür geschämt, daß jemand die Unordnung zu sehen bekam, die sich hinter der glatten, weißen Tür verbarg. Doch als ich ihm zusah, wie er da stand, ganz lässig eine Hand auf die Hüfte gestützt, während er mit der anderen die Kleiderbügel beiseite schob, empfand ich die Entblößung als prickelnd. Ich merkte, wie ich mir wünschte, daß er sähe, was ich hatte; ich wollte ihm alles zeigen. Die Beine spreizen, mich vor ihm öffnen; ich war mir sicher, daß er kein Urteil fällen würde.

Ich setzte mich aufs Bett und sah ihm zu. Er drehte sich vom Schrank weg und hielt ein Paar schwarzer, hochhackiger Schuhe in der Hand. Ich hatte sie völlig vergessen. Sie waren billig und ordinär, und ich hatte sie von einem Mann zum Geburtstag bekommen, mit dem ich ein paar Monate zusammen war; ich hätte sie mir nie selbst gekauft. Als ich sie auspackte, war ich wütend geworden. Er sagte, die Schuhe wären für uns beide, aber mir war es nicht so vorgekommen. Wie konnte er es wagen, mir etwas zu schenken, das nur ihm und seinem Begehren diente, mich zu einem Objekt seiner Lust zu machen? Männer wünschen sich Huren in schwarzen Strümpfen und Spitzenteddys, die nur ein einziges Bedürfnis äußern: das Bedürfnis, zu gefallen – geistlosen Männern zu gefallen. Die Schuhe waren nicht für mich, nicht im entferntesten. Ich hatte sie in den Wandschrank geworfen und vergessen, und schon bald war dieser Mann aus meinem Leben verschwunden.

Paul setzte sich neben mich. »Zieh sie an«, sagte er. Als ich zögerte, fuhr er mir mit der Hand die Wade entlang und streifte mir meine flachen Schuhe ab. Er ließ seinen Finger am Spann und an den Schlitzen zwischen meinen Zehen entlanggleiten. Dann hob er meine Beine über seine Knie und griff nach den Pumps. Einen hielt er mir hin.

»Fühl doch. Das Leder.«

Ich berührte den Schuh und blickte ihm in die Augen. Ich sah, daß er bereits woanders war, als stünde er schon auf einem neuen Spielfeld, und der Schuh, den er in der Hand hielt, wäre die Einladung an mich, mitzuspielen. Er bat zu einem Spiel, das keine Konsequenzen nach sich zog; es ging um Vergnügen, nicht um Urteil. Er sah zu, wie ich meine Hand über das Leder gleiten ließ, den hohen Bogen der Sohle entlang, den Absatz hinauf und hinunter, und ich verstand, was er meinte: Wenn ich es erlaubte, ließ sich der Schuh von etwas Billigem, einem verachtenswerten, männlichen Fetisch, in ein Objekt für uns beide verwandeln, einen neutralen Gegenstand, dem wir beide Sinn gaben. Hierin lag das große Geheimnis: Es hätte *sein* Schuh an *seinem* Fuß sein können oder irgend etwas zwischen uns beiden, ein Blick, eine Geste, ein kaum merklicher Seidenhauch. Der Schuh war nicht mehr als die Pfeife, die den Ball ins Spiel brachte, und nicht weniger als eine neue Sprache, in der wir zwei miteinander sprechen konnten.

Ich lehnte mich zurück und stützte mich auf die Ellbogen, damit ich ihm dabei zusehen konnte, wie er mir die Schuhe anzog.

»Und jetzt steh auf. Ich möchte dich in ihnen sehen.«

Ich mußte unwillkürlich lächeln. Dann stand ich auf und ging ein paar Schritte von ihm weg. Er hielt den Blick auf die Schuhe geheftet, und sein Schwanz richtete sich auf. Ich lachte; es war herrlich, ihn zu erregen, und es erregte mich auch.

»Geh auf und ab. Ich will sehen, wie du dich bewegst.«

Ich machte ein paar zögerliche Schritte, in der Erwartung, mich verlegen und unsicher zu fühlen, doch schon nach einem Moment ging ich völlig unbefangen. Ich fing an, die Hüften zu schwenken, und sogleich stolzierte ich aufrecht einher und präsentierte meine Brüste.

»Komm her«, sagte er.

Ich war noch nicht bereit; ich wollte, daß er wartete. Ich reckte verführerisch die Beine und paradierte vor ihm auf und ab. Ich fühlte mich herrlich und stark. Ich war ein Magnet, der ihn anzog.

»Komm her«, sagte er erneut. »Bitte.«

Die Hände in die Hüften gestützt, stolzierte ich wieder zu ihm zurück. Ich stellte mich neben ihn, und er sah zu mir hoch und lächelte mich an, dann zog er mich an sich, um mich zu küssen. Ich rieb einen Schuh an seinem Bein. Er wich zurück und überraschte mich, indem er eines meiner Beine hochhob, so daß mein Fuß in dem schwarzen Schuh auf seinem Schenkel ruhte. Er konnte die Hände nicht still halten. Während ich mich an seinen Schultern festhielt, um die Balance nicht zu verlieren, beobachtete ich, wie er sich mit dem Schuh über die Haut strich, langsam vor und zurück, und ihn sachte an seinem Schwanz entlanggleiten ließ. Ich hörte auf, mir Gedanken darüber zu machen, ob ich umfallen könnte. Hungrig sah ich zu, wie er mit den Fingern über das schwarze Leder strich, spürte seine Handfläche meine Fußsohle liebkosen und sah seinen Schwanz neben dem Schuh. Dann blickte er mich an, hob, den Blick fest auf mich geheftet, meinen Fuß hoch und steckte sich die Spitze des Schuhs in den Mund. In mir verschwamm alles zu reinem Verlangen. Ich sah seine Zunge, als er an der Schuhspitze saugte, sie in den Mund schob und wieder herauszog, am Leder leckte, die Lippen über meinen Spann und die Zunge den hohen, dünnen Absatz hinabgleiten ließ. Die andere Hand hatte er unter meinen Rock geschoben, strich mir über die Schenkel, den Arsch und zwischen die Beine. Ich stöhnte. Er spürte genau, wie feucht ich war. Ich konnte nicht mehr atmen. Ich fühlte mich leicht und schwebend, so als könnte er mich, wenn er seine Finger in mir vergrub, ohne weiteres herumwirbeln wie einen Teller auf einem Stab. Ich beugte mich vor und zog sein Gesicht zu mir heran, weidete mich an dieser Nässe und strich mit dem Schuh über seinen immer härter werdenden Schwanz. Bald würde er mich zu sich hinabziehen, damit ich mich rittlings auf ihn setzte, und meinen Hintern umfangen, um mich so nah wie möglich an sich zu pressen, während er sich tief in mir bewegte und ich immer näher zu ihm drängte. Als es vorüber war und ich die Hitze unseres Verlangens noch genauso fühlen konnte wie seine Zunge auf meinen Brüsten, wußte ich nicht mehr: Wer tat was mit wem?

3

Mit Nathan Broadman traf ich mich immer mittwochs. Einmal im Monat fuhr ich zu seiner Ranch in den Hügeln hinter Westlake hinaus. Er besaß auch ein Haus in der Stadt, aber er wußte, daß mir der Ausflug Spaß machte, und so hatten wir uns diese Regelung seit langem zur Gewohnheit gemacht.

Zuerst fuhr ich am Büro vorbei. Holly hatte auf Band gesprochen, daß sie später käme. Unüberhörbar unterdrückte sie ein Schluchzen, was bedeutete, daß sie vermutlich die ganze Nacht aufgewesen war und mit ihrem Freund gestritten hatte. Da nichts Dringendes anstand, schloß ich die Tür ab und fuhr los.

Als ich die 101 von L.A. in Richtung Norden hinauffuhr, herrschte nur sehr wenig Verkehr. Ich rief Don vom Auto aus an. Diesmal war er zwar da, ließ mich aber so lange in der Leitung hängen, daß ich schon vermutete, er wiche mir absichtlich aus.

»Niemals, Baby. Für dich habe ich immer ein offenes Ohr.«

»Wer's glaubt, wird selig ... was ist denn eigentlich los? Ist etwas passiert?«

»Nein. Nichts Gravierendes. Ich bin in die Bredouille geraten, eine dumme Geschichte, und Marty hat mir herausgeholfen. Du weißt ja, wie er ist ... er will sein Geld zurück.«

»Was für eine Bredouille?«

»Das würde dich nicht interessieren.«

»Du meinst, du willst es mir nicht sagen.«

»So in der Richtung. Aber mach dir keine Sorgen. Ich komme schon klar.«

In seiner Stimme lag etwas Vertrautes, etwas Ausweichendes, ein automatisches Sich-Ducken wie bei einem Tier, das vor Kälte zittert, und in diesem Moment begriff ich, warum ich ihn nicht lieben konnte. Er schob immer irgend etwas beiseite.

»Wer ist Paul eigentlich?«

»Ah. Es hat also eingeschlagen. Geschäftlich – oder persönlich?«

»Ich weiß absolut nichts über ihn.«

»Tja, er kommt aus New York und kontrolliert eine ungeheure Menge Geld ...«

»Wessen Geld?«

»Er kontrolliert es. Wenn es ihm nicht gehört, so verfügt er zumindest darüber.«

»Du weißt es also nicht.«

»Nicht genau. Aber ich glaube nicht, daß seine Investoren kleine Fische sind.«

»Und alles ganz legal?«

»Ich nehme es an. Ist doch zwecklos, weiter nachzuforschen.«

»Aber du würdest es mir sagen, wenn du wüßtest, daß es illegal ist?«

»Ich schließe aus deinen ganzen Fragen, daß du mehr als beiläufig interessiert bist. Willst du es wirklich so genau wissen?«

Ich lachte und fand es ganz in Ordnung, daß Don mich entlarvt hatte. Natürlich wollte ich es nicht wissen. In diesen ersten paar Wochen überschritt ich viele Grenzen, aber diese eine habe ich stets respektiert. Ein Freund hätte mir sagen können, daß ich einfach die Warnsignale übersah, aber er hätte sich getäuscht. Mich trieb nicht die Verweigerung, sondern das Verlangen. Es war nicht etwa so, daß eine große Obsession oder eine zwanghafte, hemmungslose Skrupellosigkeit zutage getreten wäre. Statt dessen empfand ich etwas Ruhigeres und weniger Bedrohliches, eine unbezähmbare, aber distanzierte Neugier, als legte ich mich selbst unters Mikroskop, sehenden Auges und völlig leidenschaftslos, bereit, mich in einem klinischen Versuch selbst zu sezieren. Selbst damals fühlte ich schon, daß es nicht um Paul ging, sondern um mich. Deshalb brauchte ich keine Einzelheiten. Ich wollte nur mehr.

Ich verließ den Freeway und fuhr durch Westlake auf die Hügel zu, die sich zum Meer hin erstreckten, das meilenweit entfernt auf der anderen Seite lag. Der morgendliche Dunst hatte sich verzogen, und nun war der Himmel blau, was im Kontrast zu den Hügeln, auf denen nach den Regenfällen junges Gras in lebhaftem Grün sproß, um so intensiver wirkte. Nun war es allerdings vorbei mit dem Regen, und schon bald würde sich das Grün in Braun verwandeln und dann so trocken werden, daß das Braun zu Gold würde, so absolut trocken, daß es im weißen Licht glänzen würde, wie von der Sonne poliert.

Nathan Broadman war es gewesen, der mich dazu ermutigt hatte, mich selbständig zu machen. Im Grunde hatte er es sogar ermöglicht, indem er mein erster und mittlerweile ältester Kunde wurde. Er sagte, ich hätte die Chance verdient. Ich war noch die Sekretärin des Börsenmaklers, als wir uns kennenlernten, und er war der Allgemeinheit als Nifty Natey ein Begriff, als Eigentümer einer Kette von Haushaltswarenläden, die es im gesamten Westen gab. Als er beschloß, mit seiner Firma an die Börse zu gehen, schaffte es Nathan, mich in dem Team unterzubringen, das die Finanzierung und die erste Aufforderung zur Zeichnung ausarbeitete. Ich hätte zwanzig Stunden am Tag gearbeitet, um zu beweisen, daß sein Vertrauen in mich gerechtfertigt war, aber darüber hinaus machte mir die Arbeit wirklich Spaß, das Jonglieren mit Zahlen und die eindeutige Klarheit der Formeln und Kalkulationsbogen mit ihren Matrixsystemen, die Einfachheit des Ganzen aus Ja-Nein und Eins-Zwei. Und ich liebte die Dynamik, den Adrenalinstoß, der den Wettlauf mit Terminen anheizt, die Art, wie mein Leben geformt wurde, das nur noch einem einzigen Ziel unterworfen war. Zum ersten Mal fühlte ich mich von einer rauschenden Flut mitgerissen. Ich mußte nicht mehr rudern.

Aber Nathan tat noch mehr, als mir nur eine berufliche Chance zu eröffnen. Damals war er noch verheiratet, und er und seine Frau Margaret sponserten eine Balletttruppe, spendeten Geld fürs Museum und lebten in einem Haus in Hancock Park, das eine der besten Sammlungen englischer Möbel des achtzehnten Jahrhunderts westlich des Mississippi beherbergte. Ab und zu luden sie mich zum Abendessen ein, und obwohl ich es zu kaschieren suchte, studierte ich sie regelmäßig, als wäre ich ein Neuling auf diesem Planeten, entschlossen, die Sitten und Gebräuche zu erlernen, und als könnte mir dieses Wissen zu dem verhelfen, was Nathan und Margaret besaßen – diese elegante, geschliffene Welt. Margaret ähnelte Nathan sehr, sie war maßvoll und warmherzig, und ich sehe Nathan heute noch vor mir, wie er die Hand ausstreckt, um ihr eine dicke, dunkle Haarsträhne aus dem Gesicht zu streichen. Als ich sie zum letzten Mal sah, war ihr Haar infolge der Chemotherapie fast ganz ausgefallen, und sie hatte diesen fahlen Teint und die nach innen gerichtete Abwesenheit einer sterbenden Krebspatientin. Nach ihrem Tod zog sich Nathan praktisch ganz zurück und leitete seine Firma fast ausschließlich übers Telefon. Als er wieder an die Öffentlichkeit trat, war er sichtlich ein anderer geworden. In seinem Innersten war es so stumm, als fehlte am Ende eines jeden Gesprächs etwas, das ausgesprochen werden müßte, aber einfach nicht gesagt werden konnte. Er stand für immer inmitten eines nicht mehr vollständigen Ganzen.

Wenn man die Schotterstraße entlangfuhr, die sich den Hügel hinaufschlängelte, dehnte sich Nathans Ranch über die Sohle eines kleinen Tales vor den Blicken aus. Sie war eine der ersten Anschaffungen gewesen, die er und Margaret gemacht hatten, als Nifty Natey's Profite abzuwerfen begann, zweihundert Hektar Land und ein altes, weißverputztes Ranchhaus mit einer von Bäumen gesäumten Terrasse, das auf einer sanften Anhöhe mit Blick auf die Hügel lag. Auf einen dieser Hügel war Nathan gestiegen, um Margarets Asche zu verstreuen. Das habe ich nur erfahren, weil auf einem der Formulare, die wir nach ihrem Tod wegen des Nachlasses einreichen mußten, nach der »Entsorgung der Leiche« gefragt wurde. Als Nathan diese Worte las, sah ich, wie ihm der Atem stockte, und als er wieder sprach, klang seine Stimme eiskalt.

Nathan war auf der Terrasse und schlief auf einer Liege in der Sonne. Er war Anfang Sechzig und zeigte erst in jüngster Zeit Alterserscheinungen. Nicht einmal Margarets Tod hatte sein Gesicht mit Falten gezeichnet. Doch die Zeit tat das ihre, und in dem hellen Licht fiel es auch mir auf. Er war kein großer Mann, und nie war es seine physische Präsenz gewesen, die Autorität ausstrahlte. Seine Macht entsprang einer anderen Quelle. Er blieb lieber im Hintergrund und beobachtete, während sein Geist unablässig arbeitete, und dann schlug er zu – wie die Eidechse im Naturfilm ihre Zunge hervorschnellen läßt. Bei Nathan kam diese flinke Zunge langsamer und wohlüberlegt, präzise, und sie fraß nicht auf, sondern sie häufte an. Genau das bewundere ich: die Geduld, das heimliche Abwägen und dann die entscheidende Tat.

Er regte sich. Ich stellte mich zwischen ihn und die Sonne, und mein Schatten weckte ihn. Er sah, wer es war, und richtete sich auf. »Ein alter Mann, der in der Sonne eingeschlafen ist. Wer hätte das gedacht?« sagte er.

»Nicht alt. Älter. Aber nicht alt.«

»Sag das mal meinem Rücken. Gestern habe ich das wilde Gestrüpp herausgeschnitten, und jetzt muß ich eine Woche lang dafür büßen.«

Ich folgte ihm ins Haus. Es war kühl und dunkel, angenehm und still – schlicht; ich verkehrte schon lange hier, bevor mir bewußt wurde, wieviel Überlegung auf die Möblierung verwendet worden war. Mercedes, die eine Hälfte des mexikanischen Ehepaars, das sich um das Haus kümmerte, hatte Kaffee bereitgestellt. Später würden wir auf der Terrasse zu Mittag essen.

Wir machten uns gleich an die Arbeit. Nach all den Jahren hatten wir uns eine bestimmte Reihenfolge angewöhnt. Zuerst erstattete ich ihm Bericht über die Aktien und Wertpapiere, sowohl seine eigenen als auch die treuhänderisch für seinen Sohn Peter verwalteten. Wir machten mit den Vermögenswerten weiter, die ihnen privat gehörten: ein Mietshaus in Los Feliz, das aus früheren Jahren übriggeblieben und auf Margarets Namen gelaufen war, die einzelnen Häuser, ein Lebensmittelgeschäft und ein langfristig vermietetes Apartment in New York, eine Eigentumswohnung auf Maui, die hin und wieder vermietet wurde. Eine Zeitlang hatte Nathan mir auch die Verwaltung zweier Einkaufszentren übertragen, die er zusammen mit Peter aufgebaut hatte. Mir war diese Angelegenheit ein Greuel; die von Luftschlössern träumenden Pächter verursachten ständig Ärger, und als Nathan beschloß, sie abzustoßen, bevor der Markt ins Bodenlose stürzte, empfand ich nichts als Erleichterung. Danach gingen wir die Haushaltsabrechnung durch, deren Umfang beträchtlich war, und zuletzt die vielen monatlichen Fixkosten, Rechnungen von Geschäften und Restaurants und seine Kreditkarten. Ich hatte alle Zahlen im Laptop, aber Nathan sah kaum auf den Bildschirm. Er sagte, er hätte mir nie alles übergeben, wenn er nicht überzeugt davon wäre, daß ich der Sache gewachsen sei; er vertraute mir.

Es war reine Routine, aber es dauerte seine Zeit, und als wir Schluß machten, hatten wir beide Hunger. Ich begrüßte Mercedes, während sie Nathans Lieblingsquesadillas mit Reis und Bohnen servierte. Es gab mexikanisches Bier, von dem ich noch nie gehört hatte und das wie dünnes, plätscherndes Gold schmeckte, und – wie immer – einen Flan, von dem ich mir jedesmal wünschte, noch zwei Portionen zu bekommen.

Wir lehnten uns mit unseren Kaffeetassen zurück. Jenseits der schattigen Terrasse brannte die Sonne und verlangsamte alles Geschehen. Irgendwo hinter uns krächzten Krähen. Ich dachte an Paul. Ich sah seine Augen und wie sie mich fixierten, wenn er die Hand ausstreckte; wie sie mich beobachteten, wenn ich den Rücken so durchdrückte, daß er meine Brüste berühren mußte. Das reine Verlangen überkam mich und hätte mich beinahe aus meinem Stuhl getrieben. Ich holte tief Luft, und die Aufwallung legte sich wieder, aber ich war mir sicher, daß es Nathan nicht entgangen sein konnte. Wie konnte irgend jemand den Vulkan übersehen, der in mir ausbrach? Doch als ich hinübersah, stellte ich zu meinem Erstaunen fest, daß er aufgestanden und ins Haus gegangen war, um einen Anruf entgegenzunehmen, während ich nicht mal das Telefon hatte klingeln hören.

Am Rand der Terrasse blühten Hibiskus und Bougainvillea, und um die Büsche herum hatte sich ein Grüppchen Bienen versammelt. Ich lauschte ihrem gleichmäßigen Summen, bis Nathans Stimme sie übertönte. Ich konnte hören, daß er wütend war und eine Auskunft verlangte, aber ich verstand seine Worte nicht. Als er zurückkam und sich setzte, sagte er nichts. Er machte den Eindruck, als sei er mit den Gedanken Lichtjahre entfernt.

Ich wollte ihn fragen, was los war, zögerte jedoch. Zwischen uns bestand aufrichtige Zuneigung, ja sogar Verbundenheit, aber diese gründete nicht auf dem Austausch vertraulicher Informationen. Ich hätte ihm liebend gerne von Paul erzählt – damals war Paul das einzige, worüber ich wirklich sprechen wollte –, aber meine Freundschaft mit Nathan beruhte auf etwas anderem als auf unseren privaten Erlebnissen, und das gefiel mir. Mir sind Menschen zuwider, die einen bestürmen und einem ständig etwas erzählen wollen und ganz offenkundig darauf erpicht sind, sich selbst preiszugeben. Sie haben keine Hemmungen. Nathan und ich waren anders, und irgendwie schien unser Verhältnis dadurch verbindlicher.

Doch er sah besorgt aus.

»Stimmt etwas nicht?« fragte ich schließlich. »Kann ich dir irgendwie helfen?«

Er schüttelte den Kopf. »Es war Peter – ich weiß nicht, woran es liegt, aber ich kann ihm keine klare Antwort entlocken. Er macht nie seine Hausaufgaben.« Er lächelte, aber sein Blick blieb grimmig. »Er sollte der Sache auf den Grund gehen, aber ...«

Er verstummte. Nathan war kein Mann, der zu nachdenklichem Schweigen neigte, aber ich hatte das Gefühl, daß ich nicht weiterbohren durfte.

»Hast du irgendwelche Gerüchte gehört?« wollte er schließlich wissen.

»Worüber?«

»Über die Firma. Irgend etwas?«

Ich schüttelte den Kopf. Trotz der Rezession machte Nifty Natey's kontinuierliche Nettogewinne und konnte Dividenden auszahlen; die Läden wirtschafteten gut. Die Profite gingen zwar nicht ins Unermeßliche, wie es noch vor ein paar Jahren überall der Fall gewesen war, aber es war eine solide Firma. Es stimmte zwar, daß der Betrieb kurzfristig ins Wanken geraten war, nachdem Nathan Peter als Geschäftsführer eingesetzt hatte; aber dann war Nathan eingeschritten und hatte das Ruder herumgerissen, die Schulden eingedämmt und Ballast abgestoßen, mit dem Erfolg, daß NNE heute eine der stabilsten Gesellschaften auf dem AMEX war.

»Ich höre nur Gutes – die Aktien sind gefragt. Die meisten meiner Klienten besitzen welche.«

Nathan zuckte die Achseln. »Vielleicht ist es auch nichts. Ich muß Peter mehr Vertrauen schenken. Vielleicht habe ich einfach zuviel Zeit, um mir Sorgen zu machen.«

Er lehnte sich wieder zurück und sah in die Hügel hinauf. Ich dachte mir, daß sein einziges Problem der Verlust Margarets war, und als ich meinen Blick ebenfalls wieder auf die Hügel richtete, vernahm ich, was Nathan seit jeher gehört haben muß: die Einsamkeit im Krächzen der Krähen.

Auf dem Nachhauseweg wählte ich die Nummer, die ich von Paul bekommen hatte. Es war der Anschluß in seiner Wohnung; über sein Büro äußerte er sich nach wie vor vage. Niemand nahm ab. Ich ließ es trotzdem klingeln und fuhr mehrere Kilometer weit in dem Gefühl, ihm durch den Versuch der Kontaktaufnahme nahe zu sein. Es faszinierte mich, daß kein Anrufbeantworter angeschlossen war; jede Einzelheit war bedeutungsvoll, da ein Gesamtbild, ein Rahmen oder schlüssiger Zusammenhang noch immer nicht entstanden war. Paul nahm so viel Raum ein, war aber nach wie vor ein Mysterium. Wer war er, und wer würde er für mich sein?

An diesem Tag hieß in die Stadt zurückkommen zu ihm kommen. Ich hungerte nach ihm, sah seine Augen, die mich beobachteten, wie ich mich öffnete, und wie dieser Blick mir die Kraft gab, mich zu öffnen. Ich spürte, wie seine Finger die Linie meines Halses nachzeichneten, fühlte meine Zunge auf seinem Bauch, seine Hände auf meinem Hintern. Ich hörte uns im Dunkeln atmen. Energie durchfloß mich, ruhelose, sehnsüchtige Energie, die mich mit ungestilltem Verlangen erfüllte.

4

Die Zeit verging. Ich stand zwar jeden Morgen auf, zog mich geschmackvoll an und fuhr ins Büro, aber mein einziges Interesse galt Paul. Nach und nach erfuhr ich einiges über ihn. Er war vor einem halben Jahr aus New York herübergekommen, um auf dem verfallenden Grundstücksmarkt zu spekulieren, und sich – wie er es nannte – »andere Gelegenheiten« zunutze zu machen. Er äußerte sich nie konkret. Nebenbei erwähnte er arabische, deutsche und japanische Investoren, sprach von der explodierenden Bedeutung des Pazifikraums und einmal von der möglichen Übernahme einer Fabrik für Portlandzement. Ich fragte nie nach Einzelheiten, obwohl es angesichts meines Berufs ganz normal gewesen wäre, wenn wir übers Geschäft gesprochen hätten.

Er hatte eine möblierte Wohnung in einem der Türme auf dem Wilshire Boulevard in Westwood gemietet. Sie war nicht persönlicher als eine Suite in einem guten Hotel, verfügte aber über eine bestens ausgestattete Küche. Es stellte sich heraus, daß Paul gern kochte. Das hätte mich nicht wundern sollen. Mir ist aufgefallen, daß alleinstehende Männer oft mehr Sorgfalt auf sich verwenden als Frauen ohne Partner. Vielleicht bilden wir uns ein, daß nur die Anwesenheit eines Mannes die Ausgaben für gutes Geschirr, ein weichgepolstertes Sofa und stabile Bücherregale rechtfertigt und uns, wenn wir allzu perfekt und unabhängig werden, kein Mann mehr haben will und wir auch gar keine Verwendung mehr für einen haben. Als gäbe es ohne Notwendigkeit keine Sehnsucht. Es ärgert mich, daß die meisten Männer offenbar nicht mit diesen Schwierigkeiten zu kämpfen haben. Sie zerbrechen sich meist nicht den Kopf darüber, einander Platz zu machen; sie leben nicht so sehr in Was-wäre-wenn-Konstruktionen. Sie wissen, wie sie für sich selbst sorgen müssen.

Irgendwann in diesen ersten Wochen bereitete er ein Weiße-Bohnen-Chili zu, pikant und mit viel Hühnchenfleisch. Ich sah ihm zu, wie er sich in der praktischen Küche bewegte und mit den Gedanken nur teilweise bei mir war, während er im Rezept nachlas, Mengen abmaß und die Hitze regulierte. Ich deckte den Tisch, und wir plauderten miteinander, wie man das eben so macht: *Du bist also Einzelkind* und *Damals war ich erst siebzehn und dachte, ich wüßte schon alles.* Plötzlich und aus heiterem Himmel wallte Wut in mir auf, Widerstand. Ich drehte mich um und ging ins Wohnzimmer. Ich hatte uns vor mir gesehen wie eine Doppelseite in einem Hochglanzmagazin: ein modernes Paar in einem vertraulichen Moment. Doch das war es nicht, was ich wollte, nicht diese Art von vertraulichem Moment, gewöhnlich und bieder. Er war der geheimnisvolle Fremde, und genau das wollte ich von ihm: die Chance, auszubrechen und Neues, Unbekanntes, Fremdes kennenzulernen. Ich dachte, wir treiben auf Superhighways dahin und brauchen Pillen, um uns auf die Straßen darunter zu befördern. Er ist meine Droge, mein Passierschein, meine Verbindung. Ich dachte, jede Welt ist eine Landkarte von Bezugspunkten und jeder Punkt ein Traum des Reisenden. Hör auf zu denken und fühle, dachte ich. Fühl diesen Wüstenwind.

Warum war es mit ihm anders? Warum nahm mir der Ausdruck in seinen Augen die Angst vor dem Ausdruck in meinen? Vor Paul hatte ich mich für sexuell abenteuerlustig gehalten, offen für Experimente und Inszenierungen, ohne ein Urteil darüber zu fällen, was ein anderer wollte und brauchte. Die Männer, mit denen ich ins Bett ging, wollten es immer noch einmal machen, und ob ich nun kam oder nicht – und manchmal kam ich nicht und täuschte es auch nicht vor –, sie wußten stets, daß es mir Spaß machte, das Anfassen und Lutschen, die reibenden Finger und schleckenden Zungen, die sich steigernde Lust in meiner gierigen Möse. Ich machte gern die Beine breit und hatte keine Angst davor, mich sehen zu lassen.

Aber in Wirklichkeit war ich stets eingeengt gewesen, ein Teil von mir sah immer zu und vergewisserte sich: Ist er auch wirklich scharf auf mich? Spiele ich meine Rolle überzeugend?

Sex hatte ein Endziel gehabt, war Mittel zum Zweck gewesen, die Währung im Handel zwischen mir und den Männern. *Wird er mich morgen noch lieben?* Aber von Paul erwartete ich nicht, daß er mir unsterbliche Liebe schwor – ja, das wollte ich nicht einmal. Ich wollte nicht dieses Paar in der Illustrierten sein. Und nachdem dieser Punkt von der Tagesordnung gestrichen war, kam ich ganz unverhofft zu einer unerwarteten Klarheit, frei von den Ängsten, die die Manipulation mit sich bringt. Zum ersten Mal konnte ich in Stöckelschuhen herumstolzieren, mich wie ein geiles, liebeshungriges Flittchen mit Seide und Spitzen herausputzen, das nur nach Sex schrie. Ohne Angst oder Widerwillen kniete ich mich hin, verschwendete keinen Gedanken an so etwas wie Unterwürfigkeit oder war besorgt über das, was wir treiben könnten. Ich hörte auf, mir Gedanken darüber zu machen, ob er mich benutzte, da ich auf meine Art aufgehört hatte, ihn zu benutzen, und zwar in einer seltsamen Weise, die mir die Freiheit ließ, mir zu nehmen, was ich wollte, solange ich es wollte. Ich konnte mich zurücklehnen und ihn an meinem Mittelpunkt lecken lassen – ich konnte es erlauben –, und wenn ich gewollt hätte, daß er es stundenlang macht, hätte ich ihm das ohne weiteres klar machen können. Außerdem fühlte ich die unerwartete Macht derjenigen, die Vergnügen schenkt, fühlte sie jedesmal, wenn ich meinen Mund weit öffnete und ihn in mich aufnahm und zum Stöhnen brachte. Der Schwerpunkt verlagerte sich auf mich. Auf das, was ich tun, schenken und gewähren konnte. Ich spürte meine Macht. Meine Zunge bestimmte sein Los.

Vermutlich könnte man einwenden, daß es nicht um Macht ging, sondern um Vertrauen. Man könnte einwenden, daß ich deshalb in der Lage war, diese Dinge mit Paul zu tun, weil zwischen uns Zuneigung herrschte, und diese aus dem Bauch heraus kommende Gewißheit gestattete es, Dominanz und Unterwerfung auszuleben, und machte es möglich, daß jeder von uns eine Rolle übernahm, auch die des anderen, und die überzeugend verkörperte. Vielleicht dachte ich am Anfang, ich wäre in ihn verliebt. Was stand mir schon an anderen Beschreibungsmöglichkeiten oder Worten für meine Gefühle zur Verfügung?

Aber aus heutiger Sicht war mir sogar damals klar, daß ich etwas anderes von ihm wollte. Ich brauchte nur Zeit, um mich von meiner Angst zu befreien und mich für andere Möglichkeiten zu öffnen, auf bestimmte Weise aufrichtig zu werden.

Paul wollte mich mit einigen seiner Freunde bekannt machen.

»Wer sind sie?« wollte ich wissen.

»Ich kenne sie schon seit Jahren. Wir haben zusammen eine Menge Geschäfte gemacht.«

Wir fuhren auf dem Sunset Boulevard durch Beverly Hills und bogen dann in eine der schmalen Straßen ein, die sich durch Holmby Hills schlängeln, wo wir vor einem schmiedeeisernen Tor hielten. Paul klingelte, die Sprechanlage krächzte, und wir fuhren hinein.

Gaby stand in der geöffneten Tür eines großen, modernen Hauses. Ihre Silhouette zeichnete sich vor dem hell erleuchteten Raum hinter ihr ab. Als wir aus dem Wagen stiegen, kam sie auf uns zu, streckte die Hände aus, und Paul ergriff sie.

»Endlich lernen wir uns kennen«, sagte sie zu mir. »Paul hat uns so viel von Ihnen erzählt.«

Mir fiel keine passende Erwiderung ein. Bis heute abend hatte er sie mir gegenüber kein einziges Mal erwähnt. Sie sprach mit einem leichten Akzent, den ich nicht einordnen konnte; angesichts ihres dunklen Haars dachte ich, sie könne vielleicht aus dem Nahen Osten stammen. Sie war weder groß noch besonders schlank, und es hatte etwas imposant Weibliches, wie sie das dunkle, weinrote Seidenkostüm ausfüllte, an dessen Revers eine Diamantnadel steckte, die ich für echt hielt. Sie hatte kleine Füße und trug hochhackige, seidene Sandaletten. Ihr Äußeres ähnelte dem manch anderer Ausländerinnen, die makellos zurechtgemacht sind. Es sind Frauen, die genau wissen, wie man ein Tuch binden und einen Schal drapieren muß, Frauen, die der Duft eines leichten und doch dauerhaften Parfüms umgibt, dessen Namen man noch nie gehört hat. Sie mögen verarmt sein, aber irgendwie treiben sie doch das Geld für Gesichtsbehandlungen, Massagen und duftendes Papier zum Auslegen der Schubladen für ihre zarten Seidendessous auf. Sie besitzen die Geduld und Disziplin, die wahrer Luxus erfordert. Sie wissen etwas, das ich nicht weiß.

Drinnen geleitete Gaby uns über den Marmorboden der Vorhalle und zwei Stufen hinunter in ein riesiges Wohnzimmer mit weißen Wänden. Es waren noch andere Gäste zugegen. Charles, Gabys Mann, brachte mir einen Drink. Er war groß und noch recht jung, doch sein dichtes Haar war bereits ergraut. Er war gutaussehend, in der Art wie Models und erfolgreiche Vertreter gutaussehend sind, so auffallend gutaussehend, daß ich vermutete, das Geld müßte Gaby gehören. Sie stellte mich einem anderen Paar vor, deren Namen ich nicht verstand. Paul kannte sie offenbar schon, und sie schienen – wie Gaby – Ausländer zu sein.

Hors d'oeuvres wurden serviert. Es schien in diesem Haus unsichtbares Personal zu geben, und das machte mir klar, wieviel ich nicht wußte – über die Räume, die hinter diesem Wohnzimmer lagen und was in ihnen vor sich ging, über das Grundstück jenseits dieser schwarzen Fenster. Aus einem Grund, den ich nicht hätte nennen können, hatte ich das Gefühl, daß vieles verborgen blieb, ungesagt. Ich fühlte mich ausgeschlossen. Ich sah zu Paul hinüber, aber er war ins Gespräch mit den anderen vertieft. Ich hörte ihn lachen, sah, wie sich die Nackenmuskeln unter seinem Sakko verlagerten, als er sich auf dem Stuhl zurücklehnte, und eine eiskalte Furcht überfiel mich. Mit einem Mal haßte ich ihn dafür, daß er mich hierhergebracht und mir diese Leute aufgezwungen hatte. Es war mir zuwider, daß er ein Leben besaß, was unabhängig von mir war, und es war mir zuwider, daß er mich blendete; das stellte ihn über mich, als wäre er ein großartiger Geist, der mich foppte und meinem Zugriff entwischte.

Wir gingen in ein Restaurant, ein neues und überteuertes Lokal in Beverly Hills. Die anderen wirkten allesamt verzerrt, als sähe ich sie durch das falsche Ende eines harten, metallenen Teleskops. Ich wußte, daß sie nicht sehen konnten, wie weit entfernt ich war, wie isoliert. Ich beobachtete Gaby. Sie war der Typ Frau, den Männer attraktiv finden. Ihre Kostümjacke war tief ausgeschnitten, und ich konnte den Ansatz ihrer Brüste sehen, als sie sich im Gespräch vorbeugte. Sie sahen weich aus, vielleicht sogar gepudert, und ich glaubte ihren Duft wahrzunehmen. Vielleicht war etwas zwischen Paul und ihr. Vielleicht hatten sie einmal eine Affäre gehabt? Und wenn? Es kümmerte mich nicht.

Dann, kurz vor dem Nachtisch, sah ich, wie Charles mit Sando, der männlichen Hälfte des anderen Paares, einen Blick wechselte. Es war mehr als ein Blick; sie fixierten einander einen Moment lang, während Charles sich mit dem Mittelfinger seiner rechten Hand langsam um die Lippen fuhr. Sein Mund stand halb offen, und in seinen Augen lag ein träger, herausfordernder Blick. Sando reckte sich und lehnte sich auf seinem Stuhl zurück. Es mag eine optische Täuschung gewesen sein, aber mir kam es so vor, als hätte er tiefer Luft geholt.

Wenige Minuten danach sagte Sando, er müsse telefonieren, und verließ den Tisch. Ein oder zwei Minuten darauf erhob sich Charles, um auf die Toilette zu gehen, wie er sagte. Ich wartete einen Moment und entschuldigte mich dann meinerseits. Ich mußte es sehen – was auch immer es zu sehen gab.

Sie waren draußen, in der Gasse hinter dem Gebäude, und standen im Schatten eines großen, weißen Lieferwagens. Sando lehnte mit dem Rücken dagegen, streckte die Arme nach oben aus und sah Charles an, der ihm ganz langsam und vorsichtig das weiße Leinenhemd aufknöpfte. Bei jedem Knopf strich Charles den Stoff zurück und enthüllte mehr und mehr von Sandos Brust. Ich sah, wie er Sandos Brüste leicht umfaßte, als wären es die einer Frau, wie er mit der Handfläche über die Brustwarzen glitt und sie rieb, bis sie hart wurden. Er trat einen Schritt zurück und legte seine Hand über Sandos Schwanz. Im Licht sah ich, wie hart er war, als er sich gegen den Hosenstoff drückte. Charles' Hand fand einen Rhythmus, und er beobachtete, wie Sandos ganzer Körper anfing, sich dazu zu bewegen, elektrisiert von der Energie, die diese Hand ausströmte. Die Finger seiner anderen Hand spielten mit Sandos Brust, glitten seinen Hals hinauf und streichelten seine Wange. Ich hörte Charles murmeln, beschwörend und erregend. Die Laute waren eine Verbindung zwischen den beiden, eine Schnur, die sie beide fesselte. Dann beugte er sich vor, und sie küßten sich. Sando hielt die Arme immer noch nach oben ausgestreckt, als wäre er angekettet. Sein ganzer Körper drängte nun und wollte mehr von Charles. Jetzt bewegten sie sich gemeinsam. Ich hörte, wie eine Gürtelschnalle gelöst und ein Reißverschluß aufgezogen wurde. Plötzlich drang ein Geräusch von außerhalb herein: Auf der Straße hinter dem Lokal ertönte eine Autohupe. Einmal, zweimal. Mit einem Mal begann ich zu fürchten, sie könnten es hören, sich umdrehen und mich beim Spionieren entdecken. Leise schlich ich mich wieder hinein.

Ich bekam kaum Luft. Ich dachte, ich sei erschrocken; mein Herz klopfte. Doch als ich in das Lokal zurückstolperte und einen Blick auf Paul warf, merkte ich, daß ich nicht erschreckt war, sondern erregt. Ich setzte mich neben ihn. Ich sah immer noch Charles' Hand vor mir. Ich wollte sie spüren, wollte selbst die Hand sein, die in die Falten weichen Stoffs schlüpfte. Ich berührte Pauls Arm, und öffnete, ohne daß er es sah, neben ihm die Schenkel. Er hätte mir ohne weiteres die Hand unter den Rock schieben und mich streicheln können, während er weiterplauderte. Ich wünschte es mir. Ich wollte spüren, wie meine Hand auf seinen steif werdenden Schwanz drückte. Ich sah Gaby an, und mein zuvor gehegter Groll verschwand ebenso wie meine Unbeteiligtheit. Ich sah, wie attraktiv sie war, sah die Wärme und Lässigkeit, die ihr Körper ausstrahlte, eine Üppigkeit, die mehr versprach. Wenn Paul eine Affäre mit ihr gehabt hatte, wer könnte es ihm zum Vorwurf machen?

Charles kam an den Tisch zurück, etwas später gefolgt von Sando. Nichts verriet die Leidenschaft, deren Zeugin ich geworden war. Ich wollte etwas zu ihnen sagen, ihnen erzählen, daß ich – weit davon entfernt, schockiert zu sein oder sie zu verurteilen – am liebsten mitgemacht hätte. Ihr Verlangen zog mich magisch an. Ich taxierte die anderen am Tisch. Was wußte Gaby? Mir wurde klar, wie wenig *ich* wußte: Es konnte Verbindungen geben, die völlig im Verborgenen lagen, Erfahrungsbereiche, von denen ich nicht einmal etwas ahnte. Jetzt schreckte mich das nicht mehr. Ich wollte lediglich mehr erfahren. Doch schon bald gab Gaby das Zeichen zum Aufbruch, indem sie sagte, daß sie am nächsten Tag früh aufstehen müsse. Als ich vor ihrem Haus wieder in Pauls Wagen stieg, hielt sie mir die Tür auf und sagte, daß wir uns wiedersehen müßten. Ich gab ihr nur zu gern meine Karte.

In dieser Nacht im Bett war ich wollüstig. Ich dachte an Charles und Sando, sah, wie Sando die Arme hoch reckte und seine Finger in die Luft griffen, sah die gebräunte Haut seines glatten Brustkorbs, während Charles' Finger den Stoff beiseite streiften. Ich schob mich tiefer auf Pauls Schwanz. Ich war Lava, die um und durch ihn floß. Ich brachte seinen Körper dazu, sich aufzubäumen.

Später überlegte ich erneut, was Gaby wußte. Und ich dachte darüber nach, warum ich Paul nicht sagte, was ich gesehen hatte. Ich wollte Charles und Sando schützen, ihre Leidenschaft verheimlichen, aber nicht, weil ich um sie besorgt war. Auf eine unklare Weise spürte ich, daß ich mir durch mein Schweigen selbst gewisse Möglichkeiten offenhielt. Ein Teil von mir, der bisher stets geschlummert hatte, erhob sich, wurde fordernder, und ich wollte, daß der Weg frei war, damit ich ihm dorthin folgen konnte, wohin er führte. Ich wußte es noch nicht, aber meine Ergebenheit galt nicht Paul – sie galt dem Verlangen.

5

Im Büro lagen zwei Nachrichten von Nathan für mich. Ich rief ihn zurück.

»Ich habe für heute mittag eine Besprechung anberaumt. Kannst du kommen?«

»Sicher«, sagte ich. »Worum geht's? Was muß ich mitbringen?«

»Nichts. Wir sehen uns um zwölf.«

Es war ganz untypisch für ihn, so kurz angebunden und geheimnisvoll zu sein. Aber ebenso untypisch war es für ihn, falschen Alarm zu schlagen. Irgend etwas stimmte nicht.

Es waren noch weitere Anrufe eingegangen: einer von Bobby Melner, der, wie ich aus der Zeitung wußte, immer noch mit Susan Ratelsky liiert war und vermutlich noch verzweifelter Bargeld brauchte. Eine andere Klientin von mir überlegte zum tausendsten Mal, aus dem Filmgeschäft auszusteigen. Sie wollte wissen, ob sie, falls sie neunzig Jahre alt würde und keinen einzigen Penny mehr verdiente, trotzdem genug Geld hätte, um weiterhin ihre Miete zu bezahlen. Ich erklärte ihr, daß sie von Glück reden könne, wenn sie die nächsten sechs Monate überstand, und mußte sie dann eine halbe Stunde lang beruhigen. Das ist eine der seltsamen Eigenheiten der Hollywood-Leute: Sie verdienen gewaltige Summen, wenn sie Arbeit haben, und fühlen sich reich, aber sie nehmen nicht zur Kenntnis, wieviel Geld sie in teuren Restaurants, für Armani- und Gaultier-Modelle und einen Filofax aus Straußenleder ausgeben. Sie haben keine Ahnung, wie viele ihrer Häuser und Autos Monat für Monat mit ungedeckten Schecks unterhalten werden. Ich muß sagen, daß es mir hin und wieder Spaß macht, es ihnen vor Augen zu führen.

Außerdem lag eine Nachricht von Don vor, der fragte, ob ich mich auf einen Drink mit ihm treffen wollte. Er war nicht da, als ich zurückrief, aber ich sprach ihm auf Band, daß mir jeder Tag recht wäre. Ich wollte ihn wirklich gern sehen. Er war der einzige Mensch in meinem Leben, der Paul kannte.

Ich fuhr den Beverly Boulevard hinunter bis in die Innenstadt und bog zum Second Street Tunnel ab. Ich kam in Bunker Hill wieder heraus, einem Viertel aus der Zeit der Jahrhundertwende, das vollständig eingeebnet worden war, um Platz für eine neue Innenstadt zu schaffen. In alten Filmen konnte man es allerdings noch sehen. Erst vor wenigen Wochen hatte ich Burt Lancaster mit der Straßenbahn den schon lange verschwundenen Angel's Flight hinauffahren sehen. Heute war dieser Hügel ein Irrgarten aus neuen Wolkenkratzern mit Wohnungen und Bürokomplexen, die allesamt den schäbigen Straßen um Spring und Main Street unterhalb des Hügels ihre undurchdringlichen Rückseiten zukehrten.

Die Büros von NNE befanden sich in einem der neuen

Türme. An smogfreien Tagen hatte man von dort aus einen atemberaubenden Blick über die Innenstadt im Westen und das Meer im Süden, und all diese Helligkeit bildete einen Kontrast zu den Büros, die holzgetäfelt, dunkel und prunkvoll waren, eine Mischung aus Perserteppichen, Gemälden amerikanischer Naiver und etwas unbequemen Sitzgelegenheiten aus dem achtzehnten Jahrhundert. In Nathans Büro gab es ein halbes Dutzend weich gepolsterter Stühle. Direktimport aus einem englischen Herrenclub, einen zehnteiligen, antiken Paravent mit feinen Lackarbeiten und einen Schreibtisch, auf dem lediglich ein Foto von Margaret stand – nicht einmal ein Telefon. Ich wußte, daß die Einrichtung schön war, aber mir hat sie nie gefallen; ich hatte dort immer das Gefühl, gleich einen entsetzlichen Fehler zu begehen.

Die Besprechung hatte bereits begonnen, als ich eintraf. Nathan winkte ab, als ich mich entschuldigen wollte. Ich war nicht zu spät gekommen – sie hatten nur schon angefangen. Wir waren eine kleine Gruppe: Hal Marlin, der Leiter der Finanzabteilung von NNE, mit dem ich schon einige Routinetransaktionen abgewickelt hatte, zwei junge Betriebswirte vom Typ eingleisiger Zahlenfanatiker, die Nathan resigniert als notwendiges Übel akzeptierte; und Peter, Nathans Sohn, der die Stirn runzelte, als er mich sah.

»Was macht die denn hier?« fragte er, ohne sich auch nur den Anschein von Höflichkeit zu geben. Das überraschte mich nicht. Ich wußte, daß er mich nie hatte leiden können.

Nathan sah nicht auf. »Ich vertraue ihr. Und ich bezahle sie – ich will von ihrem Verstand profitieren.«

Ich setzte mich auf einen Stuhl ihm gegenüber, neben Peter, was hieß, daß wir uns nicht lange damit aufhalten mußten, den Blickkontakt zu vermeiden.

»Hal«, sagte Nathan. »Bringen Sie sie auf den neuesten Stand.«

Hal arbeitete schon seit Jahren für Nathan, sah aber immer noch so konservativ aus wie eine Führungskraft von der Ostküste. Er war überhaupt nicht gebräunt. Die oberen Zehntausend der Geschäftswelt von Los Angeles mit ihren teuren Hemden, ihren modischen Maßanzügen und ihren auffälligen Hundert-Dollar-Haarschnitten haben ihn nie interessiert. Seine Anzüge waren zwar vermutlich genauso teuer, und sein Haar oder das, was davon noch übrig war, wurde sicher genauso sorgfältig geschnitten, aber es diente nur dazu, in der Masse zu verschwinden, nicht aus ihr hervorzustechen.

Hal räusperte sich. »Nathan findet, daß die Aktien zu schnell gehandelt werden und womöglich irgend jemand oder eine Gruppe versucht, die Firma in die Hand zu bekommen. Er ist der Meinung, daß ...«

Nathan lachte. »Sie klingen wie mein Dolmetscher.«

»Nun«, sagte Hal, »momentan ist jedenfalls das einzige, woran wir uns halten können, Ihre Meinung. Ich bin mir ganz und gar nicht sicher, ob ich Ihnen zustimme.«

»Ich auch nicht«, sagte Peter. »Ich gehe sogar noch weiter – ich glaube, du machst dir ganz unbegründete Sorgen. Wir sollten uns darüber freuen, daß die Aktienkurse steigen.«

Nathan saß da und blickte vom einen zum anderen. Die Betriebswirte – die Anzüge – schwiegen, lauschten jedoch aufmerksam. Sie strömten eine Energie aus wie angeschirrte, stampfende Pferde, die darauf warteten, losstürmen zu dürfen.

Nathan wandte sich zu mir. »Vielleicht haben die beiden ja recht, und es ist gar nichts. Aber meine Instinkte haben mich noch selten getrogen, und mir gefällt dieser plötzliche Run nicht.«

»Er ist nicht gerade plötzlich«, wandte ich ein. »Die Aktien sind kontinuierlich im Wert gestiegen – das ist auch ein Grund dafür, warum sie so gefragt sind.«

»Siehst du?« sagte Peter. »Ist eigentlich niemand auf den Gedanken gekommen, daß die Aktien steigen, weil wir alle unsere Arbeit gut machen? Ehrlich, Pop, vielleicht solltest du uns ein bißchen Anerkennung zollen, anstatt nach geheimnisvollen Dunkelmännern zu suchen.«

Seine Stimme hörte sich überraschend wütend an, und uns allen wurde unbehaglich zumute. Ich konnte Nathans Gesicht nicht sehen, aber ich spürte, wie er sich versteifte. Peter riß sich jedoch gleich wieder zusammen und fuhr fort: »Und außerdem – wenn du dir unbedingt Sorgen machen willst, können wir dir eine Menge Gründe nennen.«

Er lachte, aber es klang künstlich. Ich sah Nathan an. Er hatte die Lippen zusammengepreßt; er spürte genau, wann er von oben herab behandelt wurde. Aber er ließ sich davon nicht aufhalten. Er schaute Hal an, der mit den Schultern zuckte.

»Gut, wir werden die Sache im Auge behalten«, sagte Hal. »Aber auch wenn jemand fünf Prozent kauft, haben Peter und Sie immer noch über ... ich glaube, bei Börsenschluß gestern waren es fünfundfünfzig Komma acht. Ich kann auf lange Sicht keine Gefahr erkennen.«

»Nun, ich möchte jedenfalls keine Überraschungen erleben – keine Fremden in meinem Bett.« Nathan stand auf und ging an seinen Schreibtisch. Die Besprechung war beendet. Die beiden Anzüge waren schon weg, identische Blitze entschlossenen Ehrgeizes. Auch Peter verschwand rasch.

»Hal, schließen Sie bitte die Tür, wenn Sie hinausgehen«, bat Nathan. »Vega, du bleibst noch eine Minute.«

Nachdem Hal gegangen war, setzte er sich an seinen Schreibtisch und drehte sich auf dem Bürostuhl herum, um die Aussicht zu betrachten. »Sie wollen, daß ich mich irre, weil sie mich aus dem Weg haben wollen. Vor allem Peter ...« Er hielt inne. »Nun, das ist verständlich. Ein junger Mann möchte sich einen Namen machen. Ich wünschte nur, er hätte mehr ...«

Er verstummte. Ich wußte nichts zu sagen. »Aber weißt du, was?« sagte er und wandte sich wieder dem Zimmer und mir zu. »Ich hoffe, es *gibt* irgendwelche Dunkelmänner – mir wird es sonst zu langweilig. Katz und Maus – ich brauche dieses Spielchen.«

»Natürlich immer vorausgesetzt, du gewinnst.«

Er lächelte. »Das versteht sich von selbst. Aber Hal hat recht – wir können nicht verlieren. Sicher könnte jemand ein wenig Ärger machen, aber nicht viel mehr. Es ist immer noch meine Firma, und ich will Bescheid wissen. Ich möchte, daß du Nachforschungen anstellst.«

»Ich?« Ich war erstaunt.

»Die hier Versammelten werden zwar einiges tun, um mich bei Laune zu halten, aber nichts, was darüber hinausgeht. Hör dich um, laß die Zahlen durch deinen Computer laufen. Sieh zu, was du finden kannst.«

»Aber ich bin keine Wirtschaftsdetektivin. Engagiere doch Kroll – das sind Fachleute.«

»Nein, ich möchte es in der Familie belassen. Sozusagen.«

Es gefiel mir, ihn so reden zu hören; es gab mir ein Gefühl der Zugehörigkeit. Ich sagte, ich würde sehen, was ich tun könnte, und verließ ihn über einem Stapel Aktennotizen, die ordentlich nach Themenbereichen sortiert in Plastikhüllen vor ihm lagen. Er hatte zwei Sekretärinnen, die den Betrieb am Laufen hielten.

Auf dem Weg hinaus begegnete ich bei den Aufzügen Peter. Ich hatte das Gefühl, daß er auf mich gewartet hatte.

»Du brauchst dich nicht mit dieser Sache zu befassen«, sagte er. »Ich komme schon damit klar.«

»Dein Vater scheint der Ansicht zu sein, daß du Hilfe brauchst.« Ich bereute es auf der Stelle, das gesagt zu haben. Peter lehnte mich mit einer Art Geschwisterrivalität ab, und ich mußte die Situation nicht noch verschlimmern. Das war unfair Nathan gegenüber. Außerdem wußte ich, daß Nathan ihn liebte und alles für ihn getan hätte, obwohl sie sehr verschieden waren. Wo Nathan die große Gabe der Spontaneität besaß und nicht darauf pochte, recht zu haben, wenn ihm das hinderlich war, bezog Peter voreilig eine feste Position und versuchte anschließend, die Realität so zu verbiegen, daß er gut dastand. Alles wurde zu einer Frage des Egos. Das hatte ihn mehr als einmal in die Bredouille gebracht, aber Nathan war stets zur Stelle, um ihn herauszupauken.

Außerdem wußte ich, daß er mit einem Haufen Leute verkehrte, deren Lebensinhalt Geld und Kokain waren. Wir hatten uns zufällig einmal auf einer Party getroffen. Er war völlig bedröhnt, fing einen Streit mit der Frau an, mit der er zusammen war, und demütigte sie vor allen Leuten. Ich weiß noch, daß ich nicht sonderlich überrascht war. Obwohl ich ihn damals kaum kannte, sah ich, daß er grausam sein konnte.

Nun trat er einen Schritt zurück und versuchte seine Wut zu unterdrücken. Mit einem Mal lächelte er. »Vielleicht brauche ich ja wirklich jemanden, der sich um mich kümmert. Glaubst du, daß du dem gewachsen wärst?«

Es war ein schmutziges Lächeln, und es wurde noch breiter, als er seine Blicke über meinen Körper schweifen ließ. Ich kenne eine ganze Reihe Männer wie ihn, die eine Frau, wenn sie auf die eine Art nicht an sie herankommen, sie auf die andere anzumachen versuchen. Es war wirklich komisch, daß er sich einbildete, er könnte mich dank seiner männlichen Überlegenheit aus der Fassung bringen, als hätte mich seine Meinung auch nur im geringsten interessiert.

»Tja, das ist eine Art Streitfrage, was?« sagte ich und stieg in den Aufzug. »Ich weiß auf jeden Fall, daß du es nicht bist.«

Die Türen schlossen sich vor einem unzweideutigen Lächeln, das seine Lippen umspielte. Daß – nach Margaret – er der Mensch war, den Nathan am meisten auf der ganzen

Welt liebte, war eine dieser unerklärlichen Launen der Natur – eine Tatsache, die man zur Kenntnis nahm und dann geflissentlich verdrängte.

Don und ich trafen uns schließlich in der Bar des Four Seasons auf einen Drink. Ich sah ihn auf mich zukommen, doch die alten Schuldgefühle stellten sich diesmal nicht ein. Ich konnte es nicht ändern, daß wir einmal verheiratet gewesen waren und eine gemeinsame Zukunft geplant hatten. Inzwischen waren wir schon lange getrennt und führten jeder ein unabhängiges Leben. Er warf kein schlechtes Licht auf mich. Er konnte meinen Ruf nicht beflecken. Und so lächelte ich ihn offen an, als er den Kellner herbeiwinkte und sich schon beim Hinsetzen einen Doppelten bestellte. Die fehlenden Schuldgefühle wirkten sich merkwürdig aus: Zum ersten Mal fühlte ich aufrichtiges Mitleid mit Don. Man könnte beinahe sagen, daß ich ihn liebte.

»Du siehst mal wieder ganz toll aus, Baby. Der Knüller.«

Heute störte ich mich nicht an seinem PR-Lächeln und seinen billigen Komplimenten. Er fing gleich an, mir die Neuigkeiten mitzuteilen: seine Schwierigkeiten in der Arbeit, wo es nun allerdings danach aussah, als würden sie ihn behalten; eine Frau mit drei Kindern und einer beachtlichen Hypothek, die er kennengelernt hatte; und das Neueste von zu Hause, wo sie andauernd nach mir fragten. Er hatte seinem zweiten Doppelten schon kräftig zugesprochen, bevor ich dazu kam, Paul zu erwähnen.

»Ich habe dir alles gesagt, was ich weiß.«

»Aber warum hast du uns miteinander bekannt gemacht? Woher kennst du ihn?«

»Ich weiß nicht – von irgendwoher. Von einer Party bei irgendwem. Jemand hat uns einander vorgestellt. Ich lerne Millionen von Leuten kennen. Ich weiß, daß er Geld hat. Ich dachte, du würdest ihm gefallen. Und er dir. In geschäftlichem Sinne, meine ich.«

»O sicher, streng geschäftlich«, sagte ich lachend. »Du hast genau gewußt, was du machst.«

»Hab' ich das? Weiß ich das je?«

Vielleicht war es der Alkohol, aber seine Frage stürzte ihn in einen tiefen, undurchdringlichen Abgrund. Er sah aus wie jemand, der ganz am Ende ist.

»Don, irgend etwas stimmt nicht. Was ist denn los?«

Er sah auf, und vor mir saß wieder der professionelle PR-Mann. »Ich brauche nur etwas Urlaub. An einem Ort ohne Telefon und Fax. Abgelegen und teuer. Weißt du, was ich meine?« Er kippte den Rest seines Drinks und lächelte mich an. »Du und Paul, ihr seid also ... was? Wild aufeinander?«

»Tja, er hat sehr auf mich gewirkt.« Ich konnte die richtigen Worte nicht finden. »Er ist etwas ... Neues. Ganz anders.«

Vielleicht verletzte es Don, daß ich so sprach, oder es machte ihn eifersüchtig, aber ich konnte nicht aufhören. »Er erzählt mir nicht viel über sich, und ich sterbe vor Neugier. Du mußt doch noch mehr über ihn wissen.«

Er schüttelte den Kopf.

»Ich habe Freunde von ihm kennengelernt«, sagte ich. »Eine Frau namens Gaby und ihren Mann Charles. Kennst du sie, oder weißt du, wer sie sind?«

Er sagte, er kenne sie nicht. Ich überlegte, ob ich ihn bitten sollte, zu versuchen, es herauszufinden, aber es erschien mir falsch. Don war Teil meiner Vergangenheit, nicht dieser neuen Geschichte. Ich ließ das Gespräch auf andere Themen übergehen.

»Hast du deinen Freund Broadman in letzter Zeit gesehen?« fragte er nach kurzem Schweigen.

»Warum fragst du?«

»Nur so. Ich mache bloß Konversation.«

»Warum fragst du?« Plötzlich hatte ich das Gefühl, als befände ich mich in einem Wortgefecht. »Was hast du denn gehört?« fragte ich.

»Was gibt's denn zu hören?«

Ich merkte, daß ich für eine Detektivin noch einiges lernen mußte. Ich hatte bereits zuviel verraten.

»Ich habe nicht gemeint, daß es irgend etwas zu hören gäbe. Wie du schon gesagt hast, ich mache bloß Konversation.«

Er war mir erneut abhanden gekommen. Zwar sah er mich offen an, aber ich hatte das Gefühl, daß er Lichtjahre entfernt war. Vielleicht fand das Wortgefecht auch nur in meiner Einbildung statt; womöglich bedrückte ihn etwas ganz anderes. Oder vielleicht wollte er alles nur in die Länge ziehen, damit er noch einen Drink bestellen konnte.

»Nun, hast du ihn gesehen?«

»Sicher. Du weißt doch, daß ich einmal im Monat zu ihm hinausfahre.«

Ich sagte kein Wort über NNE und die Aktien. Jetzt war es an mir, das Thema zu wechseln.

»Was macht denn Marty – läßt er dich wieder in Ruhe?«

»Ja, ich habe das Geld aufgetrieben, und jetzt sind wir wieder Freunde. Wenn man solche Freunde hat ... stimmt's?«

Nach einer Weile sagte ich, daß ich gehen müsse. Ich verabschiedete mich, und er ging zu den Telefonzellen, um ein paar Anrufe zu erledigen. Er hatte wieder diesen sorgenvollen Gesichtsausdruck, wie ein Mann, der einen Zettel verloren hat, auf dem unentbehrliche Daten stehen, von denen sein Leben abhängt. Trotz der vielen Menschen in seinem Leben war er einsam, doch ich wußte, daß ich ihm nicht helfen konnte. Ich hatte nicht die Kraft, noch massiver in ihn zu dringen, als ich es bereits getan hatte. Es ist merkwürdig, aber heute ist mir klar, daß man nicht wissen kann, als was sich ein Mensch für einen entpuppt, bis alles offenliegt. Man sollte meinen, daß

Dons wahre Bedeutung in meinem Leben darin bestand, daß er mein Ehemann gewesen war. Doch ich glaube, daß sich das geändert hatte: Er war derjenige, der mich mit Paul bekannt gemacht hatte.

Ich war nicht überrascht, als Gaby anrief.

»Ich mußte an Sie denken«, sagte sie und dehnte mit ihrem weichen Akzent die Worte in die Länge. »Gehen wir doch zusammen Mittag essen. Wir müssen einfach Freundinnen werden.«

Wir trafen uns bei Bistro Gardens. Ich war schon einmal dort gewesen, aber es war kein Ort, an dem ich mich wohl fühlte. Es war die Atmosphäre eines Privatclubs mit ausgesuchter Mitgliederschaft – Damen, die ihren Lunch einnahmen, Geschäftsleute auf Diät, für die der Küchenchef salz- und fettarme, aber phänomenal wohlschmeckende Gerichte zu exorbitanten Preisen kreierte. Hier verkehrten die Leute, die graziös und huldvoll all die kleinen Unannehmlichkeiten umgehen konnten, die ihnen im Weg standen, und sie waren dermaßen isoliert von ihrer Umwelt, daß die Stimmen auf ihren Anrufbeantwortern nicht einmal ihre eigenen waren, sondern die ihrer Dienstboten.

Ich sah auf den ersten Blick, daß Gaby hier ganz in ihrem Element war. Sie war bereits da, als ich eintraf, und schien jeden zu kennen – die Hälfte der Gäste und das gesamte Personal. Sie trug Hellrot, ein Kostüm mit einem gerade geschnittenen Rock und einer Jacke mit Goldknöpfen, auf die ein abstraktes Art-Nouveau-Muster geprägt war. Mir kam der Gedanke, daß sie aus echtem Gold sein könnten – echte Antiquitäten, die sie hatte annähen lassen. Falls dem so war, bewies das einen Sinn für Details – und dafür, wieviel Zeit und Geld man spart, wenn man anderen Leuten die Anweisung geben kann, sich um solche Details zu kümmern. Als wir uns setzten, fiel mir auf, wie sie lächelte, mit ihren manikürten Fingern fröhlich jemandem auf der anderen Seite des Raums zuwinkte und dem Oberkellner durch einen diskreten Wink zu verstehen gab, daß wir zu bestellen wünschten. Obwohl sie zu den Menschen gehörte, die aus einem anderen Land stammen, nicht fest verwurzelt sind und sich in L.A. niederlassen, weil hier *alles* stets im Umbruch ist – nicht nur Fortüne und Status eines jeden, sondern die Erde selbst –, strahlte sie diese Beständigkeit aus, Solidität und Verläßlichkeit, die wirklicher Wohlstand mit sich bringen. Sie könnte überallhin gehen und dort zu Hause sein. Bei Unruhen würde sie mit dem Hubschrauber ausgeflogen werden.

»Oh, ich bin ein bißchen von allem«, sagte sie, als ich sie fragte, woher sie stamme. »Französisch, griechisch, libanesisch – sogar ein Schuß äthiopisch, obwohl meine Mutter das vielleicht nur behauptet hat, weil es exotisch klang. Sie war eine sehr theatralische Frau: Federboas und perlenverzierte Tücher, pechschwarze Augenlider, Ohnmachtsanfälle. Es war furchterregend, ihre kleine Tochter zu sein.«

Sie lachte, und ich konnte heraushören, daß jegliche Furcht schon vor langer Zeit verschwunden war. Es würde mich nicht wundern, wenn heute eine kleine alte Dame in Perlen und Federn gehüllt in einem der Zimmer in Gabys Haus säße, die sie jeden Tag pflichtbewußt besuchte.

»Und ich bin überall aufgewachsen. Mein Vater und seine Familie haben auf der ganzen Welt Geschäfte gemacht.«

Ich widerstand der Versuchung, zu fragen, was für Geschäfte das waren, und begnügte mich mit Spekulationen: Olivenöl, Diamanten, Perserteppiche, Waffen und Kriegsgerät. Vor meinen Augen entstand ein Bild: dunkle Männer in Anzügen, die um einen Tisch herum saßen, Mandeln aßen und Preise aushandelten. Und wo war Gaby? Zu Hause bei ihrer theatralischen Mutter beim Erdkundelernen?

Sie wollte etwas über mich wissen. Ich log nicht, aber es gab nicht viel zu erzählen. Für mich war auf jeden Fall unser eigentliches Thema Paul.

»Seit wann kennen Sie ihn?« fragte ich.

»Seit Jahren. Ein gemeinsamer Freund hat uns zusammengebracht, als Paul Investoren suchte – ich glaube, unser erstes gemeinsames Projekt war Sea Horse Ranch. Kennen Sie es? In Carmel?«

Ich kannte es. Es war eine exklusive Enklave freistehender Häuser, jedes umgeben von zwölf- bis zwanzigtausend Quadratmeter Grund mit Aussicht auf einen Küstenstreifen von Big Sur, eine versteckte Siedlung menschenscheuer Filmstars und zugeknöpfter Mogule. Ich erinnerte mich dunkel an einen Skandal im Zusammenhang damit – einer der Vertragspartner soll an den Kosten gespart und Schmiergelder, sogar Mafiageld, angenommen haben –, aber ich wußte es nicht mehr genau.

»Dann ein Bürogebäude ...«

»In Phoenix.«

»Oh, das kam später. Nach dem in Houston. Charles sagt, wir dürfen Paul nichts abschlagen, weil wir immer so gut mit ihm fahren.«

Also waren sie und Charles schon eine Weile zusammen, und er war mehr als nur Dekoration. Er wußte von ihren Geschäften.

»Es war ein großes Glück für mich, daß ich Charles gefunden habe«, sagte Gaby, als hätte ich laut gesprochen. »Er hat mich immer gut beraten. Und er ist sehr attraktiv, finden Sie nicht?«

»Ja«, sagte ich, »sehr.«

»Wie Paul.«

Sie lächelte mich an und ihr Blick war so beständig und sicher, daß er mich in seinen Bann zog. Ich verlor den Boden unter den Füßen. Was meinte sie, was wußte sie? Plötzlich hing eine vielsagende Zweideutigkeit in der Luft, Meere von Unausgesprochenem, die mir den Atem raubten. Jegliche Macht, die ich mir eingebildet haben mochte, weil ich über Charles Bescheid wußte, verschwand. Ihr Blick, die lässige Art, wie sie sich vorbeugte und ihre Finger um den feuchten Stiel des Weinglases spielen ließ, das Knistern ihrer Strümpfe, wenn sie die Beine übereinanderschlug, machten mir klar, daß sie es war, die etwas wußte, was mir unbekannt war. Ich bekam Angst. Aber ich wußte nicht, wovor. Nicht vor der Vergangenheit, nicht davor, zu erfahren, daß sie eine Affäre mit Paul gehabt hatte. Es war die Zukunft, die nun auf mich einstürmte; als wären meine Gefühle für Paul ebenso wie die Gefühle, die ich durch ihn kennenlernte, das, was ich in der Gasse hinter dem Lokal gesehen hatte, und nun Gabys glänzende Augen, immer undurchdringlicher werdende Mysterien, die mich verschlangen. Sie alle waren Ausdruck einer anderen Welt, die ich erforschen wollte. Und diese Neugier, meine jüngst erwachte Abenteuerlust, war in sich eine Aufforderung zu Hingabe und Befreiung. Sie trieb mich an, mit der beständigen Kraft eines heißen Wüstenwinds, blendete mich mit einem neuen, lebendigen Licht und brannte alles nieder, was meine wahren Bedürfnisse verdeckt hatte. Das war es: Ich sehnte mich danach, einer gefährlichen Herausforderung zu begegnen, meinen Körper rückhaltlos gegen sämtliche Grenzen zu stemmen und sie mit meinem Fleisch zum Nachgeben zu zwingen. Nur Angst hielt mich zurück.

Dann, in dem Moment, den es dauerte, um den Blick von diesen anmutigen Fingern zu lösen und den Konturen ihres Halses zu folgen, der sich aus der leuchtendroten Seide ihres weiten, weichen Kragens erhob, übertrat ich die Linie. Ohne mich zu bewegen, begab ich mich an einen anderen Ort. Die Angst fiel von mir ab, wurde in ihre Schranken verwiesen, als wäre sie ein kleiner, gefälliger Ball, den ich mit den Händen formen und in die Tasche stecken konnte. Ich spürte, wie ich mit vollkommen konzentrierter Energie vorwärtspreschte. Ich war bereit, einzusteigen.

»Sie hatten eine Affäre mit Paul, nehme ich an?« Ich hatte keine Angst vor ihrer Antwort. Ja, ich wollte es sogar wissen, in allen Einzelheiten. Ich wollte, daß sie mir erzählte, wo und wann, und ich wollte, daß er mir erzählte, wie sie schmeckte.

Sie lachte. Es klang elegant und satt. »Guter Gott, nein. Obwohl ich zugeben muß, daß ich mit dem Gedanken gespielt habe. Wer täte das nicht? Ich glaube, alle Frauen sprechen auf ihn an, *n'est-ce pas*? Manche Männer haben einfach dieses gewisse Etwas, sie faszinieren und fesseln einen, stellen eine unwiderstehliche Versuchung dar. Umwerfend.«

»Wie Charles?«

»Ah, Charles … Charles ist ein Sonderfall.« Sie lächelte und aß an ihrem Salat Niçoise weiter, und ich blieb ein weiteres Mal mit dem Gefühl zurück, daß ich die Ahnungslose von uns beiden war. Nach einem Augenblick sah sie auf. »Manche Frauen besitzen diese Qualität auch. Sie zum Beispiel.«

Ich war perplex.

»Das wissen Sie doch sicher«, sagte sie. »Es hängt damit zusammen, daß Sie so unabhängig sind.«

Sie lehnte sich zurück und sah mich eindringlich an. Ich begriff nicht, was sie da sagte, hatte aber erneut eine Schwelle überschritten: Ich wich weder erschrocken zurück, noch protestierte ich verlegen. Niemand, kein Mann und keine Frau, hatte je so mit mir gesprochen, und nun wußte ich, daß ich mich danach sehnte. Mir war nicht, als beschriebe sie mich, sondern als kreierte sie mich, und ich unterwarf mich ihrer Prüfung. Es machte mich kühn.

»Ich spüre, wie Sie beobachten«, sagte sie. »Das weckt in mir den Wunsch, genau zu erfahren, was Sie sehen.«

Nun war es an mir zu lachen. »In erster Linie Verwirrung. Oder … Leere.« Ich unterbrach mich, weil mir peinlich war, daß ich das gesagt hatte, doch dann sah ich Gabys aufmunterndes Lächeln.

»Das traf vielleicht in der Vergangenheit zu«, sagte sie und legte ihre Hand auf meine. »Aber jetzt kommen Sie mir anders vor. Ich habe das Gefühl, daß Sie etwas … Einzigartiges tun werden.«

»Sind Sie eine Hexe?« Ich wußte, daß meine Augen funkelten, als sie ihrem Blick begegneten.

»O nein, das war meine Mutter«, sagte sie mit einem Lachen.

Freude sprudelte in mir hoch, die erfrischende und belebende Energie eines Flirts, während ich sie über köstlichem Essen und schwerem Silber anlächelte, umringt von Luxus, widergespiegelt in dünnem, teurem Kristallglas.

»Doch was ist mit mir?« fragte sie und zog ihre Hand zurück, als der Kellner erschien, um die Teller abzuräumen. »Was sehen sie in mir?«

Ich dachte einen Moment nach. »Ich … ich weiß es nicht.«

Lächelnd lehnte sie sich zurück. »Nun, das ist eine aufrichtige Antwort. Und eine gute dazu. Es heißt, daß wir uns wiedersehen müssen, damit Sie es herausfinden können.«

Es war fast drei Uhr, als wir uns voneinander verabschiedeten und auf unsere Autos warteten. Gaby schlug vor, sich in der folgenden Woche wieder zu treffen, entweder noch einmal zum Mittagessen oder mit Paul und Charles. Sie sprach vage von einer Party. Ich nickte zustimmend zu allem.

Nachdem wir uns getrennt hatten, beschloß ich, nicht ins Büro zurückzufahren. Ich war unruhig und wollte mich nicht auf Zahlen, Geschäfte und das Wohl meiner Klienten konzentrieren. Ich war erregt, und wenn ich in diesem Moment gewußt hätte, wo Paul war, wäre ich ohne zu zögern zu ihm gegangen, hätte uns beide ausgezogen, meine Hände über seinen Rücken und Hintern gleiten lassen und seine Zunge feucht und warm auf meiner Brust gespürt. Aber es war mir recht, daß ich warten mußte; ich war wie eine Katze, die sich in der Sonne ausstreckt, und schwelgte in der Hitze des Verlangens.

Ich wußte nicht, wie ich Gaby einordnen sollte. Natürlich fühlte ich mich zu ihr hingezogen, teilweise auch sexuell. Ich war mir ihres Körpers bewußt, eines zarten Dufts, der schwer und sinnlich war, und ich bemerkte die Aufforderung in ihren Augen. Doch es schien noch etwas anderes zu geben, das sie mir versprach, eine Art umfassender Gewißheit, langsam und gewichtig und doch mysteriös. Vielleicht war es nur ein schmaler Vorsprung über dem Abgrund, der Ort jenseits der Angst; irgendwie wiesen sie und Paul den Weg: Sie waren meine Fahrkarte. Es war ganz in Ordnung, daß ich immer noch nicht genau wußte, wohin die Reise ging; ich spürte nur, daß ich mich für alles öffnete, was da kommen sollte.

Später an jenem Tag fuhr ich gen Osten. Das lavendelfarbene Licht der Dämmerung, das sich hinter mir ausbreitete, hatte die Fenster der Gebäude, an denen ich vorüberfuhr, in metallisches Spiegelglas verwandelt, das zwischen Licht und Schatten funkelte, die Außenwelt reflektierte und die Innenräume in geheimnisvolles Dunkel hüllte. Die Straßenlampen gingen an, einzelne Perlmuttpunkte vor goldenem, violettem und marineblauem Hintergrund. Es war die magische Stunde, dieser schimmernde, zerbrechliche Moment zwischen Tag und Nacht, Licht und Dunkelheit, und das entsprach mir. Ich spürte, wie sich meine Atmung verlangsamte, während die Farben intensiver wurden. Ich balancierte auf der Kante, am Rand von etwas Üppigem und Unerwartetem, von der Vergangenheit in eine sich langsam eröffnende Gegenwart entlassen, ohne Angst vor der Zukunft. Ich hatte mich danach gesehnt, befreit zu werden, losgelöst von Verwirrung und Leere; es war okay, daß ich mich ohne Kompaß an einem unbekannten Ort befand. Dieses Geheimnis reichte bis ins Mark und gab mir Gewißheit. Ich fühlte in mir eine Ungebundenheit, eine kühne Verwegenheit, und es schien, als wäre sie selbst die Leiter, die mich lockte und mich hielt, während ich weiterkletterte.

6

Pauls Bild wurde nur langsam scharf. Zuerst sah ich lediglich seine Finger, die sich nach mir ausstreckten, fühlte seine Zunge oder spürte die Hitze in mir aufwallen, wenn ich an seinen Blick dachte. Allerdings konnte ich sein Gesicht nicht sehen – zumindest nicht deutlich. Wenn wir verabredeten, uns irgendwo in der Öffentlichkeit zu treffen, erwartete ich beinahe, ihn nicht zu erkennen. Im ersten Moment war er jedesmal neu und fremd und in gewisser Weise schockierend. Es war, als würde allein die Tatsache, daß ich ihn sah, sämtliche vagen Vorstellungen in tausend Teile sprengen, nur um sich im nächsten Augenblick wieder zusammenzufügen. Bei jeder neuen Verabredung gab es Überraschungen: er war größer, als ich dachte, oder kleiner; seine Augen waren heller oder dunkler; er war nicht so gutaussehend oder noch attraktiver. Ich hatte mich in einem Nebel ständigen Verlangens nach ihm verirrt; er war in Einzelteile zerfallen und schwebte um mich herum wie die Teile eines Puzzles, kleine Fetzchen einzelner Bilder, die zu einem Ganzen gefügt werden mußten. Allmählich wurde er für mich zu einem Ganzen. Ich lernte, ihn scharf zu stellen; er wurde unverwechselbar, entwickelte Umrisse,

Konturen und eine Silhouette, wurde er selbst – Paul. Das schmälerte mein Verlangen nach ihm nicht, ja, es nahm sogar zu, als ich zu verstehen begann, wie weit ich mit ihm zu gehen bereit war. Doch er wurde vertraut, beständig, und der erste Moment, wenn ich ihn sah, brachte nicht die Welt zum Explodieren, sondern stellte sie in den Mittelpunkt, wurde zu der Quelle, aus der alles andere floß. Mit ihm zusammen zu sein wurde der wirklichste Teil all meiner Wirklichkeiten, die spannungsgeladene Gegenwart.

Er versetzte mich nicht in Trance, sondern machte mich wachsam. Meine Sinne schärften sich, nahmen alle Daten auf, und mein Verstand wurde zu einem Computer, der rechnete und speicherte. Ich ließ mich nicht täuschen. Ich sah ganz genau, wer er war, daß seine oberflächliche Geschliffenheit und Unabhängigkeit aus einer Stelle in seinem Innersten kamen, die hart und vereist war, isoliert. Das machte mir angst; ich spürte, wie leicht diese Eiskruste brechen und etwas Gewaltsames aufwallen konnte.

Ich sah es eines Abends, als wir in einem Restaurant auf einen Tisch warteten. Paul hatte das Lokal schon öfter besucht und war dort bekannt. Der junge Oberkellner, der mit seinem glatt zurückgekämmten Haar und dem gut geschnittenen Anzug wie frisch aus der Männer-Vogue wirkte und zweifellos eine Karriere in der Medienbranche anstrebte, versicherte ihm, daß der Tisch in Kürze frei sei. Ein anderer Mann unterbrach ihn und verlangte einen Platz. Er war einer dieser lauten, lebenslustigen Typen, die man sich in Hemdsärmeln am Pokertisch vorstellt, wo sie an einem Abend Tausende von Dollars setzen. Rücksichtslos bedrängte er Paul und den Oberkellner. Paul trat einen Schritt zurück und überließ ihn dem Kellner, doch ich sah seinen Gesichtsausdruck. Es war mehr als Widerwille oder normaler Ärger: Plötzlich spürte ich, wie leicht er zu distanzierter, fast chirurgischer Gewalt fähig gewesen wäre. Ich spürte, wie konzentriert er war, und einen Moment lang schien er vor Anspannung fast zu zittern. Dann holte er Luft, und es war vorbei. Die Zeit lief wieder, die Geräusche des Lokals drangen ans Ohr, der Mann ging zurück an die Bar, und wir waren nur noch Leute, die auf einen Tisch warteten. Ich spürte Pauls Hand auf meinem Rücken, als wir zu dem Tisch gingen. Seine Berührung war leicht, und mir war klar, wie fest er sich in der Gewalt hatte, wieviel Mühe es ihn gekostet hatte, sich zu beherrschen. Es machte mir angst, aber ich bewunderte es zugleich, und fühlte, wie etwas in mir erwachte – fasziniert von dieser Kraft und diesen gespannten Schwingungen auf meiner kribbelnden Haut.

Langsam wurde mir klar, daß mein Verdacht, er mache nicht ganz saubere Geschäfte, zutraf. Er war nicht nur verschlossen – er äußerte sich zu allem indirekt. Als ich ihn fragte, wo er aufgewachsen sei, sagte er New York, aber ich fand nie heraus, ob er die Stadt oder irgendeinen Ort im Staat New York meinte. Es war nicht zu übersehen, daß er Geschmack und Stil besaß und einiges über moderne Malerei wußte, doch als ich ihn fragte, ob und wo er aufs College gegangen sei, wechselte er das Thema. Er behauptete, seine Eltern seien tot. Er wollte einfach nicht über sich reden.

Oft rief er im Morgengrauen in New York und Europa an. Anfangs schloß er dabei noch die Tür, doch nach einer Weile störte es ihn nicht mehr, wenn ich zuhörte. Ich verstand nur wenig und schon gar keine Einzelheiten, doch es ging um große Summen, die über internationale Kanäle in verschiedene Immobilien- und Geschäftsprojekte geleitet wurden, um Devisenhandel und Banktransaktionen. Er sprach mit Leuten namens Mustafa, Salvatore und Fumiko und hinterließ in der ganzen Welt Nachrichten, auf die regelmäßig Rückrufe erfolgten.

Einmal, als er ins Bett zurückkam und ich mich an seinem kühlen Körper ausstreckte und ihn mit meinem wärmte, sprach ich scherzhaft über Geldwäsche.

»Ich weiß doch, daß du in irgend etwas verwickelt bist«, sagte ich.

»Hältst du mich für einen Mafioso? Oder ein Mitglied des westlichen Ablegers der Yakuza?«

»Ja. Oder etwas ... Unauffälligeres. Und vielleicht auch ganz auf eigene Faust.«

»Eine Art internationaler Bandit, völlig unabhängig?«

»Warum nicht? Ich sehe dich direkt vor mir – wie du skrupellos und kalt mit Millionen jonglierst.«

»Geld? Oder Menschen?«

»Beides.«

Er schwieg.

»Ich habe doch recht, oder?« fragte ich.

Er lächelte. »Das möchtest du doch.«

Ich sah den Spott in seinen Augen, die Gewißheit.

»Nein. Ich möchte mich irren. Ich möchte, daß du ehrlich und aufrichtig bist, wie ein offenes Buch.«

»Damit wir glücklich und zufrieden leben können, bis daß der Tod uns scheidet?«

Ich lachte, aber plötzlich schlug die Stimmung um, und ich verspannte mich. Er wich zurück. Ich wußte, daß er mein Unbehagen sah und es genoß.

»Das willst du nicht wirklich«, sagte er.

Mit der ganzen Lässigkeit des Besitzers streckte er die Hand aus und umkreiste mit einem Finger meine Brustwarze. Trotz allem fühlte ich, wie mein Körper reagierte.

»Nicht?«

»Nein. Du willst, daß ich hart bin. Kalt. Ein Desperado. Du willst, daß ich das Gegenteil von allem bin, was du dir je fälschlicherweise gewünscht hast.«

Ich gab ihm keine Antwort.

»Etwa nicht?«

Es war keine Frage – es war eine Behauptung. In diesem Moment haßte ich ihn dafür, was er mich so ohne weiteres fühlen lassen konnte, und für seine überlegene Gewißheit. Ich wollte mich abwenden, ihm eine Tür vor der Nase zuschlagen und ihn komplett aus meinem Leben streichen. Doch seine Fingerspitze hielt mich fest, ihr zärtliches Kreisen war ein Strudel, der mich hinabzog und gefangensetzte. Einen Moment lang versuchte ich, mein Gesicht zu verbergen, aber dann schaute ich ihn an. Seine Augen lachten, doch etwas ließ mich nachdenken: Warum sollte ich glauben, daß er ausgerechnet mich anlachte? Was würde geschehen, wenn ich einsah, daß er im Recht war und nichts mit »glücklich und zufrieden« im Sinn hatte? Warum nicht ihn den Weg weisen lassen? Ich hob ihm mein Gesicht entgegen und öffnete den Mund, voller Sehnsucht nach seiner Zunge.

Er verweigerte sich einen Augenblick lang. Ich wußte, was er hören wollte, und ich kannte wenigstens diesen Teil der Wahrheit.

»Ja«, sagte ich. »Ja. Ich will, daß du … schlecht bist. Jemand, der weiß, was er will, und vor nichts zurückschreckt, um es zu bekommen. Der außerhalb der Regeln lebt.«

»Du weißt warum, oder?« fragte er.

Sein Lächeln entwaffnete mich und ließ mich vollständig mit der Wahrheit verschmelzen. Es war so offensichtlich, wenn ich nur erst einmal den Wunsch aufgab, es zu leugnen.

»Ja«, flüsterte ich. »Weil ich auch diese Person sein will. Ich habe es satt, mir Sorgen darüber zu machen, was andere Leute denken. Oder zu befürchten, daß mir die Welt nicht das gibt, was ich will. Ich möchte auch so mutig sein, um mir das zu nehmen, was ich will. Alles riskieren, ohne Furcht oder Zweifel. Ich will diese felsenfeste Gewißheit spüren.«

Seine Hand strich meinen Schenkel entlang. »Das wußte ich«, sagte er. »Ich habe nur darauf gewartet, daß du es selbst entdeckst.«

Ich drängte mich näher an ihn. Diesmal störte ich mich nicht an seiner Arroganz. Ich wollte nur die Wahrheit sehen.

»Jetzt weiß ich es«, sagte ich und liebkoste mit den Lippen die zarte Haut auf seiner Brust. »Ich will auch schlecht sein.«

Ich träumte, ich befände mich in einer Art Ausbildung, vielleicht zur Börsenmaklerin, jedenfalls etwas, das mit Mathe und Rechnen zu tun hatte. Mir war klar, daß der Erfolg davon abhing, gut mit Zahlen umgehen zu können, und ich merkte plötzlich, daß ich es nicht konnte. Doch ich begriff nicht, wieso und protestierte: »Aber ich kann es, ich kann *wirklich* gut mit Zahlen umgehen!«

»Nein«, hörte ich eine Stimme sagen, »das bildest du dir nur ein.«

Ich wachte mit dem Gefühl auf, die Zeit stünde still, und hörte immer wieder den Klang dieser Stimme. Im Morgenlicht glaubte ich den Traum zu verstehen. Es war einfach ein Angsttraum. Ich hatte genug Selbsthilfebücher gelesen, um das zu erkennen. Es war ganz logisch, daß ich einen Angsttraum hatte. Ich wäre kein Mensch, wenn mich die Vorgänge um mich herum nicht verunsichert hätten. Doch im Lauf des Tages wurde ich das Gefühl nicht los, daß es in dem Traum um etwas anderes ging, etwas, das tiefer reichte als Paul und tatsächlich an die Substanz ging. Aus irgendeinem Grund sah ich andauernd die Krümmung der Ziffer 9 vor mir, diesen sinnlichen Kreis mit dem nach unten ausgestreckten Bein, das auf ein Geheimnis wies, welches ich nicht entschlüsseln konnte, eine Welt, in der sämtliche Orientierungspunkte verschwunden, nicht entzifferbar oder verzerrt waren. Eine Welt aus Kreisen und Linien, mysteriösen Hieroglyphen, die wiederum auf andere Mysterien hinwiesen. Vielleicht war das die Welt, in die ich nun eintrat, indem ich durch Pforten schritt, die ich vielleicht nie wieder finden würde. Machte es mich weniger ängstlich, daß es die Welt war, in die ich wollte?

Eines Abends kam ich spät nach Hause. Paul war bereits da und saß auf der Terrasse. Er lächelte, als ich mich neben ihn setzte, doch als wir uns unterhielten, merkte ich, daß ihn etwas belastete.

»Ein schwerer Tag?« fragte ich.

»Oh, Geldsorgen ... du weißt ja, wie es läuft.«

»Tja, ehrlich gesagt – ich weiß nicht, wie es bei dir läuft.«

Er lachte nicht.

»Warum erzählst du es mir nicht? Vielleicht ist es etwas, wobei ich dir helfen kann.«

Er lächelte erneut. »Nur wenn du siebenhundertfünfzigtausend Dollar auftreiben kannst.«

»Klar. Ich hole gleich mein Scheckheft.«

Er nahm mich bei der Hand und zog mich zu sich heran. »Selbst wenn du es hättest – ein Gentleman nimmt niemals Geld von einer Dame.«

»Ich bin keine Dame. Wie du wohl weißt.«

Ich fuhr ihm mit der Zunge über die Lippen. Er lehnte sich zurück und ließ sich auf Mund, Wange und Hals küssen. Seine Hand schlich sich auf meinen Busen. Ich legte den Kopf auf seine Brust, und wir blieben eine Weile so sitzen und betrachteten die Nacht und die Stadt unter uns.

»Diese Geldgeschichte«, sagte ich schließlich. »Du steckst doch nicht in irgendwelchen Schwierigkeiten, oder?«

»Nein, nein, natürlich nicht«, sagte er. Es entstand ein kurzes Schweigen. »Na ja, offen gestanden – sagen wir mal so – ist der Druck ungewöhnlich stark. Der Witz ist, daß ich es nur für ein paar Tage brauche.«

Irgendwo in der Nähe hörte ich eine Taube gurren. Als Paul nicht weitersprach, wußte ich, daß er in der Klemme saß. Er hätte niemals von Geld gesprochen, wenn die Lage nicht wirklich ernst gewesen wäre. All die vagen Vermutungen, die ich in den vergangenen Wochen über ihn angestellt hatte, erhärteten sich jetzt, und ohne daß ich Genaueres wissen mußte, war mir klar, daß ich recht gehabt hatte. Er regte sich unter mir.

»Kannst du es mir sagen?« fragte ich.

»Die Einzelheiten würden dich doch nicht interessieren. Ich habe mich übernommen. Das ist auch früher schon passiert, aber die Leute, die ich vertrete, werden manchmal ziemlich nervös, wenn es um ihre Investitionen geht.«

Ich verstand. Er war bedroht worden und suchte nach einem Ausweg. Doch er versuchte mich zu beruhigen.

»Mach dir keine Sorgen«, sagte er. »Das ist nichts Neues für mich ... obwohl ich es im allgemeinen kommen sehe. Irgendwie geht es immer gut aus.«

Dann küßte er mich, zuerst, um das Thema zu wechseln und dann, um es selbst zum Thema zu machen. Ich war klug genug, nicht weiter in ihn zu dringen, und wenige Minuten später standen wir auf und gingen ins Haus.

Ich hatte eine Überraschung mitgebracht, und zwar für ihn ebenso wie für mich. Aus einer Laune heraus hatte ich bei einem Geschäft auf dem La Cienega angehalten und eine zwei Nummern zu große Büstenhebe und zwei Paar Schaumgummieinlagen gekauft. Der BH drückte meine Brüste nach oben, zusätzlich schob ich die Einlagen seitlich und darunter hinein, um sie noch höher zu bringen und enger zusammenzuschieben. Außerdem hatte ich ein tiefrotes Seidenhemdchen erstanden, das groß genug war, um über meine jetzt riesigen Brüste zu passen, und so tief dekolletiert, um die tiefe Spalte zur Geltung zu bringen, die der BH und die Einlagen bewirkten.

Als ich aus dem Badezimmer kam und Paul mich erblickte, brach er in ein überraschtes, aber begeistertes Lachen aus. Auch ich mußte angesichts meiner Kühnheit lachen und spazierte stolz mit meinem Riesenbusen herum. Er war bereits im Bett, und ich setzte mich rittlings auf ihn, streichelte mit der Seide seine Brusthaare und zeigte ihm mein einladendes Dekolleté. Er lachte erneut, streckte den Arm aus und drückte seitlich in meine Brüste. Der Schaumgummi war weich und gab unter seinen zupackenden Fingern nach.

»Nur zu deinem Vergnügen und zu deiner Verfügung«, sagte ich mit beinahe unterwürfigem Lächeln.

»Bist du sicher, daß sie für mich sind? Ich habe den Eindruck, daß sie dir auch ganz gut gefallen.«

Er hatte recht. Sogar während ich rittlings auf ihm saß, war mein ganzer Körper eine einzige Zurschaustellung, herausfordernd, vielversprechend und verführerisch. Ich fand es herrlich.

»Ich fühle mich stark«, sagte ich und ließ die Hände über das enorme Gebirge auf meinem Oberkörper gleiten. »Wie eine Fruchtbarkeitsgöttin. Eine große und gütige Mutter. Die unwiderstehliche Verführerin der Seele jedes Mannes.«

Ich rutschte zurück und lagerte seinen Schwanz so, daß ich ihn in mich gleiten lassen konnte. Seine Hände schob ich beiseite. Ich wollte mich selbst anfassen. Ich strich mit den Händen über meine riesigen Brüste, über die Seide und folgte seitlich ihrer gespannten Zartheit. Ich hob eine Brustwarze aus dem Spitzen-BH heraus und drückte sie, streichelte sie und ließ meine Handfläche über sie gleiten, bis sie hart war. Dann machte ich einen Finger feucht, steckte ihn in mein Dekolleté und beobachtete Pauls Gesichtsausdruck, während er mit den Augen jede meiner Bewegungen verfolgte. Seine Hüften kreisten, und ich konnte ihn tief in mir spüren. Er griff nach meiner Brust, aber ich wollte selbst noch mehr. Ich beugte mich zurück, und, während ich mich rhythmisch auf seinem Schwanz bewegte, hielt ich meine wundervollen Brüste umfaßt und spielte mit ihnen. Ich konnte mich selbst in dem Spiegel sehen, der auf der anderen Seite des Raumes hing; wie ich ihn ritt, mit geradem Rücken und mächtigen, gewaltigen Brüsten. Ich konnte die Hände nicht stillhalten. Schließlich erlaubte ich ihm, mich anzufassen, und legte meine Hände auf seine, während er meine üppigen Brüste drückte, umfaßte und tätschelte und die Weichheit der enganliegenden Seide befühlte. Dann zog ich ihn an mich und vergrub seinen Kopf in meinem Dekolleté. Ich drückte meine Arme gegen die Seiten des Büstenhalters, damit er völlig umfangen war, geborgen in meinen Brüsten. Ich spürte, wie er sich an mich drängte, gierig und lüstern, und wie er mehr von dieser unglaublichen Weichheit wollte. Wir bewegten uns gemeinsam auf und ab, und ich spürte, wie er eine Brustwarze fand und an ihr zu saugen begann. Die Kraft der Fülle strömte aus mir, und dann hielt ich ihn, umfing ihn mit meinen Armen, hüllte ihn in meine Brüste, und wir wiegten uns miteinander, bis wir kamen.

Kurz danach, als ich dem rauschenden Wasser in der Dusche lauschte, fiel mir ein, wie ich ihm aus seiner finanziellen Bredouille helfen konnte. Ich konnte das Geld von Bobby Melners Konto abzweigen. Wenn es stimmte, daß Paul das Geld lediglich ein paar Tage brauchte, hätte ich es wieder auf das Konto eingezahlt, bevor irgend jemand davon erfuhr. Und überhaupt – wer sollte schon davon erfahren? Niemand außer Bobby – und für ihn würde mir eine Erklärung einfallen. Er würde alles schlucken, was ich ihm erzählte, solange er dachte, ich würde versuchen, ihm Zugriff auf sein so nahes und doch so fernes Treuhandkonto zu verschaffen.

Ich überdachte alles noch einmal und atmete schneller, als wäre ich erregt. Ich gab mich dieser Vorstellung hin, und einen Moment lang kam es mir so vor, als gäbe es nichts außer dieser seltsam aufwühlenden Möglichkeit. In mir formten sich die Worte »Es wäre so einfach«, und sie waren wie ein Samtfutteral, in das ich genüßlich schlüpfte, eine dunkle und seidige Hülle, ein sich verengender Schacht, der mich umschloß und streckte. Ich stellte mir den Anruf für die elektronische Überweisung vor; ich hörte meine Stimme – angespannt, aber ruhig. Es wäre ja so einfach ... ganz, ganz einfach.

Die Dusche verstummte, und ich kam zu mir. Hatte ich allen Ernstes in Erwägung gezogen, das Geld eines meiner Kunden zu unterschlagen? Ich hörte, wie sich Paul im Badezimmer bewegte, dann das Klappern von Plastik, als er etwas auf die Ablage fallen ließ. Nein, natürlich nicht; es war nicht mein Ernst. Ja, es wäre ganz einfach, aber es wäre Unrecht. Es war nichts als eine Phantasie, eine erstaunlich erregende Phantasie, die sich jedoch kaum von den hundert sexuellen Phantasien unterschied, die Paul in mir geweckt hatte und die in ihrer Mehrzahl vermutlich nie ausgelebt werden würden.

Nach Seife duftend kam er aus dem Badezimmer, und ich sah ihm zu, wie er sich das Haar frottierte und kämmte. Ich stützte mich auf einen Ellbogen.

»Warum hast du gesagt, daß du das Geld nur für ein paar Tage brauchst?«

»Weil ich weiß, was eingeht. Und wann. Aber hör mal, Baby, das ist mein Problem. Vergiß es.«

Er legte sich neben mich ins Bett. Wir rollten uns in eine Umarmung und waren bereit zum Schlafen. Ich erwähnte nicht, daß ich einen Weg wußte, wie ich ihm das Geld beschaffen konnte. Es war zwecklos.

7

Als ich im Büro eintraf, war ich sicher, daß ich es konnte. Gerade daß es mir so leicht erschien, wirkte wie grünes Licht auf mich. Ich wäre dumm, wenn ich es nicht täte. Ich spürte, daß ich schon begonnen hatte. Mein Herz klopfte so schnell, als hätte ich bereits den ersten Schritt getan, und dieser sich beschleunigende Rhythmus spornte mich an. Zum ersten Mal begriff ich den Reiz des Glücksspiels und des Alles-auf-eine-Karte-Setzens, die Chips vor sich zu stapeln und alles zu riskieren. Eine Tür hatte sich geöffnet und enthüllte, was ich wollte: auf Risiko spielen.

Ich versuchte ganz geschäftsmäßig vorzugehen und legte eine mentale Bilanz an, in der ich das Für und Wider eintrug. Soweit ich es überblickte, bestand eine gewisse Gefahr, doch sie war minimal. Falls meine Order abgelehnt würde, könnte ich einfach sagen, ich hätte einen Fehler gemacht und versucht, vom falschen Konto abzuheben. Würde die Abhebung entdeckt, bevor ich das Geld zurückzahlen konnte, könnte ich behaupten, daß es ein gravierender Fehler wäre – und meine Notizen über den früheren Irrtum der Bank hervorholen. Kein Mensch würde Ärger machen; die Bank wäre dankbar, wenn ihr eigener Ausrutscher nicht publik würde. Ja, ich könnte es sogar dramatisieren, daß die Bank überhaupt einen solchen Fehler begangen hatte. Ein bißchen gerechte Empörung würde sich als sehr hilfreich erweisen. Und über die Rückzahlung des Geldes würde ich mir später Sorgen machen. Bobby wäre sehr geduldig, wenn ich ihm erklärte, was für Wunder das fehlende Geld bewirken könnte.

Ich saß allein in meinem Büro, hörte Holly auf ihrer Tastatur klappern und spürte das Pulsieren des Verkehrs auf der Straße. Es war alles wie gewohnt, ein ganz normaler Tag. Abgesehen davon, daß ich vorhatte, ein Verbrechen zu begehen – ein Verbrechen, für das man ins Gefängnis kam. Für sehr lange Zeit.

Hatte ich jemals etwas getan, das man als kriminelle Handlung bezeichnen konnte? Am ehesten noch damals in meinem letzten Ehejahr mit Don. Aber das erschien mir lächerlich im Vergleich zu dem, was ich vorhatte. Wir nahmen damals eine Menge Speed und Kokain, vor allem deshalb, weil auch alle unsere Bekannten es taten, obwohl ich die Wirkung immer genoß, diese konkrete Beschleunigung der Wirklichkeit.

Eines Abends auf einer Party ging ich ins Badezimmer und stöberte ohne nachzudenken im Medizinschränkchen herum. Ich fand ein Fläschchen Speed, kleine weiße Pillen, legal von einem Arzt verschrieben, der vermutlich selbst mehr nahm, als er verordnete, und verkauft von einem Apotheker, den die kalifornischen Vorlieben reich machten. Spontan steckte ich das Fläschchen ein. Es war der erste Gegenstand, den ich – soweit ich mich erinnerte – gestohlen hatte. Nicht einmal als Kind habe ich Comic-Hefte, Bonbons oder Klamotten geklaut. Ich hatte entsetzliche Schuldgefühle und habe es Don nie erzählt. Aber ich habe die Pillen genommen, eine nach der anderen, und erinnerte mich Tag für Tag an meinen Diebstahl, jedesmal mit einem schlechten Gewissen.

Bald war das Fläschchen leer, und aus irgendeinem Grund hatte ich Angst davor, es in meinen eigenen Müll zu werfen. Ich fürchtete, Don könnte es finden, selbst wenn ich es in einer der Mülltonnen hinterm Haus versenkte. Ich wußte, daß es unsinnig war, aber ich schleppte tagelang das leere braune Plastikfläschchen mit mir herum, das Gegenteil eines Talismans. Jedesmal, wenn ich es sah oder in meiner Handtasche spürte, durchzuckte mich die Angst. Dann, eines Nachmittags, entdeckte ich einen Müllcontainer hinter dem Thrifty's auf dem Sunset Boulevard und warf das Fläschchen hinein. Als ich voller Furcht, beobachtet zu werden, zu meinem Auto zurückhuschte, war ich erst richtig entsetzt, und zwar nicht wegen des Diebstahls, sondern wegen des Aufwands, den ich getrieben hatte, um ihn zu vertuschen.

Trotzdem, ein Fläschchen Speed aus dem Medizinschränkchen von Bekannten zu stehlen und die Beweise verschwinden zu lassen bedeutet nicht automatisch den Anfang einer Verbrecherkarriere. Soweit ich weiß, werden die meisten schwereren Verbrechen von Menschen begangen, die nie auch nur einen bösen Gedanken hegten – von duckmäuserischen Buchhaltern, die Angst vor ihren Frauen haben, oder von kleinen alten Damen aus Pasadena. Was ich damit sagen will, ist, daß man es nie wissen kann; nichts ist vorbestimmt, weder das Gute noch das Böse. Nichts führt automatisch zu etwas anderem.

Wann sollte ich es tun? Es war Dienstag, der nichtssagendste Tag der Woche; es war anzunehmen, daß nach dem montäglichen Ansturm alles in ruhigen Bahnen verlief. Sollte ich abwarten und die Überweisung Ende der Woche im Geschäftsverkehr der letzten Minuten unterbringen? War es morgens oder nachmittags günstiger? Wie konnte ich sicherstellen, daß ich an dieselbe Person geriet, die letztes Mal den Fehler gemacht hatte? Wäre es nicht besser, es über jemand anderen abzuwickeln, da gerade diese Person bestimmt vor einem weiteren Irrtum auf der Hut war? Was wenn …? Ich mußte mich hinsetzen. Es war alles nur Phantasie; es war ganz ausgeschlossen, daß ich es tat. Völlig ausgeschlossen.

Und trotzdem … irgend etwas nagte an mir.

Mir entging durchaus nicht, daß ich es nicht für mich, sondern für Paul tun wollte. War ich nur eine dieser vielen verzweifelten Frauen, die alles riskieren, alles nur für die Liebe eines Mannes tun, der zwielichtig und mysteriös ist und nichts von gegenseitiger Verantwortung oder irgendwelchen Konventionen hält? Schließlich kannte ich ihn kaum und hatte keinerlei Veranlassung, ihm zu vertrauen; woher sollte ich wissen, daß er wirklich in der Lage wäre, das Geld in ein paar Tagen zurückzuzahlen. »In ein paar Tagen«? Wie in aller Welt konnte ich an Veruntreuung denken, wenn ich mich an nichts weiter halten konnte als »ein paar Tage«?

Offensichtlich dachte ich nicht nach. Oder vielleicht dachte ich einfach auf völlig neue Weise. Heute begreife ich es, nachdem so vieles geschehen ist. Daß Paul Geld brauchte, eröffnete mir eine Möglichkeit, aber er war nicht meine Droge, und ich war nicht süchtig. Ich tat es nicht für ihn. Es war, wie wenn ich in meinen schwarzen High Heels herumstolzierte oder den BH und die Schaumgummieinlagen kaufte. Anfänglich hatte ich es aus Begeisterung darüber getan, daß mich das Flittchen-Image nicht schreckte, daß ich damit spielen konnte. Aber ich hatte nicht nur gespielt, ich hatte es durchstoßen, war auf der anderen Seite zu etwas völlig Neuem vorgedrungen, dem Gefühl einer grundlegenden weiblichen Kraft, meiner eigenen Kraft, der alles andere, sogar ein Schwanz, untertan war. Vielleicht war das etwas Ähnliches; vielleicht wartete ja etwas Neues, noch nie Erträumtes, auf der anderen Seite. Das war es, was mich beunruhigte, der unwiderstehliche Drang, einem unwiderstehlichen Verlangen nachzugeben, das Risiko einzugehen und mit uneingeschränkter Bereitschaft mitanzusehen, wohin es führte. Paul war der Anlaß, nicht der Grund. Im wahrsten Sinne des Wortes tat ich es für mich.

Ich stand auf. Es war, als hätte ich auf Sparflamme gelebt und nun zum ersten Mal den plötzlichen Ausbruch eines stärkeren Feuers gespürt. Eine Sehnsucht stieg in mir auf – nicht sosehr nach Gefahr als vielmehr danach, was die Gefahr mit sich brachte: diese brennende Flamme der Intensität.

Ich griff nach einem Block und notierte die Einzelheiten der Transaktion. Ich mußte nur aufstehen und das Blatt auf Hollys Schreibtisch legen. Sie würde alles weitere erledigen. Wenn es klappen sollte, würde es klappen. Heute war ein genauso guter Tag wie jeder andere und jetzt ein ebenso guter Moment.

Ich stand auf und ging ins Nebenzimmer. Holly sah kaum auf.

»Hier«, sagte ich und legte das Blatt auf den Tisch. »Wenn Sie dazu kommen.«

Ich ging wieder in mein Zimmer zurück und setzte mich hinter den Schreibtisch. Unsere Computer waren vernetzt, und ich stellte meinen Bildschirm so ein, daß ich zuschauen konnte, als Holly die Order eintippte. Mein Herz raste, doch ich zwang mich dazu, tief und gleichmäßig zu atmen, und schon bald beruhigte ich mich. Ich schloß die Augen und spürte, wie sich meine Brüste hoben und senkten. Ich verlagerte mein Gewicht und paßte meine Hüften dem gepolsterten Sitz an. Ich fühlte eine sinnliche Erregung, als ob unsichtbare Hände mich liebkosten, streichelten und in einer glatten, festen Linie ausstreckten. Ich spürte, wie ich mich selbst über alberne Beschränkungen und hinderliche Regeln erhob. Meine Angst war verschwunden, und an ihre Stelle war die absolute Klarheit völliger Kontrolle getreten.

In diesem Moment fiel mir Mr. Smith wieder ein.

Ich muß zwölf oder dreizehn Jahre alt gewesen sein. Es war während einer der häufigen Phasen, als mein Vater arbeitslos und meine Mutter völlig verkrampft war, weil sie ihre Angst so angestrengt unterdrückte. In unserem Haus war es immer still, und ich lernte mich zu verbergen, selbst wenn ich deutlich zu sehen war, und sogar dann völlig zu verschwinden, wenn ich mich zum Abendessen setzte und die Erbsen herumreichte. Niemand nahm mich wahr – außer Mr. Smith.

Mir fällt auf, daß ich keine Ahnung habe, wie alt er war. Er hätte jung gewesen sein können, jünger als ich heute bin, aber ich hätte es nicht erkannt; egal wie alt er war – er befand sich jedenfalls auf der anderen Seite, auf der Seite der Erwachsenen. Wie lange hatte er mich schon beobachtet, bevor ich ihn bemerkte? Ich weiß es nicht. Er wohnte im Haus neben uns, und als ich mich eines Abends auszog, sah ich ihn im Dämmerlicht seines Zimmers auf der anderen Seite des Wegs. Er stand da, von den Falten eines Stores nur unvollständig verborgen, rauchte eine Zigarette und starrte mich an. Seine Augen waren dunkel. Ich spürte diesen Blick, der sich spiralförmig auf mich zu bewegte und mich entblößte, wie ein im Scheinwerferlicht eines heranrasenden Autos regungsloses Reh. Ich wich zurück und erstarrte. In der Stille vernahm ich Geräusche aus den anderen Räumen des Hauses, meine Mutter, wie sie den letzten Teller abtrocknete, meinen Vater, der bereits mit einer Flasche Sprit ausgestreckt auf dem Sofa lag. Doch der Blick nagelte mich fest, und alles andere fiel von mir ab, bis es nur noch den Mann und seine auf mich gerichteten Augen gab.

Ich trat wieder ein Stück vor, plötzlich unsicher – vielleicht hatte ich ihn mir nur eingebildet. Doch da war er, im Dämmerlicht deutlich sichtbar. Ich sah, wie er die Hand zum Mund hob und an der Zigarette zog. Ich starrte ihn an, fasziniert, hypnotisiert von diesem größer werdenden Stecknadelkopf aus rotem, glühendem Licht. Die Zeit verging langsamer, und ich wurde ruhiger. Ich spürte, daß er überhaupt nicht erschrocken oder ängstlich war, und seine mangelnde Furcht, das Fehlen jeglicher Verlegenheit, nachdem er entdeckt worden war, ließ mich den Atem anhalten. Es war, als reichte er mir eine Einladung, zu ihm zu kommen, weit entfernt, an einen Ort, von dessen Existenz ich keine Ahnung hatte. Sein langsames Inhalieren des Zigarettenrauchs, die Art, wie er mit der anderen Hand an den Falten des Vorhangstoffs spielte, seine langen, gespreizten Finger – er sagte: »Ich bin hier, ich sehe dich. Bleib mit mir an diesem Ort.« Und irgendwo tief in meinem Inneren traf ich, ohne es zu wissen, die Entscheidung, mich zu ihm zu gesellen, voll und ganz unter seinen anerkennenden Blick zu treten. Alles in mir strömte diesem Licht entgegen.

Ich trat näher ans Fenster. Ich hatte mir die Bluse fest vor die Brust gedrückt, doch nun ließ ich sie langsam sinken, warf sie beiseite und blickte Mr. Smith direkt ins Gesicht. Seine Hand hörte auf, am Vorhang herumzuspielen, und er stand still, gehüllt in den Rauch, den der Lufthauch vom Fenster um ihn aufwirbelte. Wir waren viele Meter voneinander entfernt, doch ich wußte, wenn er meinen Namen geflüstert hätte, ich hätte ihn deutlich gehört. Meine sich entwickelnden Brüste waren noch immer von einem dünnen Unterhemd bedeckt, und ich zog es ohne zu zögern langsam über den Kopf. Ich spürte, wie mir der Stoff über die Haut glitt, über die Brustwarzen und die zarte Haut an den Innenseiten meiner Arme entlang. Ich bewegte mich wie unter Wasser, in Zeitlupe, gefangen in einer Endlosschleife aus glattem Stoff, der über meine weiche Haut strich. Als ich das Hemd ausgezogen hatte, trat ich noch näher ans Fenster. Ich hielt die Augen beständig auf Mr. Smiths Gesicht gerichtet, während er mich weiter anstarrte. Ich empfand keinerlei Befangenheit, hatte nicht das Gefühl, bespitzelt oder benutzt zu werden. Statt dessen spürte ich, so scharf wie einen Messerstich, die Kraft in meinen Lenden, andere anzuziehen, und ich begriff, daß ich es war, die ihn fesselte. Zum ersten Mal in meinem Leben wußte ich, daß ich mächtig genug war, um diese Wirkung auszuüben.

Das war der erste von vielen Abenden, Begegnungen, die regelmäßig durch irgendein Geräusch aus dem Haus beendet wurden, den Ruf meiner Mutter oder ein besonders lautes

Auto auf der Straße. Wir berührten einander nie; er unternahm nie einen Versuch, über unsere Rendezvous am Fenster hinauszugehen. Wenn wir uns tagsüber auf der Straße begegneten, kannten wir uns nicht. Woher wußte ich, wie man das macht? Folgte ich seinem Beispiel oder einem Instinkt?

Eines Tages waren wir zufällig beide auf einem Straßenfest oder etwas ähnlichem gewesen – vielleicht einer Grillparty. Wir sahen einander, und wie immer bei Tag wandten wir sofort den Blick ab ... jetzt weiß ich es wieder: Es war eine Geburtstagsfeier. Irgend jemand – ein Kind? Ein Erwachsener? – packte einen Haufen Geschenke aus. Ich sah zu, wie sich die Berge aus buntem Papier und Bändchen auftürmten und wurde plötzlich wütend. Ich wollte alles in Fetzen reißen. Meine Eltern stritten sich, unser Haus war mir zuwider, und es war mir ein Greuel, daß jemand anders all diese Geschenke und die gesamte Aufmerksamkeit bekam. Ich wollte aufspringen, davonrennen und für immer aus meinem Leben verschwinden.

Statt dessen stahl ich. Ohne es zu planen oder auch nur zu wissen, daß ich es tun würde, griff meine Hand zu den Geschenken, und meine Finger schlossen sich um eine winzige Schachtel mit einem Deckel aus Goldfolie. Ich wußte, was darin lag – ein kleines Herz an einer Kette, ganz golden und glitzernd, etwas, das all die Mädchen trugen, die hübscher und beliebter waren, als ich je sein würde. Im Handumdrehen war die Schachtel in meiner Tasche verschwunden. Ich ging davon und hörte eine heftige Lachsalve, doch das hatte nichts mit mir zu tun. Alles war genau wie zuvor; niemand hatte mich gesehen.

Außer Mr. Smith. Natürlich hatte er mich beobachtet. Ich entdeckte ihn mitten in der Menschenmenge und sah, wie sein Blick auf meine Tasche mit ihrer leichten Ausbuchtung wanderte. Das schlechte Gewissen zog auf meiner Miene auf, doch blitzartig bemerkte ich seine Verwirrung, sein Zögern, und mir wurde klar, daß er nie sagen könnte, was er mich hatte tun sehen. Ohne Angst blickte ich ihn an, schaute ihm direkt ins Gesicht. Diesmal war ich es, die ihn einlud, mit mir an diesen Ort zu kommen, ich, die ihm Komplizenschaft anbot. Ich spürte meine Macht, und er spürte sie auch. Ich lächelte und ging.

Das Geräusch, als Holly auf ihrem Stuhl herumrutschte, holte mich zurück. Ich blickte auf den Computerbildschirm und sah, daß sie bei der Bank anrief. Ich lauschte den Tönen und Verbindungsgeräuschen, und einen Moment lang wußte ich nicht mehr, warum ich auf den Bildschirm starrte. Ich bewegte mich irgendwo zwischen nackter Panik und unerschütterlicher Ruhe und war dann mit einem Mal gefesselt, konzentrierter und klarer als je zuvor. Die Verbindung zur Bank war hergestellt, und Holly tippte die Order ein. Ich folgte dem Leuchten des Cursors, der über den Bildschirm schwirrte und pulsierte, während sie auf die Bestätigung wartete. Ich hätte noch eingreifen, alles rückgängig machen und meinen Tag fortsetzen können, der dann lediglich ein weiterer Tag gewesen wäre, der sich in nichts von den anderen Tagen unterschied. Ich hätte in Sicherheit bleiben können. Doch ich hatte keine Absicht einzugreifen. Es kam mir nicht einmal in den Sinn.

Die Bank akzeptierte die Order. In wenigen Minuten wäre das Geld auf Bobby Melners Girokonto, dem Konto, auf das ich Schecks ausstellen konnte. Ich atmete tief durch und keuchte mit einem Mal, schnappte nach Luft, als käme ich vom längsten aller Tiefseetauchgänge. Meine Hände zitterten. Ich sah, wie Holly die Verbindung abbrach und hörte anschließend, wie sie sich die Transaktion schwarz auf weiß ausdrucken ließ. Die Papiere würden in meiner Mappe auftauchen, ich würde meine Initialen daruntersetzen, und dann würden sie mit all den anderen Unterlagen zu Bobbys Konto abgelegt werden.

Es war getan. Ich hatte es getan.

Ich beschloß, vierundzwanzig Stunden zu warten, bevor ich etwas von dem Konto abhob. Dann wüßte ich, ob die Bank ihren Fehler bemerkt hatte. Mit einer neuen Form energiegeladener Euphorie durchlebte ich den Rest des Tages, ohne irgend etwas Ungewöhnliches zu tun. Ich aß mit einem Börsenmakler zu Mittag, der wollte, daß meine Klienten in das erste öffentliche Zeichnungsangebot einer Firma für Sonnenenergie investierten. Ich sagte, ich würde darüber nachdenken und rief ihn um fünf Uhr an, um zuzusagen. Ich unterschrieb Schecks und erwiderte sämtliche eingegangenen Anrufe. Und jeder Moment erschien bedeutungsvoll, intensiviert, bereichert von meinem Geheimnis, davon, was ich getan hatte.

Paul rief am Nachmittag an, und mir fiel auf, wie wenig ich eigentlich an ihn gedacht hatte. Nun, da es geschehen war, hatte ich keine Eile, es ihm zu erzählen. Ich wollte bis morgen warten, wenn ich das Konto belasten und das Geld tatsächlich bekommen konnte. Und ich wollte sein Gesicht sehen. Als er sagte, daß er bis spät am Abend beschäftigt wäre, hörte ich mich sagen, daß ich nichts dagegen hätte, eine Nacht allein zu verbringen. Es stimmte. Ich wollte noch ein paar Stunden lang die einzige sein, die wußte, was ich getan hatte.

Ich kam früh nach Hause, kochte mir etwas, was ich sehr selten tat, und zwar Nudeln mit Pesto, und machte mir einen riesigen Rohkostsalat dazu. Ich legte eine CD auf, zündete die Kerzen auf dem Eßzimmertisch an und aß, während ich die von den Flammen geworfenen Schatten betrachtete. Danach machte ich sauber und räumte alles auf, spülte die Töpfe und faltete das Platzdeckchen zusammen, und all meine Bewegungen, jeder Atemzug und jede Geste, kamen mir mühelos vor, wie elektrisch geladen. Dann zog ich mich aus, schenkte mir ein Glas Weißwein ein und ging an den Pool hinaus. Die Nachtluft war kühl, als ich den Bademantel von den Schultern fallen ließ und nackt in das warme, plätschernde Wasser glitt.

Ein Halbmond ging gerade auf, und die Luft war erfüllt vom Duft des Jasmin. Ich legte mich auf den Rücken und lauschte. Ich war umringt von Geräuschen – der Straßenverkehr von unten, Insekten, ein Flugzeug von oben – und doch schien es sehr still zu sein, einlullend und friedlich. Ich dachte an Paul und sein Gesicht, wenn ich ihm erzählte, was ich getan hatte und ihm den Scheck gab. Ich dachte an seine Zunge und seinen Schwanz, seinen gebogenen Rücken, wenn er sich den Weg tief in mich bahnte. Meine Hand glitt zwischen die Beine, und ich ließ langsam die Finger über meine feuchten Lippen gleiten. Ich wollte nicht kommen. Ich wollte den Drang, wollte mit der Erregung spielen und mit meiner eigenen genüßlichen Empfänglichkeit. Mein Körper schwamm auf dem Wasser, und ich ging in seiner Leichtigkeit auf. Ich fühlte mich, als wäre ich von Stahlseilen abgeschnitten worden, die mich am Boden gefesselt hatten, von Geißelungen, die mich zu allem gezwungen hatte, was gewöhnlich, dürftig und blaß war. Nun war ich lebendig, wach und wollüstig.

Ich hörte mich seufzen. Ich dachte über die Zukunft nach. So wie mir verborgen gewesen war, daß ich dieses Potential hatte, so würden sich mir noch viele weitere Gelegenheiten bieten, denen ich den Weg bereitet hatte. Ich hatte keine Angst; ich wollte den Nervenkitzel des Risikos. Meine Hand drückte fester, und ich gönnte mir ein heftigeres Verlangen und trieb in die Mitte des Pools, während ich mit der anderen Hand sanft meine Brüste streichelte und mit den Brustwarzen spielte. Ich hatte gehandelt, und nun war ich frei. Jetzt konnte ich wirklich beginnen, mich selbst kennenzulernen.

Teil II

8

Ich sagte kein Wort, als ich Paul das Geld gab. Ich reichte ihm einfach den auf Bobby Melners Konto ausgestellten Scheck. Es dauerte einen Moment, bis er begriff, was es war, und dann, als es ihm klar war, sah er mich nur an.

»Ist schon in Ordnung«, sagte ich.

Er schüttelte den Kopf. »Nein.«

Ich dachte, er wollte ihn nicht nehmen.

»Es *ist* in Ordnung«, wiederholte ich und griff nach seiner Hand. »Wenn du es mir in ein paar Tagen wiedergibst, erfährt es kein Mensch.«

Doch das war es nicht, was er meinte.

»Du kannst es nicht mit einem einzigen Scheck transferieren. Mach ihn ungültig. Ich zeige dir, wie man so etwas macht.«

Mit diesen spärlichen Worten bestätigte er mir alles, was ich über ihn gemutmaßt hatte. Ich zerriß den Scheck und schrieb die Anweisungen auf, die er mir gab. Ich stellte keine Fragen. Es bestand kein Grund dafür; alles, was ich wissen wollte, klärte sich bereits von selbst.

Ich beobachtete sein Gesicht, als er mir sagte, was ich tun müsse. Ich wußte, daß die Sache auch anders hätte verlaufen können. Er hätte von meiner Geste überwältigt sein und verlangen können, daß ich das Geld zurücküberweise, fassungslos, daß ich zu so etwas bereit war, daß ich doch nicht wirklich glauben konnte, er würde es annehmen. Oder er hätte mich verblüfft und dankbar an sich ziehen, mit Küssen überhäufen und meine Kaltblütigkeit bewundern können. Statt dessen war er ganz sachlich wie ein Geschäftsmann, der den Verlauf eines Geschäfts erklärt; er fragte mit keinem Wort nach der Herkunft des Geldes, obwohl er es natürlich wußte. Das gefiel mir. Es gefiel mir, daß er kein Aufhebens machte. Was ich getan hatte, hatte den Anschein des Unvermeidlichen, und etwas Unvermeidliches bedarf nie eines auffälligen Rahmens. Und auf seltsame Weise wiegte mich die Reserviertheit, die wir beide an den Tag legten, in Sicherheit. Wenn etwas ruhig, ordentlich, emotionslos und gelassen vor sich geht, läßt es sich beherrschen und kontrollieren. Es kann nicht aus dem Ruder laufen und zur Katastrophe führen. So dachte ich zumindest damals.

Im Büro ging alles seinen gewohnten Gang. Holly war ungewöhnlich hilfsbereit, woraus ich zutreffenderweise schloß, daß sie und Tom auf einer Insel gemeinsamen Einverständnisses gelandet waren. Nun war es schon über vierundzwanzig Stunden her, doch irgend etwas in mir wartete immer noch darauf, daß die Bank anrief, um mich von einem Irrtum zu verständigen, und so beschäftigte ich mich damit zu ergründen, was ich für Nathan herausfinden konnte. Ich wollte ihm helfen und war dankbar für die Ablenkung.

Als erstes prüfte ich per Computer die abrufbaren Angebote. Die Aktienkurse waren um ein paar Cents gestiegen, doch das traf auf den Rest des Marktes genauso zu. Ich ging die letzten dreißig Tage durch, dann die letzten sechs Monate. Der Trend wies leicht nach oben, aber es gab weder einzelne Tage, die hervorstachen, noch gehandelte Aktienpakete, die besonders groß oder in irgendeiner Form verdächtig waren. Falls Nathan mit seinen Vermutungen recht hatte, so zeigte sich das jedenfalls nicht an dieser Stelle.

Als nächstes rief ich ein paar Börsenmakler in der Stadt an. Es war allgemein bekannt, daß Nathan mein Kunde war, und so gab ich kein Geheimnis preis, als ich nach NNE fragte, jedoch sagte mir niemand etwas, das ich nicht schon gewußt hätte. Die Firma galt als solide und die Aktien standen gut. Langsam begann ich einzusehen, daß ich mir eine andere Methode für meine Ermittlungen suchen mußte.

Im Grunde hatte Nathan mich gebeten, Detektivin zu spielen, doch das fand ich uninteressant. Ich konnte mich nicht dafür begeistern, mich selbst als Privatschnüfflerin aus den vierziger Jahren zu sehen, als Bogart mit Brüsten. Aber ich sah eine andere Möglichkeit, etwas Unauffälligeres: Spionin zu sein, ein verborgener Nachrichtendienst im Untergrund, der weiter und tiefer blicken konnte, als das bloße Auge reichte. Ich spürte, wie ich mich verflüssigte, dick wie Quecksilber, wie ich mich in verborgenen Welten ausbreitete und mir dunkle, mysteriöse Ritzen für meine geräuschlosen, unbemerkten Nachforschungen suchte. Wie eine unsichtbare Spinne wollte ich unsichtbare, aber elastische Fäden ziehen. Das sollte meine neue Methode werden.

Natürlich wollte ich es für Nathan tun – weil ich ihm sehr viel verdankte und ihn aufrichtig gern hatte. Aber da war auch dieses andere: daß ich an die Grenzen meiner eigenen Macht stoßen und sie ausweiten wollte.

Ich arbeitete bis zum Spätnachmittag konzentriert weiter. Die Bank würde nicht mehr anrufen. Ich lehnte mich zurück und lächelte. Und als ich wieder auf den Computerbildschirm sah, lächelte ich noch mehr. In diesem Moment wurde mir klar, daß ich keinen Gedanken mehr daran verschwenden würde.

»Du bekommst das Geld morgen zurück«, sagte Paul, als wir uns am Abend trafen.

»So bald?«

»Ich mußte lediglich vierundzwanzig Stunden überbrücken – das hast du mir ermöglicht.«

»Passiert das öfter?« fragte ich.

»Von Zeit zu Zeit.«

Ich sah ihn an und lächelte. Dann schüttelte ich den Kopf.

»Ich glaube nicht, daß ich es bei dieser Bank noch einmal riskieren werde.«

»Es gibt noch mehr Möglichkeiten. Was ist mit deinen anderen Klienten?«

Das war natürlich die nächstliegende Frage, der unvermeidliche nächste Schritt. Einen Augenblick lang überlegte ich, ob ich das seit langem hatte kommen sehen. Ich stand vor einer weiteren Grenze, und ich wußte nicht, ob ich sie übertreten konnte. Er bemerkte mein Zögern. Er zog mich an sich, und ich spürte seinen Atem, seine Lippen auf meiner Wange und in meinem Nacken.

»Das macht nichts«, sagte er. »Denk nicht weiter darüber nach. Du hast bereits genug getan.«

Ich ließ mich von ihm festhalten und sagte nichts. Aber ich wußte, daß es nicht stimmte. Ich hatte nicht genug getan. Ich wußte noch nicht einmal, wozu ich fähig war, aber ich wollte mehr tun. Ich schaute ihn an und legte meine Hand auf seinen Schwanz, die Handfläche dicht und fest gegen den Stoff seiner Hose gepreßt.

»Wir kommen zu spät zum Essen«, sagte er, doch ich spürte bereits, wie sich seine Hüften bewegten.

»Sag bloß nicht, daß dich das stört.«

Ich verschlang seinen Mund mit meiner hungrigen und zugleich freigiebigen Zunge. O ja, ich wollte mehr tun.

An diesem Abend nahm er mich ins Haus eines Mannes mit, der am Strand lebte, irgendwo auf dem Steilufer südlich von Paradise Cove. In der Dunkelheit hörte ich die Brandung der nahenden Flut rauschen. Den ganzen Abend standen die Türen offen, und ich vernahm den unregelmäßigen Rhythmus der Wellen unten am Strand. Ich trug ein neues Kleid aus extrem dünn gewebtem Leinen und spürte, wie die feuchte Brise die Falten des Rocks um meine Beine herum hob und blähte. Haarsträhnen schlangen sich um meinen Hals.

Das Haus war im mediterranen Villenstil gebaut. Es hatte reichverzierte Steinbalustraden, ja sogar Wasserspeier, die in Südkalifornien deplaziert wirkten. Nahe am Abhang des Steilufers sah ich um einen gefliesten Pool herum einen Palmenhain. Ich wußte, daß jeder einzelne dieser Bäume, die erst vor kurzem gepflanzt und zweifellos bereits in ausgewachsenem Zustand hierhergebracht worden waren, mehr als ein guter Gebrauchtwagen gekostet hatte. Ich versuchte mir vorzustellen, wie der Scheck für sie unterzeichnet wurde, und wußte instinktiv, daß, wer immer diese Unterschrift geleistet hatte, sich nicht einmal mehr daran erinnern würde, wieviel sie gekostet hatten. Wie war es wohl, wenn man diese nonchalante Lässigkeit besaß?

Unser Gastgeber hieß Gunther. Er sagte, er käme aus der Schweiz. Er war etwa fünfzig Jahre alt und hatte vermutlich irgendwo eine Frau und Kinder, doch auf mich wirkte er wie ein Vertreter der Sorte Mann, die ich bereits kannte: der Typ, der keine Freunde hat, sich am wohlsten fühlt, wenn er Anweisungen erteilen kann, und das Bedürfnis nach weiblicher Gesellschaft als eine rein praktische Angelegenheit betrachtet. Und Camilla, die Schwedin, die offenbar seine Freundin war, war wohl von einer Casting-Agentur geschickt worden; ein blondes Model, schön genug, um für *Vogue* zu posieren, und so klug, sich ganz in Pechschwarz zu kleiden. Das kleine Nichts hatte vermutlich dreimal soviel gekostet wie mein salbeigrünes Leinenkleid, aber ich mußte ja schließlich auch für mein Geld arbeiten.

Wir durchquerten einen marmornen Flur und gelangten in einen Raum mit Kassettendecke und Skulpturen, die ich für echte römische und griechische Fragmente hielt. Sie mußten einfach echt sein. Die Polstermöbel waren mit festem Brokat bezogen, die Vorhänge aus schwerem Samt. In der Seeluft würden sie sich nicht lange halten. Das war eine Version von Malibu, die ich noch nie gesehen hatte, eine, die nichts mit dem südkalifornischen Lebensstil zu tun hatte. Von diesem speziellen Ausguck herunterzusehen hieß eine größere Bühne zu überblicken, einen weiten und internationalen Horizont zu besitzen. Es war das Land des Luxus und der unbegrenzten Mittel, in dem Antiquitäten durch die ganze Welt reisten, Satellitenanlagen unhörbar hinter antiken, handgeschnitzten Doppeltüren summten und teure Stoffe nicht geschont werden mußten. Ich war beeindruckt.

Paul hatte mir gesagt, daß er mit Gunther Geschäfte machte, aber die anderen Gäste waren Paul ebenso unbekannt wie mir. Fast alle sprachen mit irgendeinem Akzent und waren zweifellos sehr reich. Zwei Frauen hatten kurzes Haar, das zu solchem Volumen frisiert war, daß Monsieur Sowieso es garantiert jede Woche nachschneiden mußte, damit es nicht zusammenfiel. Wenn sich die Männer bewegten, sah ich massives Gold aufblitzen. In diesen Kreisen wirkte eine Rolex leicht deplaziert.

Beim Essen saß ich neben einem Engländer namens Jasper. Er war klein, stämmig und um die Sechzig, und als jemand die Datenautobahn erwähnte, fragte er, wo sie sei.

»Ich bin überhaupt nicht auf dem laufenden«, sagte er lächelnd, als man es ihm erklärte. »Ich widme meine ganze Zeit der Sammlung.«

Es stellte sich heraus, daß er antike Keramik sammelte, was ihn mit Gunther verband. Sie hatten freundschaftlich um mehrere bedeutende Stücke konkurriert. Das Gespräch wandte sich einem bestimmten Objekt zu, für das beide geboten, das aber keiner von ihnen bekommen hatte.

»Es war außergewöhnlich«, erklärte Jasper, »eine wunderschöne Schale, aber sehr geheimnisumwittert. Niemand weiß, wofür sie verwendet wurde. Ein ritueller Gegenstand, ein gewöhnlicher Haushaltsartikel ...«

»Oder Ausschußware eines Töpfers«, warf Gunther ein. »Weshalb ich aufgehört habe weiterzubieten. Ich weiß ganz gern, was ich mir einhandle.«

Jasper lachte. »Du bist ausgestiegen, weil du bereits genug gekauft hattest, um ein kleines Museum auszustatten. Ich dagegen hätte sie sehr gern gehabt. Ich finde diese Zweideutigkeit unwiderstehlich – es gefällt mir, daß ich in sie hineininterpretieren kann, was ich möchte.«

Gunther schnaubte. »Muß das sein, Jasper? Du weißt doch, daß ich metaphysische Diskussionen hasse.«

Jasper zwinkerte mir zu. »Mein Freund kann Ungewißheit nicht ertragen. Es quält ihn, daß die Dinge vielleicht nur und wirklich *nur* das sind, was sie scheinen. Und daß dieser Schein sich jeden Moment wandeln kann.«

»Die Dinge ›scheinen‹ nicht nur«, entgegnete Gunther. »Eine Backsteinmauer ›scheint‹ nicht, mein Freund. Und sie wandelt sich auch nicht.«

Jasper lehnte sich zurück. Ich sah ihm an, wie hocherfreut er darüber war, Gunthers Interesse geweckt zu haben. »Ich streite ja nicht ab, daß es den Backstein gibt – natürlich begrenzt der Stoff, aus dem die Welt dort draußen ist, unser Tun und stellt uns Backsteinmauern in den Weg. Aber sind es nicht wir, die es ›Backstein‹ nennen – und woher wollen wir wissen, daß es keine Möglichkeit gibt, hindurchzugehen?«

»Versuch's mal«, sagte Gunther. »Du wirst schon sehen.«

»Ach, diese Gewißheit«, seufzte Jasper, »der Tod so vieler interessanter Gespräche.«

Gunther lächelte. Vermutlich waren sie schon häufiger an diese Backsteinmauer gestoßen. Jaspers Augen leuchteten.

»Ich will ja nur sagen, daß wir meiner Meinung nach niemals in einem endgültigen Sinne verstehen werden, auch wenn überall um uns herum Leute das herausschreien, was sie für die Wahrheit halten. Ich bin davon überzeugt, daß es keine Wahrheit gibt, sondern nur Sichtweisen. Und jedesmal, wenn wir glauben, wir hätten das ›Echte‹, das ›Beste‹ oder ›Wahre‹ gefunden, wandelt sich alles und wir können uns nur noch zum nächsten Felsvorsprung hangeln.«

Ich war mir nicht sicher, ob ich das verstand. »Aber woher wissen wir dann, was wir glauben sollen? Woran wir uns halten können?«

»Sehr richtig, meine Liebe – die Frage unseres Zeitalters. Wie, in aller Welt, können wir das wissen?«

Paul und ich blieben noch, als die anderen gingen.

»Gunther und ich müssen noch etwas besprechen – es wird nicht lange dauern«, sagte Paul. »Macht es dir etwas aus?«

Ich schüttelte den Kopf.

»Wir sind in der Bibliothek«, sagte Gunther.

Selbstverständlich gab es in diesem Haus eine Bibliothek. Wahrscheinlich mit ledergebundenen Büchern in zusammenpassenden Ausgaben und einem alten Globus aus dem neunzehnten Jahrhundert.

»Kein Problem«, sagte ich. Ich fragte nicht nach Camilla, der Schwedin, die verschwunden war. Ich war mir nicht sicher, ob das ein unverzeihlicher Fauxpas oder einfach das Klügste war, was sie tun konnte.

Aber es war egal. Ich ging auf die Terrasse hinaus und betrachtete den dunklen Nachthimmel. Weit im Süden die Küste hinunter konnte ich die Lichter der Flugzeuge sehen, die vom L.A. International Airport abhoben, die niedrigen Bögen, die sie übers Wasser zogen wie Kondensstreifen von in Zeitlupe gestarteten Raketen, die würdevoll aufsteigen. Unter mir zog sich das Meer zurück, aber immer noch brach sich jede Welle mit einem Klatschen, angestrahlt vom Licht eines Halbmonds, der langsam zwischen den Sternen aufging. Ich konnte das Haus hinter mir spüren. Es war ganz und gar nicht mein Stil, und die Leute darin waren nicht die Leute, die ich unbedingt kennen wollte. Trotzdem wollte ich, was sie hatten, das selbstsichere Auftreten, den festen Boden unter den Füßen, Antiquitäten und Gespräche über Geschäfte beim Baccarat.

Und ich dachte über das nach, was Jasper gesagt hatte. Noch vor wenigen Wochen hätte mich seine Begeisterung für das, was er Zweideutigkeit nannte, verwirrt, mich, die Frau, die Zahlen und deren konkrete Klarheit liebte. Nun verstand ich, was ihn fesselte, da uns das Geheimnisvolle mitreißt, fasziniert und von Hemmungen befreit. Was ungeklärt ist, hat keine Schranken, es ist ungebunden und unbegrenzt wie die Nacht vor mir, deren Horizont nur als der Unterschied zwischen zwei tintenblauen Farbtönen erkennbar ist, die miteinander verschmelzen. Ich hob mein Gesicht dem Mond entgegen, der rasch auf seinen Scheitelpunkt zustrebte. Der Wind ließ die Palmwedel rascheln; ich spürte, wie er mir das Haar löste. Ich holte tief Atem.

»Vega.«

Ich drehte mich um. Paul stand in der Tür, durch das Licht hinter ihm nur als Schattenriß sichtbar. Er streckte mir die Hand entgegen; es war Zeit zu gehen. Wenn ich ihn je geliebt habe, so war es in diesem Moment, als mich der Nachtwind umfächelte und unter mir die Brandung rauschte, als ich dieser Hand entgegenging, die mich auf bestimmte Weise berührte und mir die Richtung wies, die mir im Schein eines prächtigen, kristallklaren Lichts gereicht wurde.

»Worüber hast du mit Gunther gesprochen?« fragte ich auf dem Nachhauseweg.

»Über ein Projekt, an dem wir interessiert sind. Ich weiß noch nicht genau, wie es laufen wird.«

»Sind alle deine Investoren wie Gunther – und Gaby und Charles?«

»Wie meinst du das?«

»So – vermögend.«

Er lächelte.

»Im großen und ganzen schon.«

»Wie hast du sie kennengelernt?«

Er zuckte die Achseln. »Auf alle möglichen Arten.«

»Aber wie hast du angefangen? Wer war der erste? Wie bist du in diese Branche gekommen – wie an Leute mit soviel Geld?«

Er lachte. »Du möchtest es von Anfang an wissen.«

»Bis zum Schluß. Ich will es ganz genau wissen.«

»Tja, ich weiß es aber nicht mehr ganz genau. Eines führt zum anderen.«

Ich wußte, daß ich nicht sehr viel mehr aus ihm herausholen würde – und es war mir recht. Er war mein geheimnisvoller Liebhaber; ich war damit zufrieden, mich von ihm verführen zu lassen. Ich sah durchs Wagenfenster aufs Meer hinaus, wo ein Streifen Mondlicht auf dem Wasser schwebte.

»Da ist eine Menge Geld zu machen, oder?« fragte ich träumerisch. Meine Worte schienen mich auf Luxus zu betten.

»Ja«, sagte Paul. »Natürlich muß man mit etwas anfangen.«

Ich nahm die Aufforderung in seinen Worten wahr, den beiseite gezogenen Vorhang, den Felsen, der wegrollte, um den Eingang zu einer hell erleuchteten Höhle freizugeben, in der die Schatten bis in verborgene Höhen die Wände hinauftanzten.

»Ich werde eine Liste meiner Klienten zusammenstellen. Das ist doch ein guter Anfang, oder nicht?«

Er lächelte und ließ eine Hand über meinen Schenkel gleiten. »Ja«, sagte er. »Das ist es.«

So einfach ging es also, so leicht, mit nicht mehr Mühe, als es mich kostete, mich vom Rand eines tiefen, erfrischenden Pools abzustoßen, auf dessen Oberfläche ich mich legen und treiben lassen konnte. Nach und nach hatte ich die Bereitschaft gewonnen, mich dem Unbekannten zuzuwenden, und nun plagte mich die Furcht vor Konsequenzen nicht länger. Aus Angst, ertappt zu werden, etwas zu erfahren, das mir nicht gefiel, oder an einen Ort gebracht zu werden, an den ich nicht wollte, würde ich mich nicht von vornherein zurückhalten. Jeder Ort, den ich aufsuchte, wäre Neuland, und das war an sich bereits die Herausforderung, die ich mir wünschte. Ich war bereit mitzuschwimmen.

Pauls Finger fanden unter dem Leinenstoff mein Fleisch. Sie waren kühl, und ich hielt sie fest.

Er streckte sich auf dem Laken aus, und ich legte mich neben ihn. Er griff nach mir, doch ich schob ihm die Arme über den Kopf und hielt sie dort fest, während ich seine Handgelenke aneinanderfesselte.

»Was willst du?« fragte er.

»Ganz ruhig. Bleib ganz ruhig und regungslos liegen.«

Er lächelte und legte sich zurück. Ich öffnete seinen Mund mit meiner Zunge und spürte, wie er tiefer zu atmen begann. Ich wich zurück und strich mit der Hand langsam die zarte, fast durchscheinende Haut seiner Unterarme entlang, über die jetzt unbedeckt vor mir liegenden Haare und die glatte Flanke seines Oberkörpers hinab. Seine Hüften begannen sich zu bewegen.

»Nein, ich meine es ernst. Beweg dich nicht.«

Ich betrachtete von oben nach unten seinen Körper, der nun nackt und verletzlich war, weil seine Arme gefesselt waren.

Meine Finger strichen über ihn, berührten fast unmerklich seine warme Haut, glitten über seinen Bauch und den Schenkel hinab. Seine Augen folgten mir, studierten meine Hand und versuchten, ihre Berührung zu steuern. Langsam spreizte ich seine langen Beine und ließ meine Finger über seinen Eiern und seinem anschwellenden Schwanz schweben, doch ich berührte ihn nicht. Er hob sein Becken an, drängte nach meiner Hand, doch ich zog sie weg. Ich lächelte, als ich ihn stöhnen hörte, und als ich ihm in die Augen blickte, lächelte er auch und verhehlte sein Verlangen nicht. Ich beugte mich über ihn, ließ die Lippen über seinen Hals und seine Wangen flattern, leckte an seinem Ohr und über seine Augen. Ich strich ihm mit den Brüsten über den Oberkörper und hatte nichts dagegen, als er den Kopf hob, um zu beobachten, wie meine Brustwarzen über seine Haut rieben. Er seufzte erneut. Ich konnte sein Verlangen spüren, das heftige Drängen, das er kaum mehr im Zaum halten konnte. Ich wußte, wie sehr er sich bewegen, die Arme um mich schlingen, mich an sich pressen und sich in die erlösende Reibung meiner Hand und meiner Möse stürzen wollte. Ich war ganz naß; sein Verlangen erhitzte mich und begann mich auf derselben anschwellenden Flut mitzutragen. Ich ließ mich fallen und merkte, daß es genau das war, was ich wollte, mit ihm in diesem Raum zusammen zu sein, der aus reinem Verlangen besteht, so heftig, so intensiv, daß man gezwungen ist, ihm allmählich nachzugeben, um nicht den Verstand zu verlieren.

9

Vom Büro aus rief ich Jennie Berger an. Wir hatten uns kennengelernt, als wir zusammen bei dem Börsenmakler arbeiteten. Sie hatte zur selben Zeit bei NNE angefangen, als ich mich selbständig machte. Mittlerweile hatte sie sich zur Verwaltungsdirektorin und Verantwortlichen für Aktionärsangelegenheiten hochgearbeitet. Sie war genau die Richtige, um in Erfahrung zu bringen, wer wieviel von NNE besaß. Ich hätte sie ganz einfach nach der neuesten Übersicht fragen können – allerdings hätte ich, was das anging, genausogut Nathans Assistenten darum bitten können, mir eine auszudrucken, aber irgend etwas riet mir dazu, sie zum Plaudern zu bringen. Also lud ich Jennie zum Mittagessen ein.

Als wir noch zusammen arbeiteten, waren wir quasi befreundet gewesen. Wir hatten uns beide ungefähr zur selben Zeit scheiden lassen und standen plötzlich vor Unmengen freier Zeit, die wir ausfüllen mußten, und so gingen wir ab und zu nach der Arbeit gemeinsam zum Essen und am Wochenende ins Kino. Einmal fuhren wir über Nacht nach Santa Barbara hinauf und spendierten einander zu viele Margaritas. Dann passierte irgend etwas – ich lernte einen Mann kennen oder sie, oder vielleicht setzten sich einfach die Rhythmen des neuen Lebens durch, und als wir nicht mehr so viel freie Zeit hatten, stellten wir fest, daß es kaum etwas gab, was uns verband. Wir hatten schon lange nichts mehr voneinander gehört.

Wir trafen uns in einem japanischen Restaurant in einem der neuen Hochhäuser in der Innenstadt, weil Jennie sagte, es wäre ihr zuviel Aufwand, das Auto zu bewegen. Diese Eigenart von ihr hatte ich ganz vergessen: das beiläufige Bestehen darauf, daß alles nach ihren Bedürfnissen arrangiert wurde. Sie hatte eine Art, Anordnungen zu treffen, die einen regelmäßig provozierte, und ich habe nie herausgefunden, ob sie es tat, weil ihr dieses Ringen um die Oberhand gefiel oder weil sie damit rechnete, auf Ablehnung zu stoßen und diese Bestätigung wollte.

»Du siehst gut aus«, sagte ich, als wir uns setzten. Das

stimmte nicht. Sie war schon immer dünn gewesen, aber nun war sie beinahe hager. Ich glaubte zwar nicht, daß sie abgenommen hatte, doch sämtliche Linien hatten sich verschoben und waren zu harten Kanten geworden.

»Du auch«, sagte sie. »Dieses Rostrot steht dir wunderbar.«

Es verblüfft mich immer wieder, wie automatisch diese Komplimente gemacht werden, die Art, wie Frauen einander ständig erzählen, wie gut die andere aussähe. »Das Kleid ist toll!« »Siehst du aber gut aus! Dein Haar – warst du beim Friseur?« Sogar die unter meinen Klientinnen, die einen Anfall bekommen, wenn ein Mann bei einer geschäftlichen Begegnung ihre Frisur oder ihre Kleidung auch nur erwähnt, die in die Luft gehen, wenn man nur andeutet, daß ihr Aussehen irgend etwas mit ihrer Karriere zu tun hat, tun genau das mit anderen Frauen und stimmen in das allgemeine Komplimentemachen mit ein. Warum tun wir das? Um der anderen die Befangenheit zu nehmen – oder um sie zu entwaffnen?

»Es ist lange her«, sagte sie.

»Zu lange.« Auch das meinte ich nicht ehrlich.

»Was hat diese Stadt nur an sich, daß es so schwer ist, in Verbindung zu bleiben?« fragte sie sich laut. »Es ist ja nicht gerade so, daß ich eine Million andere Dinge zu tun habe. Aber du vielleicht.«

Ich überlegte, ob ich mich irrte, wenn ich einen vorwurfsvollen Unterton in ihrer Stimme hörte.

»Tja, die Geschäfte gehen gut. Besser als erwartet. Ich habe ziemlich viel zu tun.«

»Es war sehr klug von dir, dich selbständig zu machen. Aber natürlich hattest du auch Nathan hinter dir. Es war kein großes Risiko mit einem so dicken Fisch an der Angel.«

Auch diese Eigenart von ihr hatte ich vergessen: diese Wechsel von Anerkennung und sofortiger Zurücknahme. *Ja, es war sehr tapfer von dir, in einem Kanu den Pazifik zu über-*

queren, aber du hattest ja schließlich das viele Holz unter dir. Nun, ich hatte einen geheimen Grund für dieses Mittagessen, und so konnte ich den in mir aufwallenden Zorn ignorieren. Es war eine interessante Lehre über die Macht, die aus verborgenen Plänen entspringt.

»Ich hatte trotzdem Angst. Weißt du nicht mehr? Er hätte mich im Handumdrehen gefeuert, wenn ich die Arbeit nicht geschafft hätte.«

»Das war ziemlich unwahrscheinlich. Nein, auf mich wirkte es so, als fiele es dir leicht. Du hast beschlossen, es zu tun, du hast es getan, und es hat geklappt.«

Ich lachte. »Wenn du wüßtest, wie viele Nächte ich nicht geschlafen habe. Und die Monate, in denen ich fürchtete, die Miete nicht zahlen zu können.«

Sie nickte, aber ich sah genau, daß sie nicht zuhörte; sie hatte sich eine Vorstellung von mir gemacht und davon, wie mein Leben verlief, und daran war nicht zu rütteln. Sie wollte etwas über meine Klienten wissen, ob irgendwelche Berühmtheiten darunter waren, und als ich ihr von einigen erzählte, allerdings ohne Namen zu nennen, sah ich, daß das Wasser auf ihre Mühle war; es ging ohnehin nur darum, was ich alles hatte und sie nicht. Sie hatte nicht nur eine feste Vorstellung von mir, sondern auch von sich selbst: Sie war diejenige, die immer zu kurz kam.

»Und sonst – wie läuft's?« fragte sie.

»Du meinst mit Männern?«

Wir lächelten beide. Was sollte sie sonst wohl meinen?

»Tja, in letzter Zeit ist es … interessant geworden.«

»Du Glückliche. Wer ist er denn?«

Ich würde ihr keine Einzelheiten verraten. »Einfach ein Mann – wir werden sehen, wohin es führt.«

»Ich beneide dich. Häßlich, aber wahr.«

Daß sie es sagte, machte es nicht besser. Außerdem mußte

sie mir gar nicht erst sagen, daß sie keine Beziehung hatte; die rastlose Einsamkeit, die sie umgab, war nicht zu übersehen.

»Tja, es gibt ja auch noch andere Dinge«, sagte ich. »Du bist doch weit gekommen.«

»Du meinst den Job? Den könnte ich im Schlaf erledigen. Ich dachte, das sei genau das, was ich will, aber heute weiß ich, daß ich lediglich wußte, was ich nicht wollte. Den Mittleren Westen, meinen Ex-Mann, Kinder – all diese ›Neins‹.«

Plötzlich hielt sie inne, verlegen und durch den Klageton in ihrer Stimme entlarvt. Ich wußte nicht, was ich sagen sollte, und ich glaube nicht, daß sie sich von mir trösten lassen wollte. So wie sie über mich dachte, hätte sie das als herablassend empfunden. Sie holte tief Luft, nahm einen Schluck Wein und erholte sich rasch.

»Sag mal«, begann sie, als sie sich wieder in der Gewalt hatte, »versucht Nathan, mir durch dich etwas mitteilen zu lassen? Hat er dich vorgeschickt, um mir auf den Zahn zu fühlen?«

Ich lachte. »Nein, ganz und gar nicht.«

»Warum willst du dann diese Liste?«

»Sehr viele meiner Klienten haben in NNE investiert, daher möchte ich gern soviel wie möglich wissen. Und ich hielt es für einen guten Vorwand, um sich zu treffen.«

Sie überlegte kurz und beschloß mir zu glauben. Vielleicht kümmerte sie nicht mehr, was Nathan dachte; vielleicht war es ihr egal.

Wir wechselten das Thema, tauschten den neuesten Klatsch aus und machten Konversation, bis sie nach dem Essen die Informationen über die Aktionäre hervorzog, die sie für mich vorbereitet hatte.

»Das sind sehr viele Namen«, sagte ich, als ich die Liste durchsah.

»Nun, es gibt natürlich auch Großaktionäre – Rentenfonds,

Investmentfonds und Institutionen. Aber NNE gilt als äußerst solide, und das zieht eine Menge Kleinaktionäre an. Die summieren sich.«

»Und du bist über jeden im Bild?«

»Ich und die Computer. Das ist mein Job.«

»Und – gibt es irgend etwas Außergewöhnliches? Was ich im Interesse meiner Klienten wissen müßte?«

Die Frage schien sie zu erstaunen, und ich fürchtete schon, mich verraten zu haben. Ich mußte noch lernen, daß die meisten Leute nicht wissen, wie einfach sie manipuliert werden können und tatsächlich auch manipuliert werden.

»Was zum Beispiel?«

»Ich weiß nicht. Das mußt du mir sagen.«

Sie betrachtete die Liste und schüttelte den Kopf. »Nichts.«

»Ich bin nur neugierig – welche sind denn neu?«

»Hier, ich habe dir eine Zusammenfassung ausgedruckt.«

Sie faltete ein großes Blatt Papier auseinander.

»Hier steht, wer jedes Quartal neu hinzukommt und wer ausscheidet. Siehst du? Hinter denen, die dieses Quartal neu sind, steht ein Sternchen.«

Es waren ungefähr zwanzig Namen, darunter der eines meiner jüngsten Klienten, für den ich soeben tausend Aktien gekauft hatte.

»Hast du dir diese Übersicht überlegt?« fragte ich. »Sie ist wirklich gut durchdacht.«

Sie nickte, aber meine Anerkennung freute sie nicht. Irgendwie war sie verkniffen und engstirnig geworden, verschlossen gegenüber Gefühlen, sogar angenehmen Gefühlen, vielleicht weil ihr so vieles, was sie empfand, weh tat.

Es gab nicht wesentliches mehr zu sagen. Als wir uns trennten, rang sich keine von uns die üblichen Floskeln ab. *Laß uns das bald mal wieder machen* oder *Ich ruf' dich an.* Ich beeilte mich, von ihr wegzukommen. Etwas in meinem Inneren fürchtete, sich anzustecken, als könne ihre trockene Bitterkeit auf mich überspringen. Wann war das mit ihr passiert? Und war ich auch so gewesen, unterwegs in diese Richtung, vor diesem Abgrund schwankend? Nun, es war egal. Ich hatte Paul kennengelernt, und nun wurde mein Leben weiträumiger; ich bewegte mich durch eine neue Landschaft, entdeckte den Weg – erschuf ihn – beim Gehen.

Ich gab Holly die Liste der Aktionäre und bat sie, soviel wie möglich über die einzelnen Personen herauszufinden, insbesondere die, die erst in den letzten beiden Quartalen hinzugekommen waren. Ich kopierte mir die Liste und machte mich gerade zum Gehen fertig, als das Telefon klingelte. Es war Gaby.

»Ich bin ganz bei Ihnen in der Nähe beim Einkaufen. Besteht vielleicht die vage Möglichkeit, daß Sie mir Gesellschaft leisten könnten? Es ist so albern – ich bin völlig unfähig, mich für etwas zu entscheiden!«

Sie war in einem neuen Geschäft am Sunset Plaza. Ich war bereits ein paarmal daran vorbeigekommen und wußte, daß es zu den Läden gehörte, in denen schon die T-Shirts über hundert Dollar kosteten. Die Verkäuferinnen, hauptsächlich umwerfend junge Schauspielerinnen in spe, waren ebensogut gekleidet wie die reichen Kundinnen.

»Ich weiß, es ist gräßlich von mir, Sie mitten am Tag wegzubeordern, aber Sie müssen mich retten – bitte!«

Es war zwar nicht direkt in meiner Nähe, aber auch nicht allzuweit entfernt. Ich sagte, ich käme.

Sie trat gerade aus der Umkleidekabine, als ich eintraf. Eine Verkäuferin machte ihr einen komplizierten Verschluß am Rücken eines grünen Kleides zu.

Gaby drehte sich zu mir.

»Jetzt sagen Sie ehrlich: Wie finden Sie es?«

Sie sah wunderbar aus. Sie trug ihr dunkles Haar offen und an den Seiten von kleinen, goldenen Kämmen gehalten. Ihr Mund war rot und glänzte im Licht.

»Macht mich das zu dick?«

Ich betrachtete das Kleid. Es schien für Theaterbesuche oder Festessen und andere besondere Anlässe gedacht zu sein. Es war aus einem weichen, anschmiegsamen Stoff mit dem matten Schimmer von Seidenjersey und betonte jede Kurve. Als sie sich zur Seite drehte, konnte ich die Wölbung ihres Bauchs und ihren runden Po sehen; Stoffalten fielen in raffinierten, weichen Wellen über ihren Busen.

»Es ist wunderschön«, sagte ich.

»Die Farbe ... sehe ich darin nicht bleich aus?« Sie wandte sich erneut um und zeigte sich mir.

Ich schüttelte den Kopf. »Überhaupt nicht.«

Sie lächelte und kam näher auf mich zu.

»Es gibt noch ein anderes, das ich Ihnen zeigen möchte – kommen Sie mit, und wir unterhalten uns, während ich mich umziehe.«

Ich ging mit ihr in die Umkleidekabine, einen großen, mit Teppich ausgelegten Raum hinter einer Lamellentür. Die Verkäuferin bot ihre Hilfe an, aber Gaby sagte, wir kämen allein zurecht. Sie steckte voller Fragen an mich: Wie es mir ginge, was ich gemacht hätte, wie es mit Paul liefe. Ich antwortete ihr, während ich hinter sie trat, um den Kleiderverschluß zu öffnen. Sie schob ihr Haar beiseite, und von ihrer bloßen Nackenhaut stieg mir ihr teurer Duft in die Nase. Ich machte einen Schritt zurück, als sie aus dem Kleid stieg. Sie trug ein eierschalenfarbenes, seidenes Hemdchen mit Spitzen in Ecru. Sie hatte keinen Büstenhalter um. Unter der Seide malten sich ihre Brustwarzen und die üppigen Brüste ab. Ich schaute zur Seite. Ich hatte gemerkt, wie in mir der Wunsch aufkeimte, diese Fülle in meiner Handfläche zu spüren. Es machte mir angst.

Das zweite Kleid war genauso schön wie das erste, und sie sah ebenso wundervoll darin aus. Sie lachte und meinte, da sie sich nicht entscheiden könne, wolle sie beide kaufen.

»Ich danke Ihnen sehr, daß Sie gekommen sind«, sagte sie mit einer Hand auf meinem Arm, als wir die Straße hinab und zu einem Café gingen, um einen Cappuccino zu trinken. »Ich weiß nicht warum, aber Ihre Meinung ist mir sehr wichtig.«

Ich beobachtete sie, während wir sprachen und unseren Kaffee tranken. Ihre Augen waren zart umrandet, um ihre Größe zu betonen, das glänzende Haar war von ihren glatten Schläfen nach hinten gestrichen, und manchmal ruhten die schweren goldenen Ohrringe auf ihrem Hals, wenn sie den Kopf neigte. Was wollte sie wirklich von mir? Und was wollte ich von ihr?

Sie brachte Paul ins Gespräch. »Er sagt, Sie spielen mit dem Gedanken, bei uns zu investieren«, sagte sie.

»Hat er das gesagt?« fragte ich, da mich ihre Worte aufhorchen ließen: Auf der Stelle begann ich zu fürchten, daß er ihr von Bobby Melners Konto und davon, was ich getan hatte, erzählt hatte. Ich versuchte es zu verbergen, aber sie sah, daß etwas nicht stimmte.

»Hätte er das nicht sagen sollen?«

Ich versuchte, lässig zu sein. »Was hat er noch gesagt?«

»Nichts. Nur das.«

Ich wußte nicht, ob sie die Wahrheit sagte. Ich fühlte mich plötzlich hilflos, allein, als taumelte ich am Rande des Abgrunds, und haßte sie und ihn dafür, daß sie über mich sprachen, wenn ich nicht dabei war, und mich diesen unbekannten, furchteinflößenden Weg entlangführten. Es war ihrer beider Schuld, Pauls Schuld, daß ich eine geheime Linie übertreten hatte, unwiderruflich, in ein Gebiet vorgedrungen war, von dem es womöglich kein Zurück gab. Hatte er mein Geheimnis preisgegeben – hatte er mich verraten?

»Vega«, sagte sie. »Was ist denn los?«

Sie legte ihre Hand auf meine. Ich blickte sie an. Sie lächelte. So plötzlich, wie sie gekommen war, fiel meine Furcht von mir ab. Und wenn er es ihr gesagt hatte? Und wenn sie es wußte? Sie war selbst ein Teil davon; sie konnte mir nicht schaden. In gewissem Sinne war sie meine Verbündete. Wir saßen im selben Boot.

»Alles in Ordnung«, sagte ich und zog meine Hand nicht weg. »Vielleicht zuwenig Blutzucker. Ich lade Sie auf ein Eclair ein.«

Sie schüttelte den Kopf, da sie gleich anschließend mit Charles verabredet war. Ich wußte, daß es irrational war, aber ich spürte einen Anflug von Eifersucht. Ich sagte, ich bliebe noch und nahm die Rechnung an mich. Sie sammelte ihre Päckchen zusammen, beugte sich hinunter, drehte rasch mein Gesicht ihrem entgegen und küßte mich auf den Mund. Ganz automatisch öffnete ich die Lippen und spürte für einen Moment ihre Zunge.

»Auf Wiedersehen, meine Liebe«, flüsterte sie. »Ich rufe Sie demnächst an.«

In mir überschlugen sich die Emotionen, eine Woge der Angst oder der Erregung. Sie war bereits auf dem Weg hinaus. Ich war erleichtert. Damals dachte ich, daß ich Zeit bräuchte, um mir über alles Klarheit zu verschaffen, um zu begreifen, was ich wollte. Aber ich glaube heute, daß ich es bereits wußte. Ich brauchte nur eine langsamere Gangart.

In einer der Städte, in denen wir wohnten, als ich noch ein Kind war, kam ich jeden Tag auf meinem Schulweg an einem Haus mit mehreren Appartements vorbei. Ich wußte, daß dort reiche Leute wohnten. Hoch oben waren die Wohnungen zurückgesetzt und hatten Terrassen. Aus der Entfernung konnte ich eingetopfte Bäume, ein efeuumranktes Spalier und eine auf die Brüstung zementierte Urne sehen. Es muß Frühling gewesen sein, eine Wärmeperiode, denn auf einer der Terrassen standen die hohen Glastüren offen, und schwere, weiße Vorhänge blähten sich im Wind. Jeden Tag sah ich sie, Meter von Stoff, die sich hoben und lautlos wieder senkten und mich an einen dunklen Innenraum denken ließen. Wer wohnte dort, und was geschah drinnen? Mir war angst – als würde das Wissen um eine andere Welt meine eigene zerstören. Und trotzdem konnte ich nicht wegsehen, hypnotisiert von diesen sich blähenden Falten, den sich kräuselnden, fliegenden Zwillingsteppichen. Mit jedem unterdrückten Atemzug wollte ich ihnen entgegenfliegen. Ich konnte den Blick nicht abwenden.

Ich druckte Paul die Liste meiner Klienten aus. Ich war erstaunt, als ich sah, daß es über dreißig Namen waren. Nach den ersten fünfzehn, als ich wußte, daß ich auf dem richtigen Weg war, hatte ich zu zählen aufgehört. Ich konnte mich noch an diese ersten Monate der Angst erinnern, anderthalb Jahre lastender Ungewißheit. Die Aufträge von Nathan reichten für die Büromiete, doch den Rest mußte ich mir anderweitig besorgen. Und ich mußte unverzüglich eine Sekretärin einstellen, auch wenn es nur wenig Arbeit gab, da ich fürchtete, sonst mit einer Buchhalterin verwechselt zu werden.

Ich weiß noch, daß ich Angst davor hatte, auf das, was für mich Frauenarbeit bedeutete, festgelegt zu werden, als der erste Kunde nach Nathan eine Frau war, die er selbst zu mir geschickt hatte, eine reiche Witwe, die in Palos Verdes auf mehreren Hektar Land unter den höchsten Eukalyptusbäumen residierte, die ich je gesehen hatte. Sie trug stets Golfkleidung, stellte sehr wenige Fragen und nickte mit einer Miene, die ich für geistesabwesend hielt, während ich ihr geduldig ihre Finanzen auseinandersetzte. Ich machte mich über sie lustig, über das, was ich als ihr leichtlebiges Dasein betrachtete, und ich glaube, ich war wohl auch neidisch. Sie war äußerst üppig versorgt und neben ihrem Barvermögen mit einer Steuerstrategie versehen, die sehr gut durchdacht war.

Doch sie verblüffte mich. Sie fand einen Fehler, den ich gemacht hatte. Er war nicht bedeutsam, hatte keine Verluste nach sich gezogen, aber es war dumm von mir gewesen, genau die Art von Irrtum, die einen Klienten ohne weiteres zur Konkurrenz gehen läßt. Vor mir selbst versuchte ich ihn mit dem massiven Druck zu entschuldigen, unter dem ich stand, doch wußte ich, daß ich mich von ebendiesem Druck keinesfalls zu Fehlern hinreißen lassen durfte. Es war eine Warnung, und ich hörte sie. Danach zwang ich mich dazu, mich zu konzentrieren, egal wie viele Sorgen ich hatte.

Ich lernte noch etwas von ihr. Als sie mich auf meinen Fehler hinwies und wir darüber sprachen, merkte ich, daß sie während meiner Erläuterungen keineswegs abwesend gewesen war, sondern schlicht gelangweilt. Sie kannte jede Einzelheit, ebenso wie jede Facette des Gesamtbilds. Dann wurde mir klar, daß ich ihr genau das unterstellt hatte, was ich fürchtete, daß andere mir unterstellten. Ich glaube, sie wußte es, wußte, daß ich sie herablassend behandelt hatte, weil – was? – sie eine Frau war, eine ältere Frau, eine ältere Frau in Golfkleidung? Sie sprach es nie an; dazu war sie zu höflich. Und ich war nie wieder so dumm, weshalb ich schließlich bei den Filmleuten und sogar bei ein paar Rock-Stars Erfolg hatte. Bei denjenigen, die so aussehen, als kämen sie direkt von der Straße, in zerrissenen Jeans, mit verfilztem Haar und drei Viertel ihres Körpers von Tätowierungen bedeckt, Männer wie Frauen, die aber häufig Millionen verdienten – zumindest in diesem Jahr.

Jene Frau gehörte nicht mehr zu meinen Klienten; sie war vor ein paar Jahren gestorben. Zuvor hatte sie noch zwei andere Kunden an mich empfohlen, deren Namen nun auf der

Liste standen. Sie waren alle auf andere Art zu mir gekommen. Manche waren bereits seit diesem ersten heiklen Jahr bei mir. Nun machte ich mich daran, sie auszunutzen. Nein, nicht »auszunutzen«. Ich machte mich daran, sie zu bestehlen. Ich wartete, doch die Worte besaßen kein Gewicht. Ich konnte mich nicht mit der Schuld identifizieren, die sie hervorrufen hätten müssen. Trotz allem schweiften meine Gedanken ab: Ich lieh mir das Geld nur aus, das lediglich meinen eigenen Investitionen den Boden bereiten sollte. Ich würde sie entschädigen, ja, ich würde sie sogar in diese neuen, ertragreichen Gefilde mitnehmen. Hatte ich das Terrain nicht bereits mit Bobby Melner sondiert, und hatte das nicht gut geklappt? Niemand würde etwas verlieren, und niemand würde Schaden nehmen.

Doch nicht einmal diese Worte hatten eine Bedeutung. Sie verblaßten vor einer helleren Flamme. Ich sah meine Finger auf der Computertastatur vor mir, in der einen Hand einen Stift, mit dem ich Kodierungen und Ziffern änderte, während meine Lippen Worte murmelten, die alles wirklich machen sollten, was ich manipulieren konnte. Ich spürte den Nervenkitzel der Gefahr, das grelle Leuchten dieses ausschlaggebenden Moments, die Eile, mit der ich auf diese Gefahr zusteuerte, den Elan, der sich einstellt, wenn man nicht zurückblickt. Ich wollte mich dieser geheimen Quelle hingeben. Ich wollte diese Kraft.

Ich ging noch einmal die Liste durch und wollte sie bereits einstecken. Als mein Blick auf Nathans Namen fiel, hielt ich inne. Ich mußte nicht zweimal darüber nachdenken: Ich wußte, daß ich ihn nicht nennen konnte. Ich konnte ihn nicht fallenlassen. Ich dachte, es läge daran, daß ich ihm so viel verdankte und mich schämen würde, wenn er davon wüßte. Aber heute weiß ich, daß meine Überlegungen noch selbstsüchtiger waren. Ich brauchte ihn als eine Art Ankerplatz, damit ich wenigstens noch auf eine gute Tat verweisen konnte, eine freundliche Geste. Er war der Ballast, der mich über Wasser halten würde. Ich würde ihn beschützen. Mehr noch – ich würde ihm mit aller Kraft helfen.

Ich gab Paul die Liste.

»Sind das alle?« fragte er, als er sie durchgesehen hatte.

Einen Augenblick lang wußte ich nicht mehr, ob ich Nathan ihm gegenüber je erwähnt hatte. Ich war sicher, daß ich es noch wüßte, wenn ich es getan hätte.

»Ja«, sagte ich, »alle.«

Er drehte sich um und las sie noch einmal durch.

»Was?« fragte ich in sein Schweigen hinein.

Er schüttelte den Kopf.

»Nichts. Sie ist gut – eine Menge Namen.«

Er klopfte neben sich aufs Bett. »Laß sie uns gemeinsam durchgehen. Sag mir, was sie haben, und wir werden sehen, was wir machen können.«

Ich setzte mich.

»Zuerst muß ich dich etwas fragen«, sagte ich. »Ich habe heute Gaby getroffen – hast du ihr erzählt, was ich getan habe?«

Er sagte kein Wort.

»Es macht nichts, wenn du es gesagt hast«, fügte ich hinzu.

»Ich habe es nicht erzählt. Nein. Ich habe lediglich erwähnt, daß du etwas Geld flüssig haben könntest.«

Ich nickte. »Sprichst du sie eigentlich ... tja, oft?«

Er sah mich an. »Auf was willst du hinaus? Bist du eifersüchtig?«

»Nein, bin ich nicht.«

Es überraschte mich, als ich merkte, daß das der Wahrheit entsprach. Ich wollte, daß sie miteinander in Verbindung standen. Ich wollte dazugehören. Ich konnte es nicht ertragen, ausgeschlossen zu sein.

Ich streckte mich neben ihm aus.

»Offen gestanden«, sagte ich, »ist da etwas ... ich weiß nicht ... Faszinierendes zwischen dir und ihr ... und mir.«

Er lachte. »Oh, ich verstehe. Es ist genehmigt, wenn du auch dabei bist.«

Ich lächelte. »Natürlich. Es ist meine Phantasie ... du glaubst doch nicht etwa, ich würde zulassen, daß ihr beiden euch ohne mich amüsiert.«

»Interessiert dich das wirklich?« wollte er wissen. »Du und ich und eine andere Frau? Findest du das aufregend?«

»Ich habe Angst, ja zu sagen.«

»Warum?«

»Weil es dann passieren könnte.«

Ich forderte ihn heraus, und er wußte es. Außerdem wußte er, daß ich wirklich Angst hatte – nicht vor ihm, sondern vor dem Teil von mir, der alle Grenzen überschreiten wollte. Ich verstand seinen Gesichtsausdruck: Er dachte, er hätte mich durchschaut. Er strich mir mit dem Finger um die Lippen. Ich öffnete den Mund und holte seinen Finger herein, leckte an ihm, ließ meine Zunge an ihm auf und ab gleiten und saugte an der zarten Haut zwischen den Fingern. Ich spürte, wie er sich bewegte. Ich hatte ihn auch durchschaut.

Es war erstaunlich einfach, hohe Beträge von den Konten abzuheben, die ich verwaltete. Unter meinen Klienten war beispielsweise ein Maler, der eine spirituelle Erweckung erlebt hatte und auf eine Pazifikinsel gezogen war, die er als »vorstädtisches Bali« bezeichnete, und zwar nicht, um wie Gauguin zu malen, sondern um zu meditieren und zu fischen und wenig mehr zu tun, als Muscheln im Haar zu tragen. Er hatte seit Jahren nichts Neues mehr produziert, aber die stilisierten, fast abstrakten Porträts von Obdachlosen und anderen kaputten Gestalten, die er vor seiner Auswanderung gemalt hatte, waren in letzter Zeit in Mode gekommen. Da er seinerzeit ein Bild nach dem anderen gemalt hatte, hatte sein Galerist heute noch über hundert seiner Gemälde und Zeichnungen, die jetzt hohe Preise erzielten. Das Geld floß rege, und es floß durch meine Hände.

Eine andere Klientin war ein Burnout-Opfer. Als sie zum ersten Mal zu mir gekommen war, hatte sie gerade ein Schmuckgeschäft eröffnet, das auf dermaßen wackligen Beinen stand, daß ich ihr anbot, mir das erste Honorar in Sachwerten zu bezahlen. Dann schenkte eine Freundin einer Freundin eine ihrer Broschen einer Freundin einer Freundin von jemandem in der Filmbranche, und im Handumdrehen fanden ihre Stücke rasenden Absatz. Alle wollten Schmuck von ihr. Sämtliche Illustrierten, die stets auf der Suche nach Material sind und andauernd den nächsten großen Knüller ankündigen wollen, rührten die Werbetrommel für sie, und über Nacht wurde sie zu einem Fließband-Betrieb. Es hätte sie fast umgebracht. Als sie den Laden dicht machte, sagte sie, sie hätte seit Monaten nicht mehr geschlafen. Aber sie hatte ein kleines Vermögen verdient, und als sie sich mit einem Mann, der einmal Holzfäller gewesen war und nun in der Lokalzeitung eine Kolumne über organisches Gärtnern schrieb, in ein kleines Landhaus in Nordkalifornien absetzte, übergab sie mir das Ganze. Neben der Verwaltung dessen, was sie bereits besaß, kümmerte ich mich um die immer noch fließenden Tantiemen für ein paar Entwürfe, die sie an einen überregionalen Hersteller verkauft hatte, und solange die monatlichen Schecks, die ich ihr schickte, regelmäßig höher wurden, stellte sie keine Fragen.

Nicht alle machten es mir so leicht. Wie Bobby Melner waren auch die meisten anderen meiner Klienten in der Stadt, und nur manche von ihnen hatten große Kapitalumsätze, doch bei den meisten floß genug, um mir das zu geben, was ich brauchte.

Wir fingen relativ klein an: mit zweihunderttausend Dollar, die Paul für eine Woche brauchte. Ich zweigte sie bei einer der Witwen ab, für die ich soeben einen Halbjahresbericht fertiggestellt hatte, so daß auch keine Fragen aufkämen, wenn Paul das Geld länger behielte. Diese Transaktion legte ein Muster fest, das wir bei allen anderen Unternehmungen mehr oder weniger genau beibehielten. Ich richtete ein neues Betriebskonto namens OMNI ein. Es sollte wie ein Sammelkonto aussehen, über das ich im Namen aller oder einiger meiner Klienten alles abwickeln konnte, das mehr Mittel erforderte, als einer von ihnen allein aufbringen konnte. Mir gefiel die Herausforderung, es einzurichten, die Schönheit der Kalkulationsbogen, und mir wurde klar, daß es wirklich eine gute Idee war. Das einzige Problem war, daß ich meinen Klienten nichts davon sagte, daß ihr Geld in dieser Form eingesetzt – und riskiert – wurde. Und natürlich teilte ich ihnen ebensowenig mit, daß die »Investitionen«, die ich tätigte, in Projekte flossen, von denen ich wußte, daß sie keiner genaueren Überprüfung standhielten.

Dieses erste Geld wurde in einen Devisenankauf investiert, der bei einer Bank auf den Bahamas seinen Ausgang nahm.

»Wohin geht es dann?« fragte ich.

»Je weniger du weißt, desto besser«, sagte Paul.

Ich zögerte und sagte nichts mehr. Es handelte sich offensichtlich um eine Art Geldwäsche, und ich wollte gar nicht wissen, woher das schmutzige Geld kam. Mir fiel ein, daß die meisten von Pauls Investoren vermutlich die gleiche absichtliche Unwissenheit pflegten, und einen Augenblick lang verachtete ich uns alle, diesen Teil von mir, der immun gegen Fakten sein wollte. Das, was ich als meine verabscheuungswürdige Untätigkeit ansah, war mir zuwider, dieses kraftlose Bedürfnis, mich im Hintergrund zu halten. Ich wollte stärker sein, stark genug, um der Wahrheit ins Gesicht zu blicken.

Wie versprochen, gab Paul die zweihunderttausend nach einer Woche zurück. Ich hob das Geld von dem Sammelkonto ab und überwies der Witwe wieder die gesamte Summe. Der Profit, den ich dabei machte, verblüffte mich: Paul sagte, nicht jedes Geschäft wäre so lukrativ, aber dieses warf beinahe fünfzigtausend Dollar für mich ab. Mir wurde ganz schwindlig, weil es so leicht ging und ich tatsächlich um eine erhebliche Summe reicher war. Ich wußte nicht, was ich mit dem Geld tun sollte. Mein erster Impuls war, mir etwas Extravagantes zu gönnen – eine Anzahlung auf einen Rolls Corniche Cabrio, ein Diamantarmband, ein englisches Schränkchen aus dem neunzehnten Jahrhundert oder mehr Armani-Kostüme, als ich je tragen konnte. Ich könnte auch den Swimmingpool mit Original-Malibu-Fliesen auslegen oder die Küche renovieren lassen. Doch das Geld zu besitzen, um mir diese Fliesen oder hundert weniger kostspielige Dinge zu leisten, machte die Sache uninteressant, als wollte ich das, was ich nicht haben konnte, nur bis zu dem Moment, in dem ich es haben konnte. Außerdem haßte ich hemmungslose Verschwender, die keinen Funken Beherrschung besitzen und sich von verlogenen Hochglanzanzeigen verführen lassen.

Statt es auszugeben, sparte ich es und zog heimliche Genugtuung aus der Beherrschung, die es bewies, soviel Geld zu haben und es nicht auszugeben. Es gefiel mir, mich selbst an die Kandare zu nehmen; es freute mich, daß ich emotionslos und verantwortungsbewußt sein konnte. Ich richtete ein Geheimkonto für Transaktionen und Investitionen ein. Auf meinem Computer lautete das Kennwort dafür NIGHT. Unter Schichten von elektronischem Tarnmaterial begraben, wuchs NIGHT im Lauf der Wochen rasch an, wurde dabei zu einem Ganzen und nahm Form an, bis ich beinahe eine richtige Person dahinter vermutete. »Was wäre das beste für NIGHT?« überlegte ich manchmal, oder: »Wäre NIGHT damit einverstanden?« Ich versuchte, mir diese geheime Identität vorzustellen und ihr ein menschliches Gesicht zu geben. War sie männlich oder weiblich? Ein Elternteil oder ein Kind, für das ich unerschütterliche Sicherheit aufbaute? Ein Partner oder ein Geliebter? Gewann ich die Welt mit meinem Können und meinem Wagemut?

Nach einer Weile hörte ich auf, mir diese Fragen zu stellen. Ich merkte, daß NIGHT weder ein menschliches Gesicht noch einen menschlichen Körper brauchte. NIGHT war keine Person, kein Ort und keine Sache, sondern eine Atmosphäre, die mich einhüllte, ein Geisteszustand, den ich mir mehr und mehr zu eigen machte. Ich konnte die Augen schließen und es spüren, dieses Gefühl, mich in dunkles, schweres Wasser zu stürzen, mich der wirbelnden Umarmung eines Whirlpools hinzugeben. Nein, NIGHT war keine isolierte Größe, kein einzelner Teil von mir, kein verborgener Aspekt dessen, was ich geworden war. NIGHT war mein Verlangen, mein Appetit auf mehr, der Nervenkitzel einer echten Übertretung: mein umfassend verwirklichtes Ich.

Er nahm mich von hinten. Ich wollte, daß er es tat, wollte auf diese Art aufgespalten, zugänglich gemacht werden. Seine Finger fanden mein Arschloch und machten es naß. Ich spürte, wie sein Schwanz in mich eindrang. Es tat weh, aber als er fragte, ob er aufhören solle, sagte ich nein und schob mich höher hinauf. Er stieß ganz langsam zu, und während wir vor und zurück schaukelten, klang seine Stimme in meinem Ohr, die im Rhythmus seiner sanften Stöße beinahe gurrte, als spräche er zu einem innig geliebten Kind, das zärtlicher Fürsorge bedurfte.

»Oh, sweet girl, sweet girl …«

Er nahm meine Brüste und drückte meine Brustwarzen; eine Hand glitt über meinen Bauch und begann sanft meine

Klitoris zu reiben. Ich seufzte und erschauerte unter seiner Berührung. Ich spürte seinen Atem, seinen Mund und seine Zunge an meinem Hals, reckte mich ihm entgegen, um seine Lippen auf meinen zu fühlen. Ich hatte das Gefühl, zu zerfließen, an ihn geklammert, an ihn gefesselt durch seinen Mund, seine Hände und seinen Schwanz, der immer wieder in mich glitt. Ich öffnete mich und wurde immer weiter, jedesmal wenn ich dem Schwanz nachgab; wieder und wieder, wenn ich mich ihm unterwarf, spürte ich ein Fließen, als würden mir prächtige Bänder aus der Brust gezogen und schwebten zum Himmel empor, als würde ich vollständig aus den Grenzen meiner Haut ausströmen. Ich war riesig, grenzenlos und weit genug, ihn ganz aufzunehmen, jeden Zentimeter von ihm zu umfangen. Er war jetzt in mir und bewegte sich mühelos, er mußte sich nicht mehr zurückhalten, und ich konnte bei jedem Eintauchen in meinen geheimsten Ort seine Dankbarkeit spüren. Er hielt mich fest, eine Hand auf meinem Busen und die andere auf meiner Möse, und so kam ich schließlich, begleitet von seinem Murmeln: Oh, sweet girl, sweet girl.

10

Holly ging die Liste der Aktionäre von NNE durch und klärte die Identität der meisten von ihnen. Viele davon waren mir selbstverständlich vertraut: die Broadmans, andere Firmenangehörige von NNE, bekannte Investoren und verschiedene Institutionen. Abgesehen von meinen eigenen Klienten fanden sich noch weitere Personen, die ich kannte: Don stand ebenso auf der Liste wie sein Freund Marty Toward. Das erstaunte mich nicht. Don hatte seine ersten NNE-Aktien gekauft, als die Firma an die Börse ging, und ich nahm an, daß

Marty seinem Beispiel gefolgt war. Ich registrierte, daß Martys Filmgeschäfte anscheinend gut liefen, denn seine Beteiligung an NNE war beträchtlich. Auch Dons Aktienpaket war im letzten Quartal gewachsen, was mich überraschte. Es paßte nicht zu seinen Geldnöten. Er war so abgebrannt gewesen, daß er Marty anpumpen mußte, etwas, was ihm zuwider war; er hatte aber dennoch keine Aktien abgestoßen, sondern noch dazu gekauft. In gewissem Sinne war das natürlich klug. Die Aktien waren solide und befanden sich in einem allgemeinen Aufwärtstrend; es war besser, das, was er zu einem niedrigen Preis gekauft hatte, zu behalten und bei den momentanen Preisen dazuzukaufen. Aber Don war mir nie in diesem Sinne klug erschienen. Er war jemand, der nichts festhalten konnte: Alles zerrann ihm zwischen den Fingern. Einen Moment lang überlegte ich, ob er an der Verschwörung beteiligt war, die Nathan herbeiredete. Don und Marty und weiß Gott wer noch.

Aber ich kannte Don. Nicht daß ich geschworen hätte, er ließe sich auf keine zwielichtigen Geschäfte ein. Ich konnte mir vorstellen, daß ihn geheime Machenschaften ebenso reizten wie mich. Aber diese speziellen Machenschaften würden Nathan in den Ruin treiben, und ich nahm nicht an, daß Don das wollte. Er würde nicht Nathan schützen wollen, sondern mich. Ich war eine Art psychischer Anker für ihn, ein Teil dessen, was ihn aufrecht hielt.

Trotzdem war ich neugierig, und so rief ich bei ihm an und hinterließ eine Nachricht. Offen gestanden war ich erleichtert, daß er nicht da war. Ich hatte im Grunde keine Lust, Don nach seinen Finanzen zu fragen. Ich konnte förmlich hören, wie er sich sträubte, sich schüttelte und mich darauf hinwies, *daß wir schließlich nicht mehr verheiratet sind, Vega, Pünktchen, Pünktchen, Pünktchen.* Nun, da hatte er nicht ganz unrecht.

Ein Name stand auf der Liste, der mich erstaunte: Judd

Mallory, ein Schauspieler, mit dem ich nach meiner Scheidung eine Weile zusammen war. Während ich darüber nachdachte, fiel mir wieder ein, daß ich mit ihm zusammen auf der Party gewesen war, auf der ich Peter Broadman zugedröhnt und bösartig erlebt hatte. Ich wußte nicht mehr, daß sie befreundet waren, aber das müssen sie wohl gewesen sein, was wiederum Judds Namen auf der Liste erklärte.

Aber ich konnte ihn nicht einfach abhaken. Während ich an meinem Schreibtisch saß, fiel mir alles wieder ein. Als ich ihn kennenlernte – bei irgend jemandem an einem leeren Swimmingpool –, lag sein Durchbruch ein oder zwei Jahre zurück: Er war für eine Miniserie verpflichtet worden, in der er die Hauptfigur in jüngeren Jahren verkörperte. Er war fast eine ganze Stunde auf dem Bildschirm zu sehen gewesen und hatte Furore gemacht, doch nun stand er vor dem Problem, wie seine Karriere weiter verlaufen würde. Er war dunkel und gutaussehend, was oft als »glutvoll« bezeichnet wird, mit weit auseinanderliegenden Augen, die am strahlendsten und bestechendsten waren, wenn sie starr und ausdruckslos blickten. Auch wenn er sich noch so gewinnend gab, hatte man das Gefühl, er beobachte einen. Wenn er lächelte, blieb ein Teil von ihm stets ausgespart. Das war sein großes Plus als Filmschauspieler, weil die Zuschauer in ihn hineinprojizieren konnten, was sie wollten. Wie jede zweite Frau sprach ich auf ihn an, und das nicht nur im Film. Er hatte dieses gewisse Etwas auch im Privatleben; man sah das Herausfordernde, beinahe Unverschämte an der Art, wie er sich gab. Er vermochte einen auf diese prickelnde Art zu fesseln, beängstigend und faszinierend.

Ich sah, daß er immer noch im Briarwood lebte, einem alten Gebäudekomplex in Hollywood, an der Nordseite des Hancock Parks. Ich war versucht, ihn auf der Stelle anzurufen. Eigentlich konnte ich mich kaum daran erinnern, was zwischen uns abgelaufen war, weshalb er mich mochte, was wir machten und wie es geendet hatte. Vielleicht war es das, was mich neugierig stimmte: daß ich es nicht mehr wußte. Je mehr ich darüber nachdachte, desto mehr schien es etwas zu geben, auf das ich zurückkommen wollte. Ohne genau zu wissen, was es war, wählte ich seine Nummer. Schließlich hatte ich die Entschuldigung, für NNE zu recherchieren.

»Oh, Vega, klar – ein Hauch aus der Vergangenheit.«

Er klang, als hätte ich ihn aufgeweckt, vielleicht war er aber auch high. Ich hatte gehört, daß Drogen und Alkohol die Gründe dafür waren, warum er nie wirklich die Karriere gemacht hatte, die man ihm vorausgesagt hatte. Ich wußte, daß er nach wie vor als Schauspieler arbeitete und in billigen Horrorstreifen oder manchmal als Stargast in ein oder zwei Folgen einer Fernsehserie auftrat, doch er hatte es nicht zum Star oder auch nur zum vielbeschäftigten Darsteller gebracht.

»Ich bin gerade auf deinen Namen gestoßen«, sagte ich, »und so habe ich ein bißchen über alte Zeiten nachgedacht.«

Ich hatte mir keinen besonderen Vorwand überlegt, aber das schien ihn nicht weiter zu wundern. Vielleicht glaubte er, daß es jede Frau, die ihn einmal gekannt hatte, wieder zu ihm zog.

Wir erzählten uns eine Weile, was wir machten, und während wir so redeten, stieg in mir ganz unerwartet ein Gefühl der Erregung auf. Ich stellte mir seinen herausfordernden, vielversprechenden Blick vor, doch die Erregung, die ich unbestreitbar empfand, war nicht direkt mit ihm verbunden. Sie rührte von dem Spiel her, das ich mit ihm spielte, dem Motor meiner geheimen Absichten und Machenschaften. Ich schwebte wie eine höhere Intelligenz über Judd und spürte das Prickeln dieser verborgenen Macht. Die Vorstellung, Sex mit jemandem zu haben, der nichts von meinem versteckten Interesse wußte, genau diese innere Freiheit, war erregend. Es ließ mich auf meinem Stuhl hin- und herrutschen, und jede Bewegung, jeder Schwung meiner Hüften war ein Lasso, das eine unbeugsame Energie einfing. Das wollte ich fortführen. Ich schlug ein Treffen vor.

»Klar«, sagte er. »Komm einfach rüber. Jetzt.«

Ich lachte. Nur ein Schauspieler, ein drogensüchtiger, arbeitsloser Schauspieler konnte so planlos und offen sein.

»Es ist elf Uhr morgens«, sagte ich.

»Tatsächlich?« Ich konnte hören, wie er sich reckte. »Eine wunderbare Tageszeit.«

Das Briarwood war in den dreißiger Jahren gebaut worden und hatte immer noch seinen Original-Art-Deco-Eingang und die Stuckdecken. Die Legende besagte, daß es ursprünglich einem Stummfilmstar gehört hatte, einer Schauspielerin, deren Liebhaber im Foyer ihren früheren Ehemann erschossen hatte. Es war schäbig und teuer zugleich und beherbergte vorwiegend Leute aus dem Show-Business, die kurzfristig möblierte Wohnungen benötigten – aus New York eingeflogene Autoren und Regisseure, junge Hollywood-Hoffnungen, die sich die Miete teilten, und Rock-Bands, die hier abgestiegen waren, um ihr neues Album einzuspielen. Es gab auch ein paar Dauerbewohner. Die jüngeren unter ihnen besaßen offenbar allesamt Hunde mit Namen wie Rodney, Larry und Jane, während die älteren wie Oberkellner in altertümlichen Roastbeef-Restaurants aussahen oder wie Garderobieren, die Loretta Young eingekleidet hatten. Ich fuhr im Aufzug mit einer alten Dame nach oben, die ganz im Stil Joan Crawfords gekleidet und frisiert war. Ich machte mir klar, daß diese Frau in den vierziger Jahren jung gewesen war, diesen Stil kopiert und ihn nie geändert hatte. Vielleicht war sie nach Hollywood gekommen, um ein Star zu werden; vielleicht war sie auch nur ein Fan, einer von den Menschen, die bei Filmpremieren in der Menge stehen und winken, in der Hoffnung auf ein Lächeln oder eine Kußhand.

Judds Wohnung lag am Ende eines langen Flurs, der von einem dünnen Teppich bedeckt war. Im Haus herrschte Ruhe. Die Bewohner waren entweder unterwegs oder noch nicht aufgestanden. Ich war seit Jahren nicht mehr hier gewesen, aber es wirkte sofort vertraut. Irgend etwas an diesem Flur war mir bekannt. Ich wurde das Gefühl nicht los, daß es wichtig war, nicht zu vergessen, was es war.

Er öffnete mir barfuß und nur mit Jeans bekleidet die Tür. Zwangsläufig fiel mir als erstes auf, daß der Hosenknopf offenstand. Ich sah, daß sein Bauch nach wie vor flach und fest war. Die Sonne hatte ihn gebräunt, aber gleichzeitig die Haare gebleicht, die immer dichter wurden, bevor sie in der Hose verschwanden. Ich weiß nicht, ob er es absichtlich gemacht hatte, aber wenn, dann war es sexy. Es gefiel mir, daß er sich als eine Art Angebot zeigte. Einen Augenblick lang mußte ich an Paul denken. Ich wußte noch nicht, aus welchem Grund ich zu Judd gekommen war, doch was immer es war, der Gedanke an Paul würde mich nicht daran hindern. Ich überlegte nicht weiter, warum; es reichte, daß ich es wußte.

Ich folgte Judd ins Wohnzimmer.

»Tja, Vega«, sagte er und drehte sich mit seinem trägen Hollywood-Lächeln zu mir, »witzig, wie sich alles wiederholt.«

Nun sah ich ihn ganz. Es war offensichtlich, daß er immer noch Sport trieb, aber seine Haut hatte ihre geschmeidige Elastizität verloren; sie war rauher, dünn und matt. Die wirkliche Überraschung aber war sein Gesicht: Er hatte sein gutes Aussehen eingebüßt. Ich konnte nicht umhin, ihn anzustarren. Er war das Opfer eines zu raschen Reifeprozesses, zählte zu den Männern, deren Attraktivität wie von einer Bronzemaske festgehalten wird, die so gespannt ist, daß sie irgendwann zerspringt. Doch es war nicht nur die Zeit, die ihm zugesetzt hatte – ich sah die Flasche Scotch auf dem Couchtisch und das halbleere Glas, den pudrigen Spiegel und die Rasierklinge, die auf dem fleckigen Teppich verstreuten Samen und Stiele. All diese Stoffe hatten scharfe Linien in sein Gesicht gezeichnet und seine Züge zu einer kantigen Maske verhärtet. Er sah nicht alt aus, doch hatte er auch überhaupt nichts Jugendliches mehr an sich. Es war das Gesicht eines Gefangenen im verschärften Vollzug. Ich nahm an, daß er mittlerweile nur noch den Bösewicht spielen konnte, und zwar nicht einmal den wichtigsten. Er spielte die tragenden Nebenrollen, die die Drecksarbeit machen mußten, den Schläger oder den Psychopathen, der in ein oder zwei Szenen vorkommt.

Im Raum herrschte Stille, obwohl im Schlafzimmer Musik lief. Die Luft wirkte verbraucht, abgestanden, wie in einer Atmosphäre der Leere. Er setzte sich in einen Sessel und winkte mich zum Sofa. Dann rollte er sich einen Joint. Ich sagte, wie lange es schon her sei, und er lächelte, während er das Zigarettenpapier ableckte. Er schien nicht wissen zu wollen, warum ich gekommen war. Ich zwang mich dazu, Konversation zu machen, obwohl ich glaube, daß er vollkommen damit zufrieden gewesen wäre, dazusitzen und schweigend zu rauchen. Sein fehlendes Interesse wirkte unheimlich. Er erinnerte mich an eine dicke Spinne, die träge zu allem nickte, was ihr ins Netz stolperte. *Verflucht abgefahren …*

Nach ein paar Minuten überlegte ich, ob ihn wenigstens Sex aus der Reserve locken könnte. Nichts schien zu ihm durchzudringen. Ich hatte sogar das Gefühl, daß er, wenn ich ihn berührte und ihm den Reißverschluß aufzöge, wenn ich ihm half, sich aus seiner Jeans zu winden, wenn ich seinen Schwanz massierte und ihn leckte oder ihm eine Brustwarze in den Mund schöbe und ihn weit in mich steckte, nur einfach nicken und lächeln würde, ohne seine beunruhigende Geistesabwesenheit aufzugeben. Seine Augen waren immer noch schön, aber sie wirkten wie erloschen.

Ich wollte nicht lange bleiben. Ich lehnte den Scotch ab, den er mir eingeschenkt hatte, und brachte die Sprache rasch auf NNE und Peter Broadman.

»Ich sehe ihn von Zeit zu Zeit«, sagte ich. »Seid ihr noch befreundet?«

»Ja, sicher. Du kennst doch Peter. Wenn er einen einmal in seinen Fängen hat ...«

Er ließ sein Hollywood-Lächeln aufblitzen.

»Was meinst du damit?«

Ich wartete, während er den Rauch in den Lungen hielt, und ignorierte das Husten beim Ausatmen.

»Peter war schon immer hart drauf – verstehst du?«

»Inwiefern?«

»Was weiß ich – gemein eben. Kurzen Prozeß mit anderen machen und keinen Gedanken daran verschwenden. Aber man muß das relativ sehen ... er sorgt gut für mich.«

»Du meinst die Aktien?«

»Welche Aktien?«

»NNE.«

Er sah mich an und versuchte sich zu konzentrieren. »Oh, sicher ... mein Kapital für schlechte Zeiten. Peters Pension ... Peter pflegt Umgang mit einem Pack perverser Personen.« Er lachte, als wäre es das Witzigste auf der Welt. »Echt ... ein Pack total perverser Personen.« Er lachte wieder und sah mich an.

»Kennst du Stella?« fragte er.

»Welche Stella?«

»Jordan ... Stella Jordan ... sie war auch andauernd da.«

»Nein. Wer ist das?«

Ohne etwas wahrzunehmen, starrte er auf den Tisch. Er war mir abhanden gekommen. Seine Finger klammerten sich um die Armlehnen des Stuhls. Vermutlich mußte er sich festhalten, weil die Wirkung der Droge einsetzte. Nach einer Weile legte er den Joint in einen überfüllten Aschenbecher und sah mir direkt ins Gesicht.

»Stella!« brüllte er plötzlich. Wie Brando in *Endstation Sehnsucht.* »Stella!« röhrte er noch einmal. Dann lachte er und schüttelte den Kopf. »Ziemlich gut, was? Klar. Da hätte ich mithalten können.«

Er lachte erneut, aber es klang hohl, und ich fragte mich, wie viele Schauspieler denselben Schrei ausgestoßen haben, voller Sehnsucht, nicht nach Stella, sondern nach Brando, nach all dem, was sie sein wollten und nie zu werden fürchteten.

»Und diese Stella – kennt sie Peter?« fragte ich.

»Du solltest lieber sagen, daß Peter Stella kennt. *Ich* für meinen Teil kenne Peter, aber ich bin nur einer von den vielen kleinen Fischen, den beschissenen kleinen Fischen. Stella Jordan allerdings ... da gehen die Geschäfte.«

»Was für Geschäfte?«

Er starrte schon wieder vor sich hin. Ich hatte keine Ahnung, wovon er redete, oder es überhaupt einen Sinn hatte.

»Was für Geschäfte?« fragte ich noch einmal.

Seine Augen schlossen sich. Einen Moment lang weiteten sie sich wieder, und er sah mich an, verwirrt – wovon? Unserem Gespräch? Meiner Anwesenheit? Ich wußte nicht, ob er wirklich so weit abgedriftet war, wie er aussah, aber es war sinnlos, noch länger zu bleiben. Er sah auf, als er hörte, daß ich mich erhob.

»Tja, Vega«, sagte er schleppend, »du siehst toll aus. Du hast dich kein bißchen verändert. Immer noch heiß ... oberheiß.«

Etwas von seinem alten Funkeln stand in seinen Augen, aber es war ein rein mechanisches Flirten. Ich lächelte und murmelte etwas von nächstem Mal. Er nickte. Es war ihm offenbar völlig gleichgültig, ob ich blieb oder ging.

»Du kannst jederzeit vorbeikommen«, sagte er, als ich ging. Die Tür schloß sich hinter mir, und ich erschauerte angesichts der Leere, die ihn nun wieder umfing.

Langsam ging ich zum Aufzug. Im Flur war es immer noch ruhig. Erneut fühlte ich seine Vertrautheit, dieses Gefühl, daß etwas darauf wartete, eingeordnet zu werden. Erst als die Aufzugtür zuschlug und ich nach unten fuhr, fiel mir wieder ein, was es war.

Wir hatten seit ein paar Monaten eine Affäre. Judd war sprunghaft; manchmal meldete er sich eine Woche lang nicht, dann rief er um Mitternacht an und fragte, ob er vorbeikommen könne. Ich sagte immer ja. Es war in dieser chaotischen Zeit nach der Scheidung, und ich brauchte die Gesellschaft, brauchte das Begehren eines Mannes, obwohl ich den Verdacht hatte, daß Judd lediglich in den sechzig Sekunden bevor er zum Telefon griff, an mich dachte. Er brachte jedesmal Dope mit, »das beste Sinsemilla« und »Dynamit-Kokain«, und wenn wir uns zudröhnten, fiel mir seine typische Ich-Bezogenheit nicht mehr auf, ebensowenig wie die Tatsache, daß unsere Gespräche nie über die Wände des jeweiligen Raumes oder auch nur nennenswert übers Bett hinausreichten. Er besaß eine drogengetränkte Sinnlichkeit. Oft schloß er die Augen und strich mir mit der intensiven Konzentration eines Blinden, der eine köstliche neue Welt entdeckt, langsam über die Haut. Ich fand das stets erregend. Er war für das Vergnügen geschaffen, und er schenkte es mir.

Eines Abends rief er mich an und sagte, er hätte Gäste, und ob ich nicht vorbeikommen wolle. Als ich im Briarwood ankam, roch ich das Gras bereits im Flur. Es waren etwa zehn Leute da, die sich in verschiedenen Stadien der Berauschung befanden. Mir fiel ein unglaublich verkrampftes Paar auf, das kaum miteinander sprach: ein magerer, blonder deutscher

Schauspieler und eine ältere Frau mit fast abrasierten Haaren. Das Licht war gedämpft, und während ich rauchte und trank, bekam ich das Gefühl, als befände ich mich unter Wasser, als wären wir alle dünne Seegräser, die sich in der langsamen, schweren Strömung aus Musik und Drogen wiegten.

Das verkrampfte Paar begann sich zu küssen. Sie sperrten die Münder weit auf und leckten und saugten an ihren Zungen. Ihre Lippen waren weit voneinander entfernt; ich sah lange Zungen, deren an der Unterseite gelegene blaue Venen sich anspannten, während sie sich reckten, um einander zu verschlingen, zwei Schlangen, die sich duellierten. Es erregte mich nicht; es war häßlich, pornographisch, und die Aufdringlichkeit, das völlige Fehlen von Zurückhaltung war beängstigend. Ich ekelte mich, und ich mußte wegsehen. Niemand sonst schien die beiden zu bemerken. Judd fläzte mit geschlossenen Augen und einem Joint zwischen den Fingern in einem Sessel. Aus der Küche war Lachen zu hören, als dort irgend jemand nach etwas Eßbarem suchte. Ich war allein. Plötzlich verlor ich den festen Boden unter den Füßen; alles entglitt meiner Kontrolle, als hätte eine verborgene Hand eine Falltür ausgelöst, und ich fiele hilflos ins Leere. Ich holte tief Luft, doch ich konnte keinen Halt mehr finden. Nichts schien wirklich zu sein; alles war gefährlich.

Ich blieb eine Weile sitzen und wartete, daß es vorbei ginge, aber ich fand keinen festen Boden mehr. Irgendwie schaffte ich es, aufzustehen und ins Badezimmer zu gehen. Im Spiegel erschien mir mein Teint bröselig und von ungesundem, grau-stichigem Blau. Ich hielt die Handgelenke unters laufende kalte Wasser und spritzte mir etwas davon ins Gesicht. Es ist das Gras, sagte ich mir, nichts als eine Droge, alles ist in Ordnung, es kann dir nichts passieren.

Ich ging zurück ins Wohnzimmer. Das Paar lag mittlerweile auf dem Boden. Sie fickten. Sie hatten ihre Kleider noch an, aber beide hatten die Hosen herabgezogen, und ich konnte ihre Ärsche sehen, als sie sich wanden, in abgehackten Bewegungen, staccato, in einer Art grimmiger Entschlossenheit. Ich betrachtete das Weiß ihrer Hintern, das sich von den dunklen Hosen abhob, während sie sich hoben und senkten. Es wurde körperlos wie das Weiß einer pulsierenden Membrane, die nach Erlösung giert. Ich fühlte mich bedroht, kurz davor, mit hineingezogen zu werden, und Wut stieg in mir auf. Warum konnten sie sich nicht beherrschen? Woher nahmen sie das Recht, uns anderen ihre Lust aufzudrängen?

Ich sah zu Judd hinüber, und mir blieb die Luft weg. Er saß immer noch lässig in seinem Sessel, doch nun kniete vor ihm auf dem Boden, zwischen seinen Beinen, eine Frau. Einer ihrer Arme war in seinem Hosenbein verschwunden. Ich sah den Rhythmus, spürte ihn in mir, während sie ihm die Wade massierte. Sie beugte sich vor und hob sachte den Fuß seines anderen Beins an. Sie befeuchtete sich mit der Zunge die Lippen und leckte langsam an seinem Knöchel. Dann teilte sie mit geduldigen Fingern seine Zehen, leckte an den Spalten zwischen ihnen, saugte intensiv und ließ ihre Zunge seine Fußsohle entlanggleiten. Judd hatte die Augen geschlossen und den Kopf zurückgelegt. Hinter ihm stand ein Mann, der sich über ihn beugte. Er knöpfte Judds Hemd auf und bewegte sich ebenso langsam wie die Frau, als wiegten sie sich unter Wasser, als wollten sie jedes Streicheln und jede Berührung verlängern. Seine Hände glitten langsam in Judds Hemd. Judd bewegte sich unter den suchenden Fingern; der Stoff fiel zur Seite und enthüllte seinen muskulösen Oberkörper, die unbehaarten Brustwarzen, die glatte, sonnengebräunte Brust. Judd seufzte, griff über seinen Kopf nach hinten und zog den Mann zu sich heran, umfaßte dessen Hintern und preßte ihn fest an sich. Der Mann streichelte ihn und vergrub die Finger seiner anderen Hand in Judds dichtem, langem Haar. Er beugte sich weiter hinab. Seine Lippen umspielten Judds Hals und Schlüsselbein, während er beide Hände nach Judds Taille ausstreckte. Seine Finger begegneten den Fingern der Frau, und nun drückten sie gemeinsam auf den Stoff, der Judds anschwellenden Schwanz bedeckte. Ich sah, daß Judds Fuß tief zwischen den Beinen der Frau steckte, und der Mann seinen Schwanz gegen Judds Hinterkopf drückte. Alle drei bewegten sich im gleichen langsamen Rhythmus, gedankenversunken und doch in derselben schleppenden Lust aneinandergefesselt.

Judd öffnete die Augen und sah mich. Er lächelte träge, und seine dunklen Augen waren schläfrig und einladend. Er streckte mir die Hand entgegen. Ich mußte nicht nachdenken. Ich schüttelte den Kopf: nein.

»Komm her«, stöhnte er, »komm her.«

Der Mann und die Frau sahen zu mir herüber. Sie lächelten. Der Mann öffnete den Mund, so daß seine Zunge sichtbar wurde. Er richtete sich auf und begann sein Hemd aufzuknöpfen. Mit einem Mal merkte ich, daß mein Herz raste. Ich hatte Angst.

»Das ist nicht meine Szene«, preßte ich hervor.

»Nein?« sagte Judd und bewegte sich weiter in diesem Rhythmus. »Das ist ja komisch – ich dachte schon.«

Er schloß die Augen, und ich wußte, daß ich für ihn nicht mehr existierte, für keinen hier. Ich sah mich um. Es würde nicht mehr lange dauern, bis sie es alle machten, sich miteinander bewegten und wanden, Fleisch an Fleisch. Panik übermannte mich. Ich drehte mich um, und bevor ich einen klaren Gedanken fassen konnte, rannte ich schon diesen Flur hinunter, während mich Judds Blick verfolgte. Ich hatte solche Angst, daß ich nicht auf den Aufzug wartete, sondern die Treppe nahm. Die kalte, nächtliche Wüstenluft auf der Straße schlug mir ins Gesicht, eine feste Masse, die mich streifte und ins Taumeln brachte. Stunden später lag ich allein in der Dunkelheit auf meinem Wohnzimmersofa, ohne mich auch nur im geringsten daran erinnern zu können, wie ich dorthin gekommen war.

Noch Tage danach versuchte ich mir einzureden, daß es das Gras war, das mich panisch und paranoid gemacht hatte. Nur eine Droge, nur eine Droge … Aber andauernd sah ich die drei vor mir, ihren trägen, geduldigen Rhythmus. Das Haar der Frau, als sie sich vorbeugte, um an Judds Fuß zu lecken, das Gefühl, wie es sachte an seiner empfindsamen Haut entlangstreifte. Die Lippen des Mannes, wie sie sich den langen Hals hinabbewegten, ihre geflüsterte Lust und die Verheißung. Ich fühlte mich ausgeschlossen bei dieser Vorstellung, überwältigt von Verlangen. Warum war ich so entsetzt gewesen? Was hatte mich zum Davonlaufen veranlaßt? Nach einer Weile glaubte ich es zu wissen: Ich war nicht gewarnt worden, niemand hatte mich vorbereitet, und außerdem waren Orgien nicht nach meinem Geschmack. Ich hatte meinen Sex gern privat.

Doch als ich nun nach so langer Zeit im Aufzug nach unten fuhr, wurde mir plötzlich klar, was mich an jenem Abend erschreckt hatte. Es war Judd. Ich sah ihn vor mir – die Bewegung seiner Beine, als sie sich darboten und sich der Berührung der Frau unterwarfen; seine Finger, die sich über dem Hintern des Mannes spreizten, ihn nah heranzogen und festhielten. Ich sah den wissenden Blick in seinen Augen, als er mir seine Hand entgegenstreckte, die schrankenlose Einladung, sein offenes Hemd, das die glatte Haut seines langen, schlanken Oberkörpers freigab, seinen vollkommen entspannten Körper. Im Dämmerlicht hielt er die Zeit an. Sein ganzes Wesen war geläutert, auf ein einziges Ziel konzentriert, nicht auf die Endgültigkeit des Orgasmus, sondern auf Intensität, verlängerte, ewig anhaltende Intensität, Intensität als

Transportmittel zu einem stets gegenwärtigen Jetzt. Mich zu diesem Dreieck der Lust zu gesellen hieß, mich einem Ort anzuvertrauen, an dem es keinen Unterschied und daher auch keinen Schutz gibt, einem unkontrollierbaren Ort. Das war es, was mich in Angst versetzt hatte – das völlige Loslassen, die Reise aus dem Ich.

Aber jetzt nicht mehr. Ich war durch den Spiegel geschritten, und jetzt faszinierten mich genau die Dinge, die mich erschreckt hatten, das Unbekannte, das Risiko, das es bedeutete, mich fallen zu lassen. Ich war eine andere geworden, ich hatte keine Angst mehr. Und vielleicht hatte ich Judd deshalb aufgesucht: um das zu erfahren.

Ich zeigte Paul, wie er mich erregen konnte. Seine Finger direkt über meiner Haut schweben zu lassen, sie zurückzuziehen, wenn ich mich zu ihnen aufreckte, gierig nach ihrer Berührung. Mich seine Zunge exakt außer Reichweite meines Mundes und meiner eigenen flehenden Zunge fühlen oder sie flüchtig über meine Brüste und bebenden Brustwarzen gleiten zu lassen. Mit den Händen über meine Schenkel und meinen Bauch zu streichen und mich ihm entgegendrängen zu lassen, voller Verlangen nach dem Druck, den er mir verweigerte. Ich zeigte ihm, wie er nahe bei mir und doch genau außerhalb meiner Reichweite sein und mich verrückt nach seiner festen Umarmung machen konnte. Ich wollte mich vor brennender Sehnsucht verzehren, fühlen, wie jede Zelle meines Körpers von glühender Lust strotzte. Ich wollte verführt werden.

Ich liege quer über dem Bett. Er steht nackt ein oder zwei Meter daneben, die Haare auf seiner Brust wie dünne Fädchen, während er sich im Lichtschein einer einzigen Lampe bewegt. Ich hebe die Arme über den Kopf und kreuze die Handgelenke. Er schlendert auf mich zu und sieht mit distanzierter Neugier zu mir herunter. Ich bin sein interessantes Versuchsexemplar und soll erforscht und Tests unterworfen werden, damit er meine Reaktionen messen kann. Ich muß diesen Blick durchbrechen. Laute, die ich nie zuvor ausgestoßen habe, entfahren mir, ich hebe den Oberkörper und biete meine Brüste dar, bäume den Unterleib auf, mit weitgespreizten Beinen, damit er sehen kann, wie naß ich bin, rosa und saftig, bereit für ihn. Sein Blick ruht auf mir, und ich bin restlos aufgezehrt, meine ganze Welt ist zu einem einzigen Punkt zusammengeschmolzen, einem unbezwingbaren Bedürfnis – der Berührung seiner Hand. Er murmelt mir etwas ins Ohr, aufmunternd, verheißungsvoll, und sein Atem ist ein quälender Vorgeschmack auf seine nur mühsam vorenthaltene Berührung. Ich bettle mit den Augen, flehe nach einer einzigen Fingerspitze. Seine ausgestreckte Hand fällt herab, und ich bin am Boden zerstört, untröstlich, verzweifelt. Ich würde alles für seine Berührung tun. Ich bin wie rasend, ein wildes Tier, das vor Schmerz tobt, und ich gebe mich dem Schmerz hin, erlaube ihm, mich wieder und wieder auf den Wellenkamm einer Art Auslöschung mitzunehmen, an den Punkt, an dem ich zerbreche, wenn ich nicht erlöst werde. Doch dieser Punkt birgt stets die Kapitulation in sich, und während ich mich ihr hingebe, nach und nach, wieder und wieder, schwebe ich in ekstatischem Schweigen, im Auge des Sturms, einem wiedergefundenen, verzweifelten Gleichgewicht, wieder und wieder, bis zu diesem Moment, wenn er mir gibt, was ich will und mich den Druck seiner Hände spüren läßt, seine Lippen und seine Zunge, bis er mich küßt und saugt und tief in mich eindringt und wir uns wie ein einziges Wesen die gleißende Anhöhe hinaufbewegen.

Und ganz egal, wie lange er es hinauszögert, egal, wie lange er sich mir vorenthält, er gibt jedesmal zu früh nach. Zu früh.

11

Paul sagte, er müsse nach New York.

»Warum?« fragte ich.

»Geschäfte. Ich bin in ein paar Tagen wieder da.«

Wir waren in seiner Wohnung, und während er einen kleinen Koffer packte, fiel mir auf, wie wenig persönliche Dinge er hatte. Keine Fotos, ein paar Fachbücher über Wirtschaft, nichts, was einen Hinweis darauf geliefert hätte, wer er wirklich war. Das war also der Mann, vor dem ich die Badezimmertür nicht mehr schloß. Wie war es möglich, sich körperlich so vertraut zu sein und trotzdem keine entsprechende emotionale Verbundenheit zu empfinden? Es war sehr seltsam: Ich machte mir keine Gedanken darüber, was er für mich empfand, ob er in mich »verliebt« war, fühlte nichts von diesen alten Unsicherheiten, aber ebensowenig empfand ich Gewißheit, was uns beide anging. Ich hatte kein Gefühl von Dauerhaftigkeit und dachte nie über die Zukunft nach. Ich wußte, daß etwas geschehen würde, aber ich fragte mich nicht, was.

»Was sind das für Geschäfte?« fragte ich, während meine Hand über das Seidenfutter eines Sakkos glitt, das er mitnehmen wollte.

»Die üblichen, Vega. Du brauchst keine Einzelheiten zu wissen.«

»Ich will nicht wie die anderen sein.«

»Welche anderen?«

»Deine sogenannten Investoren. Ich habe keine Angst vor der Wahrheit.«

Er sah mich an und lächelte.

»Niemand will die Wahrheit wissen. Was die Menschen wollen, ist eine Bestätigung für das, was sie ohnehin bereits glauben. Oder eine Möglichkeit, das zu rechtfertigen, was sie tun möchten. Oder etwas, das sie zu etwas Besonderem und Anderem macht.« Er warf ein Hemd in den Koffer. »Niemand will die Wahrheit wissen.«

»Was ist mit dir?« fragte ich.

Er zuckte die Achseln. »Ich will einen Haufen Geld verdienen. Und es ist mir ziemlich egal, womit. Ich muß es nicht verpacken, damit es hübsch aussieht.«

»Ich auch nicht.«

Er lächelte wieder, als wüßte er alles ganz genau.

»Sei nicht so herablassend«, sagte ich. »Das ärgert mich – diese maßlose Selbstsicherheit.«

Er sagte kein Wort.

»Wenn ich nicht weiß, um was es bei diesem Geschäft geht, gehöre ich nicht richtig dazu«, sagte ich. »Dann fühle ich mich wie ein Kind, das nicht mit den Erwachsenen spielen darf.«

»Was willst du – meine Geschäftspartnerin sein?«

»Warum nicht? Sieh mal, bei so viel Geld geht es sicher um Drogen. Und alles, was damit zusammenhängt.«

»Und was wäre das?«

»Ich weiß nicht.«

»Es gibt noch andere Dinge außer Drogen.«

»Was zum Beispiel?«

Er lächelte wieder. Es machte mich wütend.

»Ich fürchte mich nicht davor, es zu erfahren.«

»Aber du weißt ja gar nicht, was du erfahren könntest.«

»Genau darum geht es – ich bin bereit, das Risiko auf mich zu nehmen.«

Er sah mich an. Seine Augen waren undurchdringlich. Ich weiß nicht ob er wütend oder skeptisch schaute oder einfach nur neue Möglichkeiten kalkulierte.

»Okay«, sagte er. »Du bringst mir etwas, was es wert ist, eine Partnerschaft einzugehen. Dann sprechen wir darüber.«

In seiner Stimme schwang etwas Gereiztes mit, eine gewisse

Härte. Ich hatte das schon öfter gehört, manchmal, wenn er telefonierte und die Dinge am Laufen halten und sicherstellen wollte, daß alles erledigt wurde. Es war weniger unterdrückter Zorn, der kurz vor dem Ausbruch stand, als vielmehr eine Stahltür, die herunterrasselte, unverletzlich, unerbittlich und entschlossen, die Oberhand zu behalten. Aber dieser Tonfall machte mich nicht unterwürfig, sondern forderte mich heraus. Ich wußte, daß die einzige Antwort auf diese Stahltür Metall von ähnlicher Härte war, und ich wußte nicht, ob ich es besaß – zumindest noch nicht. Aber ich erwies mich als gelehrige Schülerin, und wer konnte vorhersagen, wie weit ich es bringen würde?

Ich setzte ihn am Flughafen ab, fuhr aber nicht in die Stadt zurück. Ich mußte nachdenken. Ich passierte Venice und Ocean Park, bog dann in Richtung Meer ab und fuhr weiter nach Norden. Der Himmel war grau, der Wind heftig, kalt und feucht, und die Wellen brachten Sand und Schaum mit. Es herrschte kaum Verkehr, und so hielt ich mich auf der rechten Spur, da ich es nicht eilig hatte. Malibu rauschte vorüber, verschwommene Häuser, die sich am Meer zusammendrängten, während auf der anderen Seite von unsichtbaren Straßen durchzogene Hügel aufragten. Ein alter blauer Lieferwagen vor mir fuhr ziemlich langsam, aber es störte mich nicht. Fahren war die einzige Gelegenheit, bei der ich nicht denken mußte.

Ich hielt irgendwo nördlich von Trancas, parkte in Meernähe und spazierte zum Strand hinunter. Er war völlig verlassen. Ich ging Richtung Norden und folgte der Biegung der Küste. Vom Wind aufgepeitschter Sand wirbelte um mich herum, während ich einem Pelikan dabei zusah, wie er direkt hinter den Brechern nach Fischen tauchte. Ich atmete tief durch. Der Salzgeschmack erinnerte mich an Paul, an seinen Geschmack auf meiner Zunge, doch ich schob das beiseite. Ich mußte emotionslos über ihn nachdenken.

Als er sagte, ich müsse ihm etwas bringen, das es wert sei, eine Partnerschaft einzugehen, war mir natürlich Nathan eingefallen. Aber ich wußte, daß mein Bedürfnis, ihn herauszuhalten, nach wie vor stärker war als jede Versuchung. Ich würde Nathan nicht verraten.

Es gab noch etwas anderes, worüber ich nachdenken wollte: die Härte, die ich an Paul bemerkte, die kalte Unverletzlichkeit, die mich zugleich anzog und ängstigte. Ich sah sein Gesicht, ruhig und entschlossen, ohne eine Spur von Zweifel. Er wirkte kalt, aber war er das auch? Vielleicht konnte man es auch anders sehen, als eine Art Nüchternheit, eine notwendige Distanz, so wie ein Wissenschaftler distanziert und emotionslos sein muß, um akkurate Urteile zu fällen. Vielleicht gab es ja eine Form von Emotionslosigkeit, die nicht kalt, sondern heiß war, ein Losgelöstsein, das die Leidenschaft steigerte, ja sogar erschuf und im Grunde eine neue Art der Energie hervorbrachte, die konzentriert war und intensiver brannte – wie die geballte Kraft eines Lasers.

Pauls Reserviertheit war bestechend. Sie zog andere Menschen an, zog mich an und faszinierte mich dauerhaft. Es umgab ihn eine Reinheit, eine klare und eindeutige Zielstrebigkeit. Frei von Selbstzweifeln überlegte er nicht, sondern handelte. Und darin lag der Ursprung seiner Stärke, daß es keine Kluft zwischen Denken und Handeln gab, keinen verwässernden, nagenden Zweifel.

Aber stimmte das? Wie konnte es gut sein, ohne Zweifel und Selbstreflektion zu leben? Lehrte man uns nicht zu denken, bevor wir handelten, und Rücksicht auf andere zu nehmen? War das nur ein Vorwand, mit dem wir uns selbst sabotierten und der die Selbstverleugnung kaschierte, mit der wir uns wieder und wieder selbst verrieten und betrogen? Ich wußte es nicht. Woher auch? Das alles war so neu für mich. Ich konnte die vertrauten Wegweiser nicht mehr sehen, die Orientierungshilfen. Jasper hatte gesagt, es gäbe keine Wahrheit, nur Sichtweisen. Aber welchen Blickwinkel hatte ich, und was nahm ich eigentlich ins Visier?

Ich ging schneller, da ich nicht nachdenken wollte. Nach einer Weile stieß ich auf ein paar Felsen und setzte mich, um aufs Meer hinauszublicken. Der Wind zerteilte den Nebel, und weit draußen konnte ich einen Kreis Sonnenschein sehen, der bis auf das graue, aufgewühlte Wasser durchdrang. Er verschwand und tauchte wieder auf, als sich die Nebeldecke ein weiteres Mal umschichtete. Etwas an diesem Licht nahm mich gefangen, und ich starrte hinein, hungrig nach seiner Wärme. Dann, mit einem Mal, begann es sich auf die Küste zuzubewegen. Ich saß ruhig da, erfüllt von dem unbedingten Bedürfnis danach, daß dieses Licht auf mich schiene, als wäre es ein Pfeil, der mich durchdringen und an die Erde heften könnte. Ich sah auf und suchte nach der Lücke in der grauen Schicht, durch die das Licht kam, doch ich fand nur Nebel, und dann, als ich wieder auf die Wasserfläche schaute, war der Lichtkreis verschwunden.

Mitten in der Nacht klingelte das Telefon.

»Hallo«, sagte ich im Halbschlaf. Zuerst war ein Schweigen, dann plötzlich ein Schluchzer, rasch gefolgt von einem zweiten. Mittlerweile ganz wach, setzte ich mich auf.

»Wer ist dran?« fragte ich, und mein Herz raste.

Ich hörte noch einen Schluchzer und keuchendes Atmen. Es war ein Mann. Er weinte, ja, es war mehr als Weinen, er schluchzte wie ein Kind, und sein Schluchzen kam aus tiefster Seele.

»Was ist denn los, was ist passiert?«

Ich schrie beinahe. Er konnte sich nicht beruhigen. Er sagte etwas, aber ich verstand es nicht, »Ich kann nicht« oder einen Namen – etwas, das von den entsetzlichen Lauten in seiner Kehle erstickt wurde.

»Bitte«, sagte ich. Ich konnte nicht auflegen. Der Schmerz in dieser Stimme forderte etwas von mir. Er stellte seine eigenen Ansprüche.

»Ist schon gut«, hörte ich mich selbst sagen und merkte, wie mir die Tränen kamen. »Ist schon gut ... Wer ist denn dran? Wer?«

Die Verbindung wurde unterbrochen.

Ich sprang aus dem Bett und schaltete das Deckenlicht ein. Einen Moment lang dachte ich, daß es ein Traum gewesen sein müsse, ein Alptraum, daß ich zwar vielleicht tatsächlich das Telefon in der Hand gehalten, aber diese entsetzlichen Schluchzlaute geträumt hatte. Doch ich wußte ganz genau, daß jemand, ein richtiger Mensch, der litt, am anderen Ende gewesen war. Wer war es? Kannte ich ihn? Vielleicht hatte er sich verwählt, oder ein Verzweifelter, der kurz vor dem Selbstmord stand, hatte aufs Geratewohl irgendeine Nummer gewählt.

Ich konnte nicht wieder einschlafen. Ich wanderte durchs Haus, machte alle Lichter an und trank etwas Wein, um mich zu beruhigen. Zitternd stand ich am Fenster und sah auf die Stadt unter mir. Nach einer Weile, als sich die von diesen körperlosen Jammerlauten ausgelöste Angst gelegt hatte, konnte ich wieder gleichmäßig atmen. Aber ich wurde das Gefühl nicht los, daß ich diese erstickte Stimme kannte. Wer war es? Wer? Und was sollte ich auf diese unerträglichen Klagelaute antworten?

Nathan wollte sich in der Stadt mit mir treffen, nicht auf der Ranch. Ich fuhr zu seinem Büro, und wir gingen rasch die monatlichen Abrechnungen durch. Er war besorgt, aber er akzeptierte meine Erklärungen, wieso ich keinen potentiellen Börsenspekulanten ausfindig gemacht hatte.

»Du wirst auch keinen finden«, sagte er. »Du bist nicht die einzige, die ich darauf angesetzt habe, und niemand hat etwas entdeckt.« Er hielt inne und sah in den Dunst hinaus. »Sie stellen es sehr schlau an.«

Ich lächelte. »Vielleicht gibt es sie gar nicht.«

»Im Zweifelsfall sollte man immer das Schlimmste annehmen«, sagte er.

Auf seinem Gesicht lag ein schwelgerisches Lächeln; er blickte durchdringend und teuflisch, wie ein Mann, der die Ärmel hochkrempelt, um eine köstliche Aufgabe anzugehen. Wenn es ihm soviel Spaß machte, war es jeden Aufwand wert.

Aber ich hatte nicht mit dem gerechnet, was als nächstes kam. Peter und Hal betraten den Raum. Offenbar war eine Besprechung angesetzt, von der ich nichts wußte. Nathan sagte, ich solle daran teilnehmen, und machte dann eine Ankündigung.

»Ich habe vor, den Grundbesitz von NNE auszugliedern«, sagte er ganz nüchtern. Er hielt einen Moment inne und sprach dann ruhig weiter. »Ich wüßte gern, was ihr davon haltet.«

Im Lauf der Jahre hatte NNE bedeutenden Grundbesitz erworben, sowohl erschlossenes als auch unerschlossenes Land, das im Hinblick auf zukünftige Läden gekauft worden war, von anderen gebaute Läden, die in NNE-Filialen, Lagerhäuser, Garagen und andere Immobilien umgewandelt werden konnten. All das stand in den Büchern und machte einen bedeutenden Teil des Werts der Firma aus.

Peter schaute ihn fassungslos an. »Das kann nicht dein Ernst sein. Das ist eine entsetzliche Idee.«

Nathan wandte sich zu Hal, der sagte: »Ich stimme Peter zu. Ich glaube nicht, daß es zu irgendeinem Zeitpunkt eine gute Idee wäre, aber gerade jetzt, wo die Grundstückspreise so niedrig sind, würden Sie NNE gravierend schwächen, und die Aktivposten der neuen Firma würden praktisch stagnieren …«

Peter unterbrach ihn. »Wie, in aller Welt, kommst du überhaupt auf die Idee?«

Nathan ignorierte ihn und sah weiterhin Hal an, der fortfuhr. »Ich garantiere Ihnen, daß das den Aktionären von NNE nicht gefallen wird, egal, wie viele Rechte Sie ihnen in der neuen Firma einräumen. Und die Wall Street – also, ehrlich gesagt, Nathan, ich schätze, dort würde man lachen.« Er zögerte einen Moment und sprach dann weiter. »Ich verstehe nicht, wie Sie überhaupt auf die Idee kommen. Sie ist völlig abwegig.«

»Für mich nicht«, sagte Nathan.

Hal und Peter begannen gleichzeitig zu reden. Ich beobachtete Nathan, wie er ihnen zuhörte, und erkannte, warum er ihnen von dieser Überlegung erzählt hatte. Er wollte Unruhe stiften, Spannung erzeugen, um herauszufinden, wer von der Aussicht entsetzt wäre, daß NNE einen so unerwarteten, ja sogar selbstzerstörerischen Schachzug plante.

»Ich spiele nur mit dem Gedanken«, sagte Nathan. »Wir werden sehen, wie wir weiter vorgehen.«

Genau das war mir unklar: wie weit er zu gehen bereit war. Wollte er nur ein Gerücht in die Welt setzen, oder hatte er tatsächlich vor, es bis zum bitteren Ende zu treiben?

Ich ging zusammen mit Peter und Hal. Peters Wut war nicht zu übersehen. Nachdem Hal verschwunden war, wandte er sich zu mir und drückte mich beinahe gegen die Wand. »Ich brauche dich, um ihm das auszureden«, zischte er mir ins Ohr.

Ich wich vor ihm zurück. »Es ist mir egal, was du brauchst. Außerdem kann ich das nicht.«

»Du solltest es lieber tun«, sagte er und kam wieder näher.

»Oh, das ist gut. Ich ›sollte lieber‹.«

»Tu's einfach.«

In seinen Augen stand Verachtung.

»Sonst noch was? Willst du mir drohen?«

Er lachte.

»Genau das tue ich, Vega. Und vergiß das lieber nicht.«

»Scheißkerl«, sagte ich, bevor ich mich beherrschen konnte.

Er lachte erneut. »Red es ihm einfach aus. Es ist eine idiotische Idee, und ich werde es nicht zulassen. Ich will ihn nicht verletzen, aber ich kann ihn das nicht machen lassen.«

Er drehte sich um und ging eilig den Flur entlang. Ich hätte ihm nachrufen können, daß Nathan es vermutlich nicht ernst meinte, daß es ein Trick war, um mögliche Spekulanten abzuschrecken, aber wenn er sich das nicht selbst denken konnte, war ihm nicht zu helfen. Außerdem stand ich voll und ganz auf Nathans Seite. Wenn er sich ein bißchen amüsieren wollte, wollte ich nicht diejenige sein, die ihm den Spaß verdarb.

Doch Peters Zorn ließ mich nicht los. Noch als ich seine Drohungen durch Lachen abzuschütteln versuchte, fiel mir auf, daß ich eigentlich nicht wußte, wozu er fähig war. Einen Moment lang hatte ich Angst vor ihm, so wie Frauen oft Angst vor Männern haben, zumindest abstrakt, vor ihrer körperlichen Überlegenheit, der äußerst realen Möglichkeit, überwältigt, geschlagen, verprügelt zu werden. Ich fühlte die normalerweise verschüttete Stelle in mir, die stets ein erbarmungsloses Ungeheuer fürchtete. Wie oft hatte ich in der Vergangenheit klein beigegeben, weil mich diese Angst plagte? Was hatte ich verschwiegen, welche Schmeichelei hatte ich vorgebracht, welchen Impuls in mir hatte ich verdrängt?

Vorbei. Ich würde nicht klein beigeben oder nur aus Furcht das Feld räumen. Ich schloß die Augen und sah den Weg: konfrontieren, statt davonlaufen, die Angst zulassen und trotzdem voranschreiten. Ich atmete tief durch, und eine Euphorie stieg in mir auf, ein Elan, als würde es um so mehr zu essen geben, je größer mein Appetit war, als würde ich um so mehr aushalten, je mehr ich mir aufbürdete. O ja, ich konnte mich gegen Peter stellen. Und noch mehr – ich konnte mich meiner Angst stellen. Das war es, was ich in Paul sah, und das war es, was ich wollte – nicht das Geld, sondern das: die Kraft, meine Angst zu durchbrechen.

Ich ging allein zu Abend essen und hielt danach am Beverly Center, um durch die Geschäfte zu bummeln. Ich dachte über das Geld auf NIGHT nach, war aber nicht versucht, etwas zu kaufen; ich brauchte nichts. Ich lächelte. Mir war völlig klar, daß ich nicht gierig war, und das gefiel mir, diese würdige Zurückhaltung. Ich wollte nur diese spezielle Leere, die das Durchsehen von Kleiderständern einem bescheren kann, eine Art Urlaub oder Blackout, um ein oder zwei Stunden totzuschlagen. Außerdem lag das Geld auf NIGHT ständig bereit, ich wußte nur nicht, wofür.

Ich betrat einen Laden, der Herren- und Damenbekleidung verkaufte. Darin hielten sich nur wenige Leute auf, doch einer von ihnen war ein Mann, der sofort meine Aufmerksamkeit erregte. Er war sehr dunkel, seine Haut hatte eine goldbraune Färbung, die südländischen oder indianischen Ursprungs hätte sein können, und das lange, schwarze Haar fiel ihm offen bis in die Mitte des Rückens hinab. Er war groß und dünn, mit einem schmalen Gesicht, und als er aufblickte, sah ich seine Augen, die sehr schwarz und von dichten Wimpern umrandet waren. Er war schön, und diese Schönheit besaß ihre ureigene Kraft. Ich dachte, daß er ein aztekischer Prinz oder ein Häuptling von den Great Plains sein könnte – oder ein kolumbianischer Drogenhändler von der Sorte in den eleganten weißen Leinenanzügen, wie man sie im Fernsehen sah.

Seine Hand lag auf einem Stapel Hemden. Sein Handgelenk

schmückte ein Armreif, eine breite Manschette aus fein ziseliertem Silber und Türkisen. Bei seinem Anblick wurde etwas in mir lebendig. Ich betrachtete ihn mit neu erwachtem Interesse, da er sich die Mühe gemacht hatte, den Armreif anzulegen, ein maskulines Schmuckstück. Ich war noch nie mit einem Mann zusammengewesen, der eitel ist, einer von denen, die man in L.A. überall trifft, die in engen Hosen und offenen Hemden herumstolzieren, mit goldenen Ringen und Ketten protzen und sich so offenkundig wünschen, daß man ihnen Aufmerksamkeit schenkt. Sie sind überhaupt nicht mein Typ. Doch nun merkte ich, daß mich eine dezentere Version davon erregte, die Vorstellung, daß ein Mann sich herausputzte, sich in fließende Stoffe hüllte, in Samt und Seide, die zum Berühren aufforderten, in Kleider, die ganz bewußt einen breiten Brustkorb zur Schau stellten oder einen flachen Bauch oder lange, muskulöse Beine. Ein Ohrring, ein Armreif, etwas, das vollkommen unnötig war – außer zur Steigerung der männlichen Attraktivität.

Er verließ das Geschäft, und ich beschloß, ihm zu folgen. Er trug mehrere Einkaufstüten; er hatte bereits einiges eingekauft. Ich wollte wissen, was. Während ich hinter ihm herging, stellte ich Spekulationen an. Ich stellte mir vor, wie er mir seine Einkäufe zeigte, Sachen anprobierte und mich fragte, was ich davon hielte. Das war es, was mich erregte, daß ein Mann sich schmückte, um mir zu gefallen.

Er nahm die Rolltreppe und fuhr ins oberste Stockwerk. Offensichtlich wollte er eine Tasse Kaffee trinken. Ich stellte mich hinter ihn, unsere Körper nur Zentimeter voneinander entfernt. Er trug ein Sportsakko aus schwarzem Leinen. Es wäre ganz einfach gewesen, es beiseite zu schieben und ihm den Arm um die Taille zu legen. Er setzte sich an einen Tisch. Ich suchte mir einen Platz in seiner Nähe und beobachtete ihn, wie er eine Illustrierte nahm, sich zurücklehnte, die Beine übereinanderschlug und langsam die Hochglanzseiten umblätterte, eine nach der anderen. Mit einer Hand strich er das lange, dunkle Haar zurück, das ihm über die Augen fiel. Ich sah, wie er die Kaffeetasse zum Mund hob und trank. Ich beobachtete, wie er sich mit der Zunge leicht über die kaffeefeuchten Lippen leckte. Es wäre so einfach, aufzustehen und zu ihm hinüberzugehen, ihm die Tasse aus den langen, schlanken Fingern zu nehmen und die Lippen auf seine Handfläche zu pressen, mich zu ihm hinabzubeugen, mit den Fingern seinen langen Hals entlangzufahren, bis zu der zarten Haut, die sich unter seinem Kragen verbarg, und ihn direkt auf den Mund zu küssen. Warum sollte ich es nicht tun, nicht die Schritte unternehmen, um die Distanz zwischen uns zu überbrücken, nicht nur die körperliche Distanz, sondern die Distanz des Verlangens? Warum sollte ich ihn nicht auf die unwiderstehliche Wirklichkeit meiner momentanen Gefühle aufmerksam machen? Es wäre so einfach, aufzustehen und mich neben ihn zu setzen, ihm zu sagen, daß er mir gefiel, meine Wange mit uferloser Zärtlichkeit gegen seine zu drücken, mit einer Zärtlichkeit, die nur bei einem Wildfremden möglich ist, weil sie auf nichts baut, von nichts abhängt als von dem eigenen unbezähmbaren Bedürfnis, sie zu äußern. Ich könnte ihn in einen abgelegenen Flur führen und eine plötzliche Leidenschaft entfachen, spüren, wie seine Hände an meinen Kleidern zerren, und ihn reiten, während er an der Wand lehnt. Es wäre so leicht, das Verlangen aufblühen zu lassen.

Er sah auf die Uhr und stand auf. Meine Blicke folgten ihm, als er auf die Kinos zuschritt. Er ging hinein. Einen Sekundenbruchteil lang war ich entschlossen, ihn zu jagen, ihn tatsächlich aufzuhalten und ihm meine Umarmung anzubieten, doch ich unterließ es.

Ich blieb noch eine Weile sitzen und trank meinen Kaffee

aus. Ich trieb in einem unterirdischen Fluß, von dem ich inzwischen wußte, daß er stets da war, ein Fluß der Möglichkeiten, der immer unter der Oberfläche des Alltagslebens strömt. Genau wie die meisten von uns übersah der Mann, dem ich gefolgt war, wie heftig dieser Fluß unter uns fließt. Mit einer einzigen Geste, einem geflüsterten Wort, hätte ich ihm zeigen können, wie nah er seiner fordernden Flut gekommen war. Es ist der Fluß des Verlangens, den wir sicher unter Verschluß halten. Wir lernen, uns zu beherrschen und der anschwellenden Flut nicht nachzugeben. Doch sie ist immer da, wartet auf uns, führt uns in Versuchung, dunkle Wasser lecken an unseren Füßen, bereit, uns zu überfluten und mitzureißen.

12

Als ich am nächsten Morgen ins Büro kam, hatte Bobby Melner schon dreimal angerufen.

»Er hat getobt, als Sie bei seinem letzten Anruf nicht da waren«, sagte Holly. »›Wo, zum Teufel, ist sie?‹ Als ob ich Ihre Mutter wäre.«

Das Telefon klingelte erneut. Holly nahm ab.

»Einen Moment«, sagte sie und sah mich mit hochgezogenen Augenbrauen an. Bobby. Ich ging in mein Zimmer, um das Gespräch dort entgegenzunehmen.

»Ich muß dich sehen«, sagte er.

»Gern. Weshalb?«

»Das kann ich am Telefon nicht sagen. Wir müssen uns treffen.«

Ich lächelte. Wenn Bobby ein Mantel-und-Degen-Stück haben wollte, war ich gerne bereit mitzuspielen.

»Möchtest du hierherkommen?« fragte ich.

»Nein.«

»Wo dann?«

»Nicht in meinem Büro. Auch nicht zu Hause ... Paß auf, an der Ecke Wilshire und Normandie steht eine Kirche.«

»Eine Kirche?«

Das war nicht direkt der Ort, den ich mit Bobby in Verbindung brachte.

»Dahinter ist ein Parkplatz. Können wir uns dort treffen?«

»Wenn du möchtest. Wann?«

»Jetzt gleich. Ich muß dich sofort sprechen.«

Die Bedrängnis in seiner Stimme war nicht zu überhören.

»Willst du mir keinen Tip geben? Soll ich irgendwelche Akten oder Unterlagen mitbringen?«

»Nein. Wir treffen uns in zwanzig Minuten dort.«

Ich legte auf. Offensichtlich hatte er eine Dummheit gemacht: einem Drehbuchautor Geld versprochen, das er nicht hatte, und nun fürchtete er, vor der ganzen Stadt schlecht dazustehen, oder er hatte Susan Ratelsky etwas gekauft, das er sich nicht leisten konnte. Ich würde einen Weg finden, ihm aus der Patsche zu helfen.

Bevor ich das Büro verließ, bat ich Holly, jemanden namens Stella Jordan ausfindig zu machen.

»Das habe ich doch schon«, sagte Holly. »Sie steht auf der Liste von NNE.«

Sie reichte mir eine Kopie. Stella Jordan besaß zehntausend Aktien – ein umfangreiches Paket – und wohnte im Valley. Ich steckte das Blatt in meine Tasche.

Ich fuhr in südlicher Richtung zum Wilshire Boulevard und dann nach Osten, eine Straße entlang, die optimistische Stadtväter einst die Miracle Mile getauft hatten. Das war der Teil des Wilshire, wo er wirklich ein Boulevard war, eine breite, kurvenreiche Durchgangsstraße, die früher einmal von Hotels und Apartmenthäusern gesäumt war, nun aber von Bürogebäuden überschattet wurde, die man im Eifer der verschwenderischen Siebziger und Achtziger hochgezogen hatte. Nun, in der Rezession, umgab diese Gebäude, die verzweifelt nach Mietern Ausschau hielten, das Flair der Verlassenheit. Manche der alten Apartmenthäuser standen leer und waren mit Brettern vernagelt; sie warteten entweder auf die Abrißbirne oder auf eine Bewegung des Pazifikrückens, der ihre Renovierung beschleunigte. Andere waren bereits frisch verputzt und wurden nun als echtes L.A.-Art-déco angeboten. Auch diese Häuser standen zumeist leer. Die ganze Straße wirkte staubig und abgenutzt, vermittelte jedoch weniger das für Los Angeles typische Gefühl, auf der Durchreise zu sein, das Neuankömmlinge befällt, die sich kurz niederlassen, bevor sie ein dauerhaftes Heim finden, sondern den Eindruck, daß endgültig alles verloren war und jeder sich in Wartestellung befände. Die Weite des Boulevards wirkte heute nicht mehr großzügig, sondern nur noch verlassen.

Bobby erwartete mich bereits, als ich die Kirche und den Parkplatz gefunden hatte.

»Das ist ja nicht direkt dein Revier«, sagte ich zu ihm. »Woher kennst du diesen Platz?«

»Von einer Frau, mit der ich zusammen war – bei den AA –, sie halten hier immer ihre Treffen ab.« Er winkte ab. »Laß uns irgendwohin fahren. Du fährst.«

Er stieg in mein Auto. Ich fuhr auf dem Olympic Boulevard Richtung Westen, durch Koreatown.

»Was ist denn los?« fragte ich.

»Ich habe eine Dummheit gemacht«, sagte Bobby. Er trommelte nervös mit den Fingern auf dem Armaturenbrett herum. Ihm war offenbar nicht bewußt, daß er das tat.

»Das habe ich mir gedacht«, sagte ich. »Gut, dann erzähl mal, um was es geht, und wir lassen uns etwas ...«

»Fahr da rechts ran«, unterbrach er mich plötzlich.

Er zeigte auf ein kleines Einkaufszentrum mit einem 7-Eleven. Ich hielt an, er sprang aus dem Auto und verschwand im Laden. Eine Minute später kam er mit einem Sechserpack Cola light und einem Haufen zuckerfreier Kaugummis wieder. Er riß zwei Dosen auf und gab mir eine, dann wickelte er zwei oder drei Streifen Kaugummi aus und stopfte sie sich in den Mund. Ich schüttelte den Kopf, als er mir ein Päckchen Kaugummi hinhielt. Er wickelte noch einen Streifen aus und schaffte es, sich auch den noch in den Mund zu schieben. Sein feuchter Kiefer kaute schnell, doch es schien ihn nicht zu beruhigen. Er fuhr sich mit der Hand über die Augen, und mir wurde klar, daß er mehr als besorgt war: Er hatte Angst.

»Also?« fragte ich, als er seine Cola ausgetrunken hatte und die nächste öffnete.

»Ich stecke in Schwierigkeiten«, sagte er schließlich.

»Das sehe ich. Hör mal, das ist nicht so tragisch – du hast auch früher öfter überzogen, und wir haben immer Mittel und Wege gefunden, es auszugleichen.«

»Diesmal ist es anders.«

Er sah aus dem Fenster. Es war egal, daß alle Schilder auf koreanisch beschriftet waren; er nahm sie ohnehin nicht wahr.

»Erinnerst du dich an das Grundstück? Am Strand?« fragte er und drehte sich wieder zu mir.

Ich nickte. »Zwei Komma fünf.«

»Genau. Auf jeden Fall wollte ich es unbedingt haben.«

»Für Susan.«

Er schlug mit der Faust auf das Armaturenbrett. »Es ist nicht fair, daß das Treuhandvermögen in dieser Form eingerichtet ist. Es ist mein Geld – niemand hat mir vorzuschreiben, ob ich es ausgeben darf. Das ist nicht fair.«

Ich merkte, wie meine Verachtung für ihn wuchs. Er war ein reiches Kind, das dachte, ihm fiele alles in den Schoß.

»Was hast du denn nun gemacht?«

»Vor ein paar Monaten wurde ich diesem Typen namens Richard Arzell vorgestellt. Dick. Hast du schon mal von ihm gehört?«

Ich schüttelte den Kopf.

»Er hat mit Einkaufszentren in den Südstaaten ein Vermögen gemacht. Erschließung, Verpachtung. Tja, jemand hat behauptet, er sei auf der Suche nach Filmprojekten – und daß wir in Kontakt kommen sollten.«

Er spuckte den Kaugummi in das Einwickelpapier, das er aufgehoben hatte und kaute auf neuen Streifen weiter. Ich sah die gebrauchten Papierchen in seiner Hand und konnte nicht umhin, mich zu fragen, wo er sie lassen wollte.

»Und so haben wir uns kennengelernt. Ich habe ihm von all meinen Projekten erzählt, die die Studios in Angriff nehmen wollten, nur daß sie noch ein bißchen Geld für die Projektentwicklung brauchten. Ich nahm ihn auf ein paar Parties mit und stellte ihn einigen Leuten vor, deren Namen ihm ein Begriff waren – er war schwer beeindruckt.«

»Kein Wunder.«

»Tja, und dann habe ich ihm gesagt, ich hätte ein Drehbuch, ein komplettes Paket, einen Actionthriller, der sich bestens für eine weltweite Vermarktung eignen würde. Wir könnten die Geschichte ohne ein Studio durchziehen – wir könnten ihn selbst produzieren und einen Riesengewinn mit den Auslands- und Videorechten machen, bevor wir überhaupt eine einzige Szene gedreht hätten. Das einzige, was ich noch brauchte, wäre ein wenig Geld, um alles in die Wege zu leiten.«

»Wieviel Geld?«

Bobby wollte es nicht sagen.

»Nicht etwa zwei Komma fünf?« Ich konnte mir nicht vorstellen, daß er so dumm wäre – oder so waghalsig.

Er schüttelte den Kopf. »Fünfhunderttausend. Genug, um in die Produktionsvorbereitungen einzusteigen.«

»Nur daß du das nicht getan hast. Du hast das Geld genommen ...«

Er nickte.

»Genau. Es war dumm. Ich gebe es zu. Dumm.« Er neigte sich zu mir. »Wir müssen es herbeischaffen.«

Ich hörte das »wir«, widerstand aber dem Drang, ihn darauf hinzuweisen, daß das sein Problem war, und zwar nur seines.

»Weiß er, was du gemacht hast?«

Bobby nickte. »Das ist das Schlimmste daran. Er weiß es und hat nichts unternommen.«

»Was meinst du damit?«

»Er hat mir ein Geschäft angeboten. Ich kann entweder das Geld zurückzahlen – wobei er weiß, daß ich es nicht habe – oder quasi für ihn arbeiten. ›Mich ihm zur Verfügung stellen‹ hat er das genannt.«

»Was soll das heißen?«

»Andernfalls macht er einen Riesenwirbel, geht zu den Bullen ...«

»Was soll das heißen – zu seiner Verfügung? Was sollst du denn für ihn tun?«

Ich merkte, wie er zögerte. »Ich glaube nicht, daß er Filme drehen will«, sagte er schließlich.

»Was soll das heißen?« fragte ich zum dritten Mal.

»Ich glaube, die Rezession hat ihn in Mitleidenschaft gezogen. Und zwar gravierend. Er braucht dringend Geld, und ich vermute, er sieht Hollywood als Milchkuh. Er hat verschiedenes angesprochen: Was er will, ist, Leute mit Zugang zu Geld kennenlernen. Verleiher. Plattenproduzenten. Ich glaube, er möchte absahnen.«

Er stopfte sich sämtliche Kaugummipapierchen in die

Jackentasche und sah mich dann mit flehendem Blick an. »Begreifst du nicht? Ich kann es nicht tun – ich wäre völlig in seiner Hand. Und wie kann ich die Menschen verraten, die ich kenne – die Beziehungen, die ich über Jahre hinweg aufgebaut habe? Mein guter Name!«

Er versank tiefer in seinem Sitz. Eigentlich wollte ich sagen, daß das wohl nicht der passende Moment sei, um sich auf seine Integrität zu berufen. Als ob er überhaupt eine solche besäße.

»Außerdem will er, daß ich ihn mit Jonathan Carland bekannt mache.«

»Wer ist das?«

Bobby sah mich an, als könne er es nicht fassen. Hollywood-Leute sind immer völlig verblüfft, wenn man nicht jeden Aspekt ihrer Welt kennt.

»Er ist einer meiner ältesten Freunde. Er war der Chef von Tiger Head Films, als sie diese Serie von Kassenknüllern hatten – weißt du noch?«

Ich schüttelte den Kopf. Dieses Mal fiel es Bobby gar nicht auf.

»Aber er hat von Produktion auf Finanzierung umgesattelt. Er sagt, dort sei die wahre Macht. Er leitet eine eigene Abteilung in einer Bank in der Stadt und fädelt Geschäfte für sie ein, Großgeschäfte, wie damals, als Hikado das Rennen um Megalomedia gemacht hat.« Er riß noch eine Dose Cola auf. »Ich kann ihm Arzell nicht vorstellen. Ich wäre in dieser Stadt erledigt. Bitte, Vega, du mußt das Geld auftreiben.«

»Du glaubst, Arzell läßt dich laufen, wenn du deine Schulden zahlst?«

Offensichtlich war er auf diese Idee noch gar nicht gekommen. Es tat mir beinahe leid, daß ich es gesagt hatte. Aber nur beinahe.

»Er muß einfach. Weiter nichts. Er muß. Ich habe einen Fehler gemacht. Das war dumm von mir. Aber man kann nicht erwarten, daß ich den Rest meines Lebens dafür bezahle. Niemand kann das verlangen – es wäre nicht fair. Ich meine, sogar bei der Mafia kann man seine Schulden zurückzahlen – sie haben einen Ehrenkodex.«

Ich saß da und sah ihn an, einen Mann ohne jede Orientierung oder auch nur ein Fleckchen festen Boden unter den Füßen. Er wollte seinen alten Freund Jonathan Carland nicht beschützen, weil es falsch wäre, ihn Arzell auszuliefern; er hatte nur Angst, es zu tun, weil er in Hollywood erledigt wäre, wenn es sich herumsprach. Er war ein Schwätzer und Dünnbrettbohrer, jemand, der es leicht haben könnte, aber nun hatte er einen Schimmer davon gesehen, was die reale Welt ihm bescheren konnte, und er brach unter der Belastung zusammen. Also blieb es uns anderen überlassen, ihm zu helfen und ihn zu retten. Er würde nie auf die Idee kommen, es selbst zu tun. Und es war ihm gleichgültig, wie die Lösung aussah, solange sie ihm das Problem vom Hals schaffte.

»Kannst du das Geld besorgen? Kannst du es auftreiben?« Er war wirklich verzweifelt.

Ich hätte nein sagen und ihn untergehen lassen können. Richard Arzell würde ihn benutzen und dann abschütteln oder der Polizei in die Hände spielen, und Bobby, ein reicher kleiner Junge, dessen größte Leistung darin bestand, daß er im Spago einen Tisch bekam, wäre einfach in der Versenkung verschwunden. Und in Hollywood würde kein Hahn nach ihm krähen, weil er nicht mehr im Rennen war, denn Hollywood lebte im äußerst flüchtigen Jetzt.

»Ich werde es versuchen«, sagte ich. »Ich werde sehen, was ich tun kann.«

»Oh, das ist gut, sehr gut.«

Seine Erleichterung war sichtbar, sein Mund feuchter denn je. Er dachte, daß das Problem gelöst und er dadurch, daß er es an mich weitergegeben hatte, aus dem Schneider wäre.

»Ich werde mich dafür erkenntlich zeigen. Das verspreche ich dir.«

Was für ein Narr, dachte ich, er sieht es nicht einmal: Es gibt keinen Ausweg aus dieser Sackgasse. Seine wahren Probleme fingen zweifellos gerade erst an, aber ich hatte nicht den Mut, ihm das zu sagen.

Ich rief im Büro an, nachdem ich Bobby an seinem Wagen abgesetzt hatte. Paul hatte eine Nachricht hinterlassen; er würde am Abend wieder zurück sein. Das freute mich. Ich mußte mit ihm über Bobbys Geschichte sprechen. Aus einer Laune heraus zog ich Stella Jordans Adresse hervor. Ich wußte, daß es nicht viel Sinn hatte, so zu tun, als wäre ich Nathans Detektivin, seine Spionin, doch mir gefiel die Vorstellung der dauerhaften Verfolgung und des Operierens im Untergrund. Außerdem hatte Judd Mallory Stella mit Peter Broadman in Verbindung gebracht, und ich hatte nichts dagegen, etwas auszugraben, das sich gegen Peter verwenden ließ. Stella wohnte nicht weit draußen im Valley. Zwanzig Minuten Autofahrt – gerade genug Zeit, um über Bobby nachzudenken.

Natürlich war es unvorstellbar, daß ich die fünfhunderttausend Dollar auf legale Weise auftreiben konnte. Das mußte selbst Bobby wissen, obwohl er ganz offenkundig derart stark verdrängte, daß es ihm möglich war, zu wissen ohne zu wissen. Seine Schwäche, seine moralischen Rationalisierungsversuche und die mangelnde Bereitschaft, Verantwortung zu übernehmen, erfüllten mich mit Verachtung; all das machte ihn zu einem uninteressanten, wertlosen Objekt. Allerdings erkannte ich, daß es viel für sich hatte, das Schicksal eines anderen in Händen zu halten. Bobby zappelte an meinen Fingern wie eine Marionette; seine Bewegungen und sein Schicksal hingen nun von mir ab. Er glaubte, er brächte sich vor Arzell in Sicherheit, und sah nicht, daß er sich in dem Moment vollständig ausgeliefert hatte, als er ausgezogen war, um jemand anders zu finden, der die Sache für ihn ins reine brachte. Doch das störte mich nicht. Mir war es egal, ob er um die Macht wußte, die ich nun besaß. Ich hatte den größeren Überblick, und das war mir ganz recht.

Bobby dachte vermutlich, ich würde mir eine Methode einfallen lassen, sein Treuhandvermögen anzuzapfen, und mir gefiel die Ironie, daß ich mich an dieser Quelle schon bedient hatte. Es war zu riskant, es erneut zu versuchen, aber ich konnte ihn aus eigener Kraft aus seiner Klemme befreien: auf NIGHT lag mehr als genug Geld, das – eine weitere Ironie – aus Bobbys Konto erwachsen war. Einen Moment lang sonnte ich mich in der Erkenntnis, daß ich die Mittel hatte, auf diesem Niveau einzusteigen, und die Macht, Entscheidungen zu fällen.

Ich bog vom Freeway ab und fuhr etwa eine Meile nördlich vom Ventura Boulevard durch eine Wohngegend der Mittelschicht. Die ordentlich aufgereihten Häuschen waren während des Baubooms nach dem Zweiten Weltkrieg errichtet worden, und nur gelegentlich erinnerte ein einsamer Orangenbaum in einem säuberlich gepflegten Vorgarten daran, daß hier früher ringsum Wüstenpflanzen und Orangenbäume gewachsen waren. Ich fand Stella Jordans Haus. Es war ordentlich und nichtssagend wie alle anderen. Es lag im San Fernando Valley, das mich insgeheim stets angezogen hatte: meilenweit nichts als Konformität, anonym und gewöhnlich, wie die Straßen und Städte, in denen ich aufgewachsen war. Aber hier sah ich keine Leere in der Anonymität. Ich sah das Fehlen von Druck, stellte mir ein Leben vor, das frei von Komplikationen war, frei vom Fluch des Ehrgeizes und dem Zwang aufzusteigen. Natürlich wußte ich, daß das reine Phantasie war, und ich an jede beliebige Tür klopfen konnte, um dahinter Familien zu finden, die genauso kompliziert und voller

Dramatik waren wie in jeder Vorabendserie. Aber diese Realität schmälerte das, was mich anzog, nicht: bescheidene Erwartungen und das Fehlen von Ehrgeiz.

Ich parkte ein paar Häuser von Stellas Tür entfernt. Ein unsichtbarer Hund bellte, als ich die Wagenfenster öffnete, nachdenklich dasaß und im Geist eine Bilanz der Soll- und Habenseite von Bobby Melners Vermögen aufstellte. Wenn ich ihm erst einmal geholfen hatte, hätte er etwas gegen mich in der Hand, selbst wenn er nicht wußte, woher das Geld stammte. Bei Bobbys schwachem Verstand und seiner Feigheit schien mir dies aber kein nennenswertes Hindernis darzustellen. Ich wußte, daß ihn diese Schwachpunkte auf Dauer unzuverlässig machten, doch wenn ich das mit einkalkulierte und mich nie selbst in eine Position brachte, in der ich irgend etwas – und sei es auch nur das Geringste – von ihm brauchte, war es unerhebliches Risiko.

Ein dunkler amerikanischer Wagen hielt vor Stella Jordans Haus. Zwei Männer stiegen aus und klingelten an ihrer Tür. Ich sah ihnen nach, als sie drinnen verschwanden. Paul würde wissen, wie wir Bobby herausboxen konnten, so daß wir – Paul und ich – ihn hinterher in der Hand hätten. Ich wußte genau, daß das eine gute Gelegenheit war: Bobby in der Form zu benutzen, wie es Arzell wollte, und Arzell selbstverständlich auszuschalten.

Nach wenigen Minuten ging die Haustür wieder auf, und die Männer kamen heraus, stiegen in ihr Auto und fuhren weg. Kurz darauf hielten ein Mann und eine Frau. Auch sie verschwanden im Haus und erschienen wenige Minuten später wieder. Dann klingelte eine einzelne Frau an der Tür, gefolgt von zwei Teenagern, Jungen in abgeschnittenen Jeans und übergroßen T-Shirts. Es war nicht schwer, sich einen Reim auf die Vorgänge zu machen: Stella Jordan war offenbar eine Drogenhändlerin, die sich in einem Mittelschichtsvorort tarnte. Dahin waren meine Träume vom einfachen Leben im Valley.

Ich startete den Wagen, fuhr an dem Haus vorbei und bog um die Ecke. Nun wußte ich, daß Peter Broadman mit Drogen zu tun hatte. Natürlich war es möglich, daß er nichts weiter als ein Kunde von Stella war, aber das glaubte ich nicht. Stella besaß Aktien von NNE – viele Aktien. Das ließ auf Verwicklungen schließen, verborgene Knoten, die entwirrt werden mußten. Ich mußte heute nicht an Stellas Tür klopfen, aber ich wußte, ich würde es nachholen. Ich mußte beinahe lachen. Alles in allem hatte ich einen erfolgreichen Tag hinter mir. Überall eröffneten sich Möglichkeiten.

Teil III

13

»Ich bin auf etwas Interessantes gestoßen.«

Paul und ich saßen beim Abendessen in einem Restaurant in Westwood. Als es vor ein paar Jahren eröffnet worden war, hatte die Kritik es begeistert gefeiert, und man bekam nie einen Tisch, doch nun waren die Massen weitergezogen. Aber das Essen war immer noch wunderbar, eine für L.A. typische Mischung aus Tex-Mex, französisch und asiatisch.

Paul hatte sich am Flughafen ein Taxi genommen, und wir trafen uns in seiner Wohnung. Als ich dort ankam, war bereits alles, was ich ihn hatte einpacken sehen, ausgepackt und aufgeräumt. Ebenso wie er lieferte die Wohnung kaum Anhaltspunkte und wies keinerlei Spuren auf. Doch zum ersten Mal empfand ich dieses Rätsel nicht mehr nur als faszinierend oder aufregend. Ich war auch mißtrauisch, wachsam. Er war ein guter Lehrer: Ich lernte, mich zurückzuhalten.

Das fiel mir auf, als ich mich für unsere Verabredung anzog. Ich wählte ein neues, dunkel-weinrotes Kleid aus schwerem, fast metallischem Strick. Es war fließend und enganliegend zugleich. Ich trat zurück, betrachtete mich im Spiegel, legte eine Halskette aus dünnen Kupferscheiben an, bürstete mein dunkles Haar und trug braunen Lidschatten auf. Ich wägte ab, kalkulierte: Ich wollte nicht nur, um ihn sexuell zu erregen, anziehend auf ihn wirken, sondern auch, weil sein Begehren in gewisser Hinsicht ... nützlich sein konnte. Das verblüffte mich; ich wußte nicht genau, was ich vorhatte, aber ein unbekannter Teil von mir traf offenbar Vorkehrungen für den Fall, daß ich mit allem Begehren operieren mußte, das ich auslösen konnte. Die Frau im Spiegel lächelte. Ich fand es schön, daß ich etwas auf die hohe Kante legen konnte, und zwar nicht nur auf NIGHT.

Paul wußte bereits, wer Richard Arzell war.

»Klar. Hat in den Südstaaten eine Menge Staub aufgewirbelt – Grundstücke, Immobilien. Ich kenne sogar jemanden, der vor ein paar Jahren wegen einer Wohnsiedlung in der Nähe von Little Rock mit ihm zu tun hatte. Er brauchte Unterstützung gegen die Gewerkschaften. Und ich habe munkeln hören, daß er versucht, hier etwas in die Wege zu leiten. In Bakersfield. Das könnte interessant sein. Ich sollte mal hinfahren und es mir ansehen.«

»Wir könnten zusammen fahren, als eine Art Ausflug«, schlug ich vor. »Wir waren noch kein einziges Mal zusammen weg.«

Ein Ausflug reizte mich, aber mir gefiel auch die Vorstellung, in Pauls Nähe zu sein und soviel zu lernen, wie ich konnte.

»Bakersfield ist nicht gerade romantisch«, sagte er mit einem Lächeln.

Sein Blick und der, mit dem ich darauf reagierte, sagten alles. Wie Fische, die auf die andere Seite des Teichs wechseln, bewegten wir uns mühelos und unverzüglich auf den Punkt der sexuellen Vereinigung zu. Es war so einfach, daß wir gar nichts dazu zu tun brauchten. Ja, ein besonderes Vergnügen bestand sogar darin, darauf zuzusteuern und dann freiwillig wieder zurückzuweichen wie Kinder, die einer Welle entgegenlaufen und dann mit kreischendem Gelächter vor ihr flüchten. Schweigend lächelte Paul mich an. Ich lehnte mich zurück und griff nach meiner Gabel.

»Auf jeden Fall hat Bobby recht, wenn er sich wegen Arzell Sorgen macht«, fuhr Paul fort. »Er hat einen üblen Ruf.«

»Sollen wir die Finger von ihm lassen?«

Paul mußte fast lachen. »Ich dachte, du hättest es gern gefährlich«, meinte er.

»Ja. Unbedingt.«

Ich sah, wie er überlegte. »Im Grunde sind Männer wie Arzell meist ganz einfach. Bösartige kleine Egoisten mit riesenhaften Ängsten. Die Sorte, die beim ersten Anzeichen von richtigem Ärger umkippt.«

»Was ist das, ›richtiger Ärger‹? Würdest du ihn bedrohen oder tätlich angreifen?«

Er sah mich an. »Stört dich das?«

Ich schüttelte den Kopf. »Ich weiß, daß das dazugehört.«

Er musterte mich. »Die Einzelheiten würden dich nicht abstoßen?«

Plötzlich wurde ich wütend. Er forderte mich heraus, was wollte er von mir hören? Sollte ich die damenhafte Unschuld markieren oder so tun, als wären mir Blut und Gewalt gleichgültig.

»Sie könnten mich abstoßen«, sagte ich schließlich gelassen. »Doch das würde mich nicht aufhalten.«

Das stimmte. Es stimmte seit dem Moment, in dem ich ihn kennengelernt hatte.

»In Ordnung. Sag Bobby, daß du das Geld für Arzell hast. Ich gebe es dir.«

Ich nickte. Ich hatte Paul nichts von NIGHT erzählt. Ich wußte instinktiv, daß es besser war, wenn er nichts davon wußte.

»Und dann nehmen wir uns seinen Freund Carland vor«, sagte ich.

Paul lachte. »Du bist mir ganz schön weit voraus.«

»Es liegt doch auf der Hand«, sagte ich, aber ich freute mich.

»Du stellst den Kontakt her«, sagte er. »Dann übernehme ich.«

»Nein. Ich möchte es tun«, sagte ich. »Ich möchte Carland einbringen.«

Er schaute mich direkt an. Ich trank einen Schluck Wein.

»Du hast gesagt, ich soll dir etwas bringen, das es wert ist.

In meinen Augen eignet sich Arzell dafür hervorragend. Und Carland ist ein wirklich guter Fang. Ich will ihn zur Strecke bringen.«

»Wie willst du das anstellen?«

Ich zuckte die Achseln. »Ich denke mir etwas aus.«

Das sagte ich weitaus lässiger, als mir zumute war, aber über Pauls Miene huschte ein Ausdruck, der mir gefiel: Bewunderung.

»Das kann ich mir vorstellen. Was hältst du davon, bei der Bank ein System einzurichten? Das ist kompliziert, es muß korrekt durchgeführt werden. Und du hast es noch nie gemacht.«

»Du zeigst es mir.« Meine Hand lag auf seinem Schenkel und bewegte sich aufwärts. »Du bist ein sehr guter Lehrer.«

Er lächelte, nickte und fuhr sich mit der Zunge über die Lippen. Dabei blieb er ganz ruhig sitzen und konzentrierte sich auf den Weg meiner Hand. Ich konnte mir ein Lächeln nicht verkneifen.

»Und wenn ich ihn dir bringe, machen wir ihn fertig.« Mit einem letzten Tätscheln zog ich meine Hand zurück. »Fifty-fifty bei allem, was über ihn hereinkommt.«

»Ach, wirklich?«

»Ja.«

»Du steckst voller Überraschungen, Vega.«

»Erst seit ich dich kenne.«

Er streckte die Hand aus und fuhr mir sanft über den Busen. Er wollte mich erregen, und das gefiel mir. Es gefiel mir, in seine schönen Augen zu sehen und das tief in mir aufwallende Verlangen offen zu zeigen. Es gefiel mir, in der Öffentlichkeit damit zu spielen, uns mit etwas auf die Folter zu spannen, was aufgeschoben werden mußte. Und heute abend kam eine neue Komponente dazu, nämlich das Gefühl, daß ich Geheimnisse hatte, daß ich Dinge für mich behielt. Das erstickte mein Verlangen keineswegs, ja, es entflammte es sogar. Ich genoß die Freiheit, die solches Verschweigen mit sich bringt.

»Abgemacht?« fragte ich und neigte mich so nah zu ihm hinüber, daß die Härchen auf meinem Arm auf seine Elektrizität reagierten.

»Wir sind Partner«, sagte er, und ich schloß die Augen, während er mein Haar anhob und seine Lippen auf meinen parfümierten Hals preßte.

Er saß auf der Bettkante. Ich kniete vor ihm und schob seine Knie auseinander. Er lehnte sich zurück und stützte sich auf die Ellbogen. Ich nahm ihn in den Mund und saugte. Ich umfaßte seine Eier mit den Händen; die Finger meiner anderen Hand bewegten sich leicht über seine Brust, spielten mit seinen Brustwarzen und tauchten in seinen offenen Mund. Er saugte an ihnen, während ich an ihm saugte. Meine Zunge zog ihn in die Länge, machte ihn größer. Sachte fuhr ich mit den Zähnen den Schaft hinauf und hinunter. Meine Hände waren ruhelos. Sie glitten über das feste Fleisch seines Bauchs, strichen seine Schenkel und Waden hinab, zogen seine Muskeln und Bänder nach, während sein gestreckter Fuß auf dem Boden ruhte. Meine Hand bewegte sich unter seinen Arsch, und ich spielte an seinem Loch. Er stöhnte, und ich drückte ihn aufs Bett und preßte mit der Hand unter seinem Hintern seine Hüften an mich, während ich mit der anderen Hand seine Brust und seinen Bauch streichelte und spürte, wie er sich vor mir öffnete und ich ihn ausbreitete und glättete. Ich atmete ein, erregt von seinem Geruch, dem geheimen Geruch, der in den Ritzen seines Körpers verborgen war, dem Geruch von Sex, als ich selbst die Beine breit machte und fühlte, wie naß ich war und wie offen. Ich nahm ihn tiefer in den Mund, tiefer, als ich es je zuvor getan hatte. Ich fürchtete zu ersticken, doch statt zurückzuweichen öffnete ich mich weiter und tiefer, noch mehr. Er bewegte sich rhythmisch, stieß heftig zu, zielbewußt, und ich merkte, wie ich ihm entgegenkam, mein Mund und Hals ein sich weitender Tunnel, eine breiter werdende Passage, warm und weich und willig, ein sich ausdehnendes Gemach, das keine Grenzen kennt.

Es war nicht schwer, Daten über Jonathan Carland zusammenzustellen. Er war in den Wirtschaftsmagazinen ausführlich behandelt worden, als er mit Mitte Zwanzig Direktor von Tiger Head Films geworden war, einem der spezialisierten Mini-Studios, die während des Niedergangs der alten Studios entstanden waren und eine Reihe von Kassenschlagern produziert hatte, billige Ware, hauptsächlich Thriller unter der Regie eines Mannes, der zuvor Ausstatter gewesen und plötzlich zu einem internationalen Kult-Regisseur geworden war, den die Franzosen quasi zum Nationalhelden emporgehoben hatten. Carland hatte davon profitiert, und in all den Artikeln, die in *Fortune, Business Week* und dem *Wall Street Journal* über ihn erschienen waren, wurde behauptet, daß er der beste einer »neuen Generation« sei – erlesener Geschmack, gepaart mit einem brillanten Kopf fürs Geschäft. Ich begriff zwar nicht, was an einer Reihe Billig-Thriller so erlesen sein sollte, aber andere Leute schienen das alles ungemein heiß zu finden.

Carlands Herkunft interessierte mich am meisten. Wie Bobby kam er aus reichem Haus, aber Jonathans Familie war nicht einfach nur reich. Sie waren Patrizier, ein Bollwerk des amerikanischen Geldadels. Seine Vorfahren hatten offenbar die Walfangindustrie in Rhode Island ins Leben gerufen und ausgebaut. Jede Gaslampe in Providence wurde früher von einem Betrieb der Carlands unterhalten. Das Haus seiner Urgroßmutter in Newport, eines der wenigen von Einheimischen erbauten palastartigen »Landhäuser«, war heute ein

Museum und konnte besichtigt werden. Die *Business Week* hatte ein Foto von ihm abgedruckt, auf dem er sich auf dem Gras vor dem Haus räkelt. Hinter ihm war ein Teil des Gebäudes zu sehen, eine Art französisches Château aus verziertem rosafarbenem Granit und facettiertem Glas. Er lag auf einem perfekt gepflegten Rasen, der bis zu einem Privatstrand reichte, wo vermutlich sogar die Wellen von Adel waren. Carland lächelte, und dieses Lächeln umfaßte die ganze Zwiespältigkeit, die seine beeindruckende Geschichte zugleich vereinnahmte und mißbilligte. *So altmodisch, so nutzlos,* schien er zu sagen, *aber es ist trotzdem mein Erbe. Vergeßt das nicht.*

Instinktiv wußte ich, daß sich Jonathan Carland – im Gegensatz zu mir – nie als Außenseiter gefühlt hatte. Er hatte nie gezögert, aus Angst etwas Falsches zu sagen oder zu tun. Er konnte sich nicht vorstellen, wie es ist, wenn man etwas kauft – ein Kleidungsstück oder einen Lederkoffer –, und weiß, daß es zu teuer ist, es aber plötzlich unbedingt haben will, da sein Besitz einen in höhere Regionen expedieren wird, wo alles sauber und edel und geordnet ist und sich alles nur um Qualität und Schönheit dreht. Und dann bringt man es nach Hause und wird am nächsten Tag von Schuldgefühlen geplagt, weil es soviel gekostet hat – man kann es sich wirklich nicht leisten – und, schlimmer noch, von Zweifeln heimgesucht, ob es wirklich die richtige Farbe oder den richtigen Schnitt hat oder ob man schon wieder eine falsche Entscheidung getroffen hat und wieder damit leben muß, nicht das Richtige zu besitzen.

Carland mußten solche Zweifel fremd sein. Als ich in seine lächelnden Augen auf der Fotografie blickte, wußte ich, daß ihn solche Gefühle nie plagten. Kein Wunder, daß er die Filmproduktion, wo man andauernd »Talente« hofieren und dem Publikum gefallen mußte, gegen die urbane Welt der Banken eingetauscht hatte, in der er die Finanzen kontrollierte. Ich nahm an – und zwar korrekterweise, wie sich herausstellte –, daß er von Beverly Hills nach Pasadena oder San Marino gezogen war, vom Glanz der West Side in den gesetzten Nordosten der Innenstadt mit seinem alten Geld. Einige seiner Filmfreunde sahen dies vermutlich als eine Art Rückzug an, eine unerklärliche Laune, als müsse mit jemandem, der den ganzen Glamour hinter sich läßt, etwas nicht stimmen. Aber ich glaube nicht, daß Carland es so sah; er wußte, daß er auf etwas zuging und ins Zentrum der wahren Macht zurückgekehrt war.

Das einzig Unerwartete in Carlands Biographie war, daß er zweimal verheiratet und zweimal geschieden war und momentan allein lebte. Das seriöse Familienleben aus dem Bilderbuch, das in seinen Kreisen normalerweise dazugehörte, war ihm offenkundig nicht vergönnt. Das war günstig für mich. Ich wußte noch nicht, wie ich an ihn herankommen sollte, aber die Tatsache, daß es keine Ehefrau gab, die darauf achtete, zu welcher Zeit er abends nach Hause kam, war eindeutig von Vorteil für mich.

Nathan rief an und lud mich zum Abendessen ein. Er hatte einen Tisch bei Chasen's reserviert und war schon da, als ich eintraf. Er sah mich nicht, als mich der Oberkellner zu seinem Tisch führte, und so konnte ich ihn einen Moment lang ohne sein Wissen betrachten. Es war ein Schock: Im weichen Leder der Nische versunken, wirkte er klein und eingeschrumpft, müde und vor allem allein, einsam. Die Energie, die er das letzte Mal in seinem Büro ausgestrahlt hatte, fehlte völlig. Seine Schultern hingen herab, und er starrte gedankenverloren auf den Tisch. Ich wußte nicht, ob etwas passiert war oder ob die Hinfälligkeit, die ich jetzt zum ersten Mal bemerkte, nun immer im Hintergrund lauern würde. Er sah auf, und schon war sein verlorener Blick verschwunden und wurde, als er sich aufrichtete, durch ein Lächeln ersetzt. Und auch ich vergaß diesen Blick; ich wollte ihn vergessen. Ich wollte, daß Nathan stark war.

»Du siehst sehr gut aus«, sagte er, nachdem wir unsere Bestellungen aufgegeben hatten. »Sehr – wie heißt es doch? – schwungvoll.«

Ich lächelte. »Das gefällt mir.«

»Was hast du verändert?«

»Nichts.«

»Das sagen Frauen immer. Margaret zumindest. Wenn sie sich ein neues Kleid gekauft oder ihre Frisur verändert hatte.«

»Tja, wir möchten eben, daß es mühelos wirkt. Ganz natürlich.«

»Bei ihr war es das.«

Ich liebte ihn in diesem Moment, liebte seine Liebe zu ihr.

»Hast du gewußt, daß Margaret, als ich sie kennenlernte, Kleider entworfen hat?«

»Nein, ich hatte keine Ahnung.«

»Für eine kleine Firma in der Innenstadt. Ecke Achte und St. Julian. Sie hatte direkt nach der Schule dort angefangen.«

»Margaret? Ich dachte, sie käme aus reichem Haus.«

Er schüttelte den Kopf. »Ein jüngerer Bruder und eine Schwester. Der Vater schon lange tot. Und die Mutter hat getrunken.«

»Margaret?« sagte ich erneut.

»Ich spielte damals mit dem Gedanken, einen zweiten Laden aufzumachen. Ich weiß noch, daß ich einen riesigen Lincoln hatte, schwarz mit braunen Ledersitzen. Ihre Mutter blickte mich an und sah nichts als Dollarzeichen ... Doch Margaret – sie wollte nichts überstürzen. Sie machte ihre Arbeit gut, es gefiel ihr. Warum sollte sie heiraten?«

»Sie hätte doch beides tun können.«

Er schüttelte wieder den Kopf. »Wenn man damals heiratete, vor allem einen Mann mit Geld …« Er zuckte die Achseln. »Es war selbstverständlich, daß sie dann nicht mehr arbeiten würde.«

»Und sie hat sich für dich entschieden.«

»Ich weiß nicht …, sie hat sich dafür entschieden, einen Mann mit Geld zu heiraten.«

»Nathan. Sie hat dich geliebt. Das konnte jeder sehen.«

»Später schon. Aber am Anfang – da bin ich mir nicht so sicher. Sie war ein braves Mädchen und wollte für ihre Familie sorgen. Ganz selbstlos.«

Nathan hatte noch nie so persönlich mit mir gesprochen, und ich wußte nicht, was ich sagen sollte. Mir fiel auf, wie arrogant wir manchmal sind: Wir glauben, daß das, was wir sehen, alles ist, was da ist, und daß es schon immer so gewesen ist, wie wir es sehen.

»Später, als ich wußte, daß sie mich liebte, fühlte ich mich schuldig, weil mein Geld sie gekauft hatte, sie ihrer Chance beraubt hatte.«

»Sie war doch glücklich mit dir. Sie hatte ein gutes Leben.«

»Aber sie hätte ein besseres haben können. Hätte sehr erfolgreich sein können. Eine amerikanische Chanel werden. Wie kann ich das wissen?«

Plötzlich schaute er mich an, mit einem Gesichtsausdruck, wie ich ihn noch nie bei ihm gesehen hatte.

»Ich hasse Geld. Was es auslöst. Ich hasse es.«

Sein Tonfall war heftig, beinahe wutentbrannt. Als er es registrierte, starrte er mich einen Moment lang an, verwirrt und hilflos angesichts seiner eigenen Gefühlsaufwallung. Irgend etwas lag im argen, und zwar ganz massiv. Ich streckte die Hand aus und berührte seinen Arm. Ich wußte nicht, was ich sonst tun sollte. Er schüttelte den Kopf über sich selbst, und wir saßen da, als wäre der Rest der Welt verschwunden. Ich wollte es für ihn einrenken, egal, was es war. Ich glaubte zwar nicht, daß ich ihm helfen konnte, aber vielleicht tat es ihm gut, wenn ich neben ihm saß, mit meiner Hand auf seinem Arm, und versuchte, ihm zu sagen, daß er nicht allein war.

Schließlich griff er nach seinem Drink, und als er sich bewegte, zog ich meine Hand weg. Alles war wieder normal. Er trank einen Schluck.

»Du hast nicht viel zu meiner Ausgliederungsidee gesagt«, meinte er.

»Ich nehme sie nicht ernst.«

Er lächelte. »Natürlich nicht. Ich erwarte nicht, daß irgend jemand denkt, ich würde es wirklich tun. Aber ich möchte, daß sie sich Sorgen darüber machen, was sich ein verrückter alter Mann sonst noch alles einfallen lassen könnte.«

»Peter macht sich jedenfalls Sorgen«, sagte ich vorsichtig.

Als er den Namen seines Sohnes hörte, huschte wieder dieser hilflose Blick über sein Gesicht.

»Mein einziger Sohn«, flüsterte er, und der Klang seiner Stimme schockierte mich, da er so völlig nackt war: furchtsam, verwirrt und verletzlich. Ich hörte Verachtung und Sehnsucht und vor allem Schmerz. Ich wußte schlagartig, was ihn bedrängte: die schreckliche Einsamkeit seit Margarets Tod und Peters rücksichtsloses Wesen.

Nathan holte Atem und wechselte das Thema. Ich folgte ihm mit Freuden weg vom Abgrund. Wir aßen und redeten über Belangloses. Er hatte nur meine Gesellschaft gesucht. Wir trennten uns auf dem Parkplatz, und ich sah ihn beim Wegfahren in meinem Rückspiegel immer kleiner werden. Doch ich behielt seinen Blick vor Augen, der mich nur noch entschlossener machte, sämtlichen Informationen über Peter nachzugehen. Irgendwie würde Peter verschwinden müssen, weil Peter Nathan verletzte. Ich war entschlossen, alles zu tun, um Nathan zu schützen.

Ich ließ das Fenster hinunter, um die Nachtluft zu spüren.

Das Leben war ein ständiges Auf und Ab, eine Reihe von Zyklen in unablässiger Bewegung. Als ich noch jünger und unerfahrener war, war Nathan dagewesen und hatte mir den Weg gewiesen. Er teilte seine Kraft gern mit mir. Nun neigte sich die Waagschale zur anderen Seite; Nathan wurde älter und schwächer, und ich war bereit, ihm zur Seite zu stehen. Es schien unausweichlich, daß es dazu kommen mußte, und Nathans Bedrängnis trieb mich an, gab mir einen Anstoß, war die Quelle meines Elans. Es kam mir wie die perfekte Fügung vor, daß Paul mir begegnet war und verborgene Gelüste und Kräfte in mir geweckt hatte, die ich nun einsetzen konnte, um meinem Freund zu helfen. Natürlich gab es Dinge, von denen ich Nathan nie erzählen würde – von dem Geld, davon, daß ich etwas tat, was ich nicht tun sollte. Doch ich wußte nicht mehr, was diese Worte – *etwas, das ich nicht tun sollte* – bedeuteten, da alles, was ich tat, mich stärker machte, mich der Frau näher brachte, die ich sein konnte. Wie konnte ich mich von dieser verheißungsvollen Aussicht abwenden? Wie konnte ich mich weigern, die Frau zu werden, die zu sein ich bestimmt war?

Paul hatte mich gebeten, in die Bar eines Hotels in Westwood zu kommen. Er war nicht allein. Eine Frau war bei ihm.

»Das ist Jane«, sagte er, als ich mich an ihren Tisch setzte.

Sie war jung und sehr hübsch, mit hellbraunem Haar, das in sanften Wellen auf ihre Schultern fiel. Das kräftige Grün ihres seidenen Kleides schimmerte im gedämpften Licht des fast leeren Raumes. Sie lächelte, als Paul einen Drink für mich bestellte, sagte aber nichts. Mir fiel auf, daß sie sehr kleine Hände hatte, deren akkurat zurechtgefeilte Nägel dunkelrot lackiert waren. Einer ihrer Finger malte sachte Kreise in die Flüssigkeit, die sich am Fuß ihres Glases angesammelt hatte. Ich sah von ihr zu Paul und wartete darauf, daß mir einer von beiden

Aufschluß darüber gab, in welchem Verhältnis sie zueinander standen, aber Jane schwieg weiterhin, als Paul und ich Konversation darüber machten, wie wir den Tag verbracht hatten.

»Woher kennt ihr euch?« fragte ich schließlich.

Paul lachte, und ich wandte mich ihm zu.

»Wir kennen uns eigentlich nicht direkt«, sagte er, und als er sah, daß ich verblüfft war, sprach er weiter.

»Sie ist für uns da. Wenn wir sie wollen.«

Ich wollte schon fragen, was er damit meinte, doch dann kam ich selbst darauf.

»Ich habe hier ein Zimmer gemietet«, fuhr Paul fort. »Wenn wir wollen. Du entscheidest.«

Schlagartig wurde ich rot. Er hatte mich nicht gewarnt und mich daher völlig unvorbereitet getroffen. Wut flammte in mir auf. Es gefiel mir nicht, daß er diese Frau aufgetan und das hier arrangiert hatte, ohne mich zu fragen; daß er in der Lage gewesen war, sich darauf vorzubereiten, aber mir dies nicht zugestanden hatte. Und doch, als ich tief Atem holte, wurde mir klar, daß ich ihn gewissermaßen darum gebeten hatte, das für mich zu tun, was ich nicht selbst für mich tun konnte.

»Dazu brauche ich ein paar Minuten«, sagte ich. Mein Gesicht war heiß und rot angelaufen; die Wirklichkeit hatte sich verändert, intensiviert, und ich fühlte mich vor Angst und Aufregung ganz schwer und dick. So gern ich auch mein Glas heben wollte, um zu trinken, diese kühlende, beruhigende Flüssigkeit in mich aufzunehmen, blieb ich doch unbewegt sitzen, da ich fürchtete, sichtbar zu zittern.

»Laß dir Zeit«, sagte Paul. Ich wußte, daß er meine Nervosität sah und sie genoß, aber es machte mir nichts aus. Nach wenigen Atemzügen merkte ich, daß mir die Gratwanderung gefiel, die Tatsache, daß er mich drängte. Ich wollte in etwas Neues hineingezogen werden. Ich wußte, daß meine Augen leuchteten.

Ich wandte mich an Jane.

»Sind Sie Prostituierte?« Ich kam mir lächerlich vor, als ich sie so platt fragte, aber ich mußte es wissen, und es wäre schlimmer gewesen, wenn ich Paul gefragt und sie übergangen hätte.

Sie lächelte und nickte ohne jegliche Verlegenheit. Im Gegensatz zu mir wußte sie genau, warum sie hier war und schämte sich nicht. Ich ging das Risiko ein, mein Glas zu heben, und als ich trank, musterte ich sie. Sie war ganz und gar nicht unsicher, und wie sie da so ruhig unter meinen Blicken saß, verschlug es mir den Atem. Plötzlich erregte mich die Vorstellung, daß der einzige Grund, aus dem sie hier war, darin bestand, mir und Paul Vergnügen zu bereiten. Ich hatte immer die Männer verachtet, die zu Prostituierten gingen. Es ist so anders als das, was Frauen sich von einer sexuellen Vereinigung wünschen, so unpersönlich. Nun merkte ich, daß gerade diese Unpersönlichkeit so bestechend war, das Verlangen, das aufflammt, wenn der Akt bar jeglicher Heuchelei ist, befreit von allem, außer erotischen Gesten, dem Streben nach sexueller Befriedigung. Das war es: das auch für moderne Frauen bestehende Verbot von Sex ohne Liebe.

Doch hier saß eine Frau vor mir, eine richtige Frau in einem grünen Seidenkleid, die bereit war zu tun, was immer wir – ich – wollten. Und wenn ich nicht vor Angst die Flucht ergriff, wenn ich es zuließ, dann war es aufregend, unglaublich aufregend, sich selbst zu beobachten, distanziert, ohne Verwicklungen, und sich gleichzeitig dem Wirbel des Verlangens hinzugeben, unbelastet von hinderlichen Gefühlen, wie sie durch die Liebe entstehen.

Ich lehnte mich zurück. Ich sah uns drei wie durch eine Kamera, die hoch an der Decke hing, wie wir so eng um den Cocktailtisch herumsaßen, daß sich unsere Knie berührten und wir die Wärme der anderen spüren konnten. In mir spürte ich sämtliche konventionellen Barrieren, ein eiserner Vorhang, der fünf oder zehn Zentimeter Luft in zwei Hälften teilte. Doch genau diese Barrieren wollte ich durchbrechen, die alten Einschränkungen überwinden, die mich in Zweifel und Zaudern festhielten. Ich wollte frei dahinschweben, die Grenzen hinter mir und die Lust fließen lassen.

Ich stellte mein Glas ab. Paul legte seine Hand auf meine, und ich merkte, wie steif ich dagesessen und beinahe Angst davor empfunden hatte, mich zu bewegen. Ich zwang mich dazu, ihn anzusehen.

»Ich bin mir nicht sicher«, sagte ich, »aber ich glaube, ich möchte gerne nach oben gehen.«

Er nickte und beglich die Rechnung. Ich wartete wohl unbewußt darauf, daß er eine selbstzufriedene Geste machte, irgend etwas, das nach einem Mann und seinem Harem roch. Sollte ich so etwas auch nur ansatzweise feststellen, wäre ich weg.

Im Aufzug schwiegen wir. Jane stand ein Stück von uns entfernt. Ich beobachtete sie, als sie die erleuchtete Anzeige fixierte, die die Stockwerke anzeigte. Sie war gut gekleidet und hatte offensichtlich Geld. Ich erkannte ihre schwarzen, hochhackigen Schuhe; erst vor wenigen Tagen hatte ich sie bei Neiman's gesehen. Ich fragte mich, was ihr wohl durch den Kopf ging, bis mir klar wurde, daß es ohne Belang war. Sie hatte nichts davon, daß ich darüber nachdachte oder sie fragte. Paul legte den Arm um mich. Während ich mich an ihn lehnte, fiel mir ein, daß ich gehofft hatte, er würde so etwas arrangieren – aber mit Gaby. Sie war es gewesen, die ich in meinen Phantasien vor mir gesehen hatte. Aber vielleicht war es ganz gut so. Es war wesentlich einfacher.

Das Zimmer, das Paul gemietet hatte, war geräumig. In einer Nische stand ein großes französisches Bett, im Raum verteilt ein Sofa und mehrere Sessel. Jemand hatte bereits zwei oder drei kleine Lampen eingeschaltet, deren Licht Schatten an die neutral gestrichenen Wände warf. Ich sah Paul zu, wie er die Vorhänge zuzog und den Südblick aussperrte. Ich begriff, warum wir nicht in seiner Wohnung waren oder in meiner; dieser Raum war die richtige Kulisse, eine anonyme, elegante Arena für alles, was wir tun würden.

»Und was passiert jetzt?« fragte ich, als ich mich setzte. Es war eine nervöse Frage, die ich in einer Mischung aus Angst und Aufregung heraussprudelte.

»Was immer du willst«, sagte Paul. »Was möchtest du denn?«

Er kam und stellte sich hinter meinen Stuhl. Ich wußte, wenn ich den Kopf umwandte, würde meine Wange ihn streifen. Seine Finger fanden mich, waren auf meinem Hals und meiner Kehle, und ich spürte, wie ich mich ihm entgegenbog, mich wie eine hungrige Katze nach seiner Berührung reckte. Ich sah zu Jane hinüber, die ihrerseits uns zusah. Bereits das, hier zu sitzen, während Paul hinter mir stand, die Augen zu schließen und seine vertraute Berührung zu spüren, Jane meinen sich räkelnden Körper sehen zu lassen, bereits das hieß, begonnen zu haben.

Pauls Finger wurden fordernder. »Was willst du, Baby? Sag mir, was du möchtest.«

Ich sah zu ihm hinauf. »Ich will zusehen. Ich will zusehen, wie sie dich auszieht.«

Er schmunzelte, stieß ein tiefes Lachen aus und beugte sich hinab, um mich zu küssen, während seine Hände mich dehnten und zu ihm hinaufzogen und er mit den Fingern erst meinen Hals und dann meine Brüste streichelte. Etwas in mir gab nach, und ich spürte, wie ich zu ihm drängte, nach seinem Mund und seiner Zunge und dem Druck seiner Hände. Er löste sich von mir und sah mich mit riesigen, feuchten, braunen Augen an.

»Das willst du also? Ja?« Es war keine Frage, es war ein Enterhaken, ein aufgerolltes Tau, das mich hoch- und weiterzog.

»Willst du das, Baby, ja?«

»Ja, ja«, flüsterte ich, und sämtliche Hemmungen waren verschwunden.

Er zog sein Sakko aus und ging auf Jane zu, die auf der Bettkante saß. Er setzte sich neben sie, und sie öffnete langsam den obersten Knopf seines weißen, schweren Rayon-Hemds. Er strich ihr mit der Hand das Haar zurück und sah zu mir herüber: Er beobachtete mich dabei, wie ich sie beobachtete, ihn beobachtete, während Jane ihm das Hemd aufknöpfte und ihre Hand hineinschob. Ich konnte fühlen, was sie fühlte, die glatte, warme Haut; ich sah, wie er sich wand, um möglichst viel von ihrer Berührung zu spüren. Mir stockte der Atem. Ein Teil von mir neigte zur Flucht, weil Pauls nackter Oberkörper auf die Berührung einer anderen reagierte. War das Eifersucht? Oder Angst – davor, was in mir ausgelöst werden würde, wenn ich weiterhin dabei zusah, wie ihre Finger sein Hemd beiseite schoben, über seine Schultern und seine Armmuskulatur fuhren, wenn ich ihren rotlackierten Fingern folgte, wie sie hinter seinem Gürtel um seine Taille strichen, sich dann zielstrebig auf die Schnalle zubewegten und langsam und vorsichtig begannen, den Reißverschluß zu öffnen? Ihre Hände bewegten sich ebenso, wie meine es getan hätten, in langsamen Bogen, lockend, aufreizend, lüstern. Ich merkte, wie ich aufstand und auf sie zuging. Paul blickte mich an, und beim Näherkommen sah ich, daß er losließ, sich voll und ganz den Empfindungen hingab, die Janes Berührung in ihm auslösten. Ich stand hinter ihr, streckte die Hand nach ihm aus und streichelte über seine Wange. Er küßte mich auf die Handfläche und umspielte mit der Zunge meine Finger. Ich spürte, wie sein ganzer Körper aufseufzte. Was dachte er? Was wollte er?

Er hielt die Augen geschlossen. Einen Moment lang durchzuckte mich die Angst, daß mir der Zugang zu ihm versperrt sein könnte, er mich benutzte, daß ich nichts weiter als ein Objekt in seinem privaten Szenario war. Doch mein eigenes Verlangen ließ mich nicht los, und ich wollte nicht zurückweichen. Ich wollte nehmen, was sich mir bot. War es nicht das, worum es jenseits der körperlichen Vereinigung beim Sex ging – intime Gedanken voller intimer Träume, die Quellen der Besessenheit? Warum sollten Pauls Phantasien in irgendeiner Weise bedrohlich für mich sein? Warum sollte ich ihm nicht alles gönnen, was er sich vorstellte, ihm die Erlaubnis geben, das, was wir machten, in jeder ihm genehmen Form zu verwenden? Wenn er das tat, stünde mir frei, es auch zu tun. Ich sah es vor mir: Meine Angst – benutzt, kontrolliert, beurteilt zu werden – hatte mich kontrolliert, behindert und unterdrückt. Aber warum sollte ich mich nach etwas richten, von dem ich befürchtete, ein anderer könnte es tun oder denken, oder dafür meine Macht aufgeben? Ich konnte mir die Freiheit nehmen, die Freiheit, mich nicht bedrohen zu lassen und mich nicht darum zu scheren, was irgend jemand dachte.

Ich trat einen Schritt zurück, da ich alle beide sehen wollte. Ich empfand ein großzügiges, langsames Weiterwerden, als verbreiterte der Fluß des Verlangens sich zu einem trägen, gleichmäßigen Strom, in dem ich mich gemächlich räkeln und ausstrecken konnte. Meine Hände begannen sich zu regen, und ohne jede Verlegenheit rieb ich an den Brustwarzen unter meinem Kleid, strich mir kreisend über den Bauch und drückte tief in die Spalte zwischen meinen Beinen. Ich stand mehrere Schritte von ihnen entfernt, doch alle Distanz war durch eine unmittelbare Verbundenheit weggewischt. Meine Bereitschaft, es ihnen gleichzutun, löschte jeglichen Abstand aus.

Pauls Hemd lag nun neben ihm, und Jane zog ihm kniend

Schuhe und Socken aus. Er lehnte sich zurück, und ich sah seinen Bauch in dem V-förmigen Ausschnitt, den seine offene Hose preisgab. Sein unbekleideter Oberkörper, die Art, wie sein Gürtel offenstand und die schwere Schnalle den Bund zur Seite zog, aber nur ganz wenig enthüllte, und nun seine nackten Füße – all das erregte mich, als hätte seine Hose keine andere Funktion, als sein Geschlecht zu verbergen und dadurch hervorzuheben. Er war aufreizend.

Ich wandte mich an Jane.

»Zieh dich aus«, sagte ich. »Langsam. Ganz langsam.«

Paul lehnte sich noch weiter auf dem Bett zurück. Er wiegte sich in einem gleichmäßigen Rhythmus. Sein Schwanz war steif, und er preßte eine Hand auf ihn.

»Komm her«, sagte er zu mir.

Ich ging zu ihm, beugte mich über ihn, drückte meine Hand auf seine, und wir küßten uns. Ich nahm die Hand nicht weg, als ich Jane zusah, wie sie ihr Kleid auszog. Darunter trug sie einen schwarzen Seidenteddy mit Spitzenbesatz. Ich winkte sie zu uns herüber. Ich wollte ihre Dessous berühren, den weichen Stoff spüren und mit dem Finger an den zarten Spitzenkonturen entlangfahren. Meine andere Hand blieb weiterhin bei Paul, und ich merkte, wie er sich dagegen drückte. Ich wußte, was ich jetzt wollte: ihm die Hose ausziehen und ihn ganz entblößen. Sehen, wie seine Hände nach Janes Brüsten griffen und mit meinen Fingern über seine streichen, während er die üppige, schwarzseidene Fülle umfaßte. Ihn sich aufbäumen sehen, während ich mit der Hand seinen Schwanz massierte, und mich dann Jane widmen, ihr aus dem schwarzen Teddy helfen, ihre Brustwarzen mit meinem Handrücken streicheln, bis sie erigierten. Ich wollte Paul und sie einander anbieten, sie voreinander ausbreiten, offen, reif, von Verlangen getrieben, vor meinen Augen. Sie sich küssen sehen und meinen Finger zwischen ihre Lippen stecken, ihre Zungen spüren, und dann meine eigenen Lippen und meine Zunge dazwischen schieben. Ich wollte Paul in sie eindringen sehen. Neben ihnen liegen und den Schaft seines Schwanzes langsam hinein und hinaus gleiten sehen, beobachten, ihre Feuchtigkeit und ihr schimmerndes rosa Fleisch sehen. Ich wollte sie umarmen, während sie einander umarmten, und dann wollte ich, daß sie mich umarmten, ihre Hände und Lippen und Zungen über meine erhitzte Haut glitten, Janes Atem auf meinem Hals spüren, während er in mich eindrang. Ich wollte die Gewißheit verlieren, wo ich begann oder sie, mit ihnen eine neue Figur bilden, in der Berühren und Berührtwerden ein und dasselbe waren, ein endloser Moment der Intensität, ein fließender Kreis unteilbaren, wogenden Verlangens.

14

Ich rief Bobby an und sagte ihm, daß ich ihn sehen wolle.

»Sicher, sicher«, sagte er hastig, und dann, mit gesenkter Stimme: »Hast du alles erledigt?«

»Das erzähle ich dir, wenn wir uns sehen«, sagte ich. »Ich komme in einer Stunde bei dir vorbei.«

Ich ließ ihm keine Gelegenheit, noch etwas zu sagen. Und ich ließ ihm auch keine Gelegenheit, mir zu sagen, ich solle nicht kommen. Er wußte es zwar noch nicht, aber er tat schon, was ich wollte.

Bobby lebte oberhalb von Beverly Hills im Franklin Canyon. Ich bog am Sunset Boulevard ab und fuhr auf einer schmalen Straße in eine ländlich anmutende Wohngegend mit ziemlich neuen und teuren Häusern. Die steilen Wände des Canyons reichten bis an die Gärten hinter den Häusern heran. Ich konnte mir eine Zeit vorstellen, in der die Straße, auf der ich fuhr, noch das Bett eines Baches gewesen war, eine natürliche, vom Schmelzwasser des Winters geschaffene Ader, an der Rehe und Kojoten tranken, solange sie Wasser führte. Es gab Hunderte von Canyons wie diesen, die sich durch die Hollywood Hills gruben, welche weiter im Westen in die Santa Monica Mountains übergingen und am Meer endeten, allesamt Erdrutschen und Großfeuern ausgesetzt. Doch das war es den Menschen wert, die Abgeschiedenheit und die Illusion schätzten, auf dem Land zu leben und nicht mitten in den Neubauwüsten von Southland.

Bobby gehörte – was er mir immer wieder gern erzählte – das älteste Haus im Canyon. Es war von einem geläuterten Verbündeten der Dohenys im Zusammenhang mit dem Teapot-Dome-Skandal vor dem Ersten Weltkrieg als unauffälliger Zufluchtsort gebaut worden. Früher muß es einmal das einzige Haus auf dem kurvigen Weg gewesen sein, der von der Hauptstraße in den Canyon führt. Ein schönes Beispiel für einen kalifornischen Bungalow, war es ganz mit braunen Schindeln verkleidet, hatte große Fenster und ein ausladendes Dach zum Schutz vor der Sonne. Es stand zurückgesetzt allein auf einem Steilhang und erschien von der Straße aus klein, doch wenn man einmal drinnen stand, merkte man, daß es auf perfekt untertriebene Weise großzügig war und luftige Dimensionen hatte. Die repräsentativen Räume im Erdgeschoß waren mit Teakholz oder Eiche getäfelt. Vor dem Kamin im Wohnzimmer war eine gemütliche Sitzecke, und das Eßzimmer brüstete sich mit Original-Tiffany-Fenstern mit Lilien und Iris. Sämtliche Lampenfassungen waren aus Kupfer und Opalglas, ebenfalls Originale, die eigens für das Haus angefertigt worden waren. Einst war es das einzige Haus in Los Angeles gewesen, das ich wirklich gern für mich gehabt hätte, und als ich nun an der Tür klingelte, wurde mir plötzlich bewußt, daß ich es nach Lage der Dinge vermutlich haben konnte. Doch vielleicht änderte sich mein Geschmack. Zunächst war ich es zufrieden, erst einmal abzuwarten.

Bobby riß die Tür auf und zog mich hinein.

»Hast du das Geld aufgetrieben? Arzell hat angerufen – er will mich fertigmachen.« Er wirkte leicht panisch.

»Nur die Ruhe. Ich habe das Geld aufgetrieben. Wir schaffen dir Arzell vom Hals.«

»Wann? Ich muß es ihm sagen.«

»Genau darüber muß ich mit dir sprechen.«

Ich war Bobby auf die rückwärtige Terrasse gefolgt, die sich fast bis zur Wand des Canyons erstreckte. Sie war umgeben von einem niedrigen Mäuerchen aus Steinen vom Arroyo Seco in Pasadena und mit großen braunen Fliesen ausgelegt, die in einer Töpferwerkstatt in Nordkalifornien gebrannt worden waren. Bobby hatte mir all das stolz erläutert, und ich konnte ihm meine Anerkennung nicht versagen: Er hatte Haus und Garten tatsächlich zu einem Kunstwerk gemacht.

Bobby mag verängstigt gewesen sein, aber das hielt ihn nicht vom Frühstücken ab. Auf einem runden Metalltisch standen eine Schüssel mit Joghurt und Müsli und ein Obstkorb, daneben lagen die Morgenzeitungen: die *Times,* die von L.A. und die von New York, und die Fachblätter, *Variety* und *Hollywood Reporter.* Auf dem Boden neben seinem Stuhl lag ein Stapel Zeitschriften, und auf einem Beistelltischchen stand ein kleiner Fernseher, die Fernbedienung lag neben ihm. Ich wußte, daß er sich durch alle Programme zappte und Informationen sammelte, die im Grunde nichts anderes als High-Society-Klatsch waren, sogar die Wirtschaftsmeldungen darüber, welche Studioleiter *out* und welche *in* waren und welcher Medienkonzern kaufte oder verkaufte oder mit welchem Technikkonzern fusionierte, um noch einen Multimediamulti zu bilden. Alle hatten das Gefühl, als stünden sie am Anfang einer neuen Ära, dem Scheitelpunkt der Jahrhundertwende, der Titanen und Visionäre hervorbringen würde, und für Leute wie Bobby war es einzig und allein ein Rennen, bei dem es ums Mithalten ging, darum, von Anfang an dabeizusein.

Er schenkte mir eine Tasse Kaffee ein. Ich war ganz entspannt und ließ mir Zeit. Es bereitete mir ein besonderes Vergnügen, es ihm langsam beizubringen. Er glaubte, ich würde ihn retten. Ich wollte sein Gesicht sehen, wenn ihm die Wahrheit über seine Lage klar wurde. Kein Wunder, daß ich nicht nervös war: Ich hatte die Sache in der Hand.

»Wie gesagt«, begann ich, »ich habe das Geld …«

»Du bist sagenhaft, Vega, sagenhaft.«

»Aber du wirst wohl nicht glauben, daß sich Arzell deshalb in Luft auflöst. Was du getan hast, war kriminell – das wird er immer gegen dich in der Hand haben.«

Bobby trommelte mit den Fingern auf den Tisch.

»Scheiße«, murmelte er. »Verdammte Scheiße.«

Er sah zur Anhöhe hinüber. Ich schwieg, aber er sagte nichts mehr. Es gibt viele Menschen wie Bobby; sie sind gelähmt wie Rehe im Scheinwerferlicht eines Autos, unfähig zu handeln, wenn die Angst Besitz von ihnen ergreift.

»Aber ich könnte etwas dagegen tun«, sagte ich schließlich.

Er hörte auf zu trommeln. »Was?«

»Ich habe einen Freund, der sich um Arzell kümmern könnte.«

»Was soll das heißen?« fragte er hastig. »Was für einen Freund? Wie?« Zum ersten Mal sah ich, wie Bobby stutzte. Seine Augen wurden schmal, und er blickte mich direkt an. »Warum sollte er sich um Arzell kümmern … ich meine, mir zuliebe?«

»Nicht unbedingt dir zuliebe. Er ist mir einen Gefallen schuldig.«

Bobbys Augen verengten sich noch mehr. »Komm schon, ich bin doch nicht blöd.«

O doch, das bist du, dachte ich. »Nein, ganz im Ernst«, sagte ich, »es wäre im Grunde ein Gefallen, den er mir tut.« Ich hielt inne. »Obwohl ich annehme, daß es etwas geben könnte, was du für meinen Freund tun müßtest. Irgendwann. Eines Tages in der Zukunft.«

Bobby seufzte. »Ich verstehe.«

Ganz allmählich begann er zu begreifen, daß das, was er getan hatte, weiterreichende Konsequenzen hatte. Er war ein Kind, das sich aus dem Staub machen wollte, aber die bösen Erwachsenen ließen ihn nicht. Er fing wieder an zu trommeln und klopfte dazu mit dem Fuß auf den Boden. Ich trank seelenruhig einen Schluck Kaffee. Eine morgendliche Brise wehte durch den Canyon, und ich hielt ihr mein Gesicht entgegen.

»Ich weiß nicht, wer dieser Freund von dir ist«, sagte er schließlich.

»Warum solltest du auch?«

Er starrte mich an. »Woher hast du denn diesen Freund, hä?« Ich hörte einen neuen Tonfall in seiner Stimme, eine neue Einschätzung seiner Lage.

Ich lächelte. »Einfach Glück gehabt, vermutlich.«

Mit einem Mal beugte er sich vor. »Mein Gott. Wie, um alles in der Welt, kann ich ja sagen. Ich weiß nicht, wer dieser Typ ist oder was, zum Teufel, er von mir will ...«

»Ganz zu schweigen davon, was er Arzell antun könnte.«

Es war dumm von mir, das zu sagen, aber ich konnte nicht widerstehen. Es war der Teil von mir, der Bobby nicht einfach nur überfahren, sondern ihm auch in aller Deutlichkeit seine moralischen Verfehlungen vor Augen führen wollte. Es war kindisch von mir; ich mußte lernen, jegliches Bedürfnis nach Selbstgerechtigkeit zu ignorieren. Wie Nathan mußte ich mich darauf konzentrieren, siegreich zu sein, nicht darauf, recht zu behalten.

»Paß auf«, sagte ich, »mein Freund ist kein Schläger.«

»Aber was ist mit mir? Was könnte er von mir wollen? Er könnte sich einbilden, daß ich ihm bis ans Ende meiner Tage verpflichtet bin.«

Das stimmt, dachte ich, das könnte er. »Das einzige, was ich dir sagen kann, ist, daß er nichts verlangen wird, was deine Position bedrohen könnte. In der Gesellschaft. Ich glaube, mein Freund möchte, daß du – lebensfähig bleibst.« Ich hielt erneut inne. »Außerdem – was hast du schon für eine Wahl?«

Einen Moment lang loderten seine Augen auf, und ich sah Haß gegen mich, eine Botin aus der ungerechten Welt, die ihn in diese mißliche Lage gebracht hatte. Dann sank er zusammen. Er hatte nicht genug Phantasie, um sich Alternativen auszudenken, und so gab er rasch auf.

»Einverstanden«, sagte er. »Sag deinem Freund, ich bin einverstanden.«

Er stand auf und ging zum Terrassengeländer. Er blickte die steilen Hügel hinauf, die von vertrocknetem, sprödem Gras bedeckt waren.

»Da wäre nur noch eines«, sagte ich und hielt inne. Ich wollte seine ungeteilte Aufmerksamkeit und wartete, bis er sich zu mir umdrehte.

»Ich möchte, daß du mich Carland vorstellst.«

Im ersten Moment begriff er es nicht. »Er ist nichts für dich, Vega, er ist nicht dein Typ.«

Ich überlegte, ob ich ihn fragen sollte, warum. Die Antwort konnte wertvolle Informationen bergen. Doch ich ließ es sein.

»Das ist auch nicht der Grund, weshalb ich ihn kennenlernen will. Ich möchte nur, daß du uns bekannt machst.«

»Warum? Was hast du für ein Interesse an Carland?«

»Vielleicht braucht er eine Vermögensberaterin.«

Bobby lachte. »Das ist nicht deine Klasse.«

Ich blieb ruhig sitzen. »Woher willst du wissen, was meine Klasse ist?«

Er hielt inne und starrte mich an. Obwohl er nur langsam von Begriff war, begannen sich jetzt die Rädchen zu drehen.

»Du willst dasselbe, was Arzell wollte«, sagte er vorsichtig.

»Ja.«

Sein Blick wirkte gehetzt, wie der eines gefangenen Tieres, das nach einem Fluchtweg sucht. Er kam wieder herüber und blieb am Tisch stehen.

»Wenn ich es schon für Arzell nicht tun wollte, warum sollte ich es dann für dich tun?«

Ich mußte es ihm in aller Deutlichkeit erklären. »Weil Arzell dich ruinieren wird, wenn du es nicht tust. Wenn du es aber für mich tust, löst sich dein Problem mit Arzell in Luft auf, und das Leben geht im großen und ganzen so weiter wie zuvor.«

»Abgesehen von Carland.«

»Genau. Abgesehen von Carland.«

Bobby wandte sich wieder ab. »Ich kann es nicht tun.«

Ich erwog, ihm die Einsicht nahezulegen, daß er es tun mußte, und wir beide wußten, daß er es tun würde. Ich konnte aufstehen, das Haar nach hinten werfen und ihm klarmachen, daß es bereits beschlossene Sache war. Aber ich wollte die Szene bis zum Ende durchspielen, seine Manöver beobachten, wenn er versuchte, dem Schicksal zu entkommen, für das er selbst verantwortlich war. Ich wollte die neue Klarheit genießen, die ich gewonnen hatte, die ruhige Gewißheit, daß ich bekommen konnte und bekommen würde, was ich wollte.

Mein Schweigen machte ihn nervös. Er setzte sich und beugte sich zu mir. »Jonathan und ich kennen uns schon ewig.« Sein Tonfall war vertraulich, als würde ich ihn begreifen, wenn ich erst einmal gehört hatte, was er mir enthüllte. Und ihn von der Angel lassen. »Es liegt nicht nur daran, daß er ein Freund von mir ist. Es ist mehr als das ..., er ist ..., ich kann es einfach nicht tun. Ich kann nicht.«

»Tja«, sagte ich, »das ist deine Entscheidung. Du kannst dich für ihn opfern. Obwohl ich mir nicht vorstellen kann, daß es das ist, was du wirklich möchtest.«

Er sah mich gequält an. Ich wußte plötzlich, daß hinter Bobbys Widerstreben mehr steckte als nur gewöhnlicher Anstand.

»Möchtest du das wirklich?« Meine Stimme klang ruhig, sanft, beinahe mütterlich. »Komm schon, Bobby, du kannst es mir sagen.«

»Nein. Das kann ich nicht.«

Seine Schultern sanken nach vorn, und er begann zu weinen. Ich setzte mich zurück und betrachtete ihn. Ich empfand wirklich Mitleid mit ihm und seiner Panik in der zugeschnappten Falle. Armer Junge, armer, bedauernswerter Junge. Er blickte auf und wischte sich die Augen. Dann begann er zu sprechen.

»Ich kenne ihn seit den Vorbereitungskursen fürs College. Seit wir fünfzehn waren. Nicht daß wir Freunde gewesen wären – er war von jeher das reiche Söhnchen, meilenweit über mir. Ein echter Aristokrat, einer von denen, die ihre Tweedsachen zum Flicken nach England schicken und ebensoviel dafür bezahlen wie unsereiner für etwas Neues. Weißt du, wovon ich spreche?«

Ich wußte es nicht, aber ich wollte mehr erfahren.

»Selbstverständlich ging er nach Harvard. Wohin sonst? Ab und zu hörte ich etwas von ihm – von jemandem, der ihn auf dem Harvard Square gesehen hatte oder von weitem in New York. Dann hörte ich, daß er in die Filmbranche eingestiegen war – wozu mir noch der nötige Mut fehlte –, und das gab für mich den Ausschlag. Wie ein Gütesiegel. Wenn es gut genug für Carland war, war es auch gut genug für mich.

Als ich hier ankam, war sein Name in Fachkreisen bereits bekannt. Es war wie in der Vorbereitungsschule – er hatte genau die richtigen Wege beschritten. Alles lief wie von selbst. Man konnte nicht einmal neidisch sein.

Nun, ich bin ihm also ein paarmal begegnet – bei Musso's, einmal bei einer Filmvorführung. Ich mußte seiner Erinnerung daran, wer ich war, nachhelfen, aber das störte mich nicht, so war es eben …«

Bobby stand erneut auf und wandte sich zur Wand des Canyons. »Ich will dir das nicht erzählen«, sagte er.

Ich schwieg. Was er aus der Situation machte, in die er sich selbst gebracht hatte, lag einzig und allein bei ihm. Doch es erstaunte mich nicht, als er zurückkam, sich hinsetzte und wieder zu sprechen begann.

»Es war auf einer Party irgendwo in Malibu. Es regnete, und zwar seit Tagen, so daß sich alles innen drängte. Ich war mit einer Frau dort, die ich kaum kannte, und verlor sie in dem Gewühl aus den Augen. Man konnte sich kaum bewegen. Es gab jede Menge Drogen, und alle waren high. Ich auch. Ich hätte beinahe eine Frau, die ich noch nie zuvor gesehen hatte, direkt auf der Treppe gebumst. Nur der Strom der Menge riß uns auseinander. Es war so bizarr – ich war in diesem Dämmerzustand, wo die Lust kommt und geht und beides gleichermaßen willkommen ist. Verstehst du?«

Ich nickte. Er hielt den Blick direkt auf mich gerichtet. Ich spürte, wie sehr er mich in diesem Moment brauchte, einen Gefährten brauchte, der ihn dabei unterstützte, diesen speziellen Weg zu beschreiten.

»Tja, mir wurde schwindlig, und als ich die Augen wieder aufschlug, sah ich Carland, der gerade hinter einer donnernd ins Schloß fallenden Tür verschwand. Ich wunderte mich – diese Leute schienen wirklich nicht sein gewohnter Umgang zu sein, aber noch verblüffender war … sein Gesicht …, es paßte nicht zu dem Carland, den ich kannte. Er sah wütend aus, verzerrt, es war das Gesicht von jemandem, der komplett ausgerastet ist. Es klingt verrückt ..., ich muß total dicht gewesen sein, weil ich überhaupt nicht auf dieses Gesicht reagierte. Ich dachte mir nur, was für ein Glücksfall, Carland einfach so über den Weg zu laufen ...«

Bobby schüttelte den Kopf. »Also habe ich die Tür aufgemacht. Es war zweifellos Carland. Und er schlug eine Frau, die er gegen die Wand geworfen hatte – es war mehr als schlagen, er drosch auf sie ein. Ich meine, ich sah seine Fäuste in ihrem Bauch versinken. Schlagartig war ich stocknüchtern. Und ich wußte, daß das kein Vorspiel im Drogenrausch war: Es war eine Vergewaltigung. Eindeutig eine Vergewaltigung ...«

Sein Fuß begann wieder auf die Terrassenfliesen zu klopfen.

»Das Mädchen sah mich und schrie um Hilfe, und im selben Moment drehte sich Carland zu mir um. Seine Augen waren riesig und brannten – ich konnte mich weder rühren noch wegsehen.«

Seine Stimme war sehr leise geworden, und als er weitersprach, hörte ich echte Verstörung heraus. »Ich weiß, daß es verrückt klingt, aber als ich da stand, wußte ich, daß ich im Grunde weder der Frau helfen noch Carland Einhalt gebieten wollte. Ich wollte ... Anerkennung.« Er hielt inne.

»Ich verstehe nicht«, sagte ich, als er nicht weitersprach.

»Ich wollte, daß Carland mich anerkannte, nicht nur mich, Bobby Melner, sondern jemanden, den er brauchte. Jemanden, der ihm jetzt helfen konnte.« Er sah mich an. »Verstehst du? Ich wollte, daß Carland mich brauchte.«

Sein plötzliches Lachen durchbrach die morgendliche Stille des Canyons. Vielleicht hatte er den schwierigsten Teil hinter sich gebracht, denn er sprach jetzt schneller weiter. »Als Carland sich umdrehte, riß die Frau sich los. Die Vorderseite ihres Kleids war zerrissen, wie ein gezackter Blitz, der sich vom

Kragen bis zur Taille zog. Sie riß eine der hohen Glastüren auf und rannte hinaus. Carland stieß einen Schrei aus und rannte hinterher. Ich dachte nicht nach, ich folgte ihm einfach. Nicht um der Frau zu helfen. Um Carland zu helfen.«

Er sah auf, aber nicht zu mir. Ich glaube nicht, daß er sehen wollte, was ich dachte. »Sie war voller Angst und kreischte laut, doch der Regen und die Musik erstickten ihre Schreie. Sie sprang von der Terrasse in ein Gebüsch auf der Anhöhe. Wir konnten im Licht, das aus dem Haus drang, sehen, wie sie zur Straße hinaufkletterte. Sie hatte nur noch einen Schuh an. Sie versuchte, zu ihrem Auto zu gelangen. Wir jagten ihr nach und fingen sie dort ab. Es war leicht. Das Auto war ein kleiner Wagen mit Heckklappe, und irgendwie drängten wir sie auf den Rücksitz. Sie hatte den Schlüssel im Zündschloß stecken lassen, also setzte Carland sich hinters Steuer und ich rannte um den Wagen herum zum Beifahrersitz, als er auch schon auf die Straße hinausschlitterte.

Sie saß weinend auf dem Rücksitz und flehte uns an, anzuhalten und sie gehen zu lassen. Carland sagte kein Wort, und ich auch nicht. Ich dachte, vielleicht wollte er ihr nur Zeit geben, sich zu beruhigen, damit sie keine Szene machte, wenn wir sie zurückbrachten ..., ich weiß nicht ..., ich konnte ihn nicht einmal ansehen.

Dann, mit einem Mal, schlangen sich ihre Hände um Carlands Hals. Sie schrie und schob sich zur Hälfte nach vorn, und zur anderen Hälfte zerrte sie ihn nach hinten. Der Wagen brach aus, und ich versuchte, sie wegzuziehen, als plötzlich alles ganz langsam wurde. Das ist das letzte, woran ich mich erinnere: wie ihr Kopf nach hinten schnellte, als das Auto von der Straße flog.

Bis ich wieder zu mir kam, war ich schon klatschnaß. Ich war aus dem Auto katapultiert worden. Ich schaffte es aufzustehen und hörte nur wenige Meter unter mir Regen auf Metall prasseln. Ich sah Carland – auch er war herausgeschleudert worden –, der bereits durch den Matsch den Hügel hinunter auf den Wagen zukroch.

Beim Aufprall war das Dach abgerissen worden. Wir konnten ihren Körper sehen, der immer noch zusammengekrümmt auf dem Rücksitz saß, aber irgend etwas sah ganz seltsam aus, äußerst seltsam, über ihre grotesk verdrehte Haltung hinaus.« Bobby zögerte. »Es dauerte eine Weile, bis wir es realisierten. Sie war geköpft worden.«

Er sagte nichts mehr.

Bobby war bleich. Ich fragte mich, was es ihm abverlangte, tagaus, tagein mit diesem Bild in seinem Inneren zu leben.

»Carland wich zurück. Ich sah das Entsetzen auf seinem Gesicht. Und ich spürte es. Aber dann, als würden wir beide auf derselben Frequenz laufen, begannen wir durch den Schlamm zu trampeln, um unsere Fußspuren und die Abdrücke, die unsere Leiber beim Aufprall auf der Erde hinterlassen hatten, unkenntlich zu machen. Ich riß einen Hemdzipfel ab und wischte die Fingerabdrücke vom Lenkrad und allen anderen Flächen des Autos. Der stürmische Wind spielte mir Streiche; immer wieder hörte ich die Motoren anderer Autos die Straße entlangkommen, aber es fuhr niemand vorbei. Ich zwang mich hinzusehen, als Carland die Leiche der Frau vom Rücksitz zerrte und sie dann wieder so hineinquetschte, daß es so aussah, als wäre sie selbst gefahren und der Aufprall hätte sie nach hinten geworfen. Alles war voll Blut. Aber ich stellte nicht ein einziges Mal in Frage, was wir taten. Und ich hatte keine Angst, überhaupt keine Angst …

Wir gingen stundenlang durch den Regen. Zur Schnellstraße an der Küste hinunter. Mehrere Autos fuhren an uns vorüber, aber ich wußte, daß niemand Notiz von uns nehmen würde – auf diesem Straßenabschnitt marschieren immer irgendwelche Männer, Tramps aus San Francisco, Landarbeiter, die nach Oxnard unterwegs sind. Niemand verschwendete einen zweiten Blick an uns.«

Bobby stand auf und begann hin und her zu gehen.

»Carland hatte ein Haus am Strand gemietet. Dort hat er sie auch kennengelernt, und sie hat ihn zu der Party mitgenommen. Wir zogen uns aus, und sobald unsere Kleider trocken genug waren, verbrannten wir sie im Kamin – alles, sogar Unterwäsche, Socken und Schuhe. Mittlerweile dämmerte der Morgen. Er schenkte uns zwei steife Drinks ein, und wir machten Konversation über Belanglosigkeiten, nicht einmal über die Filmbranche, sondern wie zwei Fremde, die sich beim Warten auf ein Flugzeug die Zeit vertreiben. Es war alles so seltsam, so merkwürdig – die Wirklichkeit setzte aus oder wechselte andauernd, als würde vor meinen Augen ein buntes Dia nach dem anderen vorgeführt. Als würde die Erde unter mir nachgeben, aber es war alles in Ordnung. Dann fuhr er mich nach Hause.«

Er kam zurück und setzte sich, während er mit den Fingern an dem Zeitschriftenstapel herumspielte. »Zwei Tage später stand eine kleine Notiz in der Zeitung. Sie war eine zwanzigjährige Sekretärin aus Redondo Beach. Beth. Ihr Name war Beth. Niemand wußte, daß Carland sie aufgerissen hatte. Und der Regen hatte alle unsere Spuren ausgelöscht. Die Polizei hat wahrscheinlich nicht einmal nach Spuren gesucht, da bei der Autopsie hohe Drogen- und Alkoholwerte in ihrem Blut festgestellt wurden. Ein Unfall. Fall abgeschlossen.«

Er verstummte, und ich dachte, er sei fertig. Doch plötzlich sanken seine Schultern wieder nach vorn, und er sprach hastig weiter.

»Aber da ist noch etwas ..., wenn ich nicht schlafen kann ...«

Er suchte meinen Blick. »Vega, keiner von uns hat nach dem Kopf gesucht.«

Seine Augen flehten um mein Verständnis. »Es ist verrückt, aber irgendwie geht mir das nach. In der Zeitung wurde nicht erwähnt, ob er gefunden worden war. Ich meine, lag er im Auto, oder ist er wie wir herausgeschleudert worden, in die Dunkelheit? Ich bin auf dem Weg zum Auto gestolpert ..., vielleicht bin ich gegen ihn getreten oder habe ihn sogar zerquetscht. Mein Gott ... Manchmal träume ich davon ..., wie er den Hügel hinabrollt, mit immer noch geöffneten Augen und einem blutroten Mund, wie ein Schrei ...«

Er stand wieder auf, wohl vor allem, um das Bild zu vertreiben. Ich hörte, wie er tief Luft holte, und als er wieder zu sprechen begann, wußte ich, daß er die Tür vor dem, was er nicht ertragen konnte, ein weiteres Mal geschlossen hatte.

»Ich habe nicht versucht, Carland unter Druck zu setzen. Aber er fing an, mich hin und wieder zu bestimmten Veranstaltungen einzuladen – Filmvorführungen oder Geschäftspartys. Und ein paarmal hat er mir vielversprechende Gelegenheiten vermittelt. Er hat mir geholfen, weißt du? Das war seine Art, danke zu sagen. Und ich habe diese Nacht ihm gegenüber niemals angesprochen, sie nie in irgendeiner Form erwähnt. Ich habe ihn nie gefragt, ob das Brutale der Stil ist, in dem er es mag. Als ich allerdings vor zwei Jahren seinen Namen einer Frau gegenüber erwähnte, mit der ich beim Abendessen saß, hatte sie auf einmal diesen Blick, wie von einem plötzlichen Peitschenhieb getroffen – ich hatte den Eindruck, daß sie Carland so gesehen hatte wie ich: aus den Fugen. Es ist egal. Ich habe ihm geholfen und sein Geheimnis bewahrt. Und so haben wir jetzt eine echte Gemeinsamkeit – eine echte Beziehung. Eine Freundschaft. Seit wir fünfzehn sind.«

Sein Blick war flehentlich, und zum ersten Mal sah ich echte Pein darin. Der arme Bobby – für ihn stand so viel auf dem Spiel. Es ging nicht einfach nur darum, einen Freund nicht zu verraten. In verquerer Weise war Carland zu helfen und Carlands Dankbarkeit zu Bobbys moralischem Ballast geworden. Es war eine Quelle des Stolzes für ihn. Er war zur Stelle gewesen, als das reiche Söhnchen ihn brauchte, und das war honoriert worden. Er war anerkannt worden. Deshalb würde er jetzt nicht einfach nur Carland verraten, sondern zugleich das, was er als seinen edelsten Zug betrachtete. Ich hörte direkt, wie er im Lauf der Jahre alles rationalisiert hatte: Dem Mädchen war es vermutlich gerade recht geschehen, sie hätten sie nie jagen müssen, wenn sie einfach ruhig geblieben und nicht in Panik ausgebrochen wäre, es war ihre Schuld, daß das Auto von der Straße abgekommen war, ihre Schuld, daß sie tot war. Wem wäre damit gedient, wenn sie zugäben, daß sie dabeigewesen waren? Das Mädchen wäre trotzdem tot. Nein, er und Carland waren lediglich unnötigem Ärger in der Folge eines mißlichen Unfalls aus dem Weg gegangen. Das lag doch auf der Hand.

»Verstehst du jetzt, warum ich euch nicht bekannt machen kann?«

Ich schüttelte den Kopf und seufzte. »Tut mir leid, Bobby. Nein.«

In meiner Stimme schwang beinahe Zärtlichkeit mit. Ich konnte es mir leisten; ich wußte, daß Bobby noch ein bißchen weinen und behaupten würde, daß er es nicht tun könne, aber schon bald würde er sich mit seiner neuen Lage abfinden. Manche Menschen bekommen, wenn sie in der Falle sitzen, einen Kräfteschub und wachsen mit den Anforderungen; sie kämpfen, suchen nach einem Ausweg. Bobby fehlten die Schaltkreise, die Synapsen, durch die die Kraft einfließen konnte; ihn brachte der Druck zur Strecke, er brach zusammen und war bald bereit, alles zu tun, was nötig war, um wieder Licht zu sehen. Und hier stand nun ich und zeigte ihm den Weg.

Als ich ihn verließ, ging es ihm nicht gut. Doch schon bald, sehr bald, würde er sich ein neues System von Erklärungen zurechtgelegt und einen Weg gefunden haben, um sich eine neue, andere moralische Welt aufzubauen. Ich nahm nicht an, daß die neue Welt lange Bestand haben würde. Etwas würde passieren, und der feste Boden würde ein weiteres Mal nachgeben, wenn er versuchte, sich zu rechtfertigen. Die Wahrheit lag auf der Hand: Bobbys neue Welt wäre auf Sand gebaut.

Wieder im Büro, betrachtete ich noch einmal das Foto von Carland in der *Business Week*. Es war nach jener Nacht aufgenommen worden. Nun wußte ich, was hinter diesem offenen, unbekümmerten Lächeln steckte. Erinnerte er sich überhaupt noch daran, oder suchte ihn manchmal ein plötzliches Bild heim, ein Echo im Regen? Suchte ihn auch manchmal der fehlende Kopf heim? Mittlerweile konnte ich mir ausmalen, warum seine Ehen zerbrochen waren und warum er allein war: Er konnte nicht zur Gänze verbergen, daß er in seinem Innersten ein schlechter Mensch war. Ich sah erneut auf dieses trügerische Lächeln. Wovon träumte er in der Totenstille der Nacht?

Ich saß da und überlegte. Vermutlich müßte ich nur den Telefonhörer abnehmen, und ein paar Stunden später hätte ich ihn in der Tasche. Es wäre so einfach – beinahe zu einfach. Und ich empfand es nicht als Erpressung, weil er kein Unschuldiger war. Alles andere als das. Carland verdiente es, wegen Beth und weiß Gott wie vielen anderen Frauen, denen er das angetan hatte. Er verdiente jede Falle, in die ich ihn locken konnte. Es war eigentlich eine hübsche Vergeltungsmaßnahme.

Ich stand auf, trat ans Fenster und betrachtete das Sonnenlichtmuster unter den Jacarandablättern. War ich wirklich anders als Bobby? Rationalisierte ich nicht, stellte ich die Wirklichkeit nicht auch genauso dar, wie es mir gefiel, um das zu entschuldigen, was ich tat? Einen Augenblick war ich ratlos:

Was war die Wirklichkeit, wo war der feste Boden? *Es gibt keine Wahrheit, nur Sichtweisen.* Wenn das zutraf, konnte ich mich an nichts anderes halten als an das, was ich für richtig hielt. Ich trug die Verantwortung; ich war diejenige, die den festen Boden freilegen mußte. Ich setzte mich wieder hin und schlug die Zeitschrift zu. Die Antwort lag in mir: Revanche.

Doch sogar damals wußte ich, daß das nicht mein einziges Motiv war, ja nicht einmal mein Hauptmotiv. Ich wollte etwas Größeres, etwas Einfaches, aber völlig Solides, und es hatte weder mit Carland zu tun noch mit Geld noch mit Paul oder irgendeiner anderen Einzelheit, die das Leben mir bescherte. Es hing mit etwas tief in meinem Inneren zusammen, mit meinem wachsenden Verlangen, weiterzumachen, voranzukommen, herauszufinden, wie weit es noch zu meinem entferntesten Gestade war.

15

Paul versuchte es mehrmals und wurde schließlich zu Arzell durchgestellt. Er sagte, er sei an dem Grundstück in Bakersfield interessiert. Ich konnte nur Pauls Anteil an dem Gespräch hören, aber ich begriff, daß Arzell ihm sagte, es stünde nicht zum Verkauf. Als Paul darauf beharrte, hörte ich heraus, daß Arzell versuchte, ihn abzuwimmeln.

»Ich glaube, Sie verstehen mich nicht richtig«, sagte Paul. »Ich tue *Ihnen* einen Gefallen. Ich denke, im Lauf der Zeit werden Sie das einsehen.«

Er wartete ab, während Arzell Einwände erhob. Ich hatte das Gefühl, daß er gar nicht zuhörte; er wußte bereits, worauf es hinauslaufen würde, und ließ Arzell lediglich den ihm zugeteilten Text sprechen.

»Passen Sie auf«, sagte Paul. »Ein paar Freunde von mir werden bei Ihnen vorbeikommen. Warum unterhalten wir uns nicht, nachdem Sie mit Ihnen gesprochen haben?«

Er legte auf, kühl und selbstbewußt, und ich sah ein weiteres Mal, was es war, das ich wollte, diese Selbstsicherheit, die aus mehrfachen Erfahrungen herrührt, die ungehinderte Ausübung eines starken und unbeirrten Willens.

Wenige Tage später sagte mir Paul, daß Arzell sich bereit erklärt hatte, sich in Bakersfield mit ihm zu treffen.

»Was hast du mit ihm gemacht?«

»Ich überhaupt nichts. Meine Freunde.«

»Was haben sie gemacht?«

»Nichts. Sie haben ihm nur von mir und meinen Plänen erzählt, weiter nichts.«

»Komm schon. Sag's mir.«

»Tja, weißt du, einem ehrlichen Mann kann man nichts anhaben. Doch die Welt ist voller Menschen, die die Grenzen übertreten. Manche mehr als andere.«

»Und Arzell ist einer von ihnen?«

Paul nickte. »Bobby hatte recht – er steckt in Schwierigkeiten. Großen Schwierigkeiten. Und zwar nicht nur wegen der Rezession. Es hat sich herausgestellt, daß er gerne spielt. Er ist seit Jahren Stammgast in Las Vegas – mit schwindelnden Einsätzen. Ich schätze, ein Mann muß tun, was er tun muß, um hohe Verluste abzudecken.«

»Und du hast ganz zufällig davon erfahren.«

Er nickte.

»Von Freunden? In Vegas?«

Er nickte erneut.

Ich lächelte. »Und dann hast du andere Freunde ausgesandt, um Arzell über dein Wissen zu informieren.«

Sein Grinsen war sehr breit.

»Du hast wirklich interessante Beziehungen«, sagte ich.

»Stimmt«, sagte er und lachte. »Was zählt denn sonst schon auf dieser Welt?«

Wir fuhren über Grapevine in nördlicher Richtung aus Southland hinaus und ins San Joaquin Valley. Als wir aus den Bergen herauskamen und ins Tal gelangten, zeichnete sich weit in der Ferne Bakersfield ab, wie ein Traumbild im Dunst, eine endlose Fläche von bewässerten und dicht beieinanderliegenden Farmen, umgeben von Feldern, soweit das Auge reichte. Ich habe einmal auf einer Party in den Hügeln über Hollywood einen Cowboy kennengelernt, der erzählte, er sei von Bakersfield heruntergekommen. Er hatte ein Demoband dabei, eine Gitarre unterm Arm und silberne Kragenspiegel an seinem Jeanshemd. So ein Ort war Bakersfield – wo biertrinkende Dorftrottel samstags den Texas-Two-Step tanzten. Doch es gab auch noch ein anderes Bakersfield; dort ging es um sehr hohe Einsätze bei Agrarprodukten, Öl und Erdgas, Vieh und Land. Das Geld wohnte zwar nicht in Bakersfield, aber es machte mit Sicherheit dort Geschäfte.

Im Handumdrehen hatten wir die Ausläufer der Stadt erreicht und fuhren an Raffinerien, Getreidesilos, Schlachthöfen und Vierteln mit einstöckigen, weiß verputzten Häusern vorbei, wo in Vorgärten rostige Kühlschränke und aufgebockte Kleinlieferwagen standen.

Das Grundstück, das Arzell erschließen wollte, lag nördlich der Stadt und östlich der Schnellstraße. Es war Teil einer der ursprünglich spanischen Landzuweisungen gewesen, der Rancho Tejilda, die sich vom Norden Fresnos bis zu den südlichen Ausläufern der Berge erstreckte, mitten durch Gebiete, die zum fruchtbarsten Acker- und Weideland der Welt zählten. Der Besitz war von Nachkommen der ursprünglichen Familie in die Tejilda Land- und Viehgesellschaft umgewandelt worden, die besonders nach dem Zweiten Weltkrieg florierte, als all diese weiß verputzten Häuschen für heimkehrende GIs gebaut worden waren. Doch während einer länger anhaltenden Rezession zu Beginn der siebziger Jahre kam die Firma in unruhiges Fahrwasser, das eine jahrelange Mißwirtschaft offenbarte. In dem Versuch, zahlungsfähig zu bleiben und die Kontrolle zu behalten, hatte die Familie eine begrenzte Anzahl von Aktien zum Verkauf angeboten, und zwar in dem Moment, als Öl und Erdgas unter dem – wenn er bewässert wurde – fruchtbaren Boden entdeckt wurden. Die Firma blühte erneut auf, doch war sie jetzt lediglich für Außenseiter interessant, die den nervösen Nachkommen unwiderstehliche Angebote machten. Arzell war der jüngste in einer Reihe von aggressiven Aktienkäufern und machte das Rennen. Er plante Parzellierungen und Schulen, ein Industriegebiet und zwei Einkaufszentren. So blieben immer noch mehr als drei Viertel des Tejilda-Besitzes übrig und konnten für Ackerbau und Viehzucht genutzt werden. Selbstverständlich behielt Arzell die Rechte an Öl und Mineralien auf dem gesamten Land für sich.

Es war die perfekte Ausgangsbasis für Paul. Tejilda würde ihm den Einstieg in die landwirtschaftliche Produktion und den Viehmarkt ermöglichen – einschließlich Öl und Erdgas. Auf der Fahrt erläuterte er mir einen bereits ausgearbeiteten Plan für Ölkonzessionen, durch die er Millionen von Dollar schleusen konnte. Wie fast alle seine Geschäfte konnte er das auf dem Laptop erledigen, den er bei sich trug. Mit seinem Modem konnte er auf die Datenautobahn gelangen und überall dort haltmachen, wo er seine Papierwelt aufbauen wollte. Er würde Arzell als offiziellen Hauptaktionär behalten. Tejilda wäre eine fabelhafte Tarnung.

»Du redest, als wäre es bereits passiert«, sagte ich. »Als wäre Arzell bereits erledigt.«

»Das ist er auch«, meinte Paul. »Er weiß es nur noch nicht.«

Arzell hatte sich in einem Konferenzraum in seinem Hotel mit ihm treffen wollen, aber Paul überzeugte ihn, auf den Besitz hinauszufahren. Wir nahmen eine Nebenstraße, ließen die Vororte rasch hinter uns und fuhren durch nicht endenwollende Felder. Wir kamen an Gruppen von zwanzig oder dreißig Erntearbeitern vorbei, ganze Familien, die sich über etwas beugten, was wie Brokkoli oder Grünkohl aussah. Die Gegend war flach, heiß und trocken. Die Sonne spiegelte sich in den kilometerlangen Rohrleitungen, die das Wasser herbeischafften.

Etwa anderthalb Kilometer nach dem letzten bebauten Feld bremste Paul. Am Straßenrand parkte ein Auto, hinter dem wir anhielten. Am anderen Wagen lehnten zwei Männer.

»Warte hier«, sagte Paul zu mir, öffnete seine Tür und stieg aus.

Es war nicht Arzell. Diese Männer gehörten zu Paul. Hätte ich zwischen Hirn und Muskeln entscheiden müssen, hätte ich gesagt, daß sie Muskeln waren. Sogar in ihren dunkeln Anzügen konnte ich erkennen, daß sie beide die breiten, gerundeten Schultern und Oberarme von Bodybuildern hatten. Ich begriff, daß ich dumm gewesen war. Das Szenario, das ich für diesen Tag verfaßt hatte, wurde mir aus den Händen genommen. Ein polierter Tisch, die Geräusche von Stiften und Computertastaturen, ein zivilisiertes Händeschütteln – es hatte nicht den Anschein, als ob es zu irgend etwas davon kommen sollte. Und obwohl ich wollte, daß Paul mir zeigte, was er tat, und ich sehen wollte, wie er es tat, hatte ich Angst vor dem, was nun kommen würde.

Etwas berührte meine Wange. Eine Fliege war im Auto eingeschlossen. Ich hörte ihr lautes Brummen, als sie gegen die Windschutzscheibe stieß. Ich schloß die Augen. Meine Füße drückten gegen den Boden des Wagens, als könnte ich noch bremsen, doch es war zu spät. Ich war bereits hier, hatte so weit kommen wollen. Ich öffnete die Augen wieder und sah über die Straße auf das weite, flache und staubige Land, das sich im Dunst vor mir erstreckte. Ich hatte es angefangen, und nun gab es keine Möglichkeit mehr, es aufzuhalten.

Paul und die beiden Männer drehten sich um. Ein weiteres Auto parkte hinter mir. Ich drehte mich nicht um. Ich hörte, wie sich die Autotüren öffneten und schlossen und dann Schritte, die auf dem Asphalt knirschten. Der Mann, in dem ich Arzell vermutete, ging vorüber. Er war klein und stämmig und sah aus wie jemand, der sich aus der Baubranche hochgearbeitet hatte. Ein zweiter Mann folgte ihm, und sie sahen beide zu mir herein, anscheinend erstaunt darüber, mich hier zu sehen. Sie gingen zu Paul und den anderen. Paul streckte die Hand aus und lächelte. Er war ganz entspannt.

Ich ließ das Fenster hinunter. Sie standen zu weit von mir entfernt, als daß ich irgend etwas hätte hören können – außer dem Wind, der gleichmäßig wehte. Auf der nackten Landschaft hinterließ er keinerlei Spuren; ich konnte ihn nur hören. Allerdings vernahm ich nach einer Weile das schrille Knirschen von Metall, ein Stück Zaun, das vor und zurückschwang. Durch die Windschutzscheibe beobachtete ich Arzell: Er schüttelte den Kopf und gestikulierte heftig, während sein Gesicht vor Wut rot angelaufen war. Ich hörte die gefangene Fliege summen. Plötzlich verspürte ich das Bedürfnis, sie freizulassen, und schob sie ungeschickt zum offenen Fenster hin. Sie versuchte, meiner Hand auszuweichen, die ihr als Vorbote einer Katastrophe erscheinen mußte. Doch endlich fand sie den Luftstrom in Richtung Fenster und war blitzschnell verschwunden.

Ich sah wieder zu den Männern. Sie gingen durch eine Lücke im Zaun auf die Felder hinaus. Arzell protestierte. Paul schwieg und schüttelte den Kopf. Seine Männer bugsierten Arzell und den anderen Mann weiter von der Straße weg. Sie waren wie alte, treue Hunde, rücksichtsvoll, aber entschlossen.

Die Ebenheit der Felder war eine optische Täuschung. Die Winderosion hatte unzählige Rinnen ausgeschürft, und Paul und die anderen verschwanden vor meinen Augen hinter einem Erdwall. Ich blieb sitzen und lauschte dem Wind. Die Sonne brannte aufs Auto herab, und mir wurde mit einem Mal sehr heiß. Ich machte die Tür auf und stieg aus. Das Geräusch der zuschlagenden Autotür übertönte den Wind. Ich konnte Paul nicht sehen. Mein Herz schlug schneller. Ich fühlte mich wie in einem Schacht, einer tunnelartigen Passage, in der ich vorangezogen wurde. Langsam und zögernd schritt ich auf die Lücke im Zaun zu. Der Wind fegte mir das Haar übers Gesicht und peitschte mir Hemd und Hose gegen die Haut. Andauernd sah ich mich um, als würden mich tausend verborgene Augen aus diesem weiten Raum beobachten. Ich wandte mich in dieselbe Richtung, in die die Männer gegangen waren. Im grellen Licht der Sonne mußte ich mir die Hand über die Augen halten. Ich sah überhaupt nichts. Dann, wie in Zeitlupe, verließ ich die Straße und folgte Paul.

Ich gelangte auf eine kleine Anhöhe. Sie waren meterweit von mir entfernt. Arzell kniete mit blutigem Gesicht und glasigem Blick auf einem Bein. Paul sagte etwas; Arzell schüttelte den Kopf. Dann holte einer von Pauls Männern aus und schlug Arzell ins Gesicht. Seine Arme flogen hoch, und er fiel auf den Rücken. Ich schnappte nach Luft. Vielleicht hatte Paul mich gehört, denn er drehte sich um und sah mich. Er hatte die Zähne zusammengebissen, und ich konnte sogar aus der Entfernung die Spannung in ihm knistern hören. Seine Augen stellten sich auf meine ein und fixierten mich. Ich konnte den Blick nicht abwenden. Sieh her, schien er zu sagen. *Sieh her!* So ist das. Nicht besonders hübsch. Kannst du es ertragen, das zu sehen? *Kannst du das?* Ich schaute nicht weg.

Er drehte sich um, und der Bann war gebrochen. Einer von Pauls Männern zerrte Arzells Begleiter weg, während sich der andere wieder über Arzell hermachte. Paul schrie Arzell etwas ins Gesicht; Arzell sah so benommen aus, daß ich mir nicht sicher war, ob er überhaupt etwas hören oder verstehen konnte. Ich hatte genug gesehen. Ich wandte mich um und stolperte die Anhöhe hinunter.

Ich ging zum Auto zurück und lehnte mich dagegen. Ich keuchte und dürstete nach Luft. Ich sah Pauls Augen vor mir, die Herausforderung und die Intensität. Ich sah das Blut. Es stand hinter Pauls gesamter Reserviertheit und seiner Eleganz. Diese explosive und eruptive Gewalt war es, die unterschwellig immer vorhanden war. Ich hätte entsetzt sein müssen, aber ich war es nicht. Ich wollte mir auch nichts mehr vormachen. Ein Teil von mir hieß einen so drastischen Einblick willkommen.

Ich hörte Schritte; Paul kam zurück. Er war allein. Er ging auf den Wagen zu und hielt abrupt inne, als er aufsah und mich erblickte, doch dann blieb er lässig und mit herabhängenden Armen stehen. Ich wußte, daß er wartete. Ich bewegte mich wie in einem Traum auf ihn zu, zwischen uns nur der Wind und das unvermittelte Krächzen der Vögel. Ich stand vor ihm, ganz ruhig im Zentrum des Blicks aus seinen braunen Augen, streckte dann den Arm aus und glättete sein windzerzaustes Haar. Als ich ihn spürte, war ich erleichtert und fühlte, wie ich auf ihn zuflog, seine Berührung ersehnte, seine Lippen und seine elektrisierende Umarmung. Doch ich hielt mich zurück und sah ihn einfach nur an. Was dachte er in diesem Moment? Wußte er, daß ich eine Entscheidung getroffen hatte? Dachte er, daß es um ihn ging?

»Jetzt ist alles gut«, sagte er.

Ich nickte und folgte ihm zum Wagen.

Er bog nicht nach Bakersfield ab, sondern fuhr zu meiner Verblüffung in die andere Richtung, weiter ins Valley hinein.

»Wohin fahren wir?« fragte ich.

»Nur ein Stück die Straße entlang. Da ist etwas, das ich mir bei der Gelegenheit gleich ansehen kann.«

Ich sagte nichts mehr; ich brauchte keine weiteren Fragen zu stellen. Ich sah zu Paul hinüber, doch es war nicht er, den ich sah: Ich sah mich und mein intensiver werdendes Engagement. Ich lehnte mich zurück und ließ die Landschaft vorbeiziehen. Mit jedem Atemzug spürte ich, wie ich mich entfaltete.

Nach einiger Zeit gelangten wir zu einem Ort namens Cromwells Corner. Irgendein Witzbold hatte den Namen mit dem Zusatz »Größter Parkplatz der Welt« in Druckbuchstaben auf einen Wassertank geschrieben. Es gab zwei im rechten Winkel zueinander verlaufende Straßen, gesäumt von einstöckigen, weiß verputzten Häusern, die aus den zwanziger Jahren stammen mußten. Hier war einmal das Geschäftsviertel gewesen, doch nun waren die meisten Läden mit Brettern vernagelt. Wir hielten vor einem. Paul saß da und starrte hinaus. Er sagte nichts.

»Wo sind wir?« wollte ich wissen.

»Ich bin hier aufgewachsen«, sagte er, und der Wind schnitt ihm die Worte ab.

Ich war erstaunt. »Ich dachte, du bist aus New York.«

Er tat so, als hätte ich nichts gesagt.

»Nicht viel los hier, was?« meinte er.

Ich glaubte etwas wahrzunehmen, was ich noch nie bei ihm registriert hatte, eine ganz gewöhnliche, zaghafte Unsicherheit. Ich wußte instinktiv, daß diese nicht nur mir galt. Er zeigte weniger mir diesen verborgenen Teil seiner Geschichte, als daß er sich selbst erlaubte, ihn zu sehen, und sich gestattete, das, was er normalerweise versteckt hielt, genau zu betrachten.

An einem der Läden hing ein verwittertes Schild. Ich konnte die Worte »Lattimer – Haushaltswaren« entziffern. Ich versuchte, ihn mir vorzustellen, vielleicht mit vierzehn, wie er im Laden arbeitete, aber ich konnte ihn nicht mit dem bäuerlichen Bild eines Jungen aus dem Valley in Einklang bringen. Er stieg aus dem Wagen, und ich beobachtete ihn durch die Windschutzscheibe, als er in das dunkle Fenster spähte. Nichts an ihm deutete darauf hin, daß er der Sohn eines Mannes war, dem ein Haushaltswarengeschäft in diesem winzigen Ort gehörte. Was hatte ihn dazu gebracht, den Sprung zu wagen und sich davonzumachen? Und was hatte ihn das gekostet?

Er stieg wieder ein. Wir fuhren die Straße hinab und bogen nach links ab. Dort standen mehrere Häuserblocks, hinter denen das offene Feld lag. An einem ungeteerten Weg, an dem ein rostiger Briefkasten stand, bogen wir nach rechts ab und hielten vor einem einfachen Haus. Es stand leer. Niemand mußte mir erklären, daß dies das Haus war, in dem er aufgewachsen war. Klein. Staubig. Nichtssagend. Ich hätte sein Inneres aus meinen eigenen Erinnerungen beschreiben können: die nackten Fußböden und das nicht zusammenpassende Mobiliar aus dem Gebrauchtwarenladen, gesprungenes Geschirr, Werbegeschenke der verschiedenen Supermärkte. Nichts, absolut nichts, das etwas mit ihm zu tun hatte, damit, wer er heute war. Oder mit mir.

»Wo sind sie jetzt ... deine Eltern?« fragte ich.

»Nicht mehr da. Weg.«

Ich war mir nicht sicher, ob das hieß, daß sie tot waren, doch irgend etwas riet mir, nicht nachzufragen. Er hatte mir bereits das hier gezeigt; ich würde nicht weiter in ihn dringen. Er hatte den Motor nicht abgestellt und drückte nun beim Wegfahren das Gaspedal durch.

Ich überließ ihn seinem Schweigen. Das Staunen, das ich angesichts seiner Herkunft empfunden hatte, verschwand und machte der Erkenntnis Platz, wie ähnlich wir uns waren. Wir hatten den gleichen dumm machenden Staub abgeschüttelt. Vielleicht war es im Grunde gar keine Überraschung – vielleicht war es nur ein weiterer Teil einer grundlegenden Erkenntnis. Ich sah zu ihm hinüber. Irgendwann in der Vergangenheit, und zwar schon sehr früh, hatte er andere Vorstellungen entwickelt, ein anderes Leben in allen Einzelheiten vor sich gesehen. Ich wußte, daß ich nicht erfahren würde, wie es dazu gekommen war, ob es jemanden gab, der das ausgelöst hatte, doch ich wußte, daß er in diesen Vorstellungen die Energie gefunden hatte, die er brauchte, um in unbekanntes Terrain vorzustoßen, die Mittel, um es wahr zu machen. Don und ich hatten das auch getan: Wir hatten uns davongemacht. Doch Paul hatte mir gezeigt, wieviel weiter ich gehen konnte. Ich war die Schülerin, und mein Lehrer war erschienen.

Wir fuhren auf einer kurvenreichen Nebenstraße durch die Berge und übernachteten in Ojai, in einem Hotelbungalow mit Blick auf eichenbestandene Anhöhen und einem Kamin aus Natursteinen. Wir liebten uns vor dem Kamin, streckten uns beide lang aus, betrachteten den Schimmer auf der Haut des anderen und ließen die Hände von oben bis unten über unsere Körper gleiten, als könnten wir dieses warme und flüssige Licht einfangen. Ich hörte ihn seufzen, sah den orangefarbenen Schein auf seinen von dünnen Venen durchzogenen Augenlidern, die sich schlossen, als seine Finger zwischen meine Beine schlüpften. Ich beobachtete seinen Mund mit den leicht geöffneten Lippen, die sich im Takt mit seinen Fingern und meinen zu ihnen drängenden Hüften bewegten. Ich war naß und geschmeidig, so flüssig wie das Licht, doch ich beobachtete zugleich und hielt etwas zurück. Ich schloß die Augen und ließ mich ins Zentrum seiner Berührung treiben, bäumte meinen Körper bei jedem langsamen, gleichmäßigen Streicheln auf, als wäre seine Hand der Mond und unter mir brächen sich die Wellen des Ozeans, voller Sehnsucht nach Kontakt. Doch ich beobachtete noch immer. Ich war mir des Vergnügens bewußt, gab mich ihm hin, der köstlichen und präzisen Intensität der Berührung. Doch genau in diesem Bewußtsein, in diesem geschärften Empfinden, wußte ich, daß ich allein war.

Später betrachtete ich ihn, als er im erlöschenden Feuerschein schlief. Ob er wohl von diesem staubigen Ort träumte? Verfolgten ihn – wie mich – kahle Zimmer mit nackten Fußböden?

Er drehte sich um, und ich zog die Decke hoch. Sein Selbstvertrauen: Er bot mir eine unerschütterliche Kraft an, und sie verführte mich immer wieder, eine einladend winkende Hand, die auf eine glatte Bahn wies, auf die ich gleiten sollte, geölt von Verlangen und meiner neu erwachten Fähigkeit, mich über meine Angst zu erheben. Doch dieselbe unbeugsame Maske, die mich anzog, löste zugleich nagenden Unwillen aus. Seine Lässigkeit, diese Behaglichkeit in seiner Haut, die Art, wie er in einem stillen, schweigenden Geflecht in sich selbst ruhte – all das forderte mich heraus, rief etwas in mir wach, das daran kratzen, ihn schütteln und seine Augen zucken und zweifeln sehen wollte. Ich wollte einen Weg hinein finden, in ihn eindringen, ihn festnageln. Ich wollte haben, was er hatte. Es war sehr seltsam: Je stärker er mich inspirierte, desto unabhängiger wurde ich von ihm. Je stärker er mich befreite, desto distanzierter wurde ich.

Ich drehte mich um und starrte in die rotglühende Asche. Ich dachte an Bobby. Was ich ihm angetan hatte, unterschied sich nicht wesentlich von dem, was Paul mit Arzell gemacht hatte. Es war nur höflicher. Und Carland: Ich sah sein Foto vor mir, sein unschuldiges Lächeln ... Ich wollte diese Beute, wollte ihn – auf meine Weise – blutend am Boden liegen lassen. Und zwar nicht, um ihn Paul auszuliefern oder wegen des Geldes, das durch ihn hereinkäme oder auch nur aufgrund der Tatsache, daß er es verdient hatte, sondern weil er eine Sprosse auf der Leiter war, auf der ich aus meiner Vergangenheit aufstieg; ein notwendiger Schritt in Richtung Freiheit, von der ich wußte, daß Paul sie besaß, die Freiheit, sich selbst zu erschaffen und auf eigenen Füßen zu stehen.

Einen Moment lang hatte ich das Gefühl, bis zum Hals in Schwierigkeiten zu stecken. Ich sah Arzell vor mir und wie die Finger seiner rechten Hand ins Leere gegriffen hatten, als er auf den Rücken stürzte. Etwas an dieser Geste erschreckte mich. Doch ich sah nicht weg. Ich blieb ruhig und ließ es in mich einsickern, ließ mich die Frau spüren, die ich gewesen war, unsicher, ob es etwas gab, woran man sich festhalten konnte. Ich spürte sie, bis ich die Angst nicht mehr empfand. Meine Haut kühlte in dem ersterbenden Licht ab. Ich schmiegte mich an Paul, um mich zu wärmen. Nun konnte ich schlafen. Ich schloß die Augen und sah erneut Arzell vor mir, doch er schreckte mich nicht mehr. Ich wußte jetzt, daß ich nicht mehr die Frau war, die Angst davor hatte, ins Leere zu greifen.

16

Zwei Tage später rief ich Carland an und bestand darauf, einen Termin zu bekommen. Bobby hatte den Weg schon geebnet, aber ich hatte ihn angewiesen, sich nur vage über das zu äußern, was ich wollte.

Carland fragte ungeduldig nach Details. »Ich bin sehr beschäftigt«, sagte er.

Ich hörte den Unmut in seiner Stimme, und mir wurde klar, daß die Kontaktaufnahme über Bobby mich in die schwächere Position drängte. Ich brachte die Assoziationen mit, die Bobby stets hervorrief. Aber letztendlich war es gleichgültig. Wenn ich erst einmal vor Carland stand und er hörte, was ich zu sagen hatte, würde ich eine eigene Bedeutung für ihn bekommen.

»Ich mache Ihnen ein Angebot«, sagte ich. »Es handelt sich um etwas, von dem ich glaube, daß Sie daran interessiert sein werden. Sehr interessiert.«

Ich hatte die Stimme gesenkt und eine gewisse Rauchigkeit hineingelegt. Nicht so viel, daß es plump wirkte, aber doch genug, so hoffte ich, um ihn neugierig zu machen. Es machte mir Spaß, mit ihm zu spielen; mich zum einen als Geschäftsfrau zu präsentieren und ihm andererseits offene Avancen zu machen. Ich scherte mich nicht um Komplikationen, darum, daß eine Geschäftsfrau unbedingt zeigen muß, daß sie hart sein kann, manchmal sogar gnadenlos, um Schritt zu halten, während sie andererseits ihre Weiblichkeit nicht einsetzen darf, weil das ja unlauteren Wettbewerb bedeuten würde. Doch ich sah es anders. Es war nicht meine Weiblichkeit, die ich zu meinem Vorteil einsetzte – es war die so leicht zu entfachende Lust der meisten Männer. Jede Frau weiß, daß Männer stets nach dem Köder schnappen. Ich nahm nicht an, daß Carland eine Ausnahme wäre. Wir verabredeten uns für drei Uhr in seinem Büro.

Ich ließ mir beim Anziehen viel Zeit. Ich hatte mich hemmungslos verausgabt und von meinem eigenen Geld, nicht von dem auf NIGHT, ein pechschwarzes Designerkostüm gekauft. Die Jacke war eng geschnitten und machte eine zierliche Taille, die von gepolsterten Schultern und schmalen Revers betont wurde; sie wölbte sich sanft über meinen Hüften. Der Rock war kurz und eng genug, um die Rundheit meines Pos unter dem Jackensaum hervorzuheben. Darunter trug ich einen dünnen Seidenunterrock, von dessen ecrufarbenem Spitzenbesatz ein Hauch hervorsah, dunkle Strümpfe und Schuhe mit acht Zentimeter hohen Absätzen. Dieses Styling wirkte hart und sexy, und es funktionierte, weil es Männer herausforderte – nicht zum Flirten, sondern dazu, zu ignorieren, daß es sexy war. Und das kostete sie wertvolle Energie. Ihre Aufmerksamkeit war abgelenkt, und sie verloren an Boden, während sie darum kämpften, kühl zu bleiben. Hinterhältig, aber wer wollte mir das zum Vorwurf machen? In einer auf Konkurrenz gründenden Gesellschaft war es das einzig Sinnvolle, sein gesamtes Kapital einzusetzen. Und ich wußte, daß es wirkte, da es sich schließlich nur die erfolgreichsten Frauen leisten konnten, sich so zu kleiden.

Carlands Büro lag in der Innenstadt. Ich fuhr über den Freeway und dachte daran, wie er sich durch seinen Tag bewegte, ohne zu ahnen, was auf ihn zukam, daß sein Leben sich ändern und eine neue Richtung einschlagen würde. Ich allein wußte, was bereits alles in Bewegung gesetzt worden war, und ich allein war es, die es hätte aufhalten können, die die Möglichkeit dazu hatte. Ich war es, die die Macht besaß. Ich überlegte, was ich sagen und wie ich mit ihm umgehen würde, doch mein Verstand wollte nicht über unwirkliche Vorstellungen, die ich selbst heraufbeschworen hatte, hinausgehen. Es war egal. Ich fühlte mich stark, stark genug, um zu improvisieren. Mein Instinkt würde siegen.

Das Haus, in dem Carland sein Büro hatte, lag fast genau gegenüber von Nathans Verwaltungsgebäude und war genauso unpersönlich und feudal, eine Mischung aus Marmorfußböden und dicken Teppichen, die durch ein hohes Atrium auf Aufzugtüren aus poliertem Messing zuführten. Die Büroräume von Carlands Bank waren ähnlich ausgestattet, der übliche Versuch, eine geschmackvolle und teure Langeweile herzustellen, an der niemand Anstoß nehmen konnte.

Er ließ mich in der Empfangshalle warten, aber damit hatte ich gerechnet und genoß es sogar. Ich war wachsam, aber nicht ängstlich. Ich empfand eine gespannte Erregung, wie sie wohl ein altgedienter Entertainer kurz vor dem Auftritt fühlt. Ich wußte, daß ich äußerlich ruhig erschien. Die Aufregung unter Kontrolle zu halten ließ meine Bewegungen langsamer werden und mich überlegt und selbstsicher erscheinen. Ich überlegte, ob es das war, was Paul empfand. Ich stellte ihn mir vor, seinen geraden Rücken, wenn er sich zu mir umwandte, seine langsame Handbewegung, wenn er sich beiläufig das dunkle Haar von der rasierten Wange zurückstrich. War all das die glatte Schale um diese belebende Energie?

Eine Sekretärin kam und führte mich einen langen schmalen Flur entlang, der vor einer hohen Doppeltür endete, die in eine abgeschlossene Vorstandssuite führte. Sie war wie ein englischer Jagdclub eingerichtet, mit Drucken von Rennpferden an den Wänden, waldgrünen Ledersesseln und Chippendale-Sekretären. Die Tür am gegenüberliegenden Ende stand offen, und die Sekretärin bedeutete mir hineinzugehen. Es war Carlands Büro.

Er saß hinter seinem Schreibtisch und blickte auf, als er mich hörte. Er lächelte automatisch, doch seine Augen blieben unbewegt. Ich glaube, mein Aussehen überraschte ihn, doch er zog nur unmerklich die Augenbrauen hoch, genauso, wie ich es tat, wenn mir in geschäftlichem Rahmen jemand begegnete, der äußerlich attraktiv war. Ich blieb in der Tür stehen. Ich wollte das Gesamtbild auf ihn wirken lassen, damit er es wahrnahm und darauf ansprach, und es dann beiseite wischen.

Er stand auf und kam auf mich zu. Er trug einen italienischen Anzug, der die Schlankheit seines Körpers sehr dezent unterstrich. Er war größer, als ich anhand der Fotos angenommen hatte, hatte helles, fast blondes, sehr dickes, kurzgeschnittenes Haar und blaue, von dichten, schwarzen Wimpern umrandete Augen. Carland war in der Filmbranche gewesen, ein Magnet für Männer, die – auch wenn sie keine Schauspieler waren – groß herauskommen wollten, doch nun war er das lebende Beispiel für etwas anderes, das ich dank meiner Transaktionen für Nathan schon wußte: Die attraktivsten Männer mit den besten Haarschnitten und den besten Anzügen tummelten sich nicht in der Filmbranche, sondern in der Finanzwelt, und zwar in deren obersten Etagen.

Wir schüttelten uns die Hände, und er führte mich zu einer Sitzgruppe mit einem Sofa und zwei Sesseln. Er setzte sich auf einen der Sessel und ich mich auf das Ende des Sofas, das ihm am nächsten stand. Die leere Fläche, die sich zum anderen Ende hin erstreckte, gefiel mir nicht; all dieser freie Raum konnte mich nur kleiner wirken lassen. Doch mit neuer Klarheit sah ich, daß ich die Wahl hatte, sogar bei etwas so Harmlosem wie diesem: Ich konnte mich in dieses Kleinsein hüllen und mich damit ins Hintertreffen bringen, oder ich konnte es ignorieren und mich auf etwas anderes verlegen. Ich schlug die Beine übereinander, ganz langsam, so daß sich meine Strümpfe mit einem genüßlichen, seidigen Geräusch aneinander rieben. Carland reagierte natürlich nicht. Doch ich wußte, daß er es gehört hatte.

»Woher kennen Sie Bobby?« fragte er.

»Ich kümmere mich um fast alle seine Vermögensangelegenheiten. Aktien, Wertpapiere – und die allgemeine Verwaltung.«

Er nickte. Falls es ihn wie die meisten mit Erstaunen oder Skepsis erfüllte, daß eine Frau mit meinem Aussehen gut mit Zahlen umgehen konnte, so ließ er sich das in keiner Weise anmerken.

»Und was haben Sie mir nun mitgebracht?«

Seine Stimme hatte einen schroffen Unterton. Einen Augenblick lang dachte ich, er gälte speziell mir, doch dann begriff ich, daß er vermutlich immer so sprach. Das Tempo des Geschäftslebens zwang ihn zur Eile, doch darüber hinaus legte er die fingerschnippende Ungeduld eines Menschen an den Tag, der ganz einfach klüger ist als die meisten anderen, mit denen er zu tun hat. Ich nahm an, daß er stets schneller war als die anderen, stets als erster am Ziel ankam, und daß er viel Zeit damit verbrachte, auf die anderen zu warten, und sich über die vergeudete Zeit ärgerte. Ich bildete mir nicht ein, nicht zu diesen anderen zu gehören. Aber was half es Carland, wenn er klüger war als ich? Bei dem Spiel, das wir spielten, ging es nicht um Intelligenz; es hing in keiner Weise von Klugheit ab. Es ging ums Spielen – darum, bis zum Äußersten zu gehen und alles zu riskieren. Es ging um Mumm.

Ich holte die Kopie eines alten Zeitungsartikels heraus und legte sie auf den Couchtisch vor uns. Er warf einen Blick darauf und wurde starr. Er hatte sofort erkannt, was es war. Es war der Bericht darüber, wie die Polizei Beths Leiche und das verunglückte Auto gefunden hatte. Ich war selbst in die Bibliothek gegangen und hatte ihn herausgesucht. Niemand, nicht einmal Holly, hatte ihn gesehen. Carland griff nicht danach, sondern blieb ruhig sitzen.

»Wer sind Sie?« fragte er schließlich.

»Sie wissen, wer ich bin.«

»Hat Bobby Sie dazu angestiftet?«

»Glauben Sie etwa, daß er dahinter steckt?« Ich lachte. »Halten Sie das allen Ernstes für möglich?«

Er schwieg wieder.

»Wenn Sie sich fragen, wieviel ich weiß – ich weiß alles. Bobby kann sich erstaunlich präzise ausdrücken, wenn man ihn ... dazu ermuntert.«

Carland nickte, doch ich bezweifelte, daß er mir wirklich Glauben schenkte. Er konnte es noch nicht glauben, denn sonst wäre eine eiserne Tür knallend zugefallen, er hätte keine Chance mehr gehabt. Ich wußte, daß er, obwohl er so ruhig dasaß, innerlich hart arbeitete, diese Chance suchte, den Ausweg. Es war still im Büro, die isolierte Citystille, die man nur mit Geld kaufen kann.

»Ich weiß nicht, was Bobby Ihnen erzählt hat, und ich will es auch gar nicht wissen.« Er wies auf die Kopie. »Es war ein Unfall. Die Polizei hat das festgestellt.«

»Die Polizei kannte nicht alle Umstände. Aber sie könnte sie jetzt erfahren. Und ich glaube, dann würde sie noch einmal ermitteln.«

Ich schwieg lange genug, um ihn dazu zu zwingen, mich anzusehen.

»Und Sie kennen Bobby«, fuhr ich fort. »Es ist ganz klar, daß er sich auf einen Handel einlassen und aussagen würde.«

Die Farbe, die aus Carlands Gesicht gewichen war, als ich den Zeitungsausschnitt auf den Tisch gelegt hatte, war zurückgekehrt. Nun hatte er rote Wangen.

»Wieviel wollen Sie?« fragte er schließlich. Seine Stimme zitterte nicht einmal. Ich konnte nicht umhin, ihn zu bewundern. Er war äußerst gefaßt.

Ich lehnte mich zurück und sah ihn an. »Ziemlich viel, offen gestanden«, sagte ich.

»Wieviel?«

Ich stand auf und ging langsam zu den breiten Fenstern

hinüber, die nach Westen hinausgingen. Ich wußte, daß er trotz allem – trotz seiner Angst und des unterschwelligen Grolls, der Wut auf mich – die Fülle meiner Hüften, die Rundung meines Hinterns und die Länge meiner Beine in den dunklen Strümpfen und mit den hohen Absätzen registrieren würde. Ich hielt inne, als ich an seinem Schreibtisch vorbeikam, und ließ die Finger über die auf Hochglanz polierte Oberfläche gleiten. Ich spürte, daß er mich beobachtete, daß er wartete, als ich durch den Dunst zum Horizont hinausblickte.

»Wir …«

»Wer ist wir?« unterbrach er mich hastig.

Ich wandte mich um und ging wieder auf ihn zu. »Ich und meine … Partner. Ich habe das nicht allein in die Wege geleitet.«

»Wer sind Ihre Partner?«

Ich setzte mich wieder hin. »Das braucht Sie nicht zu interessieren.«

Meine Stimme klang so hart und schneidend, wie es mir möglich war. Ich sah seine Augen verblüfft aufflackern und hoffte, daß ihn mein Tonfall wie ein Peitschenhieb oder ein plötzlicher Schlag unter die Gürtellinie getroffen hatte. Natürlich war er es nicht gewohnt, daß man so mit ihm sprach. Das lag nicht nur an seinen geschäftlichen Erfolgen oder seiner leitenden Position; auch dank der dreihundertjährigen Familiengeschichte war Unverschämtheit ihm gegenüber für ihn etwas ganz Neues.

»Ich könnte jetzt auf der Stelle zur Polizei gehen«, sagte er. »Ich wäre ruiniert. Aber Sie auch.«

Er hatte nicht ganz unrecht. Einen Moment lang durchzuckte mich ein Zweifel: Wie dumm von mir, nicht vorausgesehen zu haben, daß er selbstverständlich diese Möglichkeit in Betracht zog. Ich nahm nicht an, daß er sie ergreifen würde, doch er führte mir damit vor Augen, was für ein gefährliches Spiel ich spielte. Der Boden unter mir war voll von tiefen und immer weiter werdenden Rissen. Auf was sonst bin ich nicht vorbereitet, begann ich zu überlegen, als mir plötzlich einfiel, daß dieses Grübeln mich schwächen würde. Carland wartete ab, während seine Hände ruhig auf den Armlehnen seines Sessels lagen und er diesen durchsichtigen Bluff inszenierte, um meine Reaktion abzuschätzen. Alles an ihm hätte mich einschüchtern müssen – seine Macht, seine Geschichte, seine äußerliche Attraktivität –, doch ich fühlte mich in keiner Weise bedroht. Und das nicht, weil ich glaubte, die Oberhand zu haben, sondern weil ich mitten aufs Spielfeld geschritten war und eingegriffen hatte. Ich war entschlossen, fest entschlossen weiterzumachen. Dieses Spiel gab mir das Gefühl, lebendiger und in meiner eigenen Haut präsenter zu sein als je zuvor. Ich lächelte, als ich mich ihm zuwandte.

»Weshalb sollten Sie zur Polizei gehen? Sie wollen doch nicht riskieren, im Gefängnis zu landen. Von allem, was Sie sich erarbeitet haben, ganz zu schweigen. Und von ihrem guten Namen.«

Er starrte auf den Tisch, und ich hoffte, daß er den langen Korridor seiner Geschichte vor sich sah, all diese stolzen und aufrechten Vorfahren, ein amerikanisches Erbe.

»Was wollen Sie?« fragte er noch einmal.

»Wir brauchen einen Kanal für Bargeld.«

»Mein Gott«, sagte er. Mit so etwas hatte er absolut nicht gerechnet, und ich wußte, daß er blitzartig vor Augen sah, wie er von nun an auf Dauer festsaß.

»Ausgeschlossen.« Er schüttelte den Kopf. »Unmöglich. Ausgeschlossen.«

»O doch«, sagte ich. »Sehr wohl möglich.«

Ich beugte mich vor. »Sehen Sie, Sie sind ein sehr kluger Mann.« Ich klang freundlich und offen. »Sie wissen, welche

Alternativen Sie haben – ich muß sagen, es sind nicht viele. Die beste ist, zu kooperieren.«

Er schwieg und war außerstande, mich anzusehen. Ich glaubte zu erraten, was in ihm vorging. In ihm breitete sich die Erkenntnis aus, daß ihm gerade ein sehr massives Problem erwachsen war, und daß es sich nicht in Luft auflösen würde. Ich spürte, wie er rechnete. Er dachte immer noch, es gäbe einen Ausweg. Das war gut. Carland schachmatt zu sehen war ein ausgesprochen interessantes Bild. Ganz spontan nahm ich die Kopie vom Tisch und steckte sie wieder in meinen Aktenkoffer.

»Ich weiß, daß Sie jetzt schockiert sind«, sagte ich. »Sie brauchen ein wenig Zeit, um die Ereignisse zu verdauen. Nehmen Sie sich den Nachmittag dafür. Wir können später weiterreden.«

Er sah mich an.

»Bei einem Drink«, sagte ich, schlug erneut die Beine übereinander und erzeugte dieses seidige Geräusch. »Ich bin nicht unvernünftig. Und wir sollten uns kennenlernen. Wir werden eine lange, lange Zeit miteinander zu tun haben.«

Er nahm die Zweideutigkeit in meiner Stimme wahr, und ich sah ihm an, daß er verblüfft war. Ich wußte, daß sich die Rädchen jetzt in Bewegung setzten. War dies das Schlupfloch, nach dem er gesucht hatte? Konnte er auf dieser Ebene an mich herankommen? Konnte er auf Sex spekulieren? Ich wollte ihn glauben machen, daß er sich durch die Launen einer Frau retten könnte, ihn zu einer Delilah als Pendant zu meinem Samson machen, und ihn glauben lassen, er könne mich verführen, entwaffnen und mich meiner Macht berauben, indem er mich meiner Kleider beraubte.

Ich lächelte, als ich ging. Ich kam mir sehr großzügig vor. Ich gönnte ihm ein paar Stunden der Hoffnung.

Ich schlug vor, diesen Drink bei ihm zu Hause zu nehmen. Mir war klar, daß ich die Sache forcierte und mit dem Feuer spielte; daß Carland mir in der Zwischenzeit alle möglichen Fallen stellen konnte, doch ich war bereit, es darauf ankommen zu lassen. Irgend etwas hatte von mir Besitz ergriffen, eine unangreifbare Gewißheit, Arroganz vielleicht, doch ich verstand sie als Stoßkraft, eine anschwellende Flut, die ich mir zunutze machte. Ich wurde hinaufgetragen, stieg immer weiter; ich wollte von Wellenkamm zu Wellenkamm springen.

Ich trug Schwarz, ein sehr enges, schweres, metallisches Strickkleid mit hohem Kragen und langen Ärmeln, wie das Trikot einer Tänzerin, so enganliegend wie eine zweite Haut und leicht auszuziehen. Es endete über dem Knie und zeigte eine Menge Bein. Ich trug fleischfarbene Strümpfe und fragile, schwarzseidene Sandaletten mit hohen Absätzen, die Art, die man mit einem Finger abstreifen konnte. Mein Haar ließ ich offen und absichtlich ungezähmt; meine dunklen Locken waren ein Angebot, eine Einladung zum Anfassen.

Es dämmerte, als ich vorfuhr. Carlands Haus, eine alte Villa im spanischen Stil, stand etwas zurückgesetzt, an einer kurvenreichen, von Bäumen gesäumten Straße in South Pasadena, einem reichen Wohnviertel mit ausgesprochen schlichten Vorgärten, da man auffällige Zurschaustellung für protzig erachtete. Die zu dieser Stunde vom gelben Licht einer antiken, schmiedeeisernen Laterne erleuchtete Haustür lag im Schatten der Zweige einer sehr alten und wuchtigen Lantane. Ich hörte meine Absätze in der Stille der Dämmerung widerhallen, als ich über das komplizierte Muster des gepflasterten Wegs ging, und mir gefiel die stakkatoartige Schärfe, diese spitze, schneidende Art, mich anzukündigen.

Carland öffnete die Tür und hielt die Augen ruhig und geradeaus, ohne ihnen zu gestatten, mich von oben bis unten zu mustern. Ich lächelte innerlich; er war sehr gelassen, ein würdiger Gegner. Sein Mund zögerte, unfähig, wie bei einer normalen Begrüßung zu lächeln.

»Sie sind sehr pünktlich«, sagte er.

»Ja«, sagte ich. »Das bin ich immer.«

Ich hielt seinem Blick ohne weiteres stand. Noch vor wenigen Monaten wäre ich begierig darauf gewesen, hier mit Jonathan Carland zusammenzutreffen. Ich hätte mich genauso gekleidet, mit derselben Sorgfalt und demselben Ziel: daß er mich begehrte. Doch die Voraussetzungen wären wesentlich andere gewesen. Ich hätte abgewartet und mir von seinen Reaktionen die Stichworte geben lassen. Was er dachte, was er wollte – wollte er mich? –, hätte den Ablauf bestimmt. Einen sehr großen Teil meiner Vergangenheit hatte ich so verbracht, mit Abwarten und Ergründen, was der andere dachte. Heute abend nicht. Heute abend war wichtig, was ich dachte. Den Ablauf bestimmte ich.

Er hatte sich umgezogen und trug nun Freizeithosen und einen weichen blauen Rollkragenpullover, der zu seinen Augen paßte und sein dickes, helles Haar zur Geltung brachte. Er war dazu erzogen worden, sich nie auch nur einen Ansatz von persönlicher Eitelkeit anmerken zu lassen, aber man konnte nicht ein Leben lang aussehen wie Carland, ohne sich seiner Attraktivität bewußt zu sein. Ich konnte mir unschwer die zahllosen Frauen vorstellen, die sich ihm an den Hals geworfen hatten. Als ich ihm durch einen dezent beleuchteten Korridor in den hinteren Teil des Hauses folgte, fragte ich mich, ob er sich heute abend mit ebensolcher Sorgfalt angekleidet hatte wie ich und sich bewußt um seine Verschönerung bemüht hatte. Ich stellte mir vor, wie ihm unter einer heißen, dampfenden Dusche der Seifenschaum über die Haut rann, wie er sich beim Abtrocknen reckte, sich mit dem Handtuch durchs Haar fuhr, sich mit gleichmäßigen Bewegungen rasierte, mit dem Rasiermesser durch dicken, sahnigen

Schaum fuhr, während er mit den Fingern seinen Hals abtastete, um zu überprüfen, wie glatt er sich anfühlt. Dachte er in diesem Moment an mich? Hatte er ein halbes Dutzend Dinge anprobiert, bei allem überlegt, wie ich es fände, und versucht zu ergründen, was mir gefallen könnte oder nicht? Und obwohl alles Berechnung war – erregte es ihn trotzdem? Konnte er all diese Vorbereitungen treffen und trotzdem immun gegen das sein, was sie in sich bargen? Und überhaupt – konnte ich es denn?

Der Raum, in den er mich führte, lag zum Teil im Dunkeln und hatte auf einer Seite hohe Glastüren, die auf eine Terrasse führten. Ich konnte einen Swimmingpool erkennen, Gartenanlagen und einen Zierbrunnen, der am Ende eines Wegs im verblassenden Abendlicht stand. Der Raum war groß, über die Decke zogen sich Balken, und die verputzten Wände waren in einem Senfton gestrichen. Die weich gepolsterten Sitzmöbel waren mit hellbraunem Tweed bezogen und sahen maßgearbeitet aus. Ein fachlich geschultes Auge hatte die Beleuchtung arrangiert: unaufdringliche Lichtquellen beschienen alte, dunkle Gemälde in aufwendigen, vergoldeten Rahmen sowie eine Sammlung mexikanischer Retabeln. Es war alles äußerst solide und geschmackvoll – das Heim eines Mannes, der damit rechnete, allein zu sein.

Er bot mir etwas zu trinken an. Ich nahm Weißwein, und er schenkte sich einen Scotch ein. Ich saß da und wartete gelassen ab. Ich wußte nicht genau, wie sich alles abspielen würde, aber ich war voll und ganz bereit, meine Rolle zu übernehmen.

Er setzte sich und sah mich an. »Sie sollten wissen, daß ich es unmöglich tun kann. Ich kann es der Bank einfach nicht antun.«

Ich trank einen Schluck Wein. »Aber Sie werden genau das tun. Sie haben keine Wahl.«

Weder zwinkerte ich, noch sah ich zur Seite. Aber er. Das hieß nicht, daß er sich ergab; er verbarg lediglich den Haß in seinen Augen. Ich überlegte, ob das ein Rudiment seiner Herkunft war, eine unfreiwillige Zurschaustellung von Manieren, sogar jetzt noch, wo Manieren das letzte waren, worauf es ankam. Aber er konnte auch deshalb so rasch weggeschaut haben, weil alles, was er mir zeigte, alles Echte, mir Munition liefern könnte und er noch weiter ins Hintertreffen geriete.

Er nahm einen großen Schluck und erhob sich. Dann schenkte er sich Scotch nach, blieb mit dem Gesicht zu mir stehen und lehnte sich an die Kante eines dunklen Bibliothekstisches, auf dem ein Stapel teurer Kunstbände über den amerikanischen Westen lag. Seine Haltung brachte seine langen Beine zur Geltung und schob sein Becken vor. Ich zweifelte nicht daran, daß er das mit Absicht tat, und ich wollte es, wollte, daß er eine langsame und durchdachte Verführung inszenierte. Er richtete den Blick auf mich und lächelte.

»Wissen Sie, ich habe heute nachmittag ausführliche Nachforschungen angestellt. Über Sie.«

»Ach ja?«

»Sie haben es weit gebracht. Eine Frau in Ihrer Branche – das ist ungewöhnlich ...«

»Wird aber immer häufiger.«

»Noch dazu eine Frau ..., die aussieht wie Sie.«

Diese letzten Worte waren eine präzise, schrille Glocke, die uns zu einem anderen Tagesordnungspunkt rief. Er lächelte, offen und ganz, ganz lässig. Es war erregend – diese unverblümte sexuelle Aufforderung.

»Und wie sehe ich aus?«

»Das wissen Sie doch. Phantastisch.«

Da war es. Ich lächelte, ein paradierendes Weibchen, bereit, diese einladende Straße hinabzustolzieren und die Hüften zu schwenken.

»Wie nett, daß Sie das finden«, sagte ich und sah ihn über den Rand meines Glases hinweg an. Seine Stimme hatte rauchig geklungen und voll. Er lehnte sich zurück und stellte seinen eleganten Körper in voller Pracht zur Schau. Seine Augen waren sehr blau. Plötzlich atmete ich heftiger, und zum ersten Mal empfand ich einen Anflug von Angst. Wo waren die Grenzen dieses Spiels? Was war ich zu tun bereit – was würde verlangt werden? Während ich ihn ansah, kam es mir so vor, als finge er an zu schwanken und zwischen dem Carland, den zu bearbeiten ich gekommen war, und dem Carland, der genau dem entsprach, was ich mir immer gewünscht hatte – reich, attraktiv, selbstsicher –, hin und her zu pendeln. Ich hatte mir gewünscht, die Frau zu sein, die ein solcher Mann begehrt. Sogar jetzt wollte ich es noch, aber ich wußte, daß dieses Verlangen mich schwächte.

Er kam herüber, setzte sich neben mich und legte einen Arm auf die Sofalehne. Wenn er sich nur ein bißchen angestrengt hätte, hätte er mich berühren und uns noch weiter treiben können.

»Es muß doch irgendwie möglich sein, sich zu einigen«, sagte er, und seine Stimme klang jetzt sanft und vertraulich. Das belebte mich und ließ in mir den Wunsch aufkeimen, ihm entgegenzukommen.

»Wie stellen Sie sich das vor?« Ich schnurrte beinahe.

»Ich weiß nicht«, sagte er. Er blickte ernst drein, beinahe unterwürfig. »Aber ich bin fest davon überzeugt, daß es einen Weg geben muß, einen Weg, wie wir zusammenarbeiten können ... kollaborieren.«

Ich verstand, worauf er hinauswollte.

»Eine Art Partnerschaft?« fragte ich.

»Nun – ja.« Seine Finger spielten locker über die wenigen Zentimeter Stoff zwischen uns. »Ist an dieser Sache wirklich noch jemand außer Ihnen beteiligt?« wollte er wissen. »Oder sind Sie klug genug, um es allein zu organisieren? Nicht nur klug. Mutig. Sehr mutig. Sind Sie das?«

»Das können Sie natürlich nicht wissen.«

Er erwartete, daß ich noch mehr sagte, doch ich ließ mein Schweigen zwischen uns stehen, eine schwankende Brücke, die zu Andeutungen führte. Er nahm die Witterung auf, und sein Lächeln wurde breiter.

»Sie haben recht, das weiß ich nicht«, sagte er. »Aber diese Form von Wagemut ist sehr anziehend. Vor allem bei einer Frau. Einer schönen Frau ...«

Er beugte sich näher heran und ließ den wenigen Raum zwischen uns noch weiter zusammenschrumpfen. Seine Augen funkelten; durch sie teilte er mit, daß er mehr als bereit war und sich absolut wohl fühlte, ganz entspannt und äußerst offen. *Komm hier herauf*, schien er zu sagen, *hier herauf zu mir in diesen verführerischen Raum.*

Es wäre so einfach gewesen, mich gegen ihn zu lehnen, mich fallen zu lassen und diese ausgestreckte Hand zu ergreifen. Ich wußte, daß hinter seinen lebhaften Augen die blanke Berechnung steckte, und doch bezweifelte ich nicht, daß das Verlangen, das ich zwischen uns spürte, echt und unmittelbar war und seine eigenen Forderungen stellte. Einen Moment lang hatte ich ein völlig neues Bild vor Augen, in dem Carland und ich im Mittelpunkt standen. Er brauchte mich, wie er nie eine andere Frau gebraucht hatte. Ich hielt den Schlüssel in der Hand, und zwar nicht nur, um ihm aus seinem momentanen Dilemma zu helfen, sondern auch aus seiner jahrelangen Isolation. Ich kannte sein Geheimnis; vor mir brauchte er die Wahrheit nicht zu verbergen. Die Anziehungskraft dessen ließ sich nicht leugnen. Auch nicht für mich – für einen Mann wie Carland lebenswichtig zu sein ... Ich verlagerte die Hüften. Mir fiel auf, wie breit seine Schultern waren. Ich konnte die Umrisse seines Oberkörpers unter dem Pullover erkennen.

Sein Körper war ein ständiges Flüstern: *Teile mit mir, was ich bin und habe, den Reichtum und die Geschichte, die Sicherheit und Solidität. Ich kann dich von allem befreien, was karg und schäbig ist, von dieser ganzen farblosen, provisorischen Vergangenheit. Laß mich dich befreien … überlaß alles mir.*

Überlaß alles mir …, etwas in mir schreckte zurück, zog mich weg von einem felsigen Abgrund. Ich war über den Punkt hinaus, an dem ich grundlegende Entscheidungen anderen Leuten überlassen konnte. Außerdem wollte ich nicht mehr in die Umlaufbahn eines anderen eintreten. Ich saß hier mit Carland, weil ich mir nehmen konnte, was ich wollte. Ich brauchte ihn nicht mehr, ebensowenig wie einen, der mich begehrte und mir sagte, wer ich war. Ich brauchte niemanden mehr. Ich war stark genug, um mich selbst zu erschaffen.

Ich sah ihn an und lächelte. Ich befeuchtete meine Lippen mit der Zunge. »Sie sind wirklich … sehr attraktiv«, sagte ich.

Seine Augen leuchteten noch intensiver. Ich verlagerte erneut die Hüften, doch diesmal rutschte ich weiter weg. »Deshalb fällt es mir auch so schwer zu verstehen«, ich hielt inne, »weshalb Sie zu Gewalt greifen müssen.«

Ich hatte ihm den Peitschenhieb versetzt. Er zuckte überrascht zurück, als hätte er den Schlag tatsächlich verspürt. Vielleicht hatte er gedacht, es wäre möglich, nicht darüber zu reden. Vielleicht war es derart weit weggeschoben, daß er die einzige Wahrheit, die es zwischen uns gab, verdrängen konnte, die Wahrheit, die uns zusammengebracht hatte. Ich sah, wie er abwägte: Wie sollte er die Sache angehen?

Er entschied sich und sah mich an, ein verwirrtes Kind, ein wahrhaft fassungsloses Wesen. »Ich weiß nicht, wie ich es erklären soll. Aber glauben Sie etwa, es hätte mich nicht gequält? O doch, das hat es, und wie. Ich weiß nicht, was über mich kommt. Ich lerne eine Frau kennen, und sie tut irgend etwas, bewegt sich auf eine bestimmte Weise, ich weiß nicht … Plötzlich, wie aus heiterem Himmel, ist es da, nicht einmal allmählich ..., es ist einfach da, hat mich im Griff, bevor ich auch nur spüre, daß es aufwallt. Wenn ich weiß, daß es passiert, stecke ich schon mittendrin, machtlos ...«

Er sah mich offen an. »Wissen Sie, was das für ein Gefühl ist? So hilflos zu sein, unfähig aufzuhören? Ich hasse es.«

Sein Gesicht war verzerrt. Er wollte bemitleidet werden, und in gewisser Weise tat ich das auch. Ich wußte, daß er mir die Wahrheit sagte, daß er trotz all seiner verbindlichen Autorität an der Oberfläche immer in Furcht vor einem Teil von sich lebte, den er haßte und dem gegenüber er hilflos war. Ich konnte mir vorstellen, was das für einen Mann wie Carland heißen mußte. Es mochte nicht die Strafe sein, die er verdiente, aber es war brutal, daß das einzige auf der Welt, was er nicht beherrschen konnte, tief in ihm steckte, unkontrollierbar.

»Nach jener Nacht, dieser Geschichte ... mit ihr ... bin ich zu einem Psychiater gegangen. Er fing an, über Sexualverbrecher zu reden, und als er dieses Wort benutzte, wußte ich, daß er nichts verstand, daß er mir nicht helfen konnte. Ich bin kein Sexualverbrecher, irgendein Perverser von der Straße. Nein, nein, das bin ich nicht. Ich will nicht so sein. Sie müssen mir glauben – ich will nicht so sein!«

Ich wußte, daß das zutraf, aber es veranlaßte ihn eben noch lange nicht dazu, das Nötige zu unternehmen. Er war aufrichtig, aber seine Aufrichtigkeit war ihm zugleich von Nutzen. Er war aufrichtig in der Hoffnung, mich manipulieren zu können. Und plötzlich wußte ich, was ich ihm antun konnte – abgesehen davon, ihn bei der Bank für uns arbeiten zu lassen –, wie ich ihn noch vernichtender schlagen konnte. Ich konnte ihn all seiner Schutzmaßnahmen berauben, ihn in die Knie zwingen und sein Selbstbewußtsein zertreten. Für ihn wäre das die totale Demütigung. Ich konnte ihn auf meine Weise vergewaltigen, ihm seine Fassade wegreißen.

Ich beugte mich zu ihm und musterte konzentriert sein Gesicht. »Aber sagen Sie mir doch, wie es ist …, was Sie reizt. Ist es eine starke Frau, die sich wehren kann?«

Er stand auf. Er rang um Beherrschung. Er wollte mich zum Schweigen bringen, wußte aber, daß es nicht ging. Alles, was er sagte, mußte gemessen werden, er mußte abschätzen, inwieweit es ihm in seiner mißlichen Lage von Nutzen war. Der Deckel war abgenommen worden, sein Geheimnis war ans Tageslicht gekommen, und – falls er je davor Angst gehabt hatte – seine schlimmsten Alpträume waren wahr geworden.

Ich fuhr fort. »Denn Sie könnten auch bezahlen, oder nicht? Mit Geld dafür bezahlen, jemanden zu mißhandeln.« Er wandte sich ab. »Oder jemanden finden, der es so mag.« Mein Tonfall wurde nachdrücklicher. »Mochten es Ihre Frauen? Gefiel es ihnen, wenn Sie sie verprügelt haben? Oder haben sie Sie deshalb verlassen?«

Ich stand auf und sah ihn an.

»Aber vielleicht brauchen Sie ja jemanden, der es nicht mag …, ist es das, was Sie scharf macht? Über eine Frau herzufallen, die nur noch flüchten will?«

Wut wallte in ihm auf. Sie war gegen mich gerichtet, diese Wut, die mich überrollen und außer Gefecht setzen wollte. Noch einen Augenblick, und er würde explodieren.

»Na los, na los.« Die Worte kamen wie von selbst aus meinem Mund. »Na los«, flüsterte ich erneut. »Ist es das, was Sie mir antun möchten? Vielleicht sollte ich davonrennen. Oder schreien. Was verschafft Ihnen denn Lust? Mich zusammenzuschlagen? Macht Sie das geil?«

Ich meinte es ernst. Ich wußte, wozu er fähig war. Aber ich hatte keine Angst vor ihm. Etwas in mir drängte heraus, um seiner Wut zu begegnen, saugte sie auf, nährte sich von ihr und wurde größer. Ich ließ mich nicht einschüchtern; ich würde mich behaupten.

»Na los, na los«, schrie ich. »Zeigen Sie ihn mir, den wahren Jonathan Carland! Los doch! Zeigen Sie mir, wer Sie sind!«

Er erstarrte unter diesen Worten.

»Zeigen Sie mir, wer Sie sind, wer Sie wirklich sind!« sagte ich noch einmal.

Einen Moment lang hörte man nur das Geräusch unseres Atems, ein fiebriges Keuchen. Ich wollte mich umdrehen, sehen, was hinter mir war, was ich einsetzen konnte, wenn er auf mich losging. Doch ich wich nicht zurück, und während ich den Blick unverwandt auf ihn gerichtet hielt, gab schließlich etwas in ihm nach. Es war nur einen Augenblick sichtbar, aber ich sah es deutlich: Sein Zorn fiel in sich zusammen, fiel hinab zu den Schichten aus Konflikten, Schmerz und entsetzlicher Scham. Hastig drehte er das Gesicht zur Seite, doch ich hatte den Blick gesehen, den ich wollte, und ich wußte, er war echt.

Als er aufblickte, war er wieder der Carland, der alles unter Kontrolle hatte. Er war wirklich sehr geschickt. »In Ordnung«, sagte er. »Ich weiß, wann ich mich geschlagen geben muß. Wann soll ich anfangen?«

Er lächelte. Ich zögerte, bevor ich antwortete. Das Adrenalin, das durch mein Blut zirkulierte, wollte mehr, wollte einen Carland, der zu Kreuze kroch, dessen Miene vor Scham und Furcht wie versteinert war. Doch ich holte Luft; es lag in meinem eigenen Interesse, mich zu beherrschen. Ich hatte mich behauptet und ihn gezwungen, die Wahrheit zuzugeben, und was ich dabei gesehen hatte, war Sieg genug.

»Sobald wir unser System eingerichtet haben. Ich lasse es Sie wissen.«

Er nickte, dann nahm er unsere Gläser und füllte sie nach. Seine Finger strichen über meine, als er mir meinen Wein reichte, und als ich ihn ansah, sorgte er dafür, daß mir auffiel, wie er mich von oben bis unten musterte.

»Wer weiß? Vielleicht ist dies der Beginn einer wunderbaren Freundschaft«, sagte er und fuhr mit der Zunge am Rand seines Glases entlang. »Vielleicht ist es ja von großem Vorteil, daß mir das passiert ist. Womöglich führen Sie mich an Orte, an die ich schon immer wollte.«

»Vielleicht«, sagte ich, als ich mich zum Gehen erhob. Ich wollte ihm Mut machen. Es konnte sich vielleicht als nützlich erweisen, wenn er sich einbildete, daß er eines Tages in dieser Form an mich herankommen könnte. Er begleitete mich zur Tür, und ich spürte, wie er mich beobachtete und grübelte. Ich wußte, er würde eine schlaflose Nacht verbringen, Pläne schmieden und vergeblich nach einem Ausweg suchen. Das gefiel mir. Ich wußte, er würde über mich nachdenken, wußte, daß ich für lange Zeit intensiv und ständig im Mittelpunkt seines Denkens stehen würde. Die Ironie dabei war, daß Carland jetzt, da ich von ihm bekommen hatte, was ich wollte, endgültig aufgehört hatte, mich zu interessieren. Und ich bezweifelte, daß er mich je wieder interessieren würde.

Teil IV

17

Als ich Paul erzählte, daß Carland an der Angel hing, lachte er und küßte mich; er mußte mir nicht mehr sagen, daß ich eine Regenbogenforelle gefangen hatte. Ich hatte durch Carland etwas entdeckt, das mich stark und frei machte – und abenteuerlustig, als wäre *ich* die Regenbogenforelle und schwömme endlich durch heimatliche Gewässer.

Ich war euphorisch und wollte nur noch über die Arbeit sprechen. Ich überredete Paul dazu, sich eine Weile mit mir vor den Computer zu setzen, und machte mir sorgfältig Notizen über die Pfade, die ich kennen mußte. Er wies mich an, mir selbst eine mögliche Route zu suchen, auf der wir Geld durch Carlands Bank schleusen konnten, und als ich schon dachte, ich hätte sie gefunden, lächelte er und sagte, es sei für eine Anfängerin nicht schlecht, aber bei weitem nicht gut genug. Das störte mich nicht. Mein Ego brauchte keine oberflächlichen Streicheleinheiten mehr. Ich wollte einfach soviel wie möglich lernen.

Paul legte einen vorläufigen Kalkulationsbogen an und arbeitete ein halbes Dutzend Paßwörter aus, die auf den verschiedenen Kanälen internationaler Kommunikation verwendet werden sollten. Es war kompliziert, doch er war ein guter Lehrer, und ich konnte ihm ohne weiteres folgen, als er einen hypothetischen Geldbetrag, der unter dem Namen einer Briefkastenfirma bei einer Bank in Panama lag, über einen Devisenhändler in Deutsche Mark umwandelte und den ursprünglichen Betrag plus die hinzukommenden Gewinne auf drei verschiedene Konten bei einer Bank in Dubai transferierte, dann die Hälfte davon auf ein Courtagekonto in Tokio und die andere Hälfte nach New York schickte, um damit Aktien eines Immobilien-Investmenttrusts zu kaufen. Von dort aus ging es – mit weiteren Gewinnen – auf eine Reihe von Konten, die wir bei Carlands Bank einrichteten und die alle direkt Carland unterstanden, so daß die einzige verfolgbare Spur genauso verlief, wie wir es wollten.

Paul arbeitete so methodisch wie ein Künstler; sein System sollte nicht nur funktionieren, sondern auch ein gewisses Maß an Stil und Eleganz aufweisen. Elegant hieß in diesem Fall so unauffällig wie möglich und doch bombensicher und nicht nachweisbar. Seine völlige Konzentration auf eine Aufgabe, die er so gut beherrschte, hatte etwas äußerst Erotisches an sich.

Ich war hungrig nach ihm, als wir uns liebten. Ich schob mir ein Kissen unter die Hüften und hob mich ihm entgegen. Ich schlang die Beine um ihn und preßte ihn an mich. Ich entspannte mich, ließ mich fallen, spürte, wie ich mich öffnete, weiter wurde und breitete mich im grenzenlosen Raum aus. Meine Finger strichen über die glatte Haut seines Rückens, umfaßten seinen Hintern und zogen ihn in mich, drückten ihn an mich, während wir uns in einem intensiver werdenden, gleichmäßigen Rhythmus bewegten. Dann vergaß ich ihn und bewegte mich hart und aus voller Kraft, ganz aufgespaltene Weiblichkeit, die der Erleichterung entgegendrängt. Ich benutzte ihn und ließ mich benutzen, und wir heizten uns gegenseitig auf.

Danach, als ich Paul gleichmäßig atmen hörte, stand ich auf und ging auf die Terrasse hinaus. Die Nacht war von wüstenhafter Kälte durchdrungen, und ich legte mir eine Decke um die nackten Schultern. Irgendwo weiter westlich jaulte ein Kojote, dann ein zweiter. Ihr Geheul kam von weither, durch die Nacht gedämpft. Der Mond war aufgegangen und fast voll. Ich hörte das dumpfe Rauschen des Verkehrs. Gerade Linien aus Licht liefen direkt auf das unsichtbare Meer zu. Ich holte tief Luft. Einen Moment lang glaubte ich tiefes, dunkles, salziges Wasser zu riechen.

Ich dachte an Carland. Noch einmal sah ich die Wut in seinen Augen und begriff, daß innerhalb eines Sekundenbruchteils, irgendwo tief in meinem Inneren, eine Entscheidung getroffen worden war: Ich hatte mich behauptet. Und zwar nicht nur gegenüber Carland, sondern gegen etwas weit Tödlicheres – meine eigene Angst. Ich hatte gespürt, wie mir das Herz raste und mich ein heftiges Beben durchzuckte, aber dennoch hatte ich nicht nachgegeben und die Flucht ergriffen. Ich hatte mich behauptet. Jetzt, im Nachtwind, fühlte ich, wie eine Welle der Dankbarkeit in mir aufwallte und die Angst wegwusch. Mein ganzes Leben hatte ich nach einem Ausweg gesucht, einem Weg, um dem zu entkommen, was mich gefangenhielt. Nun war es da, so blank wie eine Messerschneide und ebenso scharf und wahr: Stell dich deiner Angst, und steh sie durch.

Von irgendwoher hörte ich eine Eule schreien und zog die Decke enger um mich, aber mir war nicht kalt. Ich spürte meine Kraft und wußte, daß sie keine Eintagsfliege war. Sie gehörte nun mir, für immer. Und ich erkannte, daß alles, was ich wollte, wie die Stadt unter mir, zum Greifen nahe vor mir lag, glitzernd und erreichbar. Ich konnte nicht alles deutlich sehen, die Etiketten und Einzelheiten, aber das war auch nicht nötig. Ich konnte einfach weitergehen. Der Weg war bereitet und wartete nur auf mich. Ich mußte lediglich zugreifen.

Ich rief Gaby an und sagte, daß ich sie sehen wolle.

»Aber natürlich, meine Liebe, jederzeit. Zum Mittagessen. Oder abends? Oder auf einen Einkaufsbummel, ganz dekadent?«

Ich lachte und sagte, daß mir Mittagessen recht wäre. Wir schlugen beide mehrere Lokale vor, aber keines davon schien ideal zu sein. Schließlich unternahm ich einen Vorstoß.

»Wie wäre es mit Ihrem Haus? Ich würde es so gerne einmal bei Tageslicht sehen.«

Sie zögerte keinen Augenblick. »Wunderbar«, meinte sie. »Wir essen auf der Terrasse. Weißwein und Shrimps.«

Das Haus war sogar noch größer, als ich es in Erinnerung hatte. Seine modernen, horizontalen Linien wurden von weiten Glasflächen zusammengehalten. Nach hinten hinaus gab es einen großen Garten unterhalb der Terrasse, auf der wir saßen. Zwischen symmetrisch angelegten Beeten mit Rosen und Immergrün standen üppige Gruppen von Eintagslilien und Amaryllis bis zu einer Anhöhe, die durch Bananenstauden und Eukalyptus verdeckt war. Der Garten war von einer opulenten Perfektion, die nur Fachleute im Verein mit einem günstigen Klima und unbegrenzten Geldmitteln herstellen konnten. Als ich ihr meine Bewunderung ausdrückte, sagte Gaby, daß das alles Charles' Werk wäre. Es war sehr friedlich. Die Sonne spiegelte sich im Pool. Ich wußte, daß die Großstadt um uns herum brodelte und ganz in der Nähe weitere Häuser standen, aber all das war unsichtbar und sehr weit weg. Wir befanden uns in einer intimen Welt, die fruchtbar war und blühte.

Sie war in einen Kaftan gehüllt, ein weites Gewand aus dünnem, weißem Leinen, und ihre Füße steckten in flachen, goldenen Sandalen. Außer einer dünnen Goldkette trug sie keinerlei Schmuck. Ihre Nägel waren rotlackiert. Sie hoben sich in der Sonne auffallend von den grellweißen Flächen ab. Ihr Haar war offen und glänzte in verschiedenen Rottönen, die dunkler waren als ihre Nägel. Als sie aufstand, um Wein nachzuschenken, konnte ich die Silhouette ihres Körpers durch den dünnen Stoff ihres Gewandes sehen, ihre Brüste, ihren Po und den flachen Bauch. Ich konnte den Blick nicht abwenden; es hatte den Anschein, als trüge sie keinerlei Unterwäsche. Sie fing meinen Blick auf, und ich sah nicht weg, sondern erwiderte ihn. Sie lächelte, und als sie sich setzte, strich sie mir mit der Hand ganz leicht über die Schultern. Nur einen Moment lang spürte ich ihre Finger tief in meinem Haar. Ich begriff, daß sie wußte, weshalb ich gekommen war, und sie damit einverstanden war, und dieses Wissen schenkte mir Geduld. Unter der Wirkung von Licht und Wein, dem Summen der tief in den Blumen versunkenen Bienen und dem Klang ihrer Stimme, begann ich mich zu entspannen.

»Ich hatte gehofft, daß Sie kämen«, sagte sie. »Ich dachte es mir schon, aber sicher war ich mir nicht. Manchmal hat jemand zwar Interesse, beschließt dann aber, kehrtzumachen.«

»Das will ich nicht mehr – kehrtmachen.«

»Wovor? Vor mir?«

»Vor gar nichts.«

Ein Anflug von Enttäuschung huschte über ihr Gesicht, aber ich konnte meine Anwesenheit und das, was sie bedeutete, nicht verbrämen. In Wirklichkeit wußte ich ja selbst nicht, was beides bedeutete. Und genau das war der Unterschied – daß ich es nicht wußte und trotzdem hier war. Ich lauschte einen Moment lang einer Spottdrossel, die in einem Baum zwitscherte.

»Ich möchte einfach … tapfer sein«, sagte ich und wandte mich zu ihr. »Keine Angst vor dem haben, was innen ist. Egal, was es ist.«

Sie nickte. »Es war eine ungeheure Erleichterung, als ich das akzeptierte, was ich wollte.« Sie spielte mit der Schale einer Orange, die sie zum Nachtisch gegessen hatte. Sie hatte sie perfekt geschält, mit einer Fingerfertigkeit, die ich wohl nie erreichen würde. Sie drehte sich zu mir.

»Das war lange vor Charles. Ich wußte es schon immer.

Aber meine Familie …, es war hoffnungslos. Ich wußte instinktiv, daß ich es ihnen nie erzählen durfte. Es war ausgeschlossen, daß es einer von ihnen je verstanden hätte. Eine Weile machte ich auch mir selbst etwas vor. Zwang mich dazu, mit Männern zusammenzusein. Ich habe mit vielen Männern geschlafen, aber nur, weil ich dachte, ich müßte. Ich akzeptierte es, benutzte es als Mittel zum Zweck, ließ mir nicht anmerken, was ich wirklich empfand.«

Sie ließ den Blick über den Garten schweifen, ohne sich auf seine Farbenpracht zu konzentrieren. »Manchmal allerdings wallte eine heftige Wut in mir auf, überspülte mich und hüllte mich so vollständig ein wie eine zweite Haut. Doch ich begrub sie, oder versuchte es zumindest. Weder schrie noch murrte ich. Es war, als würde diese Wut mich töten, auslöschen. Ein alter Schuh, der sich einem knochigen Fuß fügt.«

Sie sah wieder mich an. »Damals waren stumme Schreie mein einziges Medium.« Sie schwieg einen Moment lang und sprach dann weiter. »Ich habe einmal eine Puppe gesehen, einen Clown mit Plastikkopf. Der Mund war in das Plastik hineingeschnitten worden, nicht nur aufgemalt. Ein mattroter, klaffender Kreis, der nie einen Laut von sich gab. Das war ich – ein weit aufgerissener, roter Mund, aus dem niemals ein Laut drang.«

Sie trank einen Schluck Wein. »Verstehen Sie, ich hatte nicht Ihren Mut.«

»Aber etwas hat sich geändert.«

Sie zuckte die Achseln. »Die Zeit verging und brachte ihre eigenen Forderungen mit. Ich sah ein, daß ich mir nichts mehr vormachen konnte, daß ich einen Weg finden mußte … Es ist seltsam, aber manchmal kann man all die schrecklichen Beklemmungen abschütteln, wenn man ein Geheimnis akzeptiert, akzeptiert, daß es gewahrt werden muß. Damit will ich sagen, ich entschied mich dafür, daß ich sein mußte, was ich war, aber daß ich nicht vor meiner Familie und der Welt, die sie für mich vorgesehen hatten, fliehen wollte. Also suchte ich nach einem Kompromiß ..., und dann habe ich Charles kennengelernt, der – Gott sei Dank – genauso war wie ich.«

»Ich war mir nicht sicher, daß Sie es wußten.«

Sie lachte auf. »Aber natürlich, meine Liebe. Und ich wußte auch, daß Sie es wußten. Er hat Sie in jener Nacht gesehen.«

Ich lief knallrot an.

»Das macht doch nichts«, sagte sie.

»Schrecklich«, sagte ich, aber ich lächelte dabei. »Nicht nur eine Spionin, sondern auch noch eine ganz miserable.«

»Oh, ich war froh darüber. Ich wollte, daß Sie es sähen. Daß es – wie soll ich sagen? – Spielraum gibt. Daß eine Tür offenstehen könnte.«

Sie stellte ihr Glas ab und nahm meine Hand. Ich wußte, wenn ich mich ihr jetzt entzog, würde Gaby freundlich reagieren und weder auf etwas beharren noch eine Szene machen. Es gefiel mir, daß auch sie mir die Wahl ließ. Ich sah zu, wie sie langsam mit einem lackierten Fingernagel Kreise über meine Haut zog, über meine Handfläche, das Handgelenk und die Finger entlangstrich. Sie hatte die Macht der Erfahrung, der Verführerin. Ich besaß die Macht der Jungfrau und die Möglichkeit, nein zu sagen. Ich saß ganz still da und atmete kaum. Ich spürte, wie sich das Verlangen in mir regte, zugleich aber auch die Angst. Ich wußte nicht, was ich von ihr wollte, über diesen Moment hinaus. Es war anders, als mit einer Hure zusammenzusein, noch dazu in Pauls Gegenwart, es war direkt, eins zu eins, und mit einer Person, die in meinem Leben bleiben konnte. Ich holte Luft und versuchte, mich zu orientieren. Mein Blick wanderte von meiner Hand zu den Umrissen ihrer Brüste, Brüsten wie meinen, und ich sah die Ironie darin, daß das, was das gleiche war, derart verboten und beängstigend war.

Sie zog mich hoch und schlang die Arme um mich. Ich überließ mich ihrer Umarmung und spürte ihre Lippen auf Hals und Nacken. Ich war größer als sie und spürte, wie sie sich reckte. Ihr Körper drängte sich in seiner ganzen Weichheit gegen meinen, während ich ihre Brüste knapp unter meinen fühlte. Langsam und unwiderstehlich merkte ich, wie ich in dieser Weichheit versank, als wäre es eine Atmosphäre, ein stilles Becken silbernen Lichts, das um mich herumfloß. Mein Herz raste. *Was bedeutet das? Was will ich?* Ich wußte es nicht – und dann erkannte ich, daß es in Ordnung war; ich mußte mich nicht bremsen, weil ich es nicht wußte, sondern konnte dadurch sogar kühner werden. Gaby fand meine Lippen und drang mit ihrer Zunge in sie ein. Ich schmeckte sie, atmete tief auf und überschritt eine Grenze: Auf der einen Seite ließ das Unbekannte Warnsignale aufleuchten und Mauern aufschießen, doch auf der anderen Seite, der, auf die ich übergewechselt war, zeigte sich das Unbekannte als Leuchtfeuer und eröffnete weite Ausblicke, die mich beflügelten. Gabys Brüste drückten sich an mich, und plötzlich wurden meine Hände lebhaft, gierig. Ich zog sie näher an mich heran. Alle Angst war verschwunden, jegliche Hemmung, und ich wollte nur noch mehr.

»Liebste, Liebste«, murmelte sie und streichelte mich. Ich spürte ihre Finger, die sich forschend über meine Brüste bewegten, und drehte mich so, daß sie sie zur Gänze umfassen konnte. Sie beugte sich hinab, und ich fuhr ihr mit den Fingern durchs Haar, als sie ihr Gesicht in meinem weichen Busen barg. Ihre Hand glitt nach unten, über meine Taille, meinen Hintern und die Oberschenkel hinab. Wir bewegten uns beide, preßten uns aneinander und suchten bereits mit durstigen Händen und Lippen nach einem gemeinsamen Rhythmus und konnten nicht genug bekommen.

Ich folgte ihr einen mit Teppich ausgelegten Flur entlang in ihr Schlafzimmer: Meine Hände und mein Mund entwickelten ein Eigenleben. Ich konnte nicht aufhören, Gaby zu berühren, zu streicheln und zu lecken. An der Tür zu ihrem Zimmer zog ich sie zurück. Ich hob ihr dickes Haar und preßte meine Lippen auf ihren Nacken. Ich brauchte diesen Moment, eine Insel unendlich zärtlicher Ruhe inmitten all dieser Leidenschaft. Sie schien das zu wissen und ließ sich von mir festhalten. Ich spürte, wie ihre Hand hinaufkroch und meine Brust festhielt, während sie ihre Wange dagegendrückte. Sie murmelte in einem gleichmäßigen Singsang vor sich hin, der mich willkommen hieß, ermutigte und sie selbst beflügelte.

Ich wußte nicht, ob Charles ein eigenes Zimmer hatte, aber ihr Schlafzimmer wirkte ausgesprochen feminin und – genau wie sie selbst – sehr hell, mit viel weißem Stoff und Spitzen, Seide und spiegelndem Kristall. Ich hielt ihre Hand und zog sie an mich. Unter dem glatten Leinen umfaßte ich ihren Hintern; er war weich und rund wie mein eigener.

Ich wollte ihr aus dem Kaftan helfen, aber sie drückte mich aufs Bett. Sie wollte mich ausziehen. Sie kniete sich hin, öffnete die Schnallen meiner Sandalen. Ich hörte mich stöhnen, als sie meinen Fuß anhob und ihre Zunge über meine Zehen gleiten ließ. Ich konnte die Umrisse ihrer Brüste sehen, als sie sich vorbeugte und der Stoff zur Seite fiel. Ich hielt eine Hand direkt unter den Schwerpunkt einer Brust und beobachtete sie, während sie sich so drehte, daß ihre Brustwarze über meine Handfläche streifte. Sie hielt die Augen geschlossen, und ich wußte, was sie fühlte, alle Intensität verschmolz in dieser erregenden, zarten Berührung. Ich spürte, wie ich mich öffnete, naß wurde und voller Sehnsucht war, mich dem Druck ihrer Hand entgegendrängte.

Sie stand auf und schob meine Beine auseinander. Ich zog sie an mich, mein Gesicht gegen ihren Bauch gedrückt, die

Hände fest auf ihrem Po. Ich richtete mich auf und begrub mein Gesicht in ihren Brüsten; durch den Stoff hindurch fand ich eine Brustwarze und begann sie zu küssen und zu saugen. Mit einem Mal stieg ein Seufzer in mir auf, ein unvermitteltes Einatmen, um eine plötzlich entstandene Kluft zu überbrücken, in die ich hilflos taumelnd fiel und aus der ich wieder hinausflog. Etwas tief in mir brach sich Bahn, und Durst und Hunger überfielen mich; ich konnte nicht genug bekommen. Ich stand auf und küßte sie, meine Zunge auf ihrer und auf ihren Lippen, während sie mir hastig Bluse, Büstenhalter und Rock auszog. Ihre Hände glitten über mich, als ich ihr den Kaftan über den Kopf zog und ein Stück zurückwich, um sie anzusehen. Sie murmelte etwas, wollte sich mir zeigen, wollte, daß ich meine Blicke über ihren Körper gleiten ließ. Mit den Händen zeichnete sie Pfade, denen meine Augen folgen sollten, den Hals entlang, wieder und wieder über ihre üppigen Brüste, den Bauch hinab und zwischen die Beine. Sie wollte mir ihre Lust zeigen, in einem Körper, der dem meinem so sehr ähnelte, die gleichen Kurven und Rundungen aufwies, die nun aber geheimnisvoll waren, faszinierend und unendlich anders.

Ich beugte mich vor und glitt mit Händen und Zunge über die Stellen, die ihre Finger mir wiesen. Dann drehte ich sie um, stellte mich hinter sie und preßte mich an sie. Meine Arme umschlangen sie, während ich mit einer Hand ihre Brüste streichelte und mit ihren Brustwarzen spielte und mit der anderen durch ihre Schamhaare fuhr, auf den Spalt zwischen ihren Beinen zu. Ich spürte die Spannung in ihrem Körper, eine Spannung, mit der wir beide spielen konnten, während sie sich gleichzeitig nach hinten gegen mich und den Druck meines Körpers lehnte und sich vorne meinen ruhelosen, aufreizenden Händen zuneigte. Sie hatte den Kopf zurückgeworfen, und ich vergrub das Gesicht in ihrem Haar. Ich wußte, daß sie meinen Atem fühlte, meine Lippen und meine Zunge, die an ihren Ohrläppchen leckte.

Wir legten uns aufs Bett. Sie rollte mich auf den Rücken und legte sich auf mich. Ich spürte ihr Knie und ihren Schenkel zwischen meinen Beinen, lehnte mich zurück und gab mich ihrer weiblichen Umarmung hin. Sie bewegte sich meinen Körper entlang und spreizte mir mit den Händen die Beine. Ich spürte ihre Zunge, als sie mich leckte, langsam und genüßlich. Ich reckte mich ihr entgegen, als sie sich in mich grub, jeden Winkel und jede feucht glitzernde Falte aufspürte.

Sie hob den Kopf, und ich küßte ihr meine Feuchtigkeit vom Kinn. Meine Hände und Finger sehnten sich nach ihrer Rundheit, ihrer Üppigkeit, die fremd und vertraut zugleich war. Ich saugte an ihren Brustwarzen, ein erotisiertes, hungerndes Baby. Ihr Geruch und Geschmack entflammten mich, und ich bot ihr den meinen freigebig an. Ihre Finger glitten in mich, während ihre Handfläche auf meine Klitoris drückte. Ich wiegte mich vor und zurück, holte sie tiefer in mich und preßte mich härter gegen ihre feste Hand. Ich wußte, daß auch sie das wollte. Meine Finger fanden ihren Mittelpunkt und schlüpften hinein. Ich spürte, wie sich der feuchte Tunnel zu einem offenen Willkommen weitete und nichts zurückhielt. Ich spielte mit der Schärfe dieser Penetration, probierte, reizte und drang weiter vor. »Ja«, flüsterte sie, »ja«, und ich sah, daß sie die Augen in köstlicher Konzentration geschlossen hielt und wußte, was sie empfand, dieses gleichzeitige Geben und Nehmen. Auch ich schloß die Augen und spürte sie in mir, bewegte mich am Schaft ihrer schmaler gewordenen Hand auf und ab. Mit der anderen Hand hielt ich ihre Brüste fest, ebenso wie sie die meinen, und während wir uns enger aneinander preßten, bewegten wir uns gemeinsam, verschmolzen in einem schaukelnden Rhythmus, drückten uns enger und enger aneinander, rieben uns mit ineinander verschlungenen Schenkeln, trieben uns gegenseitig an und drängten auf dieses ersehnte Ziel zu, das tiefere Eindringen, den bezwingenden Auslöser der Intensität, und schließlich bäumten wir uns in unerreichte Höhen auf, stiegen wieder und wieder auf, bis wir kamen, wie hervorsprudelndes, schimmerndes Wasser, das sich in dünne, klare Luft ergießt.

Danach lag ich auf dem Bett und sah ihr beim Ankleiden zu.

»Du siehst immer so feminin aus«, sagte ich, als sie in den Rock eines braunen Seidenkleids stieg.

Sie lächelte. »Warum nicht? Ich bin gern eine Frau.«

Sie kam zu mir und drehte mir den Rücken zu. Ich zog den Reißverschluß ihres Kleides hoch.

»Außerdem«, fuhr sie fort und glättete das braune Spitzenoberteil, »dreht sich unser gesellschaftliches Leben sooft um Geschäfte, und ich habe meistens mit Männern zu tun.«

Sie suchte etwas in den Schubladen einer Kommode aus Walnußholz. »Männer lassen sich von einer starken Frau so leicht einschüchtern. Und ich bin stark, und zwar so stark, daß ich es nicht für nötig halte, es zur Schau zu stellen.«

Sie lachte, dann kam sie zurück und setzte sich neben mich, während sie zwei kleine Diamantohrringe anlegte. Ich streckte die Hand aus und strich ihr das Haar zurück. Sie griff nach meiner Hand und führte sie an ihre Lippen.

»Bleibst du noch?« fragte sie.

Ich schüttelte den Kopf. »Ich bin mit Paul verabredet.«

Sie nickte. »Natürlich.«

Sie zögerte und wollte vermutlich nach Paul und mir fragen, Genaueres erfahren. Doch sie war sehr taktvoll.

»Tja, weißt du, von nun an bin ich eifersüchtig.«

Nachdem ich geduscht und mich angezogen hatte, begleitete sie mich zu meinem Wagen.

»Wann sehen wir uns wieder?« wollte sie wissen.

»Ich weiß nicht.«

»Aber es gibt ein nächstes Mal ... oder nicht?«

Ich sah sie an. »Ich weiß es nicht. Ehrlich. Ich weiß es nicht.«

Sie umarmte mich hastig, als wir uns verabschiedeten.

Ich fuhr in Richtung meines Hauses. Beim Einatmen und sogar noch nach der Dusche konnte ich Gaby an meinen Fingerspitzen riechen, diesen unverwechselbaren, geheimen Duft. Ganz unerwartet durchzuckte mich ein Anflug von Scham, als wäre ich auf ein entsetzliches Geheimnis gestoßen: dieser Geruch, der so sehr auch mein eigener war. Ich versuchte, gleichmäßig zu atmen und kam darauf, daß ich ganz im Verborgenen, tief im Innersten, Angst gehabt hatte, mich meines eigenen Geruchs und meines eigenen Körpers geschämt hatte, ein Geheimnis aus ihm machte und Abscheu vor meiner eigenen Haut empfand.

Doch nun, während ich im Auto saß und tief durchatmete, wußte ich, daß ich keine Angst mehr hatte und mich auch nicht mehr für das schämte, was sich im Inneren befand. Wie ein einzelner Dominostein eine Kettenreaktion auslösen kann, waren in mir Barrieren gefallen, und das Fallen jeder einzelnen gab mir mehr Schwung, machte mich unersättlich, ein rasender Jaguar, der die Straße verschlang. Diese Straße führte mich nicht zu einem einzigen Ziel, einer speziellen und endgültigen Enthüllung meines Selbst; die Straße *war* ich selbst, und ihr Verlauf mit tausend Kurven und Windungen, Serpentinen und Geraden würde so lange weiterführen wie ich selbst. Ich stellte fest, daß ich heute auf etwas Tiefgründigeres als Gaby aus gewesen war: auf den Teil von mir, der Angst hatte, die Hand nach dem auszustrecken, was ich wollte. Ich war gekommen, um Gaby in Besitz zu nehmen, mein Verlangen nach ihr einzulösen, weil ich damit ein weiteres Stück von mir selbst in Besitz nahm.

Ich sah sie erneut vor mir, mit in den Nacken geworfenem Kopf und runden, weichen Brüsten, die auf meine Berührung reagierten. Einen Moment lang erstarrte ich, ein plötzlich wachsam gewordenes Tier, das die drohende Gefangenschaft wittert, ein gerade festgenommener Häftling, der beim Geräusch der zuschlagenden Eisentür herumwirbelt. Wäre Gaby oder jemand wie sie mein Schicksal? Etwas in mir protestierte. Es konnte nicht richtig sein, daß ich, wenn ich meinen Gelüsten folgte, in einen engen Canyon geleitet würde, aus dem es keinen Fluchtweg gab. Nein, ich mußte nicht wählen – zwischen ihr und Paul, zwischen Männern und Frauen, zwischen dem einen oder anderen. Ich mußte mich nicht mehr einschränken. Ich war nicht mehr daran interessiert, irgend etwas auszuschließen. Ich fühlte mich von Konsequenzen befreit.

Nun begriff ich, warum manche Menschen weiter drängen, weiter gehen und nicht aufhören, diese sich heftig windende Straße zu verschlingen. Ich mußte an Nathan denken; zum ersten Mal verstand ich, weshalb es ihm nicht genug war, nur einen einzigen Laden zu besitzen, weshalb er immer weiter expandiert, sein Sortiment erweitert und sich einen stetig wachsenden Handlungsspielraum geschaffen hatte. Bei manchen Menschen bringt der Ausstoß von Energie neue Energie hervor; sie erschöpft sich nicht. Handeln heißt nicht nur agieren – es heißt auch expandieren. Im Rückspiegel sah ich meine Augen und spürte, daß ich einer dieser Menschen war. Ich fühlte, wie mich eine wachsende Kraft durchströmte, eine Energie, die einer Aufgabe bedurfte. Sie schrie förmlich danach, mehr zu tun.

Der Gedanke an Nathan brachte mich auf eine Idee. Ich wußte, daß ich mittlerweile stark genug war, um ihn zu schützen. Es gehörte nicht viel dazu zu erkennen, daß Peter auf die eine oder andere Weise hinter Nathans gravierendsten Problemen steckte, und Peter war genau der Faktor, den Nathan selbst nicht objektiv einschätzen konnte. Aber ich konnte es. Ich besaß die Distanz und die Kraft, um Peter Einhalt zu gebieten. Ich wußte nicht genau, was ich tun würde, doch es stand außer Frage, daß die Zeit reif war. Ich konnte dort anfangen, wo ich aufgehört hatte, und die Spur weiterverfolgen. Ich lenkte den Wagen über die Hügel ins Valley. Ich lachte, erfüllt von der Energie, die aus mir hervorsprudelte. Ich hatte einen Auftrag, eine würdige Aufgabe, und alles war noch im Umbruch.

18

Ich parkte einen halben Block von Stella Jordans Haus entfernt. Da ich nicht daran zweifelte, daß sie eine Dealerin war, war mir klar, daß sie eine Fremde, die an ihre Tür klopfte, nicht gerade willkommen heißen würde. Ich wußte nicht einmal genau, warum ich eigentlich hier war. »Soviel herauszufinden wie möglich« schien ein fadenscheiniger Grund dafür zu sein, etwas zu riskieren, von dem ich wußte, daß es wirklich gefährlich war. Zehn Minuten verstrichen, bevor ich den Mut aufbrachte, trotz allem zu klopfen und Judd Mallorys Namen oder den Peters zu nennen und pro forma etwas zu kaufen – falls sie mich überhaupt ins Haus ließ. Schließlich begriff ich, daß es nur eine Möglichkeit gab, es herauszufinden, und so hörte ich auf nachzudenken, verließ das Auto, ging zu Stellas Haustür und klingelte.

Ich war verblüfft, als ein Junge im Teenageralter öffnete.

»Ja?« sagte er und sah mich dermaßen gelangweilt an, daß ich mich fragte, ob er mich für eine Avon-Beraterin hielt.

»Ist deine Mutter zu Hause?« Jetzt *fühlte* ich mich auch noch wie eine Avon-Beraterin.

Der Junge drehte sich um und ging den Flur entlang. Die Tür ließ er offen. Ich nahm an, daß ich ihm folgen sollte. Sein völliges Desinteresse machte mich stutzig. Vielleicht war Stella überhaupt keine Dealerin.

Im Wohnzimmer lief Musik, zwanzig Jahre alter Rock 'n' Roll. Ein halbes Dutzend Leute saß um einen Couchtisch herum, der mit Koks, Gras und allem, was dazugehörte, beladen war. Stella dealte also tatsächlich, aber Vorsicht war kein Thema. Niemand verschwendete auch nur einen Blick an mich, als ich in der Tür stand. Ich konnte es nicht fassen.

Sie konzentrierten sich alle auf die Frau, die ich für Stella hielt, die einzige, die in einem Polstersessel saß und gerade dabei war, einen riesigen Haufen weißen Pulvers abzuwiegen. Sie war eine Mittvierzigerin mit glattem, dunklem Haar, das sie in der Mitte gescheitelt trug, und hatte eine gebatikte Bluse, einen Zigeunerrock und Cowboystiefel an. Alle starrten auf das weiße Pulver. Zwei Männer zogen ihre Stühle näher heran. Das scharrende Geräusch dieser Bewegung auf dem blanken Fußboden hing in der Luft. Einer von ihnen holte einen Spiegel und eine Rasierklinge hervor, als ihm Stella eine Menge, die ich für mindestens ein halbes Pfund hielt, zuschob. Er teilte sich eine lange, dicke Linie davon ab, nahm einen Plastikstrohhalm und zog sie in die Nase. Er atmete tief ein und hielt die Luft an, als wäre es Rauch, dann entspannte er sich, während sich ein breites Grinsen über sein Gesicht ausbreitete. Auch alle anderen atmeten auf.

Stella wandte den Blick zu mir.

»Ja?« sagte sie mit einer kaum wahrnehmbaren Spur von Argwohn. Es war merkwürdig – soviel Koks und sowenig Angst.

»Judd Mallory schickt mich«, sagte ich und hoffte, nicht so nervös zu wirken, wie ich mich fühlte.

Bei dem Namen brach Stella in heiseres Lachen aus. »Dieser verfluchte Kerl«, stieß sie hervor. »Verdammt in der Hölle sei seine hübsche Visage!« Sie grinste mich an. »Vögelst du ihn?«

»Früher mal«, schoß ich, ohne nachzudenken, zurück. Ich lächelte verschwörerisch, ganz unter uns Mädels, und zwang mich dazu, Stellas Blick nicht auszuweichen. Ich wußte, daß die Frage eine Art Test war.

Stella lachte erneut. »Shit, heutzutage würde er nicht mal für 'ne bescheuerte Miss America einen hochkriegen. Süße, ich hab' 'ne Schwäche für hübsche Jungs, aber sie müssen auch funktionieren – verstehste?«

Die anderen lächelten und nickten. Stella winkte mich auf einen freien Stuhl, und so schien alles in Ordnung zu sein. Sie fragte mich nicht, wieviel Koks ich wollte, und ich sagte es auch nicht. Sie erwarteten anscheinend von mir, daß ich mich zu ihnen setzte und mich amüsierte. Mehrere Spiegel wurden herumgereicht, und ich schnupfte ein paar Linien. Es war schon sehr lange her, aber als die Wirkung einsetzte, spürte ich sie wie einen vertrauten, alten Freund, hieß dieses besondere, verstärkte Licht willkommen, ein neues Strahlen in der Welt, reine Energie. Ich wußte, daß es von der Droge kam, aber alle sahen viel lebhafter, schwungvoller und attraktiver aus. Mein Fuß begann, im Takt der Musik zu wippen, und ich lächelte und nickte genau wie die anderen und empfand das friedliche, lässige Gefühl, das die Band aus der Stereoanlage heraus besang.

Plötzlich ertönte ein Krachen. Mein Kopf wirbelte rechtzeitig genug herum, um einen Stuhl gegen die Wand fliegen zu sehen, während einer der Männer vor Stella zurückwich. Ich brauchte einen Moment, bis ich sah, daß sie ein Messer aus ihrem Cowboystiefel gezogen und ihn verletzt hatte. Der Mann blutete. Er hatte eine Schnittwunde an der Hand, die aber nicht besonders tief aussah.

»Miststück!« fauchte er. »Das ist meine Greifhand!«

»Das ist mir scheißegal, und wenn es deine verdammten Eier sind. Wenn du was von mir kaufen willst, dann zweifelst du nicht an meiner Ehrlichkeit. Das lasse ich mir von keinem bieten. Niemals.«

»Leck mich doch am Arsch«, fluchte der Typ, aber ich sah, daß er Angst vor ihr hatte. Ein anderer Mann erhob sich, und einen angespannten Moment lang starrten sich alle gegenseitig an wie Tiere, die sich voreinander aufplustern.

»Leck mich am Arsch«, sagte der Mann mit der verletzten Hand noch einmal; das war seine Art, den Rückzug anzutreten. Er und sein Freund gingen grußlos hinaus. Stellas Lachen klang dröhnend hinter ihnen her.

»Nehmt's nicht persönlich«, rief sie ihnen nach. »Ihr könnt jederzeit wieder vorbeikommen.«

Plötzlich begriff ich. Stella dealte nach bestimmten Vorstellungen, Idealen der Gegenkultur der ausgehenden sechziger Jahre, als man Drogen für die Lösung hielt und nicht für das Problem, und alle miteinander teilten und sich gegenseitig anturnen wollten. Aber trotz ihrer nostalgischen Aufmachung wirkte ihr dröhnendes Lachen hohl. Es war kalt – genau wie ihre Augen. Ich weiß nicht, wieso, aber ich wußte einfach, daß sie keine ehemalige Hippie-Frau war, die zur Profi-Dealerin geworden war, sondern eine Profi-Dealerin, die sich mit einer Hippie-Fassade umgab.

Der Boden wankte unter meinen Füßen, als ich begriff, daß Stella und ich vieles gemeinsam hatten. War ich nicht auch eine Kriminelle, die auf der anderen Seite des Gesetzes agierte? Ich musterte sie, eine Frau, die ohne Furcht ein Messer zücken konnte – mit eiskalten Augen. War es das, worauf ich zusteuerte? Vielleicht brachte die Art der Tätigkeit das mit sich; vielleicht war Stellas Kälte der Preis für ihre Furchtlosigkeit. Ich dachte an Paul und seine stählerne Härte, die mich stets erregte, und wozu er bereit war, um das zu bekommen, was er wollte. Waren seine Seidenhemden das gleiche wie Stellas Batikbluse, eine hübsche Verkleidung, um die innere Häßlichkeit zu kaschieren? Und was war mit mir? Wie stand es bei mir mit Verdrängung und Heuchelei? Zu was für einer Person wurde ich? Einen Moment lang fühlte ich mich wie ein Kreisel, der plötzlich festsitzt und sich tiefer und tiefer in den Treibsand bohrt.

Ich erhob mich halb von meinem Stuhl, unsicher, was ich tun sollte, als ich ein Geräusch hörte und ein weiterer Besucher in der Tür erschien. Don. Ich schüttelte den Kopf, als wollte ich mich zu klarem Denken zwingen. Ich begriff nicht, was Don bei Stella wollte. Mir kam die verrückte Idee, daß er mir gefolgt war. Doch dann sah ich sein eigenes Erstaunen, als er mich langsam wahrnahm. Auch ihm fiel es schwer, die Dinge auf die Reihe zu bringen, doch als es ihm gelungen war, durchzuckte ihn ein Schauer, und Panik trat in seine Augen. Er zögerte nur einen Sekundenbruchteil, drehte sich dann stehenden Fußes um und war verschwunden.

»Don!«

Ich sprang auf, aber er blieb nicht stehen. Die Haustür fiel krachend ins Schloß, und ich setzte ihm nach. Stella hatte aufgeschaut wie eine Eidechse, die vorübergehend von einem Schatten abgelenkt wird, aber sonst hatte sich niemand gerührt. Zehn Minuten später würde man sie an die Frau erinnern müssen, die aufgesprungen und hinausgelaufen war.

Don saß bereits in seinem Auto, als ich aus dem Haus kam.

»Warte!« schrie ich. »Ich will mit dir reden!«

Doch er fuhr los und jagte davon. Ohne nachzudenken rannte ich zu meinem Auto und folgte ihm.

Er fuhr Richtung Freeway, und ich hätte ihn auf den vielen Fahrspuren beinahe verloren. Mein Herz klopfte, aber ich konnte völlig klar denken. Ich war blind gewesen, bei Don nicht auf Drogen zu tippen. Jetzt wurde mir klar, warum er so schlecht aussah und so dringend Geld benötigte. Es paßte alles zusammen. Doch ich verurteilte ihn nicht. Ich empfand tiefes Mitleid mit ihm. Ich wollte ihm helfen.

Außerdem fiel mir ein, daß es womöglich kein Zufall war, daß Don bei derselben Dealerin Kunde war wie Peter Broadman. Sie konnten sehr wohl etwas miteinander zu tun haben. Irgendwann hatte ich einmal so eine Ahnung gehabt, daß Don und sein Freund Marty sowie Judd und noch ein paar andere zu einer Verschwörung gegen Nathan gehörten, die Peter angezettelt hatte. Ich mußte es herausfinden.

Don verließ den Freeway. Als er vor einer roten Ampel am Ende der Ausfahrt hielt, stand ich direkt hinter ihm. Er sah mich im Rückspiegel. Sein Körper sackte zusammen, doch die Ampel schaltete um, bevor ich aussteigen konnte, und er fuhr davon. Ich folgte ihm und merkte, daß wir in seinem Viertel waren. Er wollte nach Hause.

Er lebte in einem gemieteten Reihenhaus, das weiter draußen im Valley lag, in Sherman Oaks. Er schloß bereits seine Haustür auf, als ich einparkte. Ich rief seinen Namen. Er drehte sich nicht um und ging hinein, ließ aber die Tür offen, und so folgte ich ihm ins Haus.

»Ich erzähle dir überhaupt nichts«, sagte er, machte eine Flasche Schnaps auf und schenkte sich ein Glas ein. Mir bot er nichts an. Auf seinem Gesicht glänzte der Schweiß. Angstschweiß.

»Das mußt du auch nicht«, sagte ich. »Ich weiß ohnehin Bescheid. Ist es immer darum gegangen – um Drogen? Du könntest damit aufhören und dir helfen lassen; es gibt alle möglichen Einrichtungen.«

Er sah mich mit einem seltsam spöttischen Gesichtsausdruck an, als wäre ich unglaublich naiv. Und ich merkte, daß ich genau das war, da mir die dunkle Energie, die er ausströmte, plötzlich riesig erschien und gewaltig, etwas, dem mit ein paar Tagen Therapie nicht beizukommen war.

»Ist es etwas anderes?« fragte ich. »Etwas, das mit Peter Broadman zu tun hat?«

Er sagte nichts, sondern sank in einem Sessel zusammen. Er schaute mich an, doch ich konnte seinen Gesichtsausdruck nicht deuten. Ich hatte das unheimliche Gefühl, daß ich gar nicht mit Don sprach, sondern mit einem Mann, dem sämtliche Sicherungen durchgebrannt waren und der jetzt lediglich so tat, als wäre er in diesem Raum und steckte in seiner eigenen Haut.

»Ich weiß, daß du Aktien von NNE besitzt«, sagte ich.

»Du meinst, daß sie auf meinen Namen laufen.«

Ich sah den Selbsthaß auf seinem Gesicht und begriff sofort.

»Das ist es also ..., du hast die Aktien auf deinen Namen für Peter gekauft und hältst sie für ihn, damit niemand erfährt, daß er ihr wahrer Besitzer ist. Und Judd und Stella – die hat er auch dazu gebracht, stimmt's? Er versucht, genug Aktien aufzukaufen, um Nathan überstimmen zu können und ihn auszubooten – so ist es doch, oder nicht?«

Er sah auf den Fußboden, aber ich wußte, daß es stimmte.

»Du konntest ihn doch nie leiden«, sagte ich. »Warum tust du das?«

Don lachte, ein ersticktes Geräusch, das in seiner Kehle erstarb.

»Hat Peter etwas gegen dich in der Hand? Drogengeschichten? Etwas im Zusammenhang mit Stella?«

Er stieß ein verächtliches Geräusch aus. »Stella? Sie ist meine Gratifikation. All das herrliche Koks – eine echte Goldmine, Baby. Sieh nur, wie gut es mir damit geht.«

»Was meinst du damit? Gratifikation wofür?«

Er rieb sich mit gesenktem Kopf die Stirn. Ich konnte seine Augen nicht sehen.

»Erzähl's mir«, sagte ich mit sanfter Stimme. »Du mußt nicht allein dagegen kämpfen – vielleicht kann ich dir helfen. Was hat Peter gegen dich in der Hand? Was?«

Er sah zu mir auf, doch in seinen Augen stand kein Hilfeschrei. Sie waren erloschen. Plötzlich hob er den Arm und ließ ihn in einer Geste des Ekels wieder sinken. Es war die Geste eines Menschen, dem alles egal war, der soeben die Entscheidung getroffen hatte, alles fahrenzulassen.

»Was kümmert's mich?« sagte er, aber er sprach zu sich selbst. »Ich bin sowieso verloren – was, zum Teufel, kümmert's mich?«

Er stand auf, ging an ein kleines Bücherregal und schob ein paar Bücher zur Seite. Als sie hinunterfielen und polternd auf dem Boden auftrafen, trat er gegen sie und suchte weiter in dem Regal, bis er einen Umschlag fand, den er mir zuwarf.

»Da«, sagte er mit kalter, ausdrucksloser Stimme. »Da.«

In dem Umschlag befanden sich mehrere Fotos von einer Frau, die ausgestreckt auf einem Bett lag. Ich betrachtete eines nach dem anderen, verstand aber nichts. Ich sah zu Don hinüber.

»Wer ist das?«

»Sieh noch mal hin«, sagte er und schenkte sich noch einen Drink ein.

Ich nahm die Fotos mit in den Lichtschein der Lampe und studierte sie alle genauer. Sie waren in einem Schlafzimmer aufgenommen worden. Die Frau war immer wieder anders gekleidet. Ich wußte nicht, was ich erkennen sollte, doch mit einem Mal kam mir irgend etwas vertraut vor. Ich brauchte noch eine Minute – vielleicht wollte ich es auch nicht sehen –, doch dann wurde mir klar, wer es war: Don.

Ich sah zu ihm hinüber, doch er starrte in seinen Drink. Ich betrachtete das Bild in meiner Hand erneut. Er trug eine Art langes Nachthemd und lehnte sich verführerisch zurück, in einer Vernasch-mich-Pose mit großen, offenkundig falschen Brüsten, die zur Kamera zeigten. Sein Gesicht war durch ein komplettes Make-up unkenntlich gemacht worden und verschwand zur Hälfte hinter dem langen roten Haar einer Perücke. Trotzdem sah ich riesige, auffallende Perlenohrringe von seinen Ohren baumeln. Zuerst dachte ich, er sei für ein Kostümfest oder für Halloween so ausstaffiert, doch dann erkannte ich, daß es etwas anderes war. Auf einem der Bilder konnte ich eindeutig die Erektion sehen, die unter dem dünnen, glänzenden Stoff eines schwarzen Negligés hervorragte.

»Wer hat die Aufnahmen gemacht?« fragte ich schließlich.

»Eine Hure, die ich angeheuert habe. Sie hat sich als erstaunlich geschäftstüchtig erwiesen – und als Bekannte von Peter Broadman. Nathans kleinem Jungen.«

Ich nickte. Mir ekelte, aber nicht vor Don. Es war Peter, der mir Magenkrämpfe verursachte.

Don stand auf und stellte sich neben mich, als ich die Bilder erneut durchging. Ich spürte, was es ihn kostete, mir das zu zeigen. Ich sah zu ihm auf.

»Aber wenn du darauf stehst, warum machst du dann allen etwas vor und bemühst dich um Frauen?«

»Du meinst, ich bin schwul? Das bin ich nicht. Ich habe mich nie zu Männern hingezogen gefühlt. Nur zu Frauen.«

Er lachte bitter.

»Nicht, daß es dadurch einfacher würde. Es gibt eine Million Männer, die vermutlich begeistert davon wären, sich in dieser Form mit mir zu vergnügen. Aber die will ich nicht. Ich bin ein seltener Vogel – ein heterosexueller Transvestit. Ein richtig Perverser.«

Ich schüttelte den Kopf. Ich hatte mir eingebildet, ihn durch und durch zu kennen, doch nun stellte sich heraus, daß ich fast gar nichts wußte.

»Hast du das schon gemacht, als wir noch verheiratet waren?« wollte ich wissen.

»Ja.«

Er zögerte und war immer noch unsicher, ob er sich mir ganz preisgeben sollte.

»Seit ich denken kann.«

»Das begreife ich nicht ..., wir haben zusammengelebt, und du hattest dieses Geheimleben. Hast du dich immer gefreut, wenn ich aus dem Haus ging?«

»Manchmal.«

»Und wo hast du die Kleider aufbewahrt? Es kommt mir so grausam vor ..., daß du es verbergen mußtest.«

»Was, wenn ich es nicht verborgen hätte? Du hättest mich vor die Tür gesetzt.«

»Nicht unbedingt.«

Ich ging die Fotos noch einmal durch. Auf einem kniete er auf dem Bett, den Rücken durchgedrückt, um seine Brüste zu präsentieren, und den Mund in einer Art Sexbomben-Pose halb geöffnet. Etwas in mir regte sich, berührt davon, wie verletzlich er sich der Kamera, dem Betrachter – und mir – gezeigt hatte. Diese Verletzlichkeit hatte eine gewisse Anziehungskraft.

»Es muß doch Frauen geben, die so etwas aufregend finden«, sagte ich.

Er sah mich an. Ich hatte ihn verblüfft.

»Ich meine, die Art, wie du dich präsentierst, wie du dich anbietest, ist sehr sexy. Es gefällt mir, wie sehr du dir wünschst, bewundert zu werden ...«

Ich hielt inne. Mir wurde klar, daß ich nicht hören wollte, worum es ihm dabei ging. Ich überlegte. Bereits jetzt schrieb ich an einem Drehbuch, in dem ich diejenige war, der er gefallen mußte. Ich legte die Fotos beiseite und lehnte mich in meinem Sessel zurück.

»Ich würde dich gern so sehen«, sagte ich.

Seine Augen weiteten sich. Ich hatte ihn eindeutig aus der Fassung gebracht.

»Nein«, sagte er und lachte nervös auf.

»Warum denn nicht? Ich glaube, du möchtest es mir zeigen.«

»Nein.«

Ich hörte das Zaudern in seiner Stimme, und er wußte, daß ich es hörte. Ich schaute ihn an und griff nach seiner Hand.

»Du willst es. Ich spüre es. Und du kannst mir vertrauen«, sagte ich. »Das weißt du doch.«

»Du würdest mich auslachen. Oder noch Schlimmeres.«

Er protestierte, hatte jedoch das unsichere Grinsen von jemandem aufgesetzt, der zwischen einem kategorischen »Nein« und einem innig ersehnten »Ja« hin und her schwankt.

»Ich lache bestimmt nicht. Sieh mich doch an – merkst du nicht, daß es mich anmacht?«

Das war die Wahrheit. Dieses Zaudern, sein beinahe rehleinhaftes Zittern und meine eigene Selbstsicherheit: Ich spürte bereits, wie erregend es wäre, ihn aufzureizen. Ich stand auf, und als sich unsere Blicke begegneten, wußten wir beide, daß wir bereits auf einem gemeinsamen Weg waren.

Er stand auf und führte mich nach oben in sein Schlafzimmer. Ich saß auf dem Bett, während er eine Schublade öffnete und ein paar Schachteln herausholte. Seine Hände zitterten, und er atmete stoßweise. Ich nahm an, das käme von seiner Nervosität, doch dann öffnete er die erste Schachtel, zog einen schwarzen Seidenunterrock heraus und preßte ihn plötzlich an sich.

Mit schnellen, heftigen Bewegungen ließ er die Seide über seine Brust gleiten, die Schenkel hinab und zwischen die Beine, und ich begriff, daß es Lust war, was ich sah, reine, überwältigende Lust. Dann erinnerte er sich an mich und lachte verlegen.

»Bist du sicher, daß du das sehen möchtest?« fragte er und hoffte dabei halbherzig, ich würde nein sagen.

»Unbedingt. Ich will dich angezogen sehen. Bitte, mach dich für mich schön.« Er fing an, sich auszuziehen.

»Und du lachst bestimmt nicht?«

»Nein, ich lache nicht.«

Als er nackt war, öffnete er die anderen Schachteln und holte einen riesigen schwarzen Spitzen-BH heraus. Da mußte ich beinahe doch lachen. Ich hatte mir nicht klargemacht, daß unter den Kleidern, die ich auf den Fotos gesehen hatte, auch ein BH sein mußte. Doch ich blieb ruhig, auch dann, als er nach längerer Suche zwei Schaumgummieinlagen zum Vorschein brachte und sie in die Körbchen stopfte. Als er den BH anzog und mit dem Verschluß kämpfte, sah ich, daß sein Schwanz bereits sehr hart war.

»Komm her«, sagte ich. »Ich mach' dir die Häkchen zu.«

Er kam zum Bett herüber.

»Knie dich hin.«

Den Rücken zu mir gewandt, kniete er sich zwischen meine Beine. Als er merkte, daß die Häkchen geschlossen waren, wollte er aufstehen, doch ich hielt ihn zurück. Ich drückte seinen Kopf nach hinten, strich ihm mit den Fingern über den gestreckten Hals und küßte ihn auf den Mund, entgegenkommend und doch fordernd. Es war mir egal. Ich ließ meine Hände über seine Schultern, seine Brüste und die Seide des BHs gleiten. Verführerisch bog er den Rücken durch.

»Sind sie schön? Gefallen sie dir?« fragte er schüchtern, und blitzartig erkannte ich, was er sein wollte. Feminin. Unterwürfig. Begehrt.

»Sie sind sehr schön. Zeig mir, was du sonst noch hast.«

Ich sah zu, wie er langsam glänzende, schwarze Strümpfe anzog und sie an einem rotseidenen, mit schwarzer Spitze garnierten Strumpfhalter befestigte. Dann stieg er in ein Bikinihöschen aus rotem Satin, über das er ein grünseidenes Mieder zog. Der Stoff spannte eng über seiner Brust, als er sich hinabbeugte, um sich einen schwarzen Seidenunterrock über die Hüften zu ziehen. Wieder sah ich die Lust, als er seine Hände über die Seide gleiten ließ, über die Brüste, die Beine hinab und über seinen Arsch. Sein Schwanz drängte sich gegen den Unterrock. Doch er wollte noch mehr anziehen: eine tiefrote Satinbluse und einen Rock aus schwerer, schwarzer Seide. Die Bluse hatte lange Ärmel und einen hohen, umgelegten Kragen.

»Gefällt dir die Farbe? Ist sie sexy?« wollte er wissen.

»Unglaublich. Komm her.«

»Warte.«

Er holte einen breiten schwarzen Ledergürtel heraus und stieg in ein Paar spitze, schwarze Stöckelschuhe. Er wollte, daß ich ihm die Bluse zuknöpfte, am Hals und an den Ärmeln, und ihm den Gürtel fest zuzog, so fest ich konnte. Woher hatte er diese Sachen, und was hatte er empfunden, als er sie kaufte? Ich konnte mir ohne weiteres vorstellen, mit ihm einkaufen zu gehen, ihn Dinge auswählen zu lassen, um mir zu gefallen. Er würde sie mir vorführen, um meine Zustimmung zu erhalten. Sachen, die geschmacklos, vulgär und nuttig waren. Meine Hand bewegte sich hinab zur Leistengegend. Sein Bedürfnis, daß ich ihn so akzeptierte und attraktiv fand, berauschte mich. Er posierte für mich, hielt die Hände hinter dem Nacken verschlungen, drückte die Brust heraus und bot sich mir rückhaltlos an. In diesem Moment, als er sich mir zeigte, so begierig darauf, daß ich ihn sähe und ihn in all seiner Künstlichkeit schön fände, wußte ich, daß wir einander nie näher gewesen waren.

»Was meinst du?« fragte er. »Bin ich schön?«

»Das wünschst du dir, nicht wahr? Für mich attraktiv zu sein.«

»Ja. Für dich. Nur für dich.«

Ich blickte auf seine Füße, und auf der Stelle bewegte er sie und mühte sich, die Zehenspitzen zu strecken. Er beugte seinen Nacken in einem noch anmutigeren und unterwürfigeren Winkel und senkte sittsam den Blick. Ich betrachtete den Rock, der ihm locker über die Schenkel fiel. Er bemerkte es, und ich spürte, wie sich seine gesamte Intensität auf diesen Stoffstreifen konzentrierte, auf das Gefühl auf seiner Haut, auf die Luft, die darunter zirkulierte. Die winzigste beiläufige Geste hätte ihn nun völlig entblößen können. Er wußte, daß ich es sah. Ich spürte, wie er die Beine spreizen und den Stoff anheben wollte, um mehr von sich zu zeigen. Ein kleiner Laut entfuhr ihm, ein Stöhnen, während er immer wieder den Unterleib vorreckte. Er blickte mit flehenden Augen auf meine Hände: wenn ich ihn nur anfassen wollte. Er fuhr sich mit der Zunge über die Lippen, um sie zu befeuchten und anziehender zu machen, dann ließ er den Blick von meinen Händen zu meinem Mund wandern, während seine Zunge mich lockte, er sich immer stärker aufbäumte und das Becken hob, voller Verlangen nach einer Berührung. Ich ging zu ihm, ließ meine Hand am Saum seines Rocks entlanggleiten, hin und her, und ein Seufzer entrang sich ihm, drang unkontrolliert aus seinem tiefsten Inneren, und sein ganzer Körper wurde zu diesem Seufzer und unterwarf sich vollständig.

Meine Hand glitt unter seinen Rock. Er folgte ihr, während ich erst den einen Schenkel umfaßte und dann den anderen, mit den Fingern lässig über die nackte Haut strich, die seidenen Strumpfbänder entlang, und die Härchen auf seinen gespreizten Schenkeln streichelte. Ich fuhr mit einem Finger unter den elastischen Beinabschluß des Bikinihöschens, das sein Schwanz bereits vollständig zur Seite gedrängt hatte. Inzwischen stöhnte er und stieß unentwegt rhythmisch weiter. Er schloß die Augen, doch ich drehte sein Gesicht zu mir. Er begriff, daß ich ihn mit offenen Augen haben wollte, wollte, daß er mich ansah, und ihm nichts Verborgenes oder Privates mehr gestattet war. Er bewegte sich jetzt heftiger, mit immer stärkeren Stößen, den Blick auf mich gerichtet, ohne irgend etwas zurückzuhalten, und bot mir sein Verlangen und seine Angst dar, erschuf sich selbst, sein geheimstes Ich, im Spiegel meines Blicks.

An der Tür hing ein hoher Spiegel, zu dem ich ihn führte. Ich wollte, daß er sich selbst aus jedem Winkel sah, und auch ich wollte ihn im Spiegel sehen. Er streckte die Hand nach mir aus, aber ich wollte ihn noch nicht berühren, weigerte mich, obwohl er die Hüften auf eine Weise kreisen ließ, von der er wohl hoffte, daß ich sie erregend fände, sich die Lippen befeuchtete, mir seine Zunge zeigte und die Schultern zurückzog, um seine Brust zu präsentieren. Seine Hände glitten über seine Brüste, umfaßten sie und spannten den Stoff seiner Bluse, um sie zur Geltung zu bringen. Seine Finger liebkosten die Weichheit, spielten über die sich wölbenden Rundungen, und er begann sich zu wiegen, die Hände glitten über Brust, Schultern und Arme und erneut zurück zu seiner Brust. Er konnte nicht aufhören, sich zu bewegen, sich selbst anzufassen, die Seide, seine Brüste, seine Hüften, seinen Schwanz, der gegen den Rock drängte. In seinem Gesicht stand ein Lächeln, wie ich es noch nie zuvor gesehen hatte, ein heiteres Staunen, als sein Blick meinem begegnete. Er sah aus wie ein Kind, das im Wasser spielt.

Ich zwang ihn auf die Knie und kniete mich neben ihn. Im Spiegel sah er mich an, mit dunklen und konzentrierten Augen, die er auf meine geheftet hielt, während ich ihn beobachtete. Ich umschlang ihn mit beiden Armen und spürte, wie gern er meine Hände in seine nehmen und sie auf seine Brust legen wollte. Wir waren einander so nah, daß ich die Hitze spüren konnte, die er ausstrahlte. Er stieß mehrere kleine

Schreie aus und wollte sich an mich drängen, sich gegen mich pressen und den Druck meiner Hand auf seinem pulsierenden Schwanz spüren. Er atmete laut, als er meine Hand zu seinem Rock schob. Nun wollte er sich nur noch zeigen. Er stieß nach vorn, als würde jeder Stoß den Rock wegschieben. Ich tippte ihm sachte auf die Knie, und er öffnete sie langsam. Er sollte sich frei fühlen und offen, ganz weit offen. Ich hob seinen Rock hoch, streifte ihm das rote Bikinihöschen ab und stopfte den weichen Seidenstoff in seinen Gürtel, um seinen Schwanz und seinen Arsch zu enthüllen. Dann suchte ich seine Augen im Spiegel. Ich sah den Schmerz und das Verlangen. Er wollte mir alles zeigen.

Ich betrachtete ihn im Spiegel. Ein unglaubliches Wesen mit einem harten, steifen Schwanz und riesigen Brüsten. Plötzlich riß ich ihn an mich, vergrub den Kopf in seiner Brust und ließ mich von diesen Riesenbrüsten umfangen. Sie wiegten mich, und ich saugte und saugte, als gehörten sie meiner Mutter. Etwas in mir brach sich Bahn, und ich stöhnte mit ihm, drückte mich an sein Bein, eine Hand auf seinen Brüsten, die andere auf seinem Schwanz, während wir einen gemeinsamen Rhythmus fanden.

»Fick mich«, verlangte er, »fick mich.«

Ich lachte, als er an meinen Fingern saugte, sich nach hinten beugte und damit seinen Arsch befeuchtete, die Backen teilte und sich die Nässe ums Loch rieb. Er ließ meine Hand hinten, um seine Arschbacken gespreizt zu halten; er wollte sich öffnen, sich ganz zeigen, und ich spürte, wie sein ganzer Körper sich bemühte, sein Arschloch höher zu heben und es mir anzubieten.

»Fick mich, Baby, bitte.«

Ich drängte mich noch enger an ihn und schob ihm meine Finger in den Mund. Ich zog sie wieder heraus und fuhr mit ihnen um sein Loch, reizte und öffnete es. Er stöhnte erneut, es war das sanfte Stöhnen der totalen Unterwerfung, und alles an ihm stand mir offen, weich und geschmeidig, und während ich mich dicht an ihn drängte und sein Schwanz immer heftiger in meine feste Hand stieß, preßte ich die andere in ihn, tiefer und tiefer und fickte ihn, bis wir kamen.

19

»Geh nicht«, sagte Don, »fordere Peter nicht heraus. Er ist übel, Vega ..., wenn er dich für eine Bedrohung hält oder denkt, du könntest es Nathan erzählen, könnte er dir etwas sehr Schlimmes antun.«

Ich sah ihm dabei zu, wie er Schicht für Schicht die Seide ablegte, die er so ungeduldig angezogen hatte. Ich wurde mir der Ironie bewußt; gerade dadurch, daß er sich zum Sex anzog, entblößte er sich total. In diesen Kleidern hatte er sich mir nackter gezeigt, als er es je mit bloßer Haut gekonnt hätte. Indem er sich mit Künstlichkeit umgab, wurde sein Ich am wirklichsten. Es war so rätselhaft, was Menschen mochten und was sie erregte. Ich dachte überhaupt nicht daran, Don zu verurteilen. Er wollte nichts als Weichheit anbieten, und wenn ich mich daran erinnerte, was ich empfand, als ich den Kopf in seinen Brüsten vergrub, erkannte ich, wie sehr ich – und vermutlich jeder andere auch – mich nach dieser Weichheit sehnte. Wenn mir irgend etwas Sorgen bereitete, dann lediglich die Tatsache, daß er etwas mit sich herumschleppte, was er für ein schändliches Geheimnis hielt, und daß er resigniert hatte – vor Peter Broadman und vor Koks.

Er kam herüber und setzte sich neben mich, nun wieder mit seinem Alltagsgesicht und in einem ausgebleichten, baumwollenen Bademantel.

»Außerdem fühle ich mich sowieso schon miserabel – du machst es nur noch schlimmer, wenn du meine Schlachten schlägst«, sagte er.

»Es ist nicht nur deine Schlacht«, sagte ich. »Es geht um Nathan. Peter versucht, ihn hinauszudrängen, und das kann ich nicht zulassen. Dazu verdanke ich ihm zuviel.«

Ich drehte mich zu ihm. »Aber du mußt mit dem Koks aufhören. Und einen Weg finden, mit dir selbst ins reine zu kommen.«

Er nickte. »Gut, gut. Ich mach's.«

Er sagte es in dem Tonfall, in dem man einem flüchtigen Bekannten verspricht, daß man ihn anrufen wird. Er wollte es gern ernst meinen, doch dieser Wunsch hatte kein Gewicht; er motivierte ihn nicht. Irgend etwas fehlte. Ich hörte es an seiner Stimme, die dünn klang, wie eine halbierte Waffel.

»Ich mach's«, sagte er noch einmal mit der gutwilligen Fügsamkeit eines Menschen, der das Scheitern gewohnt ist. Als ich ging, schenkte er sich gerade den nächsten Drink ein und bereitete sich auf eine lange, dunkle Nacht vor.

Ich fuhr direkt zu Peter Broadman. Es war schon spät, aber ich wollte nicht warten.

Ich fuhr durch den Coldwater Canyon über die Hügel und die scharfen Kurven des Mulholland Drive hinauf. Es war eine dunkle Nacht, und ich sah unter mir die Lichter des Valleys. Ich überlegte mir nicht, was ich sagen wollte, aber ich fühlte mich sicher und wußte, daß mir die richtigen Worte einfallen würden. Andauernd sah ich Peters Gesicht vor mir, seine spöttische Miene, und das war genug, um mich zu beflügeln.

Ich mußte an Paul denken, der mir sehr weit weg erschien. Er war der Anstoß für alles, was mit mir passierte, aber ich war sehr weit von ihm abgekommen. Einen Moment lang fürchtete ich, mich zu verirren, wenn ich zu weit wegtrieb, doch dann beruhigte ich mich und dachte daran, daß ich meinen Weg ging, nicht seinen. Ich konnte nicht an Paul glauben – ich mußte an mich selbst glauben.

Peters Haus war schwer zu finden. Es war nur mit einer schlampig gemalten Nummer versehen und über eine Zufahrt zu erreichen, die hinter einer Straßenkuppe lag. Einmal fuhr ich daran vorbei, doch dann wendete ich und bog richtig ab. Wenige Meter weiter versperrte mir ein Tor den Weg. Ich rollte mein Fenster herunter und drückte auf den Knopf der Sprechanlage. Nach langem Warten meldete sich ein Dienstmädchen, und es bedurfte einiger Überredungskünste, um Peter direkt sprechen zu können.

»Hier ist Vega«, sagte ich. »Ich muß dich sprechen. Jetzt.«

»Vega? Welche Vega?« Ich konnte sein Lachen fast hören.

»Komm schon, Peter, mach auf.«

»Was treibt dich denn den weiten Weg hier herauf? Es ist schon spät, Süße. Hast du etwas Interessantes im Sinn?«

»Peter, mach das Tor auf. Es interessiert dich bestimmt, was ich zu sagen habe.«

Ich hörte, wie er die Sprechanlage abschaltete, und nach wenigen Sekunden schwang das Tor auf. Gaslaternen säumten die Auffahrt. Sie führte um einen Brunnen vor dem Haus, einem modernen Kubus aus Glas und Metallröhren, der über den Abhang hinausragte. Ich wußte, daß man von innen einen atemberaubenden Blick hatte, und ich wußte auch, wieviel das Ganze gekostet hatte. Obwohl es offiziell Peter gehörte, war es eine der Immobilien aus Nathans Privatbesitz.

Peter stand mit einem Drink in der Hand in der breiten Haustür.

»Vega, Vega«, sagte er, als ich aus dem Wagen stieg, »einen so weiten Weg auf dich zu nehmen. Aber ich bin so froh, daß du es getan hast.«

Er feixte. Ich ignorierte es und ging an ihm vorbei ins Haus, als wäre ich diejenige, der es gehörte. »Wir müssen etwas Geschäftliches besprechen.«

»Geschäftlich? Und ich habe gedacht, du wolltest mich besuchen.«

Ich wartete schweigend ab. Er verbeugte sich höflich, als wäre mein Schweigen ein versteckter Wink an ihn. Schließlich ging er mir voran ins Wohnzimmer. Eine Wand bestand aus Glas, und ich sah einen Lichterstrom, der sich ins Unendliche erstreckte. Peter steuerte auf einen Eames-Sessel hinüber. Ich merkte, daß er schon ein paar Drinks genommen hatte. Er ließ sich schwer in den Sessel fallen und wirbelte herum, um mich anzusehen.

»Trink doch etwas. Es ist schon spät. Aber es könnte auch früh sein. Weißt du, was ich meine?«

Seine aufdringliche männliche Eitelkeit hätte fast witzig sein können. Vielleicht war es aber auch eine Art von moralischer Dummheit, ein Manko, das ihn jeden offenkundigen Zusammenhang von Ursache und Wirkung übersehen ließ.

»Ich möchte, daß du die Finger von NNE läßt«, sagte ich ruhig.

»Wie meinst du das, Herzchen? Ich bin der Direktor. Wie soll ich da die Finger davon lassen?«

»Spiel nicht den Unschuldigen. Ich weiß, daß du versuchst, Nathan auszubooten. Ich will, daß du damit aufhörst.«

Er lächelte. Vielleicht war ihm noch nicht klar, wie bitter ernst ich es meinte.

»Na, das ist ja eine schreckliche Geschichte – wenn sich ein Sohn gegen den Vater verschwört.«

»Allerdings, das ist es. Und du wirst damit aufhören.«

Er schielte mich an und versuchte, mich einzuschätzen. Ich wußte, daß er eine Art verschlagener Intelligenz besaß, die man leicht unterschätzte. Nun suchte er nach den Schlupflöchern, die er sich zunutze machen könnte.

»Glaubst du ernsthaft, ich versuche, mir NNE unter den Nagel zu reißen? Ich fühle mich geschmeichelt.«

»Ich weiß, daß du das tust. Und ich weiß über Don Bescheid.«

Er war offensichtlich verblüfft. Doch das schien ihn nicht aus der Fassung zu bringen. Statt dessen lachte er.

»Was weißt du?«

»Daß du ihn dazu gebracht hast, für dich Aktien zu kaufen. Und daß du Judd Mallory und Stella Jordan und ich weiß nicht wen noch alles dazu gebracht hast, Aktien zu kaufen, die du kontrollierst, ohne daß Nathan davon weiß. Wann wolltest du ihm denn sagen, daß er aus dem Rennen ist?«

»Schlau von mir, nicht? Gefällt dir das nicht, wie schlau ich bin? Macht dich das nicht an?«

Er lachte erneut. Er fühlte sich nicht im geringsten dadurch bedroht, daß ich von seinen Plänen wußte. Er hatte keine Angst. Das paßte nicht zu dem, was ich über ihn wußte, seine schwache und unsichere Seite. Es gefiel mir überhaupt nicht.

Er stand auf und schenkte sich einen Drink ein. Ich schüttelte den Kopf, als er mir auch einen anbot. Er kam auf mich zu.

»Es ist ja rührend, wie sehr du dich um Nathan sorgst. Sehr ... feminin ... Weißt du, ich habe mich immer gefragt, wie es wohl mit dir wäre, Vega. Seit ich dich zum ersten Mal gesehen habe. Verstehst du mich?«

Er ließ seine Finger meinen Arm hinaufwandern. Ich entzog mich ihm ruckartig.

»Wirklich, Peter, du bist erbärmlich.«

»Tatsächlich?«

Er kam wieder auf mich zu, und ich wich zurück. Ich hatte mich darum bemüht, alles distanziert zu sehen, aber nun wurde ich trotzdem wütend.

»Du widerst mich an. Schon immer. Seit ich dich zum ersten Mal gesehen habe – verstehst du mich?«

Er lachte wieder. Irgend etwas stimmte nicht. Ich spürte es genau, als wäre in der deutlich markierten Straße, die ich entlangraste, plötzlich eine unübersichtliche Kurve. Wenn er keine Angst vor mir hatte, konnte das nur heißen, daß er sich sicher fühlte. Warum?

»Sieh mal«, begann ich wieder. »Ich habe dir doch gesagt, weshalb ich gekommen bin.«

»Weshalb du glaubst, daß du gekommen bist.«

»Was soll das heißen?«

Er antwortete nicht. Ich merkte, daß er sehr betrunken war.

»Du hast ja keine Ahnung ..., so ein kluges kleines Mädchen ... Du bildest dir ein, du wüßtest Bescheid, wüßtest alles, was es zu wissen gibt ..., und jetzt willst du die Retterin spielen und alles in Ordnung bringen ...«

»Laß einfach die Finger von NNE.«

»Sonst?«

»Sonst sage ich es Nathan.«

»Aber Baby, warum willst du denn das tun? Du weißt doch, daß es ihn umbringen würde.«

In diesem Moment haßte ich ihn dafür, daß er durch die Liebe Macht über Nathan hatte, und dafür, daß er das wußte. »Er wird's überleben. Und dann bist du aus dem Rennen.«

Er lachte wieder. »Oh, ich habe ja solche Angst, solche Angst ...«

Plötzlich richtete er sich auf, und seine Miene war trotz des vielen Whiskys ganz hart. »Nathan – mein Vater, mein wundervoller, großzügiger, liebevoller Vater – ist die geringste meiner Sorgen.«

»Was willst du damit sagen?«

»Herrgott, Vega, du bist so ein Narr, so ein verdammter Narr ...«

Er verstummte, und ich hörte meinen eigenen Atem.

»Inwiefern? Inwiefern bin ich ein Narr?«

»Soll ich es dir in aller Deutlichkeit sagen?«

Mir wankte der Boden unter den Füßen. Irgend etwas kam drohend näher, als würde sich in mir eine Flutwelle erheben, ein Aufwallen, als würde ich gleich unter etwas begraben. In diesem Moment wußte ich, daß ich etwas Entsetzliches zu hören bekommen würde, aber es lag nicht in meiner Macht, es zu verhindern.

»Was in aller Deutlichkeit sagen?« fragte ich ruhiger.

Er schüttelte den Kopf und sah mich mitleidig an.

»Was in aller Deutlichkeit sagen?« fragte ich noch einmal.

»Warum fragst du nicht deinen Freund Paul?«

Das kam so unerwartet, daß ich es nicht begriff.

»Paul? Was für einen Paul?«

Noch während ich die Frage wiederholte, wußte ich alles, konnte alles deutlich und unwiderruflich sehen, hinter dem Chaos, das Peters Worte auslösten.

»Du kennst Paul?« Meine Stimme verriet mich. Sie klang so zaghaft und dünn wie die eines kleinen Mädchens.

»Süße, dein Freund Paul – dein guter Freund Paul – ist derjenige, der hinter dem Ganzen steht. Er ist der Boß.«

Ich starrte ihn hilflos an. Und er lächelte mich voller Verachtung an.

»Du Fotze. Du verfluchte, blöde Fotze.«

Um mich herum wallte die Flut auf, doch ich kämpfte dagegen an, daß sie mich wegspülte. Irgend etwas war derart falsch, daß es nicht wahr sein konnte. Irgendwo mußte ein Fehler stecken, etwas, aufgrund dessen ich die Wirklichkeit mißverstand. Peter stand vor mir, und dieses schreckliche Lächeln verzerrte seine Lippen, aber der Raum, der uns umschloß, war ins Weltall hinausgetrieben, und das einzige, was ich tun konnte, war, mich aufrechtzuhalten.

»Ich verstehe das nicht ...«, preßte ich hervor.

»Komm schon, Vega, du bist doch sonst nicht so schwer von Begriff. Es bin nicht ich, der auf NNE aus ist. Es ist Paul.«

Ich starrte ihn ausdruckslos an. Er drehte sich von mir weg.

»Wir haben uns kennengelernt, und er hatte mich gleich an der Angel ..., ich brauchte Geld, um einige ... unerwartete Ausgaben ... abzudecken. Irgend jemand hat mich mit Paul bekannt gemacht – aus Gefälligkeit –, und so fing es an. Er lieh mir das Geld, doch ich verstrickte mich tiefer und tiefer, und dann, ehe ich es begriffen hatte, gab er mir Anweisungen. Witzig, was? Ich wollte vor meinem Vater geheimhalten, daß ich mich ein bißchen übernommen hatte, und nun bin ich der Grund dafür, daß er alles verliert.«

Mein Herz klopfte wie verrückt, raste, wollte fliehen. »Woher weißt du, daß ich Paul kenne?«

Er drehte sich zu mir um. »Herrgott. Was glaubst du, wer Don dazu veranlaßt hat, euch miteinander bekannt zu machen? Paul wußte, daß du Nathans Privatvermögen verwaltest – du warst einfach ein weiterer Punkt auf seiner Liste.«

Ich wirbelte herum, als wäre ich geschlagen worden. Ich wollte kein Wort mehr hören. Ich mußte hinaus, hinaus in die klare Nachtluft. Ich stolperte auf die Tür zu.

Peter versuchte, mich aufzuhalten.

»He, bleib doch da«, rief er und setzte mir nach. »Wir können uns genausogut amüsieren! Laß uns einen draufmachen - wir sind doch beide erledigt.«

Mein Wagen schlingerte die Einfahrt hinab und auf den Mulholland Drive. Ich wollte nicht mehr denken. Jeder Gedanke führte an einen Ort, den ich nicht ertragen konnte. In jeder Kurve hörte ich die Bremsen quietschen, doch alles war zu unwirklich, zu zusammenhanglos. Ich war zu betäubt, um Gefahr zu wittern. Paul und ich waren bei mir verabredet, und ich mußte dorthin. Das war das einzige, was ich wußte: Ich mußte zu Paul. Sein Anblick und seine Stimme würden alles auslöschen.

Sein Wagen stand bereits in der Einfahrt. Ich riß die Haustür auf und ging auf die Lichter in der Küche zu. Er war da und machte sich gerade ein Sandwich. Er sah auf und lächelte, dieses offene Lächeln, das mich stets für ihn einnahm, und ich blieb völlig entwaffnet stehen. Wie eine Ertrinkende wollte ich mich daran festklammern, die einladende Kurve dieser Lippen zur einzigen Wirklichkeit machen und in Sicherheit sein. Doch die von Peter ausgelöste Flutwelle drückte mich nach unten; ich konnte sie nicht wegdrücken.

Paul sah mich an.

»Was ist los?« fragte er. »Stimmt irgend etwas nicht?«

»Ich komme gerade von Peter Broadman.«

Seine Augen weiteten sich, doch er sagte nichts.

»Stimmt es, daß du Peter gezwungen hast, Don dazu zu bringen, uns bekannt zu machen?«

Er sah mich an.

»Bin ich nur Teil eines Plans? Weil ich für Nathan arbeite? Nur einer der Tricks, mit denen du arbeitest, um an ihn heranzukommen?«

Ich wünschte mir verzweifelt, daß er es leugnete, weil ich selbst so angestrengt versuchte, es zu leugnen. Ich wollte, daß er schrie, protestierte und sagte, daß vielleicht alles so angefangen haben mochte, aber ... Sogar jetzt war ich noch bereit, ihm alles zu glauben, damit er mir helfen, mich bei der Hand nehmen konnte, als wäre ich ein kleines Kind; er würde mir zeigen, wie ich die Welt wieder zusammensetzen und alles wieder heil machen konnte.

Doch das tat er nicht.

»Das stimmt«, sagte er. Und lächelte. Ich versuchte, etwas zu sagen, doch ich brachte nur einen Krächzen hervor.

»Warum bist du so außer dir?« fragte er. »Unser Verhältnis war doch ganz eindeutig. Du kannst nicht so tun, als hätte es dir keinen Spaß gemacht.«

Der unbekümmerte Ausdruck in seinen Augen verursachte mir Übelkeit.

»Außerdem wirst du durch mich reich«, fuhr er fort. »Es gibt keinen Grund, warum wir unsere Geschäfte nicht weiterführen sollten. Ich hätte nichts dagegen, ich will es sogar. Du hast ein Talent für diese Dinge, Vega. Mir Bobby Melner und die anderen – sogar Carland – zu bringen, und das alles völlig freiwillig. Ich war wirklich überrascht. Es war sehr viel mehr, als ich erwartet hatte. Aber schließlich habe ich schon immer Glück gehabt.«

Sein Lächeln wurde breiter. »Auf jeden Fall wirst du mir noch sehr nützlich sein, und ich bin bereit, für das zu bezahlen, was mir nützlich ist.«

Ich wußte nicht, was schlimmer war: die Wahrheit oder seine vollkommene Gleichgültigkeit gegenüber der Tatsache, daß ich Bescheid wußte. Diese Gleichgültigkeit ließ mir keinen Raum. Sie ließ mich völlig verstummen.

»Was ist los, Baby? Der Sex? Tja, das ist auch toll gewesen – auch so eine unerwartete Dreingabe. Das können wir auch beibehalten. Ich bin gerne dazu bereit. Wenn ich Zeit habe.«

Die Grausamkeit dieser letzten Worte war die letzte Tür, die donnernd zufiel. Ich zweifelte nicht daran, daß er sie mit Absicht geäußert hatte, um mir klarzumachen, wie die Dinge lagen.

»Du Scheißkerl.« Meine Stimme klang ganz sanft. »Du Scheißkerl.«

Er nickte wissend. »Du bist nur überrascht. Du hast dir ein schönes Bild gemacht, und nun siehst du, daß es nicht ganz der Realität entspricht. Aber ich wette, du bist zu klug, um aus einem lukrativen Projekt auszusteigen.«

Ich sah ihn an. Er stand am Ende eines sehr langen Tunnels, und alles war anders.

»Du brauchst ein wenig Zeit. Ich verstehe das.«

Er ging an mir vorbei, so nah, daß ich ihn riechen konnte. Die Luft zwischen uns war Stacheldraht. Wenn er die Hand ausgestreckt hätte, um mich anzufassen, wenn ich seine Finger auf meiner Haut gespürt hätte, wäre ich explodiert, hätte geschrien, geheult und wäre mit Fäusten auf ihn losgegangen. Doch irgendein Instinkt, einer der Instinkte, die ihn so erfolgreich machten, hatte ihn gewarnt, und er berührte mich nicht. Ich stand unbeweglich da und hörte jeden Laut mit kristallklarer Deutlichkeit: wie die Haustür ins Schloß fiel, seine Schritte auf der Einfahrt, wie sich seine Autotür öffnete und schloß, wie der Motor ansprang und die Reifen beim Wegfahren knirschten. Ich blieb ruhig stehen, bis die Geräusche aus meiner Hörweite verschwunden waren. Dann wurde mir mein eigenes Atmen bewußt. Ich keuchte, hechelte in stoßweisen Atemzügen und bekam kaum noch Luft.

Ich ließ mich auf einen Stuhl sinken. Eine Stimme meldete sich in mir: eine Lüge, lauter Lügen, jeder Augenblick mit ihm war eine Lüge gewesen, Teil seines Plans, mich zu benutzen. Ich sah sein ständiges Lächeln, die Hand, die er mir hinhielt und seine ach so fürsorgliche Stimme. Alles Lüge, jede Geste, jeder Ton. Sein Gesicht, als ich ihm den Scheck auf Bobbys Konto gab oder meine anderen Klienten zum ersten Mal erwähnte, und dann, als ich ihm Carland brachte und so stolz auf mich selbst war, so erfüllt vom Triumph, mir meines eigenen Vorgehens so sicher. Ich war so dumm. *Du dumme, dumme Fotze!*

Ich schoß hoch und stolperte durchs Haus. Jedes Bild wirkte wie ein Tiefschlag, doch ich konnte mich nicht abwenden. Ich warf mich aufs Bett, aber selbst da sah ich mich noch, wie ich mich zurücklehnte, die Beine breit machte und mich ihm entgegenhob, sah ihn über mir stehen und mich den Mund öffnen, um ihn in mich aufzunehmen. Sein Blick, dieser verlogene Blick – meine Erniedrigung brach in ihrer ganzen Tragweite über mich herein. Ich begann zu weinen, Schluchzer drangen aus meinem tiefsten Inneren, ich erschauerte vor Angst und Selbsthaß, ein grotesker, zappelnder, gestrandeter Wal, völlig hilflos und geschlagen. Ich sah Don, wie er uns bekannt machte, und Peter, wie er mich in Nathans Büro angesehen und es die ganze Zeit gewußt hatte, mich ausgelacht und es gewußt hatte. Ich dachte an Gaby: Gehörte sie auch dazu, wußte sie auch Bescheid? Ich sah sie alle lachen, über mich reden und darüber lachen, wie leicht ich mich hatte aufs Kreuz legen lassen – in jedem demütigenden Sinn des Wortes.

Ich muß die Besinnung verloren haben, erlangte sie aber wieder, und einen Moment lang, aber nur einen Moment lang, war ich in der Welt, die ich mir wünschte. Dann fiel mir alles wieder ein. Ich war zutiefst gedemütigt. Benutzt, benutzt, benutzt. Warum hatte ich Paul nicht angeschrien oder auf ihn eingeschlagen? Der Scheißkerl, dieser Scheißkerl, dieser verfluchte, gottverdammte Scheißkerl. Mit einem Mal wollte ich mit den Fäusten auf ihn einprügeln, ihn blutig schlagen, ihn auf die Knie zwingen und den Absatz meiner schwarzen Stöckelschuhe in ihn bohren. Ich spürte, wie sich meine Kiefer verkrampften, als ich mir ausmalte, wie die stahlverstärkte Spitze meines Schuhs sein Kinn spaltete und seinen Kopf nach hinten und wieder zurück schnellen ließ wie einen schlaffen Sandsack. Ich wollte seinen Schwanz packen, ihn herumdrehen, mit unerbittlicher, eiserner Hand, während er sich in hilfloser Qual vor mir wand. Ich wollte …

Ich hielt es nicht aus. Was immer ich mir ausmalte, führte nur dazu, daß ich mich noch hilfloser und ohnmächtiger fühlte. Und das Verlangen nach dieser Art von Rache, nach

Blut, verursachte mir Übelkeit, gab mir das Gefühl, daß ich wie Paul geworden war, der schlimmste Teil von ihm. Dadurch, daß ich mir zu eigen gemacht hatte, was ich für seine Stärke und Freiheit hielt, dadurch, daß ich das für mich hatte haben wollen, hatte ich in Wirklichkeit diesen grauenhaften Weg bereitet. Und meinen eigenen schrecklichen Untergang besiegelt.

Ich sprang auf. Ich mußte etwas tun. Ich konnte ihn nicht so einfach davonkommen lassen. Es mußte einen Weg geben, ihn aufzuhalten. Ich brauchte Hilfe, jemanden, der außerhalb dieses entsetzlichen, lachenden Kreises stand – Nathan. Natürlich. Nathan hatte mich immer inspiriert, und nun war er meine Chance; er würde mir helfen. Ich hatte ihn beschützen wollen, doch nun würden er und ich uns gegenseitig beschützen müssen, gegen denselben Feind. Es war noch früh, der Morgen dämmerte kaum, doch das war mir egal. Irgend etwas würde Nathan und mir einfallen; wir würden Paul Einhalt gebieten. Ich würde ihm alles sagen, nicht nur über Peter, sondern über mich, all die schändlichen Dinge, die ich getan hatte. Und ich wußte, alles würde gut werden, wußte, daß er mich verstehen und wissen würde, was zu tun war. Nathan würde mich retten.

Ich klingelte dreimal an Nathans Tür, bevor er öffnete. Er trug Schlafanzug und Bademantel, doch ich sah, daß er schon vorher aufgestanden war.

»Nathan, ich muß mit dir sprechen! Ich …«

Er hob die Hand, um mich zu unterbrechen, doch die Worte sprudelten nur so aus mir heraus. Er drehte sich um, und als ich ihm durch den Flur folgte, strömte die ganze Geschichte aus mir heraus, über Peter und NNE, über Paul und mich. Ich versuchte ihn zu berühren, seine Hand zu fassen und ihn dazu zu bringen, mich anzusehen, damit ich mich selbst in seinen Augen finden konnte, als könne sein Blick mir Halt bieten.

Er ging ins Wohnzimmer und ließ sich schwerfällig in einen Sessel sinken. Es war noch jemand da: Peter. Ich verstummte. Das begriff ich nicht.

»Ich hab's ihm erzählt, Vega«, sagte Peter.

Ich sah Nathan an, doch er sagte kein Wort. Zum ersten Mal fiel mir auf, wie erschöpft und fertig er aussah.

»Nathan«, sagte ich. Ich ging zu ihm hinüber und setzte mich neben ihn. Ich nahm seine Hand. Er reagierte nicht.

»Wir können Paul aufhalten«, sagte ich. »Ich weiß einiges über ihn; wie er alles eingefädelt hat ..., wir finden einen Weg.«

Peter stand auf. »Laß ihn in Ruhe, Vega.«

Ich ignorierte ihn. Nathan schüttelte den Kopf, ein alter, völlig ratloser Mann. Er starrte in den leeren Kamin.

»Nichts ist das Leben meines Sohnes wert.«

Ich sah Peter an. Nun verstand ich gar nichts mehr.

»Paul bringt mich um«, sagte er mit matter Stimme, »wenn wir ihm nicht geben, was er will.«

»Nein!« protestierte ich, aber ich zweifelte nicht daran, daß Paul diese Drohung bereits ausgesprochen hatte und sie ernst meinte. Ich wandte mich wieder an Nathan. »Aber du kannst dich doch von ihm nicht erpressen lassen – dadurch verlierst du alles.«

»Nein, das werden wir nicht«, sagte Peter gelassen. »Oberflächlich betrachtet wird sich nichts ändern.«

Ich ignorierte ihn und versuchte, Nathans Hand zu ergreifen. »Ihr müßt euch wehren! Nathan, bitte, hilf mir, hilf mir, einen Ausweg zu finden.«

Endlich sah er mich an, doch in seinen Augen stand nichts, keinerlei Gefühl für mich. Er wußte, was ich getan hatte, und ich hatte ihn verloren, ein für allemal. »Verstehst du das nicht?« fragte er. »Nichts ist das Leben meines Sohnes wert. Nichts.«

Ich sprudelte weitere Einwände hervor, aber ich wußte, daß es gleichgültig war. Nathan war hilflos, und das nicht nur Paul gegenüber. Er war auch Peter gegenüber hilflos, gegenüber der Tatsache, daß er ihn liebte. Zum ersten Mal erkannte ich, daß Nathan sich keine Illusionen über Peter machte. Er sah, wie schwach er war. Doch diese Erkenntnis hatte ihn nicht dazu gebracht, sich von ihm abzuwenden. Statt dessen weckte es all seine Liebe. Ich erkannte, wie vermessen und arrogant es von mir gewesen war, mir jemals einzubilden, daß er irgendwann mich Peter vorziehen, irgendwann seinen einzigen Sohn aufgeben würde.

Ich stand auf, aber Nathan registrierte es gar nicht. Er betrachtete das Bild über dem Kamin. Es war ein großes, abstraktes Gemälde, das sich mit seinen breiten Streifen lebhafter Farben scharf von den Möbeln aus dem 18. Jahrhundert abhob.

»Deine Mutter hat dieses Bild so sehr geliebt, weißt du noch?« sagte er zu Peter, als wäre ich überhaupt nicht da. »Ich habe mich immer gefragt, was sie darin sah ... Was glaubst du, was sie wohl gesehen hat?«

Er starrte weiterhin das Bild an, während Peter sich hinter ihn stellte und ihm eine Hand auf die herabhängende Schulter legte. Peter drehte sich zu mir um, und trotz allem lag eine Art von Triumph in seinem Blick. Ich wandte mich zum Gehen. Im Türbogen dieses wunderschön eingerichteten Raumes sah ich zu ihnen zurück, Vater und Sohn, wie sie beide dieses rätselhafte Gemälde betrachteten, das vor langer Zeit von Margarets liebevoller Hand dort aufgehängt worden war. Und ich schauderte, da ich dort in der Tat einen Aspekt sah, in dem Peter über mich triumphierte: Er kannte eine Form von Liebe und Verbundenheit, die ich nie erhalten hatte und jetzt vielleicht niemals bekommen würde.

Ich steuerte ohne zu überlegen auf den Strand zu. Verletzter Stolz vermischte sich mit Wut und löste in mir den Wunsch aus, mich selbst für all meine Arroganz zu bestrafen. Ich war mir bei Paul so sicher gewesen, sicher, daß ich alles unter Kontrolle hatte, hatte mir in grotesker Weise damit geschmeichelt, daß ich ihm Nathan vorenthalten und meine Arbeit für ihn unbefleckt gelassen hatte. Es war ein grausamer Witz, für wie frei ich mich gehalten hatte, während ich doch die ganze Zeit angekettet war wie ein Zugpferd, das zwischen den Armen einer Deichsel laufen muß. Und ich hatte die Ketten selbst noch verkürzt, mir selbst eine Falle gestellt und Paul zu noch mehr Macht verholfen.

Ich parkte den Wagen und spazierte am Strand entlang, während mir der gleichmäßige Wind das Haar löste. Ich fühlte mich so verlassen wie die See. Sogar jetzt und trotz allem verspürte ich Sehnsucht nach Paul, nach dem Paul, für den ich ihn gehalten hatte, und ich wollte noch einmal die Frau sein, für die ich mich gehalten hatte, wieder festen Boden unter den Füßen spüren, den sicheren, aufsteigenden Pfad.

Doch dieser Pfad war nun verschwunden; alles hatte sich verändert. Nichts war mehr, wie es gewesen war, und es würde nie mehr so werden. Diese entsetzliche Demütigung, meine Wut, dieser lähmenden Knechtschaft für immer ausgeliefert zu sein. Paul hatte recht, es gab nichts, was ich tun konnte. Die Tatsache zu akzeptieren erschien mir wie der Tod, doch gegen dieses Akzeptieren anzukämpfen wäre die Hölle.

Ich atmete tief die feuchte, salzige Luft ein und zwang mich zum Nachdenken. Es durfte einfach nicht wahr sein, daß ich nichts tun konnte. Ja, ich war sehr arrogant gewesen und hatte den wesentlichen Punkt völlig übersehen. Ich sah mich wieder auf dem Rücken liegen … die Beine spreizen … den Mund öffnen … Nein! Ich konnte mich nicht einfach auf diese schändliche, beschämende Weise zugrunde gehen lassen. Ich zwang mich dazu, alles noch einmal zu überdenken. Ja, ich war benutzt, war zum Narren gehalten worden, und die Welt, in der ich gelebt hatte, war eine Illusion gewesen, in Szene gesetzt von Paul – aber hieß das, daß alles ein Traum gewesen war? Gab es überhaupt nichts mehr, das ich mein eigen nennen konnte? Wie stand es um die Kraft, die ich in mir hatte wachsen fühlen, die Risikobereitschaft? Waren das auch nur Illusionen, auf Lügen gewachsene Trugbilder? War mir davon jetzt irgend etwas nützlich, um einen Ausweg zu finden?

Ich setzte mich auf einen Felsblock und starrte aufs Meer hinaus. Etwas in mir drängte heraus, und ich konnte es beinahe schmecken – und dann fiel es mir wieder ein. Ich war wohl sieben oder acht Jahre alt, und es muß Sommer gewesen sein, weil ich eine lange, langsame Abenddämmerung vor mir sehe und die Gruppe Kinder aus der Nachbarschaft, die sich immer nach dem Abendessen traf. Ich frage mich heute, in welcher Stadt das war und wie lange wir dort wohnten. Eines Abends fanden ein paar der älteren Jungen einen riesigen Metallreifen mit einem Durchmesser von mehr als einem Meter. Sie umwickelten ihn mit Lumpen und tränkten sie mit Kerosin. Bevor ich überhaupt begriff, was vor sich ging, hatten sie ihn schon in Brand gesteckt, und alle standen Schlange, um durch den brennenden Reifen zu springen. Ich fürchtete mich, aber noch mehr fürchtete ich mich davor wegzulaufen. Die Schlange rückte vorwärts. Ich konnte die Kinder hinter mir spüren, ihre Spannung und Angst, spürte Hände und Leiber, die mich voranstießen und gegen die vor mir Stehenden drückten, hörte ihre schrillen Schreie und ihr Lachen. Das war eine Gefahr, eine echte Gefahr, das brennende Emblem einer anderen Welt, der Erwachsenenwelt, die von Geheimnissen und Todesahnungen umgeben war. Als ich an der Reihe war, spürte ich die Hitze, sah, die Luft über dem Reifen vibrieren, hörte Flammen im sauerstoffverzehrenden Wind flackern.

Dann stand niemand mehr zwischen mir und dem Reifen. Das Stoßen hinter mir wurde entschlossener. Ein Gesicht, einer der Jungen rückte bedrohlich an mich heran und forderte mich auf zu springen. Meine Furcht zirkulierte in mir, ein elektrischer Strom, der ein dünnes Drähtchen entlanglief und mich antrieb. Also machte ich einen Schritt vorwärts, wollte eigentlich davonrennen, bewegte mich statt dessen aber weiter auf die Flammen zu, in den brennenden Reifen hinein, und schlagartig wurde alles ruhig und still, und alle Angst war verschwunden. Ich spürte die Wärme der Flammen auf meiner Haut, ihr helles Licht war bestechend. Ich hatte nichts zu befürchten. Ich stieg hindurch, und ich mußte mich vor überhaupt nichts fürchten.

Nun, am Strand spitzte sich etwas in mir zu und trieb mich, den nächsten Schritt zu tun. Was, wenn die Veränderungen in mir, die wachsende Kraft und Sicherheit, echt waren, was, wenn ich nun plante und handelte, als wären sie echt – was hatte ich schon zu verlieren? *Es gibt keine Wahrheit, sondern nur Sichtweisen ...* Wer wollte behaupten, daß Pauls Sichtweise des momentanen Stands der Dinge die richtige sein mußte, die definitive und endgültige? Und vielleicht war es ja ganz egal, ob die Kraft und die Freiheit, die ich zu verspüren glaubte, echt waren; wer könnte das je entscheiden? Hier saß ich, wütend auf mich selbst und darauf, was mit mir gemacht worden war. Nun, warum sollte ich das Schwert des Selbsthasses nicht auf andere Weise verwenden und es umkehren? Ich konnte etwas ändern. Ich konnte mich wehren.

Ich stand auf und ging. Die Flamme in meinem Inneren wuchs, und ich mußte in Bewegung bleiben. Ich blickte zum Horizont. Noch vor wenigen Augenblicken hatte ich nichts als Gefangenschaft sehen können und Pauls verlogenes Lächeln, das mich einsperrte. Doch nun spürte ich, daß es andere Möglichkeiten gab – wenn *ich* mich zum Handeln aufraffen konnte. Warum nicht auf mich setzen und darauf, was *ich* tun konnte? Was hatte ich denn zu verlieren?

Nichts. Ich hatte nichts zu verlieren, und einen Moment lang erschütterte mich das. Es gab nichts zu verlieren, weil ich allein war. Ich war zu Nathan gelaufen wie ein hilfloses kleines Mädchen, das sich wünschte, von ihm gerettet zu werden, doch er konnte mir nicht helfen. Niemand konnte das. Selbst wenn Don es gewollt hätte, selbst wenn Gaby nicht wußte, daß Paul mich benutzt hatte – es spielte keine Rolle, niemand konnte mir jetzt helfen. Ich hatte gesagt, ich wolle die Wahrheit wissen, aber diese Wahrheit war schrecklich zu akzeptieren, weil sie mich in die Dunkelheit katapultierte. Und wenn es nach Paul ginge, wäre ich dort für immer allein, gefangen in meinen Geheimnissen, gefesselt in der Finsternis. Mit schrecklicher Endgültigkeit wußte ich, daß ich allein war.

Ein Schwarm Strandläufer hüpfte über den Sand. Mit ihren langen, gebogenen Schnäbeln suchten sie in den aufwallenden Fluten nach Nahrung. Hinter den Brechern sah ich einen Pelikan, der tief und geradeaus flog. Gut, ich war allein, aber war das wirklich so etwas Neues? Ich dachte an meine Kindheit im staubtrockenen Wind der Prärie ... an die Jahre mit Don ... den Leerlauf danach. Ich sah meinen Schatten im kalifornischen Licht. Wann war ich eigentlich nicht allein gewesen? Und hatte ich es nicht immer gewußt?

Ich blieb stehen und lauschte dem Wind. Das Pochen in mir hörte auf. Ich beruhigte mich. Plötzlich fühlte ich mich wesentlich leichter. Ja, ich war allein. Nun wußte ich es, und es war an der Zeit, den tatsächlichen Gegebenheiten entsprechend zu leben. Ich würde auf mich setzen. Ich würde das Risiko eingehen. Der Gedanke an Pauls Gesicht, seine verführerische Berührung machte mich noch entschlossener, nicht nur über mein Leben selbst zu bestimmen, sondern auch über seines.

Teil V

20

Ich brauchte Zeit, um mir einen Plan zurechtzulegen, doch unterdessen mußte ich in Pauls Nähe bleiben. Er mußte glauben, er hätte mich fest in der Hand, damit er seine Aufmerksamkeit auf andere Dinge konzentrierte. Ich rief ihn an und sagte, ich hätte begriffen, wie es zwischen uns stünde, wolle aber trotzdem weiter mitmachen.

»Du hast recht«, sagte ich, »das Geld gefällt mir. Ich werde also tun, was du willst.« Ich bemühte mich, so sanft und liebenswürdig zu klingen wie möglich. »Ich schätze, du hast gewonnen.«

»Versteh mich nicht falsch«, sagte er, »aber ich bin schon lange im Rennen, und ich gewinne praktisch immer.«

Seine Herablassung brachte mich auf, aber ich zeigte es nicht. Statt dessen hegte ich meine Wut, schürte sie und ließ sie meine Verachtung seiner Arroganz nähren, die ihn alles übersehen ließ, was in mir brodelte.

»Ich weiß«, sagte ich. »Das ist ein Teil dessen, was dich so attraktiv macht. Diese Macht ...« Ich schnurrte beinahe.

Er sagte nichts, und ich hoffte, ihn damit überrascht zu haben, daß ich direkt auf Sex anspielte. Ich wollte ihn aus der Fassung bringen, selbst wenn ich nicht genau ins Schwarze traf.

»Wie wäre es, wenn ich zu dir käme?« fragte ich. »Das möchtest du doch, oder? Jetzt gleich?«

Ich hörte ihn lachen, doch er antwortete rasch. »Ja. Sicher. Jetzt gleich.«

Ich wußte nicht, ob ich es durchhalten würde, aber er machte es mir leicht, da er sich so verhielt, als hätte sich nichts verändert, und ich nehme an, daß es für ihn auch so war. Er machte uns etwas zu essen, Kalbfleisch mit frischen Tomaten, und wir saßen an seinem Eßtisch, stießen miteinander an und sahen hinab auf die Lichter der Stadt, die sich unter uns ausbreiteten. Ich lächelte. Ich sah ihn über den Rand meines Glases hinweg vielsagend an, während meine Zunge am Glasrand entlangfuhr. Ich wich nicht zurück, als seine Finger über meinen Arm strichen und unter den Stoff meines langen, seidigen Ärmels schlüpften. Ich verlagerte das Becken und beugte mich näher zu ihm, wobei ich meine Brüste wie unbewußt auf der Tischkante ruhen ließ. Er hatte gesagt, ich hätte ein Gespür für die Art von Geschäften, die er betrieb, und vielleicht war das ein Teil davon: die Fähigkeit, etwas vorzutäuschen, und das nicht nur mühelos zu tun, sondern auch mit einem gewissen Vergnügen. Es war amüsant, daß ein Lügengebäude in unserer Beziehung enthüllt worden war, nur um durch ein anderes ersetzt zu werden. Er dachte, er wüßte, wie die Dinge nun lagen, aber nur ich wußte: Ich hatte die Kraft und die Möglichkeit, ihn zu überrumpeln.

Ich lehnte mich zurück und machte die Beine breit. Ich stöhnte, und es war nicht einmal geheuchelt – ich war ganz naß und fieberte vor Verlangen. Gierig sah ich zu, wie seine Finger Kreise auf meine Brüste zeichneten, um meine harten Brustwarzen herum, und ich bäumte mich auf, um den erregenden Druck seiner intensiven Berührung zu spüren. Ich fuhr mit der Zunge über seine Lippen und seinen langgestreckten Hals. Ich ließ die Hände über seinen Arsch gleiten, teilte ihn und fand sein Loch. Wieder machte das Verlangen mich wachsam, aber in neuer Form: Als ich fühlte, wie meine Haut in Erwartung seiner Berührung entbrannte, sah, wie sein Mund meine Brustwarzen liebkoste und sogar noch, als ich seinen Schwanz mit tiefen Stößen in mich gleiten spürte, blieb ich auf Distanz, ungerührt und auf der Hut, lauernd. Doch gleichzeitig gab ich mich dem Verlangen hin, und das war echt. Nicht das Verlangen nach ihm, das hatte ich hinter mir gelassen, sondern das Verlangen nach verzehrender Lust, meiner eigenen Befriedigung. Es war, als hätte ich mich in zwei verschiedene Frauen gespalten, aber diese Spaltung schwächte keine von beiden: Sie machte sie nur eindringlicher.

Er schlief ein. Ich beobachtete ihn, wie er gleichmäßig atmend ausgestreckt auf dem Rücken lag, verletzlich und schutzlos. Wie viele Geliebte hatten ebenso wie ich spät in der Nacht auf das andere Kissen geblickt und Haß und Rachegelüste empfunden, eiskalt und schlaflos?

Ich stand auf und ging an seinen Computer, schaltete ihn ein, setzte mich im Dunkeln davor und ging die Unterlagen durch. Es fiel mir leicht, den von ihm entworfenen Kalkulationen und Pfaden zu folgen. Nach einer Weile erhob ich mich, stand in der Finsternis und sah in die Nacht hinaus. Die Lichter der Stadt schienen matt durch einen dünnen Nebelschleier, der vom Meer herantrieb, und die Nacht wirkte grau, eine durchsichtige Glocke, die sich über Los Angeles gesenkt hatte. Ich hieß sie willkommen, fühlte mich von der Enge beschützt, beschirmt vor der Wirrnis eines unendlichen, schwarzen Himmels. Ich wußte, daß ich mühelos jedes einzelne von Pauls Systemen völlig verwüsten und zum Erliegen bringen konnte – zumindest vorübergehend. Ich konnte hervorragend mit Zahlen umgehen. Doch das war nicht genug. Ich wollte ihm keine Probleme machen, sondern ich wollte ihn lahmlegen. Ich wollte ihn ohne Maske sehen, erniedrigt und voller Angst; ich wollte ihn entmannt sehen.

Trotzdem zögerte ich, da es noch eine andere Möglichkeit

gab: Ich konnte mich einfach aus dem Staub machen. Akzeptieren, daß Paul mich benutzt hatte, die Demütigung schlucken und mich damit abfinden, daß er Bobby und Carland, ja sogar Nathan, der für mich ohnehin verloren war, in der Hand hatte. Ich konnte weitermachen und mich auf einen Abklatsch meines früheren Lebens zurückziehen. Warum nicht? Ich hatte genug Geld und einiges dazugelernt. Mit einem Mal tat sich in mir eine entsetzliche Verzweiflung auf, ein unbezwingbares Verlangen danach, die letzten beiden Monate auszulöschen und wieder so zu leben, als wäre das alles nie passiert, wieder in der freien Welt zu leben, in der ich lebte, bis ich Paul begegnete. Aber diese Welt war untergegangen, und ich sah in aller Deutlichkeit, daß auch ich Paul gehörte und ihm aufgrund dessen, was er gegen mich in der Hand hatte, immer gehören würde. Ich wußte, daß er es ohne mit der Wimper zu zucken gegen mich verwenden würde. Es gab nur einen Weg, mich zu befreien, und der bestand darin, ihn zu ruinieren. Ich mußte den Mut dazu aufbringen.

Ich setzte mich wieder an den Computer und rief eine Datei nach der anderen auf. Inzwischen hatte ich einen Plan: Ich würde falsche Zahlen einschmuggeln und es so aussehen lassen, als hätte er all seinen Investoren Geld unterschlagen, und zwar seit Jahren. Das wäre nicht besonders schwierig. Dann würde ich dafür sorgen, daß die richtigen Leute die falschen Zahlen zu sehen bekamen. Es gehörte wirklich nicht sehr viel dazu. Ich arbeitete konzentriert. Das Summen des Geräts und das Kratzen meines Füllers auf dem dünnen weißen Papier wurden von der Stille geschluckt. Paul schlief. Wenn ich damals vorausgesehen hätte, was geschehen würde, frage ich mich heute, ob ich es getan hätte. Offen gestanden – ich weiß es nicht. Gott steh mir bei: Ich weiß es nicht.

Ich rief Gaby an. Ich mußte erfahren, wieviel sie wußte.

»Schätzchen!« sagte sie, als sie meine Stimme erkannte. »Ich habe mir so gewünscht, daß du anrufst.«

»Ich möchte dich sehen«, sagte ich.

»Natürlich. Komm vorbei. Jederzeit. Jetzt.«

Ich lachte. »Wie wär's mit Mittagessen? Im Bistro – diesmal auf meine Rechnung.«

»Aber Schätzchen, ich habe die beste Köchin in der ganzen Stadt.«

»Mag sein. Aber tu mir den Gefallen.«

»In Ordnung«, sagte sie. »Treffen wir uns im Bistro.« Ich hörte ihr die Enttäuschung an.

Sie wartete bereits, als ich dort eintraf. Um die Schultern trug sei einen teuren Samtschal, der in leuchtenden Farben gemustert war. Als ich mich setzte, griff sie nach meiner Hand.

»Ich bin ja so froh«, sagte sie. »Ich habe schon gefürchtet, du hättest kein Interesse.«

Ich lächelte, sagte aber nichts.

»Ich habe an dich gedacht«, sagte sie und hatte keine Angst, mich anzusehen. »Und ich habe mir sehr gewünscht, dich zu sehen.«

Der Oberkellner kam, um unsere Bestellung aufzunehmen. Danach lenkte ich das Gespräch auf Unverfängliches, was wir erlebt hatten und mit wem. Es war ein seltsames Gefühl, von der Eleganz und Kultiviertheit des Restaurants umgeben zu sein und zu spüren, wie leicht die Wirklichkeit dieser schützenden Höhle von brutalen, kalten Wahrheiten zerfetzt werden konnte. Wenn ich Paul erwähnte, ließ Gaby in keiner Weise durchblicken, daß sie wußte, was er mir angetan hatte, aber sie hätte auch genauso schauspielern können wie ich. Erst als die Teller abgeräumt wurden, ging ich schließlich das Wagnis ein.

»Was ist denn das?« fragte sie.

Ich hatte eine Akte auf den Tisch gelegt.

»Schlag sie auf«, sagte ich.

Sie war verblüfft, klappte aber den Deckel auf und betrachtete das erste Blatt, das obenauf lag.

»Ich weiß nicht, was ich damit anfangen soll. Was möchtest du mir zeigen?«

»Das ist eine Kopie der Kalkulationen, die Paul gemacht hat; es sind unterschiedliche Projekte, an denen ihr beteiligt wart oder seid, angefangen bei der Sea Horse Ranch.«

Sie sah sie sich noch einmal an. »Ich verstehe es immer noch nicht.«

»Ich glaube, sie weichen stark von den Kalkulationen ab, die er euch gezeigt hat.«

»Aha.« Sie studierte die Kalkulationsbogen in der Akte. »Du behauptest damit, er hätte uns belogen.«

»Ja. Er hat euch betrogen.«

Darin bestand das Risiko: Wenn sie wußte, daß Paul mich hereingelegt hatte, daß er mich von Anfang an benutzt hatte, konnte sie sich jetzt denken, daß ich log und Rache wollte. Ich konnte mich an nichts weiter halten als an ihren Blick, die Art, wie sie mich berührte und an meinen Instinkt, daß sie nicht mit mir gespielt hatte. Doch ich hatte mich schon bei Paul getäuscht; mich jetzt auf meinen Instinkt zu verlassen hieß ins Leere springen.

Sie sah die einzelnen Seiten durch, und ihr Blick wanderte rasch die Spalten mit Zahlen hinab, bis sie die Akte zuschlug und beide Hände darauf legte.

»Wie hast du das herausgefunden?« fragte sie.

Ich konnte ihren Tonfall nicht deuten.

»Er wollte es mir unbedingt zeigen. Arrogant. Wie ein kleiner Junge.«

»Und du hast es mir gezeigt.«

Ich sah sie geradewegs an und hoffte, daß sie in meinem Blick all das fände, was sie brauchte.

»Ist dir klar, daß es für Paul ziemlich schlimme Konsequenzen haben könnte, wenn das, was du mir gezeigt hast, korrekt ist?«

Ich nickte.

»Und ... deine Gefühle für ihn ..., es würde dir nichts ausmachen?«

»Nein, es würde mir nichts ausmachen.«

Sie lächelte und legte ihre Hand auf meine. Sie dachte, ich täte es aus Zuneigung zu ihr und zöge sie Paul vor. Ich mußte beinahe darüber schmunzeln, wie wir uns alle selbst unsere Drehbücher schreiben, die komplett auf unseren eigenen Wünschen basieren. Genau das hatte ich auch getan. Gaby wußte nicht, daß ich im Moment überhaupt nichts empfand, weder für sie noch für jemand anders, sondern nur einen unbezähmbaren Drang, ein massives Bedürfnis hatte, mich selbst zu befreien. Ihre Augen sagten mir, daß ich das Risiko zu Recht eingegangen war. Gaby war auf meiner Seite.

»Ich muß das natürlich Charles zeigen. Und dann müssen wir mit einem von Pauls wichtigsten Investoren sprechen. Einem Mann namens Gunther ...«

»Ich kenne ihn.«

Sie nickte. »Er ist ein Mann mit sehr viel Einfluß. Und durchaus in der Lage zu tun, was nötig ist.«

»Was glaubst du, was das konkret sein könnte?«

»Oh, Schätzchen, ich frage nie nach Einzelheiten. Ich begnüge mich mit dem Ergebnis.«

Ich fuhr ins Büro zurück und tat so, als kümmerte ich mich um meine Geschäfte. Ich wußte, daß Gaby Charles und den anderen die fingierten Zahlen zeigen würde und daß sie sie nachprüfen und versuchen würden herauszufinden, ob meine Zahlen die richtigen waren. Aber ich vermutete, daß es keine Möglichkeit gab, das mit Sicherheit festzustellen: Die einzigen Zahlen, die sie hatten, waren ihnen von Paul geliefert worden, und nun kam ich mit anderen, die auf jeden Fall echt wirkten. Ich hatte sie so frisiert, daß es so aussah, als hätte Paul ihnen keine großen Summen unterschlagen, sie aber dafür fortwährend und in zynischer Weise betrogen, mit einer Beiläufigkeit, die den Eindruck erweckte, er wäre sich absolut sicher gewesen, daß man ihm nicht auf die Schliche kommen würde. Es würde ihnen nicht gefallen, daß er nicht mit ihrer Intelligenz gerechnet und sie für eine so geringe Bedrohung gehalten hatte. Ich hoffte, sie würden wenigstens einen Bruchteil meiner Wut und meiner Rachegelüste empfinden.

Schließlich rief Gaby an. »Ich bin bei Gunther«, sagte sie. »Wir würden gern mit dir sprechen.«

Gunther fuhr mit dem Zeigefinger die Zahlenkolonnen entlang, die auf dem Bildschirm meines Laptops leuchteten. Es hatte mich Stunden gekostet, die Kalkulation zu fälschen, doch das war es wert: Die Zahlen, die nun auf dem Bildschirm vibrierten, waren sehr beeindruckend. Gaby stand neben ihm und ging die Blätter durch, die sie nach unserem Mittagessen mitgenommen hatte. Als Gunther genug gesehen hatte, stand er auf und ging an eines der Fenster und sah hinaus.

»Warum haben Sie uns das gezeigt?« wollte er wissen. »Warum verbünden Sie sich nicht mit Paul?«

Gaby wollte etwas sagen, doch er gebot ihr Einhalt und wartete auf meine Antwort.

Ich war auf diese Frage vorbereitet, zögerte aber und sah verlegen drein. Es war nicht ganz gespielt. »Aus persönlichen Gründen«, sagte ich ruhig und mit sanfter Stimme, und meine Worte fielen wie Blütenblätter in die samtige Stille dieses isolierten Raums. Und dann, nach einer Pause: »Ihr seid nicht die einzigen, die er gedemütigt hat.« Ich lehnte mich zurück, schlug die Beine übereinander und sah Gunthers Blick ihre seidigen Kurven hinabgleiten. Ich wußte, daß er mich verstand.

»Doch es steckt noch mehr dahinter«, sagte ich und sah auf. »Ich will nicht nur, daß ihr über Paul Bescheid wißt, sondern auch, daß ihr über mich Bescheid wißt.«

»Was meinst du damit?« fragte Gaby.

»Wie tüchtig ich bin. Und vertrauenswürdig. Ich kann euch in Zukunft sehr nützlich sein.«

»Aha«, sagte Gunther und sah mich unverwandt an. »Sie wollen sich quasi um einen Job bewerben.«

Ich lächelte. »Gewissermaßen. Aber nicht nur um einen Job. Mir schwebt eher eine Partnerschaft vor.«

»Eine Partnerschaft«, wiederholte er, und ich sah ihm an, daß er überlegte, wie weit ich gehen würde. Gaby sah sehr erfreut aus.

»Ja«, fuhr ich fort, »basierend auf allem, was ich Ihnen bringen kann. Ich denke, Sie werden feststellen, daß ich eine ganze Menge zu bieten habe.«

Es war nicht nötig, daß sie mir konkrete Zusagen machten. Alles, was ich brauchte, war Raum für weitere Möglichkeiten; für alles andere war es noch zu früh. Doch eines hatte ich bereits erkannt: den besonderen Reiz, der darin lag, Paul nicht nur zu vernichten, sondern hinterher an seine Stelle zu treten.

Gaby begleitete mich zu meinem Wagen. Ich hatte ihr und Gunther alles gegeben, was sie brauchten – die Zahlen, den Grund dafür, warum ich Kontakt zu ihnen aufgenommen hatte, und ich hatte ihnen von meinem Wunsch erzählt, eine festere Verbindung einzugehen. Nun lag die Entscheidung bei ihnen.

»Wann sehen wir uns?« fragte Gaby, als wir am Auto angekommen waren. »Ich möchte nicht so lange warten.«

Sie fand meine Hand und hob meine Finger an ihre Lippen.

Ihr Mund war weich und warm. Die Meeresbrise hüllte mich in ihren Duft ein. Ich sah die Weichheit ihres Körpers und seine Biegsamkeit. Doch ich blieb ungerührt und konzentrierte mich nur auf den Ball, den ich ins Rollen gebracht hatte; ich entzog ihr meine Hand.

»Bald«, versicherte ich. »Ich rufe dich bald an.«

Ich küßte sie auf die Wange, bevor ich wegfuhr. Als ich sie im Rückspiegel immer kleiner werden sah, wußte ich, daß sie dachte, es gäbe eine Zukunft, in der wir in irgendeiner Form zusammensein würden. Es war eine Lüge, und das verursachte mir Gewissensbisse. Doch ich mußte mich davon frei machen. Außerdem ergab sich vielleicht irgendwann eine Gelegenheit, bei der ich es wieder gutmachen konnte.

Ich wußte nicht, was geschehen würde oder wann, daher verbrachte ich die nächsten Tage so, als würde sich in meinem Leben nichts verändern. Ich ging ins Büro, traf mich mit Klienten zum Mittagessen und hörte Holly zu, wenn sie mit Tom telefonierte. Nachts hüllte ich mich in Seide und räkelte mich genüßlich, eine großzügige Geliebte, offen und geduldig und mit unendlich viel Zeit für das Brennen des Verlangens.

Ich wollte, daß er mich leckte. Ausgestreckt lag ich da und spürte seine Zunge, die träge und dick an meinem intimsten Punkt schleckte. Ich mußte ihm zusehen. Ich stützte mich auf die Ellbogen und sah über meine rosige Haut zu ihm hinab. Einen Moment lang verlor ich meinen Ankerplatz und wurde von Widersprüchen überspült: die Intensität seiner Zunge und die Wut tief in meinem Inneren. Meine Schenkel preßten sich gegen ihn, und plötzlich hatte ich das Gefühl, ihn zerquetschen und in zwei Teile reißen zu können. Ich griff nach unten und zog ihn hoch, damit er in mich eindringen konnte. Ich rammte ihn so tief in mich hinein, wie ich konnte. Ich spürte, wie er sich mit Freuden meinem Rhythmus anpaßte.

Er hielt es für Leidenschaft, und ich vermute, das war es auch. Aber Leidenschaft einer anderen Art.

Der Anruf kam mitten in der Nacht, als wir bei Paul schliefen. Er setzte sich auf und machte Licht.

»Was meinst du damit?« fragte er und hörte sich schweigend die Antwort an. Ich wußte, daß es Ärger gab. Ich sah, wie sich die Muskeln auf seinem Rücken strafften und vor Anspannung hart wurden.

»Das kann nicht sein«, sagte er. »Ausgeschlossen.«

Er legte auf.

»Was ist denn?« fragte ich, aber er ignorierte mich und ging ins Wohnzimmer. Ich hörte einen Stuhl scharren, als er sich an den Computer setzte, und sah dessen kaltes, graues Licht jenseits der Schlafzimmertür. Ich legte mich wieder hin und wartete. Was auch immer geschehen würde, es würde jetzt geschehen.

Nach geraumer Zeit hörte ich ihn eine Nummer wählen.

»In meinen Unterlagen ist alles in Ordnung – nein, nein, ich weiß nicht, wie ...«, sagte er. »Aber du täuschst dich – es ist ein Irrtum ...«

Er lauschte einen Moment lang.

»Nein, du täuschst dich. Paß auf, ich zeige es dir. Sicher, jetzt gleich, wenn du willst – ich bin in einer Stunde da.«

Ich hatte das Bett verlassen, stand in der Tür und sah ihm dabei zu, wie er in einem kleinen, engen Kreis auf und ab ging, während sein Bademantel immer wieder weit aufsprang und zur Seite flog. Sogar jetzt fiel mir noch auf, wie schön er war.

Er versuchte, noch etwas zu sagen, aber die Verbindung wurde unterbrochen. Langsam legte er den Hörer auf.

»Was ist denn los?« fragte ich. »Was ist passiert?«

Er blickte mich an, und einen Moment lang sah ich, wie durcheinander und verunsichert er war. Etwas, das er überhaupt nicht begriff, war über ihn hereingebrochen, und es traf ihn völlig unvorbereitet. Er gab mir keine Antwort, sondern setzte sich wieder an den Computer, wo er sich anhand der Zahlen auf seinem Bildschirm noch einmal vergewisserte, daß alles in Ordnung war, daß jemand einem Irrtum unterlag, denn es war weiter nichts als das: ein Irrtum. Er wußte es nicht, aber es war bereits zu spät für ihn. Er konnte zu Gunther und Gaby und den anderen gehen und es ihnen zeigen, aber es würde keine Rolle mehr spielen. Sie hatten meine Fakten und Zahlen, und es standen zuviel Geld und zu viele gute Namen auf dem Spiel; die Entscheidung war gegen Paul gefallen.

Wie ich so dastand und ihn betrachtete, spürte ich etwas Unerwartetes, beinahe Zärtlichkeit. War es das, was er empfand, wenn er mich ansah? Oder hatte er gelacht, über den Eßtisch, über die Laken hinweg, hatte gelacht, als ich mich ihm entgegenhob, damit er mich erregen, streicheln, lecken und von hinten nehmen konnte?

Wut kochte in mir hoch, und ich wandte mich ab, damit ich nichts sagte. Es war allzu verführerisch, ihm zu erklären, daß er aufhören solle, nach dem Problem zu suchen, da es direkt vor ihm stand, in einem schwarzseidenen, spitzenbesetzten Negligé. Ich wollte, daß er es erfuhr.

Er verließ das Haus, ohne zu sagen, wohin er ging, aber ich wußte es selbstverständlich. Er sah weniger besorgt aus als vielmehr äußerst konzentriert, gesammelt und vollständig von dem in Anspruch genommen, was er zu tun hatte.

Ich zog mich an und fuhr nach Hause. Im Osten wurde der Himmel bereits heller. Ich war nicht müde; statt dessen empfand ich eine ungewohnte Leichtigkeit, einen Mangel an Schwerkraft, als würde ich langsam in eine andere Atmosphäre taumeln. So vieles stand auf dem Spiel. Ich sah die Gefahren, doch nichts erschien mir wirklich, und ich war seltsam gelassen. Was nun geschah, lag nicht in meinen Händen.

Um neun Uhr war ich im Büro. Gegen Mittag rief Paul an.

»Ich muß dich treffen«, sagte er. Es war keine Frage, sondern ein Befehl. »Mit soviel Bargeld, wie du auftreiben kannst.«

Als ich auflegte, wußte ich nicht, was ich tun sollte. Zum ersten Mal hatte ich Angst aus seiner Stimme herausgehört. Gunther und die anderen hatten offensichtlich bereits etwas unternommen, und nun war Paul auf der Flucht. Aber warum sollte ich mich mit ihm treffen? Es könnte eine Falle sein; vielleicht wußte er, daß ich diejenige war, die alles ins Rollen gebracht hatte. Und falls er es nicht wußte – weshalb sollte ich ihm Geld geben und ihm zur Flucht verhelfen?

Das Nächstliegende war, mich nicht mit ihm zu treffen. Ich konnte Gunther anrufen und ihm sagen, wo Paul war und wann, und mich selbst heraushalten. Ich griff nach dem Telefon, doch plötzlich sah ich Pauls Gesicht vor mir und hielt inne. Ich war nicht dazu bereit, ihn einfach so ziehen zu lassen. Ich wollte die Angst in seinen Augen sehen, seinen Blick, wenn er erfuhr, daß ich es war, die ihn hereingelegt hatte. Es war gefährlich, aber schließlich war ich die ganze Zeit auf die Gefahr zugesteuert – ging es nicht darum? –, und ich spürte, wie stark mein Drang danach war, jetzt zu handeln.

Er wollte sich am oberen Ende des Sunset Plaza Drive mit mir treffen. Es war hoch oben in den Hügeln und kaum mehr als ein asphaltierter, einspuriger Fahrweg auf der Rückseite des Hügels, der vorne mit Häusern auf Stelzen bebaut war. Je höher man kam, desto kleiner wurden die Häuser und um so mehr freie Grundstücke gab es. Ein ganzer Streifen unbebautes Land zog sich bis zu der Stelle hin, wo der Weg den nächsten Hügel hinab und in den Laurel Canyon tauchte, der völlig verlassen war.

Er wartete am höchsten Punkt auf mich und hatte seinen Wagen in einer Ausbuchtung hinter einer staubigen Kurve geparkt. Ich hielt neben ihm. Er saß auf seiner Motorhaube und betrachtete die Aussicht, über den Talkessel und die mit Bohrtürmen bestandenen Hügel hinweg, aufs Meer hinaus, das wie ein versilberter Spiegel in der Sonne und im Dunst glitzerte. Er wirkte entspannt, beinahe, als würde er für das Titelbild einer Hochglanzillustrierten posieren: der gut gekleidete, gut proportionierte Mann. Erneut empfand ich diese seltsame Kombination aus Wut und Verlangen und das plötzliche Bedürfnis, zu zerschlagen und zu zerstören, was mich anzog.

Ich stieg aus dem Wagen und ging auf ihn zu, eine Seiltänzerin, der angesichts der Erkenntnis, daß sie kein Netz unter sich hat, mit einem Mal schwindlig wird. Ich hatte mir sosehr gewünscht, auf ihn zuzugehen und auf alles, was er für mich bereitzuhalten schien, doch nun hatte ich – obwohl die Sonne schien – das Gefühl, im Schatten zu stehen, im Visier eines im Sturzflug auf mich zukommenden Raubvogels, der mich gleich schnappen würde. Jeder Schritt war gefährlich. Gewiß tappte ich in eine Falle. Er mußte doch bereits wissen, daß ich es war.

»Wieviel hast du mitgebracht?« wollte er wissen.

Ich hatte damit gerechnet, daß das seine erste Frage sein würde. Ich holte einen Umschlag aus der Tasche und reichte ihn ihm. Ich sagte nichts, als er es zählte.

»Das ist alles?« fragte er.

Ich nickte. Es waren nur ein paar tausend, und damit würde er nicht weit kommen.

»Herrgott«, sagte er und drehte sich um. Ich wußte, daß die Falle, wenn er mir eine gestellt hätte, mittlerweile zugeschnappt wäre. Da er sich nun abwandte, wußte er anscheinend nicht, daß ich diejenige war, die ihn in diese Lage gebracht hatte. Ich war erleichtert und paradoxerweise verstimmt – traute er mir diese Geschichte etwa nicht zu? Die Frage war lächerlich, doch ich wollte es ihn unbedingt wissen lassen.

»Was ist denn los?« fragte ich. »Was ist schiefgegangen?«

Meine Angst war verschwunden, und ich brannte nur noch vor Neugier, was er sagen würde.

»Ich muß raus aus der Stadt.«

Ich war mir nicht sicher, aber ich glaubte ein Beben in seiner Stimme zu vernehmen.

»Warum?«

»Das brauchst du nicht zu wissen.«

»O doch. Ich muß alles über dich wissen.«

Er drehte sich zu mir um. Er hatte mich in gewisser Form gebraucht, doch nun war das Drehbuch umgeschrieben worden, und ich sah ihm an, daß er umdachte. Konnte er mich immer noch benutzen, mein Verlangen nach ihm ausnutzen? Wie verängstigt und allein mußte er sein, um das überhaupt in Betracht zu ziehen.

»Man ist mir auf den Fersen.«

»Wer? Was hast du getan?«

»Ich habe gar nichts getan! Aber sie glauben mir nicht.«

»Wer? Deine Investoren?«

Er nickte. »Aber die sind noch nicht einmal die Schlimmsten – sie haben es bereits weitererzählt …«

Er zögerte.

»Wem?«

»Den Leuten, an die ich mich wende, wenn etwas zu erledigen ist. Verstehst du?«

Langsam begann ich zu begreifen. Paul war ein unabhängiger Unternehmer, ein Mittelsmann, der das Geld von Investoren wie Gaby und Gunther mit den kriminellen Schlägern zusammenbrachte, die Hindernisse aus dem Weg räumten. Falls Gunther eine Verbindung zu ihnen hergestellt und ihnen meine frisierten Kalkulationen gezeigt hatte, dann war es kein Wunder, daß Paul Angst hatte. Leute wie Gunther oder Gaby machten sich die Hände nicht schmutzig, doch die anderen würden nicht davor zurückschrecken, ihn zu beseitigen. Sie wollten ihn umbringen. Kein Wunder, daß er Angst hatte.

»Was kann ich tun?« fragte ich. »Wie kann ich dir helfen?«

Meine Stimme klang sanft und vertraulich, und als er mich ansah, lag eine Frage in seinem Blick. Ich wollte ihn verunsichern, wollte, daß er sich nicht überlegte, inwieweit er mir vertrauen konnte, sondern inwieweit er mich benutzen konnte. Ich hatte zwar keinen konkreten Plan, aber ich mußte das Gespräch in Gang halten.

»Ich muß verschwinden«, sagte er. »Du mußt wesentlich mehr Geld auftreiben, eine ganze Menge.«

»Sicher. Das kann ich.« Er glitt von der Motorhaube und machte die Fahrertür auf. Er wollte wegfahren. Ich wollte ihn zurückhalten.

»Wie kann ich dich erreichen? Wohin fährst du?«

»Besorg soviel Geld wie möglich. Ich melde mich dann.«

Er saß bereits im Wagen. Er ließ den Motor an.

»Wann?« schrie ich. Mit einem Mal fand ich es unerträglich, daß er ging, daß er wegfuhr und ich nicht wußte, wohin, und ihn vielleicht nie wieder sehen würde. Ich versuchte, die Tür aufzureißen.

»Wohin fährst du?«

Er packte den Kragen meines Kleides und zerrte mich grob durch das offene Fenster an sich. Ich spürte, wie sich sein Mund hungrig auf meinen preßte, spürte seine heiße, nasse Zunge, als könnte er mich auffressen. Ich wußte, daß er nicht nach mir hungerte, sondern nach Sicherheit, einem Weg aus der Bredouille. Dann stieß er mich zurück, und ich stolperte, während das Auto mit quietschenden Reifen auf die Straße schlitterte und den Hügel hinunter verschwand. Ich lief hinterher, sah die staubige, braune Anhöhe hinunter und auf die kurvige Straße, doch ich konnte nichts mehr tun; Pauls Wagen fuhr die Biegungen und Serpentinen hinunter und verschwand im Straßengewirr.

Ich blieb stehen, bis mir mein eigenes Atmen auffiel. Da ich nicht wußte, was ich sonst tun sollte, stieg ich in mein Auto. Ich fuhr nach unten, jedoch in die andere Richtung, in den Laurel Canyon. Ich brauchte Zeit, um nachzudenken.

Wir waren noch nicht fertig miteinander, und ich wußte es.

In einem Lokal auf dem Ventura Boulevard trank ich eine Tasse Kaffee. Ich zitterte, aber als ich eine zweite bestellte, waren meine Hände wieder ruhig, und diese Ruhe war mein einziger Halt. Ich wußte zwar, wo ich mich rein körperlich in diesem Moment befand, doch in übertragenem Sinn hatte ich keine Ahnung, wo ich stand. Immer wieder sah ich Pauls Wagen vor mir. Er war um eine Kurve gebogen und verschwunden – womöglich für immer. Er konnte weiß Gott wo sein. Ich nahm an, daß er einige Kreditkarten hatte, ja ganze Identitäten, von denen ich nichts wußte. Er war viel zu schlau, um sich nicht schon seit Jahren auf einen Notfall vorbereitet zu haben; er mußte sein eigenes NIGHT haben. Doch er hatte behauptet, er bräuchte mehr Geld von mir. Vielleicht hieß das, daß er keinen Zugriff auf seines hatte, daß die Zeit zu kurz war. Vielleicht war es auch ein Zeichen seiner Angst.

Ich mußte mich bewegen; ich konnte nicht mehr stillsitzen. Ich stieg in mein Auto, das auf dem Parkplatz stand, und wußte nicht, wo ich als nächstes hinfahren sollte. Ich fand es unerträglich, daß er davonkommen und die Gelegenheit haben sollte, noch einmal von vorn anzufangen. Andere Menschen zu finden, die er benutzen konnte. Andere Frauen. Ich konnte es nicht ertragen. Ich mußte doch etwas tun können. Ich mußte ihn aufhalten. Ich konnte ihn nicht davonkommen lassen.

Plötzlich fiel mir das Haus im San Joaquin Valley ein. Das war ein Ort, den er aufsuchen könnte, um sich zu verbergen und Zeit zu gewinnen. Dann schüttelte ich den Kopf – vermutlich saß er mittlerweile in einem Flugzeug auf dem Weg nach Europa oder Südamerika, doch immer wieder sah ich diesen Ort vor mir, und so folgte ich der Straße hinaus zu dem Haus. Es war nicht wahrscheinlich, daß er sich dort aufhielt – doch es gab eine Chance, eine ganz geringe Chance. Außerdem fiel mir nichts Besseres ein. Wenn ich nicht dorthin fuhr und nachsah, würde ich es nie erfahren, und diese Unwissenheit würde an mir nagen, wie dunkles, zerstörerisches Wasser eiserne Brückenpfeiler rosten läßt. Ich war ein neuer Mensch mit einer neugewonnenen Klarheit. Ich mußte vorwärtsstreben und diese letzte Angelegenheit erledigen. Es ging nicht darum, ob Paul dort war oder nicht: Es ging um meine Bereitschaft, mir die Mühe zu machen, es herauszufinden.

Es war spät am Abend, als ich dort ankam. Ich parkte meinen Wagen bei einer Baumgruppe in der Nähe der Abzweigung zum Haus. Ich wußte nicht genau, was ich tun würde, doch wenn Paul dort war, wollte ich ihn keinesfalls vorwarnen. Auf dem Weg hierher hatte mein Verstand gestreikt und sämtliche Bemühungen zunichte gemacht, mir einen Plan zurechtzulegen, daher hatte ich aufgegeben und statt dessen Radio gehört und bei fast 120 km/h lauten Rock 'n' Roll laufen lassen. Es war egal. Etwas anderes als mein Verstand trug mich, und zwar seit Tagen. Eine Macht, die stärker war als meine eigenen Gedanken, leitete mich, als wäre ich nichts als eine faszinierte Zuschauerin, die gefesselt alles beobachtete, was sich abspielte.

Es war paradox, denn zugleich hatte ich mich nie klarer und angstfreier gefühlt.

Er war da.

Sein Wagen stand neben dem Haus. Ich blieb stehen und betrachtete die düster aufragende Silhouette. Es war dunkel und still. Nur der Wind war leise zu hören. Ich machte einen Schritt und hörte den Kies knirschen. Ich ging weiter. Dann sah ich ihn auf der Vordertreppe kauern. Er hatte eine Pistole und zielte auf mich.

Erneut blieb ich stehen.

»Ich bin's, Vega!« rief ich durch die dünne Nachtluft.

Er regte sich nicht. Irgendwo hinter mir hörte ich eine Taube. Ihr leises Gurren klang deutlich durch die Nacht.

»Vega«, sagte ich noch einmal. »Ich bin allein.«

Langsam erhob er sich. Ich ging auf ihn zu, mein Körper war inzwischen federleicht, eine schutzlose Präsentation, ruhig und unvermeidlich. Ich hatte keine Angst. Als ich nahe genug gekommen war, sah ich, daß er lächelte.

»Ich mußte einfach kommen«, sagte ich, und sein Lächeln wurde breiter.

»Ich habe ja schon immer gesagt, daß du sehr schlau bist.« Er ließ die Pistole sinken und schob sie in seinen Gürtel. Dann streckte er die Hand aus und strich mir mit den Fingern über Wangen und Hals. Schließlich wandte er sich zum Haus um und bedeutete mir, ihm zu folgen.

Es gab kein Licht. Der Strom war schon vor Jahren abgestellt worden, doch in einem Kanonenofen brannte ein Feuer. Paul hatte die Ofentür offengelassen, und der Feuerschein warf scharfe, hohe Schatten an die dunklen Wände. Er ging hinüber und schob Zweige und einen kleinen Ast hinein.

Ich überlegte, was hinter seinem Lächeln steckte. Spielte er mit mir oder ich mit ihm? Glaubte er wirklich, daß mich die Liebe zu ihm getrieben hatte? Konnte er dermaßen eingebildet sein? Er mußte doch mittlerweile, nachdem er Zeit zum Nachdenken gehabt hatte, wissen, daß ich diejenige war, die ihn hereingelegt hatte. Diese Tatsache pulsierte in mir und tobte in meinem Blut. Wie konnte er das übersehen?

»Ich bin froh, daß du gekommen bist«, sagte er und ging auf mich zu. »Du wirst ein paar Dinge für mich erledigen müssen. Unterlagen abholen. Und natürlich das Geld.«

Ich nickte.

»Du kannst jetzt nicht hingehen. Aber morgen früh.«

»Ja. Natürlich. Alles.«

Er nahm mich in die Arme und drückte mich an sich. Ich merkte, wie angespannt er war, wie verängstigt, und daß er ganz allein war. Mein plötzliches Erscheinen mußte ihm wie ein Rettungsanker vorkommen. Ich spürte seinen Mund heiß auf meinem Hals und seine Hüften, die sich an mich drückten. Ich spürte seinen Schwanz und mußte an das erste Mal denken, an diese erste Nacht, als er an den Rand meines Pools trat, ein Schattenriß im Mondlicht. Trotz allem merkte ich, wie ich reagierte. Doch heute durchliefen ihn andere Schwingungen, eine unübersehbare Verzweiflung. Er war hungrig, aber nicht nach Sex – nach einer Art Beruhigung, einer Beschwichtigung der Angst. Das wollte ich ihm nicht gönnen. Ich wollte nicht noch einmal benutzt werden. Ich wich zurück und nahm dabei die Pistole an mich. Sie glitt widerstandslos aus seinem gegürteten Hosenbund, und ihr Lauf raschelte beim Kontakt mit seinem seidenen Hemd.

»Ich weiß, warum sie dir auf den Fersen sind«, sagte ich.

Er begriff nicht, weshalb ich zurückgewichen war und weshalb ich die Pistole hatte.

»Jemand hat mich hereingelegt«, sagte er.

Ich nickte. Es war mir ein Bedürfnis, daß er es erfuhr. »Das stimmt«, sagte ich. »Jemand hat dich hereingelegt.«

Während ich ihn ansah, begriff er es. Er schüttelte erstaunt den Kopf und stieß ein abgehacktes Lachen aus, aber ohne auch nur eine Sekunde Zeit zu verlieren, machte er sich mit den neuen Umständen vertraut. Mein ungemein lässiger Lover; äußerst raffiniert.

»Ich hab's ja verdient«, sagte er mit einem Grinsen, das darauf abzielte, mich zu entwaffnen. »Ich habe dich benutzt, aber unterschätzt. Du bist prachtvoll, Vega, prachtvoll.«

Er kam auf mich zu, doch ich bedeutete ihm stehenzubleiben, und er gehorchte. In seinen lachenden Augen stand dieses besondere Funkeln, das mich jedesmal schwach gemacht hatte.

»Okay«, sagte er. »Jetzt sind wir quitt. Das ist eine gute Basis.« Er senkte die Stimme, und sein ganzer Körper schien sich zu entspannen. »Du wolltest eine Partnerschaft haben – dann machen wir das jetzt. Komm mit mir. Wir gehen woandershin und fangen neu an. Du und ich.« Er strich sich mit der Hand über die Brust und ließ mich seine langen, zärtlichen Finger sehen. Er holte tief Luft, und sein Brustkorb hob sich. Sein Seidenhemd schimmerte im schwachen Lichtschein. »Ich kann mir kein besseres Team vorstellen.«

Ich wußte, daß er log, aber einen Moment lang überlegte ich, ob ich vorgeblich darauf eingehen sollte, um zu sehen, was er dann tun würde. Würde er zu mir kommen und sanft meine Brüste umfassen, mir den Rock hochschieben und mir langsam die Beine spreizen? Würde er mich lieben, mit aller lässigen Vertrautheit und drängenden Stößen? Und was würde ich empfinden, wenn ich das zuließ, welche neue Verwandlung des Verlangens, bevor er den Abzug drückte?

Er bewegte sich, doch ich gebot ihm erneut Einhalt.

»Nein«, sagte ich. »Wir gehen nirgendwohin. Du bist …«

Ich dachte, ich hätte seine Armbewegung nicht gesehen, aber ich muß sie doch wahrgenommen haben, weil ich den Kopf einen Sekundenbruchteil, bevor seine Faust auftraf, zur Seite wandte. Trotzdem war der Schlag heftig genug, um mich zu Boden zu werfen; doch ich trat nach ihm und erwischte ihn am Unterleib. Er trat einen Schritt zurück und preßte die Hand auf die Stelle. Ich hörte die Pistole irgendwo rechts von mir aufschlagen. Die Pistole war das einzig Wichtige. Ich spürte, wie er an mir zog, und ich zappelte wie ein Schwimmer, der sich von Schlingpflanzen befreien will. Ich bekam die Pistole zu fassen, wirbelte auf dem Rücken herum und richtete sie mit beiden Händen auf ihn. Er sah es und erstarrte. Dadurch hatte ich Zeit zum Aufstehen. Ich zitterte, und Tränen liefen mir über die Wangen. Mein Kiefer hatte mittlerweile heftig zu schmerzen begonnen. Aber ich war diejenige, die die Pistole hatte.

Er saß einen Moment lang auf dem Boden und starrte mich an. Dann lächelte er und erhob sich langsam. Erneut kam er auf mich zu.

»Nein«, sagte er, »du willst mir nicht weh tun. Das willst du ganz sicher nicht, Baby …«

Seine Stimme war voll und so dunkel und verführerisch wie der Feuerschein. »Hör mir mal zu. Glaubst du etwa, ich hätte mit dir ins Bett gehen können, wenn du mich nicht wirklich gereizt hättest? Ich habe dich benutzt, aber nicht in diesem Sinne. Niemals in diesem Sinne. Es ist unglaublich zwischen uns, Vega. Das weißt du. Ich will dich immer, Baby, du machst mich immer an, und du willst mich auch. Es wäre Wahnsinn, das wegzuwerfen. Es kann weitergehen, Süße …, o ja, so süß …« Seine Zunge umkreiste seine Lippen. »Auch jetzt. Gleich hier … ich will dich, Baby …, und du willst mich.«

Er kam näher. Ich sah ihm in die Augen. Einen Moment lang waren sie so offen und einladend wie nur je, und ich spürte, daß ich viel dafür geben würde, wenn es echt wäre. Doch dann wandte er den Blick ab, und ohne ihm zu folgen, begriff ich, daß er versuchte, mich zurückzudrängen, zu einer Holzkiste an der Wand. Er wollte mich stolpern lassen, damit er mich zu Fall bringen und am Boden halten konnte.

»Bleib, wo du bist«, sagte ich und zog die Pistole näher an mich.

Er lächelte, aber nun kannte ich die Wahrheit ganz genau. Er hatte mich benutzt, mich immer nur benutzt, und jetzt wußte er, daß ich ihn verraten hatte. Er würde nicht ruhen, bis er mich umgebracht hatte.

»Ich schieße«, sagte ich. »Ich will nicht, aber ich werde es tun.«

Diesmal sah ich die Faust in dem Moment, als sie kam. Ich blickte ihm in die Augen, und wir waren ineinander verflochten. Ich hatte mich nie enger mit ihm verbunden gefühlt.

Ich drückte ab.

Das Geräusch des Schusses war knapp und klar, ohne Nachhall. Doch die Zeit lief langsamer, und ich befand mich mit Paul in einer anderen Atmosphäre. Seine Miene verzerrte sich erstaunt, doch er ging nicht zu Boden.

»Fotze«, flüsterte er, und unter größten Mühen schleppte er sich auf mich zu. Er drängte sich gegen mich, und ich wich zurück, fiel aber nicht um, sondern hielt die Balance. Seine Hände mit den langen, spitzen Fingern tasteten ungeschickt nach meinem Hals. Ich drückte noch einmal ab.

Ich sah ihn schlagartig und schwerfällig zu Boden gehen und wußte, ohne hinzusehen, daß er tot war. Er lag direkt vor mir, und ich konnte mich nicht rühren. Ich war gefesselt von seiner Unbeweglichkeit, dem endgültigen Fehlen seines Atems. Im Ofen hörte ich einen Zweig knistern, sah die Schatten des Feuers an der Wand und hörte die Geräusche der Nacht jenseits der schmutzigen Fensterscheiben. Ich trat einen Schritt zurück, dann noch einen, als könnte der leblose Körper zu meinen Füßen sich erheben und mich verletzen. Selbstverständlich bewegte er sich nicht. Ich war allein, völlig allein, in einer plötzlich grenzenlosen Leere, die sich von diesem kleinen Raum aus ausbreitete, über die Talsohle des Valley raste und sich in der schwarzen Nacht hinter den unsichtbaren Hügeln verlor. Langsam hob sich meine Hand und strich über meine Wange. Die Wirklichkeit meiner eigenen, warmen Haut war mir ein unergründliches Rätsel.

Ich weiß nicht, wie lange ich dort stand, aber ein Frösteln durchzuckte mich, ein Schauder, der meine Sinne weckte. Ich spürte die Pistole, die mir nun schwer in der Hand lag, und ohne nachzudenken, wußte ich, was ich zu tun hatte. Im Auto lagen Lappen, mit denen ich meine Fingerabdrücke abwischen konnte. Ich sah mich um. Was hatte ich in diesem Raum, diesem verfallenen Haus sonst noch angefaßt? Nichts. Überhaupt nichts. Ich konnte zwar keine Fußabdrücke von mir erkennen, aber ich scharrte trotzdem mit den Füßen über die nackten Bodendielen, um sie auf jeden Fall zu verwischen. Ich war schon halb draußen, als ich einen Blick zurückwarf.

Er lag zusammengerollt da wie ein Baby, doch ein Arm war zur Seite abgespreizt, mit ausgestreckten Fingern und nach oben gekehrter Handfläche. Bereits damals wußte ich, daß ich die Schutzlosigkeit dieser offenen Hand nicht vergessen würde. Ich holte tief Luft und sah weg. Seine Augen waren geschlossen, und er hätte schlafen können, auf den Morgen warten, bereit, nach mir zu fassen. Doch diese Möglichkeit war für immer verschwunden, getötet von einer Kugel, getötet von Lügen. Ich schloß die Augen und fühlte nichts, weder Trimph noch Verlust, sondern lediglich die Gewißheit, daß ich gehandelt hatte und es nun nicht mehr möglich war, diese unwiderrufliche Wahrheit rückgängig zu machen.

Ich fuhr zum Highway, ohne irgend etwas zu sehen, als bohrten die Scheinwerfer meines Wagens einen Tunnel und zögen mich mit. Bis Pauls Leiche gefunden wurde, wäre die Pistole verschwunden, vergraben. Ich bin in Sicherheit, dachte ich, und dann hörte ich die Worte und spürte, wie ich mich in all dieser Ironie auflöste. Welcher Ort konnte jetzt noch sicher sein, nun, da ich wußte, was ich wußte? Wie würde ich urteilen – und wer würde über mich urteilen? Wo würde ich Gnade finden?

Ich bog nach Süden ab, aber ich hatte nicht vor, nach Hause zu fahren. Alles hatte sich verändert, und ich wußte nicht mehr, wo zu Hause war. Vielleicht würde ich einfach weiter in Richtung Süden fahren, über L.A. hinaus und nach Mexiko – oder vielleicht würde ich irgendwo nach Norden abbiegen … oder nach Osten … oder …

Ich schaltete das Radio ein. Es war noch lange bis zum Morgengrauen, und ich hatte Zeit genug, darüber nachzudenken, was ich tun wollte. Ich mußte mir keine Sorgen machen: Das Geld auf NIGHT würde mich überall hinbringen, wohin ich wollte. Und wo immer das sein mochte – jetzt wußte ich, daß ich die Kraft hatte, dorthin zu gehen. Ich war tüchtig, stets in der Lage, zu tun, was nötig war. Es war einfach, selbst wenn es nicht leicht war. Man muß nur stets nach vorn blicken. Und wenn das Stichwort fällt, handelt man.